Tom Liehr
Geisterfahrer

Tom Liehr, geboren 1962 in Berlin, war Redakteur bei P.M., 1990 Sieger des ersten »Playboy-Literaturwettbewerbs«. Zwischenzeitlich tätig als Unternehmensberater, Rundfunkproduzent und DJ. Seit 1998 Besitzer eines Unternehmens für Softwareentwicklung. Er lebt in Berlin. Bei AtV erschienen bislang die Romane *Radio Nights* (2003), *Idiotentest* (2005) und *Stellungswechsel* (2007).

Mehr vom und zum Autor unter: www.tomliehr.de

Tim Köhrey ist sechs, als er 1974 seine Eltern bei einem Verkehrsunfall verliert. Seine unterkühlte Pflegefamilie nimmt ihn von Hannover mit in das Berlin der achtziger Jahre, wo er erst seinen dicken Freund Kuhle und dann schnell die schönen Seiten des Lebens kennenlernt. Bei einer Schulparty reüssieren die beiden als Discjockeys. Tims Karriere scheint vorgezeichnet. Doch dann verliebt er sich, und es kommt zur gefühlten Katastrophe. Erst Jahre später findet er in der trügerischen Provinzidylle einer niedersächsischen Kleinstadt wieder zu sich und kehrt in die neue Hauptstadt zurück – in der Hoffnung, die Zeit noch einmal zurückdrehen zu können.

Tom Liehr
Geisterfahrer

Roman

aufbau taschenbuch
AUFBAU VERLAGSGRUPPE

ISBN 978-3-7466-2382-5

Aufbau Taschenbuch ist eine Marke
der Aufbau Verlagsgruppe GmbH

1. Auflage 2008
© Aufbau Verlagsgruppe GmbH, Berlin 2008
© 2008 by Tom Liehr
Umschlaggestaltung gold, Anke Fesel und Kai Dieterich
unter Verwendung eines Fotos von Julius Steffens/bobsairport
Druck und Binden CPI Moravia Books, Pohorelice
Printed in Czech Republic

www.aufbau-taschenbuch.de

I'm taking a ride
with my best friend
I hope
he never lets me down again

*Depeche Mode, »Never Let Me Down Again«,
Music for the Masses, 1987*

Für Annett

Eins
1974–1984

Prolog

In einer Samstagnacht im September 1974 fuhr ein fast fabrikneuer, senffarbener VW-Golf S auf der Bundesautobahn 2, vom Kreuz Hannover-Ost kommend, mit etwa 160 Stundenkilometern an der Ausfahrt Lehrte vorbei. Der Wagen wurde plötzlich so stark abgebremst, dass Reifenabrieb auf der Fahrbahn verblieb, und hielt mit zwei Rädern dies- und zwei Rädern jenseits der Standstreifenmarkierung. Da es auf vier Uhr morgens zuging, war so gut wie kein Verkehr auf der Strecke. Der Fahrer legte den Rückwärtsgang ein; die verpasste Ausfahrt Lehrte lag etwa 500 Meter hinter dem Fahrzeug. Der Wagen wurde so stark beschleunigt, wie dies im Rückwärtsgang eben möglich war. Der Fahrer eines in diesem Moment auf der Überholspur mit knapp 200 Stundenkilometern vorbeirasenden Porsche 911 beobachtete, wie der Golf zwischen rechter Fahrbahn und Standspur stark hin und her schlingerte. Offenbar hatte der Fahrer des Wagens Mühe, die Kontrolle über das schnell rückwärtsfahrende Auto zu behalten. Der Porschefahrer hupte, wurde aber nicht wahrgenommen. Er hielt an der nächsten Notrufsäule und alarmierte die Polizei.

Kurz bevor der Kleinwagen die Ausfahrt erreichte, traf dort, ebenfalls vom Kreuz Hannover-Ost kommend, ein unbeladener, zweistöckiger Sattelschlepper ein, der sich auf dem Weg zum Volkswagenwerk befand. Der Fahrer des LKW sah den Golf sehr spät, weil er eine angeregte Diskussion per CB-Funk führte, und glaubte erst nicht, tatsächlich ein rückwärtsfahrendes Fahrzeug vor sich zu haben. Dann bremste er stark, aber es war bereits zu spät. Die Aufprallgeschwindigkeit betrug insgesamt noch etwa 85 Stundenkilometer, bei einem Masseverhältnis von ungefähr fünfzehn zu eins.

Die Insassen des senffarbenen Golfs, der durch den Zusammenstoß auf zwei Drittel seiner ursprünglichen Länge zusammengestaucht und über die rechte Leitplanke katapultiert wurde, waren sofort tot. Der Fahrer des Lastwagens erlitt beidseitig komplizierte Brüche im Unterschenkelbereich sowie eine starke Gehirnerschütterung, sein Fahrzeug wurde vergleichsweise gering beschädigt. Im Volkswagen hatte sich ein Ehepaar befunden, der Mann zweiunddreißig Jahre alt, die Frau achtundzwanzig. Bei ihm wurden posthum 2,4 Promille Blutalkohol festgestellt, bei ihr immerhin noch 1,5 Promille. Sie kamen von einer Feier bei Freunden in Hannover-Langenhagen, denen sie versichert hatten, sie würden nur ihre Sachen aus dem Auto holen und sich dann ein Taxi rufen.

Die Eheleute hießen Rolf und Sabine Köhrey und waren meine Eltern.

Der Nummer-eins-Hit in Deutschland an diesem Tag war »Rock Your Baby« von George McCrae.

1. Haarausfall

Ich war am Todestag meiner Eltern sechs Jahre alt. Wir wohnten in einer Reihenhaussiedlung in Lehrte. Am späten Nachmittag hatten sie mich zur Nachbarin gebracht, die ich »Tante Ina« nennen musste und in deren Wohnung es stark nach Zigarettenqualm roch. Ich hatte meine Matchboxautos mitgebracht und auf dem Wohnzimmerteppich gespielt, der voller Hundehaare war, weil Tante Ina zwei Collies besaß, die Haarausfall hatten, wie ich annahm. Papa jedenfalls hatte welchen und redete andauernd darüber; in der Duschtasse lagen manchmal Büschel seiner dunkelblonden Locken. Ich schob die gelbweißgrauen Hundehaare zu kleinen Hügeln zusammen und umkurvte sie mit meinen Lieblingsautos, einem roten Chevrolet mit Flügeln an der Heckklappe und einem VW-Käfer, dessen Lack schon stark zerkratzt war. Als Tante Ina den Ton am Fernseher ausschaltete und eine Zigarette in den Berg drückte, der aus dem Aschenbecher emporragte, um mir mitzuteilen, dass es Zeit fürs Bett wäre, nahm ich den Feuerwehrwagen mit der abgebrochenen Leiter und ließ ihn in den Chevy krachen.

»Poing!«, rief ich.

Tante Ina sah mir beim Zähneputzen zu, dann musste ich mich in ihr Ehebett legen, das auf einer Seite eine tiefe Kuhle hatte, in die ich mich immer rollen ließ. Ina war geschieden. Ihr Bett roch auch nach Rauch und nach etwas Anderem, etwas Süßlichem, Fauligem, Fleischigem, das ich nicht kannte und das mich ein bisschen ekelte.

Als sie mich weckte, war es draußen noch dunkel, und das war ungewöhnlich. Tante Ina schlief im Wohnzimmer, wenn ich bei ihr war, und meine Eltern holten mich immer erst am nächsten

Vormittag ab; meistens wurde ich vor Ina wach. Sie sah zerzaust aus, über dem Haar trug sie eine Art Badekappe aus Frischhaltefolie, durch die man Lockenwickler sehen konnte. Im Flur waren Menschen, ich hörte Männerstimmen.

Ina flüsterte: »Tim, du musst aufstehen. Es ist etwas Schreckliches passiert.«

Ich nickte und kletterte aus der Kuhle. Ich nahm an, dass es brennen würde. Mama und Papa unterhielten sich oft darüber, wie gefährlich es sei, dass Tante Ina so stark und auch noch im Bett rauchen würde und dass sie sich sicherlich irgendwann mal die »Bude über dem Kopf anzünden« würde, was sie allerdings nicht davon abhielt, mich in ihre Obhut zu geben. Ich nahm den roten Plastikkoffer mit den Matchboxautos, der neben dem Bett stand, und ging im Pyjama in den Flur. Den Schlafanzug mochte ich, er war mit Donald-Duck-Figuren bedruckt.

Aber im Flur standen keine Feuerwehrmänner, sondern Polizisten. Feuerwehrmänner hatten Helme, diese Männer trugen Mützen zu ihren schwarzen Hosen und blauen Uniformjacken.

»Ist das der Kleine?«, fragte einer von ihnen und beugte sich zu mir herunter. Ina nickte nur, sie hatte Tränen in den Augen, aber es roch nicht nach Rauch, nur ganz normal nach kaltem Zigarettenqualm.

»Er muss sich anziehen. Wir nehmen ihn mit.«

»Was ist denn?«, fragte ich – und brach spontan in Tränen aus, denn plötzlich hatte ich Angst. Die Polizei holte mich, also hatte ich etwas verbrochen. Nur was? Hatte mich Stefan angezeigt, den ich gestern »Doofi« genannt hatte? War doch herausgekommen, dass wir das Markstück, das wir im Sandkasten des Kindergartens gefunden hatten, unter uns aufgeteilt hatten, statt es abzugeben? Welches meiner schlimmen Verbrechen brachte mich jetzt ins Gefängnis?

Ich kam nicht ins Gefängnis, sondern in die Obhut einer sehr netten Psychologin, die mir sanft zu erklären versuchte, dass meine Eltern tödlich verunglückt waren. Ich war erleichtert. Ich hatte schon mehrfach mitbekommen, wie Menschen im Fernsehen gestorben waren, aber wenige Tage später wieder auftauchten. Kekse-Opa, der Vater meiner Mutter, war zwar vor einigen Monaten gestorben und bisher *nicht* wieder zu uns gekommen, aber ich war sicher, dass er das früher oder später tun würde. Ich war so erleichtert, nicht ins Gefängnis zu kommen, dass ich der Psychologin die Sache mit dem Markstück gestand. Sie lächelte und strich mir über die Haare. Ich nahm an, dass das ein gutes Zeichen war.

2. Fliege

Wenige Wochen später holte mich ein fremdes Ehepaar aus dem eigentlich recht netten Heim ab. Ich hatte rasch Freunde gefunden, und es war interessant, in einem kleinen Schlafsaal mit zwanzig anderen Kindern zu übernachten, aber ich rechnete jeden Tag damit, dass meine gestorbenen Eltern erschienen und mich wieder nach Hause nahmen. Oder wenigstens Kekse-Opa. Andere Verwandte hatte ich nicht, soweit ich wusste.

Stattdessen kamen Jens und Ute.

»Das sind deine Pflegeeltern. Sie kümmern sich ab jetzt um dich«, sagte die nette Psychologin, die mich auch schon in der Nacht des Unfalls betreut hatte. Dass es einen Unfall gegeben hatte, hatte ich verstanden. Auf der Autobahn. Ein großer LKW war in das Auto meiner Eltern gerast. Ich hatte nur den Feuerwehrwagen mit der abgebrochenen Leiter, aber ein gelbes Auto, das dem funkelnagelneuen Golf meiner Eltern ziemlich ähnlich sah, also stellte ich den Unfall mit dem Feuerwehrwagen nach. Ich kniete auf dem Linoleumboden, drehte mich auf meinen Knien und ließ das größere, rote Auto dem gelben Wagen folgen. Irgendwann holte es das kleinere Auto ein, weil ich den rechten Arm schneller bewegte.

»Poing!«, rief ich dann und ließ beide Autos in den Händen durch die Luft fliegen. Meine Knie brannten ein wenig von diesem Spiel.

Jens war ein sehr blasser, dünner, nicht sonderlich großer Mann mit rötlichen Haaren, die auf der Mitte des Kopfes einen Hautkreis freiließen, und einem Vollbart. Ich fand, er sah sehr alt aus, aber nicht so alt wie Kekse-Opa, der auch einen Vollbart hatte und dessen Haare nach Zigarren stanken. Ute sah meiner Mutter ähnlich; ihr Haar war kurz und graublond, ihre Nase spitz und ihr Mund sehr schmal. Beide hatten braune Augen, die Augen von Jens waren ganz klein, wie bei einem Meerschweinchen. Wir hatten mal ein Meerschweinchen gehabt, ein dreifarbiges Rosettenmeerschwein, aber das war eines Tages einfach verschwunden. »Wir haben es freigelassen«, hatte Mama gesagt.

»Da werden sich Frank und Mark aber freuen«, sagte Jens, nahm mich bei der Hand und führte mich zu einem blauen Auto, dessen Marke ich nicht kannte. Ute ging uns hinterher.

»Was ist das für ein Auto?«, fragte ich.

»Willst du nicht wissen, wer Frank und Mark sind?«, fragte Ute.

»Warum?«, fragte ich zurück und wiederholte meine Frage an Jens.

»Das ist ein BMW«, erklärte er, wobei er zum ersten Mal und auch nur kurz lächelte, strich mit der rechten Hand über das Autodach, öffnete die Beifahrertür und ließ mich nach hinten klettern. Es roch nach Leder. Mama hatte von Papa ein teures Lederportemonnaie zu Weihnachten bekommen, und Mama hatte darauf bestanden, dass ich ebenfalls daran roch.

»Was ist Leder?«, hatte ich am nächsten Tag Stefan gefragt, den Kindergärtner. Er hatte gelächelt. »Die Haut von toten Kühen«, hatte er geantwortet. Das fand ich irgendwie gruselig, ein Portemonnaie aus Haut. »Kann man auch aus Menschenhaut so was machen?« Stefan hatte gelacht. »Könnte man schon. Aber man darf das nicht.«

Ute legte die Tasche, in der sich meine Sachen befanden, in den Kofferraum, ich nahm den Koffer mit den Matchboxautos mit ins Auto, und dann fuhren wir los.

»Was ist mit meinen Eltern? Wann kommen sie zurück?«, wollte ich wissen. Jens sagte nichts, Ute drehte sich vom Beifahrersitz zu mir um und sah mich traurig an. Dann wiederholte sie die seltsame Bemerkung über Frank und Mark, die ich beide überhaupt nicht kannte.

Frank und Mark waren die Söhne von Jens und Ute, Frank war sieben, also ein Jahr älter als ich, Mark vier. Sie standen in der Tür der Wohnung, die im vierten Stock lag. Frank hatte eine dicke Brille auf. Seine Augen waren hinter den Gläsern fast so klein wie die von Jens.

»Habt ihr keinen Garten?«, fragte ich, nachdem mir meine Pflegebrüder die Wohnung gezeigt hatten. Frank schüttelte den Kopf. »Aber im Hof ist ein Spielplatz.«

Es dauerte ungefähr ein halbes Jahr, bis ich begriff, dass meine Eltern endgültig nicht mehr zurückkommen würden. Weil ich immer wieder darauf bestand, dass die gestorbenen Menschen im Fernsehen ja früher oder später auch wieder auftauchten, erklärte mir Ute irgendwann den Unterschied zwischen Schauspielern und echten Menschen. Tatsächlich aber war es Frank, der mir die Sache verdeutlichte. Trotz seiner Sehschwäche hatte Frank ein ziemlich gutes Reaktionsvermögen, und so fing er eines Nachmittags in unserem Zimmer eine Fliege. Er hielt mir die Faust ans Ohr, ich hörte das Summen des Insekts. Dann schlug er mit der sich öffnenden Hand auf die Platte des Kiefernholzschreibtisches. Er zeigte auf die zermatschte Fliege, deren Flügel und Beine verdreht waren und deren Körper keine erkennbare Form mehr hatte. Anschließend fasste er sie am nach hinten gebogenen Flügel, wobei sie einen winzigkleinen, schillernden Fleck auf der Schreibtischoberfläche hinterließ, an dem ein abgerissenes Bein kleben blieb, und legte sie in mein bestes Matchboxauto, einen Bugatti, das kein Dach hatte.

»Die Fliege ist tot. Matsch. So sehen deine Eltern auch aus. Nichts mehr zu machen.«

Frank war so wortkarg wie sein Vater, aber es war ihnen beiden gemein, dass ihre Botschaften leicht erfassbar waren, und diese Botschaft verstand ich fast sofort. Ich nahm das Auto mit der toten, zermatschten Fliege und setzte mich auf mein Bett, das unterste in dem Dreistockbett, in dem über mir Mark und ganz oben Frank schliefen. Ich hielt den Wagen in den Händen und pustete auf das tote Insekt; die Flügel flatterten ein bisschen, aber ich erkannte, dass da nichts mehr zu machen war – so wie Frank gesagt hatte. Dann stellte ich das Auto auf mein Nachtschränkchen. Am nächsten Morgen war die Fliege immer noch tot, und als ich am Abend nachsah, war sie für immer verschwunden.

3. Streife

Mein Pflegevater Jens, der eigentlich viel jünger war, als er aussah, hatte vier Leidenschaften. Eine davon war sein BMW, der die Familie viel – zu viel – Geld kostete und der, wie ich später erfuhr, einer der Gründe dafür gewesen war, dass sie meine Pflegschaft übernommen hatten, wenn auch nicht der Hauptgrund. Außerdem gab es da den Schrebergarten im Südosten von Hannover, der sommers wie winters an jedem Wochenende aufgesucht, gehegt, gepflegt und den Bestimmungen entsprechend akkurat gestutzt, gemäht und entunkrautet wurde; immerhin hatte Jens einen nicht unwichtigen Posten im Vorstand des Kleingärtnervereins inne, einen Job, der seiner vierten Leidenschaft sehr entgegenkam. Auf dem etwa hundert Quadratmeter großen Grundstück verbrachte die Familie nicht nur die Wochenenden, sondern auch den Urlaub. Bis zu unserem Umzug nach Berlin kam ich deshalb niemals aus Hannover heraus. »Deutschland ist hier so schön wie woanders auch, wozu also irgendwo hinfahren? Außerdem gibt es das Fernsehen«, sagte Jens, und damit hatte es sich. Fernsehen war seine dritte Leidenschaft; er liebte Krimiserien und vor allem »Der Kommissar« mit Erik Ode und später dann »Derrick«. Zwar schimpfte er bei jeder zweiten Szene, sagte Dinge wie: »Das würde ein Polizist niemals so machen« oder: »Im Gerichtssaal sitzt der Verteidiger *links* vom Richter«, aber er öffnete den Mund ehrfürchtig beim Erklingen der Vorspannmelodie und schloss ihn erst wieder, wenn der Abspann eingeblendet wurde. Danach sah er nickend in die Runde, vergewisserte sich, dass wir ebenso andächtig zugesehen und gelauscht hatten, jedenfalls ab der Zeit, ab der wir abends bis kurz nach neun fernsehen durften, und dann trank er sein freitagabendliches Bier aus, das einzige, das er sich überhaupt genehmigte, rülpste leise hinter vorgehaltener Hand, nickte abermals und stand auf, um eine »Schlussrunde« zu gehen, wie er es nannte. Er trat dann in den Flur, zog seine Wildlederstiefel und die Regenjacke an, nahm seinen Notizblock, einen Kugelschreiber, die Kodak-Instamatic-Kleinbildkamera und ging Streife. Ute folgte ihm in den Flur und sagte: »Sei vorsichtig!«

Jens arbeitete in der Justizvollzugsanstalt Hannover. Er und Ute schwiegen sich, wenn wir fragten, darüber aus, was *genau* er in der JVA tat, aber sie gaben uns das Gefühl, ohne Jens würde Niedersachsen vor kriminellen Schurken ersticken. So oder so, es genügte Jens nicht, je nach Schicht tagsüber oder auch mal in der Nacht dafür zu sorgen, dass die Mörder und Halunken hinter Schloss und Riegel kamen oder blieben, er lebte diese Leidenschaft, seine vierte, auch in der Freizeit aus.

Jens' Lieblingssatz war: »Das ist illegal.« Bis zu meinem vierzehnten Lebensjahr, als mich ein Deutschlehrer aufklärte, sprach ich es wie Jens und alle anderen in der Familie aus: ill-egal. Mir war also lange nicht bewusst, dass es dabei nicht um eine Variante des Wörtchens *egal* ging.

»Das ist illegal«, sagte Jens und legte einen erbarmungslosen Gesichtsausdruck auf, wenn wir nach der Schokolade griffen, obwohl Ute bereits dabei war, das Abendessen zu kochen, und seine Mimik ließ keine Fragen offen. Die gleiche Formulierung benutzte er, wenn er in der Nachbarschaft seine Runden drehte und auf jemanden traf, der sein Auto parkte, ohne die fünf Meter Abstand zur Einmündung einzuhalten – Jens hatte stets ein ausziehbares Bandmaß dabei –, der seinen Hund auf den Gehsteig kacken ließ, der in der Schrebergartenkolonie außerhalb der dafür vorgesehenen Zeiten Laub verbrannte, der mit seiner Hecke die vorgeschriebenen eins fünfundzwanzig Meter Maximalhöhe überschritt. In solchen Fällen kannte Jens keine Gnade. Er schoss ein Foto mit seiner Kleinbildkamera und notierte auf dem A5-Block alle Beweise, deren er habhaft werden konnte. Ab und zu gingen wir mit ihm, und ich entwickelte beinharte Ehrfurcht vor dem, was mein Pflegevater da tat. Wenn er einen Rechtsbruch sah, schritt er ein, und zwar *beweissichernd*. Er sprach den Delinquenten nicht an, obwohl sehr viele Leute, denen wir in entsprechenden Situationen begegneten, mit ihm zu disputieren versuchten. Das ignorierte er einfach. Manchmal wurden sie sogar handgreiflich.

»Ich bin kein Richter«, erklärte er uns, gelegentlich auch den Leuten, die eine Diskussion anzustrengen versuchten. »Ich habe nicht darüber zu urteilen, was mit diesen Verdächtigen geschehen soll. Ich sichere nur die Beweise. Urteilen sollen dann andere.«

Er ließ sich nie auf Diskussionen mit den Haltern scheißfreudiger Hunde oder den Besitzern vermeintlich widerrechtlich abgestellter Fahrzeuge vor Feuerwehreinfahrten oder Bordsteinabsenkungen ein; »Bordsteinabsenkung« war eine Zeitlang mein Lieblingswort. Er tat, als wären sie überhaupt nicht vorhanden, jenseits des Verstoßes.

»In der Justiz hat jeder seine Position«, sagte er kryptisch. »Jedes Rädchen muss wissen, wohin im Getriebe es gehört.« Nach solch einem für seine Verhältnisse vor Eloquenz übersprudelnden Satz schrieb er wieder Kennzeichen auf und fotografierte Hund und Halter, zuweilen gegen ernsthaften Widerstand. Wenn eine Situation zu eskalieren drohte, brüllte Jens: »Sie wissen nicht, mit wem Sie es zu tun haben!« Der täglich größer werdende Kreis auf seinem Kopf verfärbte sich dann rot, Schweißperlen traten auf seine Stirn, seine Miniaugen wurden noch schmaler. Jens war kein sehr emotionaler Mensch, wie das gesamte Familienleben ziemlich an einem Mangel an Herzlichkeit litt, euphemistisch gesagt. Ich erlebte nie, dass meine Pflegeeltern Frank und Mark herzten, in den Arm nahmen oder gar küssten. Eine gewisse Distanziertheit hing über allem, was in unserer Dreizimmerwohnung geschah. Streicheln über den Kopf angesichts eines guten Zeugnisses war die zärtlichste Geste, die ich bei dieser Familie je erlebte.

Einmal in der Woche marschierte Jens auf die Polizeiwache und gab das Material ab. Es waren Listen, dicke Umschläge mit Fotos, Aufzeichnungen aller kleinen Vergehen, die bei uns in der Nachbarschaft begangen wurden, und das waren verdammt viele. Manchmal, wenn wir mit ihm unterwegs waren, musste er einen von uns nach Hause schicken, um einen neuen Film für die Kamera zu holen, oder ein weiteres Notizbuch.

»Um diese Zeit darf man nicht den Rasen mähen. Los, Frank, wir haben nicht viel Zeit«, sagte er, ohne von seiner Armbanduhr aufzusehen, und schon spurtete mein Pflegebruder los, um einen neuen Kleinbildfilm zu holen.

»Was passiert mit diesen Leuten?«, fragte Frank einmal, als er keuchend zurückkam, während wir von der anderen Straßenseite jemanden beim Ölwechsel beobachteten.

»Sie bekommen ihre gerechte Strafe«, sagte Jens, dabei nickte er, wie er nickte, wenn Erik Ode mit zwingender Argumentation den Neffen der verstorbenen Erbtante als Täter überführte. Und er lächelte. Jens lächelte nicht oft.

»Kommen sie ins Gefängnis?«, fragte ich, und ich dachte dabei an die eine Mark, die wir nicht zurückgegeben hatten. Das übereilt der Psychologin gegenüber abgegebene Geständnis verfolgte mich immer noch, mehr sogar, seit ich Bestandteil dieser gesetzesliebenden Familie war. Von denen kannte noch keiner die Verbrechen meiner Kindheit.

»Das kann passieren«, sagte Jens nickend. »Wer ein Verbrechen begeht, der kommt ins Gefängnis. Dafür sind Gefängnisse da. Wir nennen sie Justizvollzugsanstalten.« Ich schauderte, merkte mir das Wort »Justizvollzugsanstalt« und hoffte, meine sich rotglühend anfühlenden Ohren würden mich nicht verraten.

»Du bekommst deine gerechte Strafe«, war eine Formulierung, die sehr bedrohlich in unseren Ohren klang und die wir genau deshalb, ohne sie vollständig zu begreifen, beim Spielen auch oft benutzten. Im Hof des siebenstöckigen Hauses war Frank der

Cowboy, ich der Indianer und der arme kleine Mark immer die Squaw. Frank nahm alle Arten von Spiel sehr ernst, und er vermied es, mit uns Dinge zu unternehmen, die ihn dazu nötigten, seine dicke Brille abzunehmen; deshalb spielten wir auch nie mit anderen Kindern. Der drei Jahre jüngere Mark stand im Schatten seines großen Bruders, den er auf eine seltsame Art zu fürchten schien, obwohl ich niemals Gewalt zwischen den beiden erlebte; es schien eher eine freiwillige Unterordnung zu sein. Ich war etwas wie ein Freund, kein Familienmitglied, aber ich hatte meine klare Position in der Hierarchie – gerade noch über Mark. Weder Frank noch Mark oder gar Jens und Ute nannten mich jemals Bruder oder Sohn, wie ich auch immer, wenn ich versehentlich etwas Derartiges sagte, sofort korrigiert wurde. In problematischen Situationen benutzen Jens und Ute meinen Nachnamen, den sie dann besonders betonten:

»Tim *Köhrey*, das ist jetzt unangemessen«, sagten sie, den Nachnamen laut hervorhebend. Und irgendwann übernahmen Frank und Mark das auch, schließlich hießen sie anders.

»Tim *Köhrey*, du bist gefangen!«, rief Frank, kam um den Baumstamm herum, hinter dem ich mich versteckt hatte, und zielte mit der Knallplättchenpistole auf meine Stirn. Nie aufs Herz, immer auf die Stirn.

4. Erbe

In den nächsten vier, fünf Jahren bekamen wir gelegentlich Besuch von fremden Paaren, die zuerst mit Jens und Ute und anschließend mit mir sprachen – meistens nur sehr kurz. Die Leute saßen nebeneinander auf der Couch im Wohnzimmer, ich gegenüber auf dem Sessel, von dem aus Jens abends fernsah, er und nur er. Sie fragten mich Dinge wie: »Gehst du gerne in die Schule?« oder: »Was ist dein Lieblingsspiel? Magst du Tiere?«, wobei sie sich gegenseitig die Hände drückten, ab und zu merkwürdige Blicke wechselten.

»Was sind das für Leute?«, fragte ich Ute nach dem zweiten Besuch dieser Art.

»Paare, die ein Kind adoptieren möchten«, sagte sie. »Aber du bist ihnen zu alt.«

»Zu alt wofür?«

»Das weiß ich auch nicht. Sie wollen jüngere Kinder.«

An meinem zwölften Geburtstag ging Jens mit mir in den Keller und zeigte auf vier Umzugskisten, die in einer Ecke des muffigen Kabuffs gestapelt waren. »Das ist von deinem Vater. Ich denke, du bist alt genug, es zu bekommen.« Er gab mir das Vorhängeschloss und den Schlüssel, der immer noch darin steckte, und ließ mich allein in dem kleinen Raum, der durch Maschendraht von den Nachbarkellern abgetrennt war und von einer lichtschwachen Baulampe beleuchtet wurde. In allen vier Ecken hingen dunkle, dicke Spinnenweben, der Boden war feucht.

In den Kisten befanden sich Schallplatten, in der Hauptsache Singles, massenweise davon. Die unterste Kiste enthielt die Anlage meines Vaters, zwei Plattenspieler, einen Verstärker, zwei selbstgebaute Regalboxen und eine fahlweiße Apparatur von der Größe eines Schuhkartons, die in der Hauptsache aus einer Anzahl Buchsen und zwei Drehreglern bestand, die in das Sperrholz eingelassen waren. Ich schleppte die Anlage und einen Teil der Singles nach oben und fand schließlich heraus, was es mit dem weißen Kistchen auf sich hatte – es war ein Mischpult Marke Eigenbau. Man musste die beiden Plattenspieler mit dem Mischpult und das Pult mit dem Verstärker verbinden, und dann konnte man die Schallplatten, die sich auf den beiden Tellern drehten, miteinander abmischen. Es dauerte eine Weile und brauchte, wie so oft, eine zündende Erklärung von Frank, um hinter den Sinn des Ganzen zu kommen. Bis ich irgendwie verstand: Mein Papa war eine Art Ur-Discjockey gewesen. Das war *fast* ein Musiker.

Nach meiner Erinnerung hatte er einen Bürojob gehabt, aber welchen genau, das wusste ich nicht. Manchmal brachte er mir stapelweise Formulare mit nach Hause, weil ich kleiner Furz alte Akten über alles liebte und stundenlang die wichtig aussehenden Formulare mit Krakeleien überzog, die außer mir niemand verstand. Meine Mama betrieb eine Art Kosmetikstudio im Wohnzimmer. »Kosmetik« war eines der ersten komplizierteren Wörter, die ich früh aussprechen konnte. Nachmittag für Nachmittag kamen Nachbarinnen in unser Haus, um sich von Mama schminken und maniküren zu lassen. Das Wort »Maniküre« gefiel mir auch gut.

»Du erbst außerdem etwas Geld, aber erst, wenn du achtzehn bist«, sagte Ute, als wir im Wohnzimmer meinen Geburtstagskuchen anschnitten, einen Butterkuchen von Meyer, der mit Zucker bestreut war. »Die anderen Sachen sind verkauft worden.« Was *etwas Geld* bedeutete, wusste ich nicht. Etwas Geld, das waren für mich zu diesem Zeitpunkt neunzig Pfennige, viel Geld vielleicht fünf oder zehn Mark.

Das waren nicht die einzigen Überraschungen des Tages.

»Wir ziehen nach Berlin um«, eröffnete Jens, kurz bevor es in die Betten ging. »Nächsten Monat. Ich bin versetzt worden.«

Als ich Frank sehr viel später wiedertraf, lange nach meinem Ausscheiden aus der Familie, erzählte er mir, dass die Verantwortlichen in der JVA Hannover die Nase voll gehabt hatten von den Sheriffallüren meines Ziehvaters und seinem damit notwendig gewordenen häufigen Auftreten als Zeuge bei belanglosen Gerichtsverhandlungen – zuweilen mehrmals pro Woche. Außerdem hatte er seine Kollegen überwacht und sie bei Regelübertretungen angezeigt. Man hatte sich seiner entledigt.

Zwei Wochen nach dieser Eröffnung holten wir Jens zum ersten und letzten Mal von der JVA ab – Frank, Mark und ich. Es sollte eine Überraschung sein, und wir wollten endlich herausfinden, welche unglaublich wichtige Stellung er im Gefängnis innehatte, von der aus er an eine noch wichtigere und nach Berlin, wo auch immer das lag, abberufen worden war. »Er ist Direktor«, hatte Frank beschlossen. »Er foltert die Gefangenen, damit sie Geständnisse ablegen«, mutmaßte Mark. Wir hatten keine Ahnung, welche Jobs es in einer Justizvollzugsanstalt gab. Wärter, natürlich. Aber Jens konnte kein einfacher Wärter sein.

Wir umkreisten das weitläufige Gelände zweimal, bis wir endlich den Mut fanden, zur Pförtnerloge am Eingang zu gehen. Und da saß er dann auch schon, mit einer Mütze auf dem Kopf und durch ein Loch in der Fensterscheibe starrend, Jens, der Landlord der Hannoveraner Vororte. Er war der Pförtner. Als er uns sah, nahm sein Gesicht einen gequälten Ausdruck an. Ich glaube, er hat uns diesen Überraschungsbesuch niemals verziehen.

5. Transit

Nach Jens' überraschender Ankündigung ging es ziemlich schnell. Noch im August 1980, dem Monat meines zwölften Geburtstags, fuhr ein LKW vor, ein Wagen, der einen großen Kasten huckepack trug, in den wir mit Hilfe zweier einsilbiger, griesgrämiger Arbeitskollegen von Jens die Möbel und einen ganzen Haufen Kisten verluden, einschließlich der vier, in denen sich mein Erbe befand. Einige Möbelstücke waren verkauft oder auf den Sperrmüll gebracht worden, dazu gehörte das Drei-Etagen-Bett, in dem wir in der vergangenen Nacht unsere letzte gemeinsame verbracht hatten; Frank war immerhin schon dreizehn, und ich fühlte mich mit zwölf auch fast erwachsen, jedenfalls zu alt, um mit meinen Pflegebrüdern weiterhin ein Zimmer zu teilen – nach dem Umzug würde ich aufs Gymnasium gehen, durch das Drama meiner Eltern hatte ich ein Grundschuljahr verpasst. Meine Klassenkameraden lachten mich schon aus, weil ich in einem Etagenbett mit meinen Pflegebrüdern schlief. In Berlin sollten wir getrennte Zimmer bekommen, aber wie das genau aussehen würde, wussten wir noch nicht.

Nach ein paar Stunden war die Wohnung leer. Überall gab es Flecken, Stellen, an denen sich Möbel befunden hatten, und die wenigen Bilder, die an den Wänden gehangen hatten, hinterließen helle Rechtecke. Während der sechs Jahre, die ich nunmehr bei Jens und Ute verbracht hatte, war die Wohnung niemals umgeräumt oder renoviert worden; meine Pflegeeltern hatten auch kein einziges neues Möbelstück dazugekauft.

Ute würde noch ein paar Tage in Hannover bleiben, um die Handwerker zu überwachen, die ab dem Nachmittag tapezieren und streichen sollten. Darüber hatte es für Jens' und Utes Verhältnisse heftigen Streit gegeben – eine etwa fünfminütige Diskussion, an deren Ende Jens leicht die Stimme hob, wobei sich seine mittlerweile fast bei den Ohren angekommene Glatze rötete, seine Stirn sich leicht mit Schweiß belegte und seine Augen zu winzigen Schlitzen wurden. »Ich will keinen Ärger bekommen«, sagte er.

Ich saß mit Mark bei Jens im BMW, dem selben Wagen, mit dem mich die beiden damals abgeholt hatten, und dank Jens' akribischer Pflege sah das Auto praktisch unverändert aus, nur roch es schon lange nicht mehr nach der Haut von Kühen. Frank durfte mit den beiden Arbeitskollegen im LKW fahren, worum ich ihn beneidete, aber wenigstens saß ich vorn. Wir fuhren etwas später ab, weil der LKW viel langsamer fahren musste. Jens hatte es so berechnet, dass wir ungefähr zur gleichen Zeit ankommen würden.

Am Kreuz Hannover-Ost fuhr er auf die A2. Etwas später hob er die rechte Hand und zeigte auf ein Ausfahrtsschild.

»Hier ist es passiert«, sagte er und senkte die Hand wieder.

»Was ist hier passiert?«, fragte Mark. »Lehrte« hatte auf dem Schild gestanden.

»Hier sind Tims Eltern verunglückt«, erklärte Jens.

»Hier?«, war das Einzige, was ich herausbrachte. Ich war schockiert. Über den Unfall hatten wir nie wieder gesprochen, meinen Klassenkameraden hatte ich erklärt, dass meine Eltern gestorben seien, und ich hatte auch nicht weiter darüber nachgedacht. Wenn ein Mitschüler nachfragte, sagte ich automatisch: »Bei einem Autounfall.«

Jens nickte. Ich betrachtete die Fahrbahn, die keine Spuren aufwies, sah mir die Leitplanken an, das Gras und die Büsche beiderseits der Fahrbahn. Ich erwartete, dass dort irgendwas sein müsste. Ein Schild oder so was. Reste von dem zerstörten Auto. Ein Hinweis darauf, dass hier die Eltern von Tim Köhrey mit einem Sattelschlepper zusammengeprallt und gestorben waren. Aber es gab nichts. Einfach überhaupt nichts. Das verstand ich nicht. Da *musste* doch etwas sein. Meine Hände begannen zu zittern, und ich spürte, dass ich weinte, fand aber auch dafür keine Erklärung. Ich schloss die Augen, weil ich nicht sehen wollte, dass da nichts war. In diesem Augenblick vermisste ich meine Eltern schmerzlich, und die wenigen Erinnerungen, die ich an sie hatte, rasten durch meinen Kopf. Die erste Fahrt im neuen Golf, dem Auto, das die Welt ein bisschen verändern würde. Das Gesicht meines Vaters, wenn er mir einen neuen Stapel Formulare mitbrachte. Der Geruch meiner Mutter, das Wort »Kosmetik«.

Im Radio lief »Rock Your Baby« von George McCrae, ich kannte den Titel, weil es die oberste Single in der Kiste mit den neuesten Platten gewesen war, beim Erbe, der Plattensammlung meines Vaters.

Als ich die Augen wieder öffnete, sah Jens kurz zu mir herüber und nickte wieder, aber er sagte nichts. Mark legte mir die Hand auf die Schulter – die einfühlsamste Geste, die ich in dieser Familie jemals erlebt hatte und erleben sollte. Sekunden später zog er sie wieder weg.

Nach der Autobahnraststätte Helmstedt, auf der wir kurz anhielten, weil Jens uns fast zwang, zur Toilette zu gehen – »In den nächsten zwei Stunden können wir nicht mehr anhalten« –, erreichten wir den Grenzkontrollpunkt Marienborn. Ich war verblüfft. Über die DDR wusste ich so gut wie nichts, Thema in der Grundschule war das Land bisher nicht gewesen, ich hatte den Begriff zwar schon einige Male gehört, konnte aber wenig damit anfangen, und auch dass es eine Mauer gab und derlei, hing irgendwo in meinem Hirn, aber gleich neben Informationen über Irland, Island und Italien. Dass wir eine Grenze überqueren würden, irritierte mich.

»Liegt Berlin denn nicht in Deutschland?«, fragte ich unsicher, als wir am Ende einer der Dutzend Warteschlangen anhielten.

»Berlin-West schon«, sagte Jens.

»Berlinwest?«, murmelte Mark, während er seine Nase gegen die Fensterscheibe drückte. »Da sind Soldaten mit Gewehren«, sagte er und klatschte mit der linken Hand gegen die Scheibe.

»Und Berlin-Süd? Berlin-Ost? Berlin-Nord?«, fragte ich, mit den Fingern die Himmelsrichtungen abzählend.

»Es gibt nur zwei, Berlin-West und Ostberlin«, erklärte Jens, wobei er »Ostberlin« verächtlich aussprach. Er nahm seine Männerhandtasche aus Kunstleder auf den Schoß und zog seinen Pass und zwei Milchkarten heraus, Ausweise für Kinder. Auf dem Foto war ich acht Jahre alt.

»Warum gibt es zwei Berlins?«, wollte Mark wissen.

Jens ließ ein sehr leises Stöhnen hören. Er legte den Gang ein und schloss zu dem Auto vor uns auf, das sich einen halben Meter vorwärts bewegt hatte.

»Das erkläre ich ein andermal«, sagte er.

Als wir neben dem Häuschen hielten, in dem eine Art Polizist saß, versteifte sich Jens.

»Ist das ein Polizist?«, fragte Mark, der auf die Fahrerseite herübergerückt war.

»Pscht«, zischte Jens. Er starrte stur geradeaus, seit er die Papiere abgegeben hatte. Mark ließ sich gegen die Lehne zurückfallen. Aber nicht für lange. Als wir zwei Meter vorgefahren waren, zeigte er auf die merkwürdige Konstruktion, die das Häuschen, an dem wir eben gehalten hatten, mit einem baugleichen verband, das sich einige Meter vor uns befand.

»Wozu ist das?«

»Das ist ein Fließband. Unsere Ausweise werden damit transportiert.«

»Und wozu?«

Jens drehte sich um.

»Halt die Klappe.«

Was auch immer geschehen würde, diese Reise entleerte ein Füllhorn von Emotionen über mich, die ich von dieser Familie so nicht kannte.

Ein paar Minuten später hatten wir unsere Ausweise zurück und fuhren auf einer Autobahn, die aus hellgrauen Zementplatten zusammengesetzt zu sein schien, wodurch ein gleichförmiges Rattatt-Rattatt von den Reifen des BMW erklang. Die Nadel des Tachometers zeigte exakt auf die 100. Jens saß ein bisschen steif im Fahrersitz, und alle paar Sekunden blickte er zum Geschwindigkeitsanzeiger.

Nach einer Weile bemerkte ich, dass wir seltsame Gesellschaft hatten. Die wenigen Überholversuche, die Jens unternahm, betrafen in der Hauptsache LKWs oder ziemlich ulkige Autos, die irgendwie nach Spielzeug aussahen. Manchmal winkten die Menschen, die in diesen Autos saßen, zu uns herüber. Ich warf einen Blick zu Jens, aber der saß immer noch da, als hätte ihm jemand den Pullunder mit Blei ausgegossen, also fragte ich nicht. Ich winkte auch nicht zurück, lächelte den Leuten jedoch zu.

Die Landschaft, durch die wir fuhren, erschien mir etwas farbloser als die, die ich kannte.

»Das ganze Land ist von einer Mauer umschlossen«, sagte Jens nach einiger Zeit. »Ich erkläre euch das, wenn wir in Berlin sind.« Er wirkte bedrückt.

Von einer Mauer. Davon hatte ich gehört. War das eine Art Gefängnis? Bestand hier möglicherweise die Gefahr, dass man das vermauerte Land nicht verlassen dürfte, wenn man eines Verbrechens überführt würde? Ein unbehagliches Gefühl von Schuld überkam mich. Ich drückte mich in den Sitz und sah stur geradeaus, wie Jens das die ganze Zeit über tat.

Nach fast zwei Stunden ohne Pause oder die geringste Abweichung von konstanten hundert Stundenkilometern Reisegeschwindigkeit – »Das ist illegal«, flüsterte Jens auf meine Frage, warum wir nicht schneller fuhren – wiederholte sich das Procedere der Grenzkontrolle. Jens hatte gelbliche Zettel bekommen, die der polizistenartige, sogar im Vergleich zu Jens sehr blasse Mann in dem Kabäuschen behielt, dann fuhren wir auf die Avus; am Rand dieser Autobahn war mehr Wald, als ich bisher auf einmal gesehen hatte, aber Frank nickte auf Marks Frage, ob wir wirklich schon in Berlin wären. Einige Minuten später sah ich den Funkturm und das raumschiffartige, silbrig glitzernde ICC, das, wie mein Pflegevater erläuterte, der jetzt etwas gesprächiger wurde und sich sichtlich entspannte, im vergangenen Jahr eröffnet worden war.

»Vielleicht besichtigen wir das mal«, versprach er. Das Versprechen sollte er nie einlösen.

Jens hielt mit der linken Hand das Lenkrad und gleichzeitig einen Zettel, auf dem er den Weg notiert hatte. Er war zwar schon hier gewesen, um die Wohnung zu mieten, aber er hielt sich das Stück Papier trotzdem immer wieder vor die Nase.

»Kaiserdamm«, sagte er, als wir auf eine mächtige Allee einbogen. »Ernst-Reuter-Platz«, wenig später. An diesem Platz standen die höchsten Häuser, die ich je gesehen hatte, an einem war der Schriftzug »Telefunken« zu lesen, in der Mitte des Platzes sprudelte ein Springbrunnen.

»Großer Stern. Das ist die Goldelse.« Mark und ich reckten die Köpfe, drückten unsere Wangen an die Scheiben, um den goldfarbenen Engel auf dem grauschwarzen Turm sehen zu können.

Bald darauf hielten wir in der Turmstraße in Berlin-Wedding, die ab diesem Tag unser Zuhause sein würde. Jens fuhr einen kleinen Umweg, um uns die JVA Moabit zu zeigen, seinen zukünftigen Arbeitsplatz. Die Türme, die auf dem Gelände standen, ähnelten denen, die wir zuvor an der Grenze gesehen hatten, wirkten aber moderner. Er sagte nichts darüber, ob wir ihn dort würden besuchen dürften. Oder welche Position er bekleiden würde.

»Gefängnisse überall«, dachte ich, fand die Stadt aber trotzdem vom ersten Eindruck her prima.

Der Nummer-eins-Hit in Deutschland an diesem Tag war »Funkytown« von Lipps Inc.

6. Mauer

Ich habe kaum visuelle Erinnerungen an meine Eltern, natürlich war mein Vater riesengroß für mich gewesen. Erstaunlicherweise gab es nur den musikalischen Nachlass und keine Fotos, vielleicht hatte irgendwer entschieden, es wäre besser für den kleinen Pflegefall, keine Bilder von seinen Eltern zu sehen. Aber ich erinnerte mich an scherzhaft-liebevolle Äußerungen meiner Mutter, die meinen Vater manchmal »knochig« oder »spack« genannt hatte.

Ich war mit zwölf spack *und* knochig, und seit etwa einem halben Jahr wuchs ich wie der Teufel. Als mich mein Pflegevater am Montag nach unserem Umzug ins Gymnasium brachte, zur letzten Stunde, weil Jens dem neuen Arbeitgeber einen Antrittsbesuch abstatten musste, wurde mir schon beim Betreten des Klassenzimmers bewusst, dass ich zu den größten Schülern dieses Jahrgangs gehörte. Vorher, in der Grundschule, hatte ich das kaum bemerkt. Ich lächelte schüchtern in die Runde grinsender Gesichter, der Lehrer forderte die Schüler auf, zur Begrüßung aufzustehen, und ich kam mir vor wie der Funkturm, den ich am Tag zuvor zum ersten (und vorläufig letzten) Mal gesehen hatte. Ich nahm neben einem unglaublich dicken Jungen Platz, der hellblonde Stoppelhaare hatte und überhaupt nicht mehr aufhörte zu lächeln. Er war mit Abstand der fetteste Mensch, den ich je in meinem Leben gesehen hatte.

»Das ist Tim Köhrey aus Hannover«, sagte der Lehrer, ein auch ziemlich kleiner, rundlicher Mensch, der sich als Herr Pirowski vorgestellt hatte, unser Klassen- und Mathelehrer.

»Weiß jemand, von welchem Bundesland Hannover die Hauptstadt ist?«

Ich war ziemlich überrascht, dass um mich herum gut und gerne zwanzig Hände in die Höhe schossen. Hauptstadt? Bundesland? Ich wusste nicht einmal, wovon der Mann da vorne redete.

»Niedersachsen«, sagte ein Mädchen zwei Reihen hinter mir.

»Niedersachsen«, flüsterte ich. Es kam mir vor, als hörte ich dieses Wort zum ersten Mal. Nieder. Sachsen.

»Hast du Heimweh?«, fragte der dicke blonde Junge leise.

Ich schüttelte den Kopf. Ich wusste ja nicht einmal, wo genau ich mich befand.

»Ich bin Micha. Aber alle nennen mich nur Kuhle.« Er reichte mir unter dem Tisch die Hand.

»Tim«, flüsterte ich.

»In dieser Klasse schenken wir zwischen den Pausen unserem Lehrer uneingeschränkte Aufmerksamkeit«, sagte jemand direkt neben mir. Da stand Herr Pirowski, aber er lächelte.

Nach der Schule und dem Händeschütteln mit einigen neuen Mitschülern fragte mich Kuhle, wo ich wohnte. Jens hatte mir Kleingeld gegeben, um mit dem Bus zu fahren, und er hatte aufgeschrieben, welche Busse ich zu nehmen hatte.

»Wir haben den gleichen Weg«, sagte er. »Wie lange bist du schon in Berlin?«

»Seit gestern.«

»Und warst du schon mal hier?«

»Nein, noch nie.«

»Ich zeig dir was.«

Nach einigen Schritten fragte ich: »Warum wirst du Kuhle genannt?«

Er grinste. »Das hat zwei Gründe. Erstens heiße ich Kuhlmann mit Nachnamen. Und zweitens hinterlasse ich überall, wo ich mich hinsetze, eine tiefe Kuhle. Ausgenommen Holzstühle natürlich.«

Dann musterte er mich einen Moment lang. »Wir sehen wahrscheinlich aus wie Spejbl und Hurvinek«, erklärte er.

»Speibel und wer?«

»Hurvinek. Hattet ihr kein Ostfernsehen in Hannover?«
Ich schüttelte den Kopf. »Was ist Ostfernsehen?«
Er grinste wieder. »Du musst noch verdammt viel lernen!«
Wir wanderten durch einige Straßen – langsam, weil Kuhle mit seinen Beinen, von denen jedes mehr als den Umfang meines Brustkorbes hatte, eine nach der Seite ausholende Schlenkerbewegung machen musste, die ihn ziemlich ausbremste. Ich sah quasi auf ihn hinunter, er war anderthalb Köpfe kleiner als ich. Mir fiel auf, dass er Jeans trug wie wir alle, aber bei seinen waren an den Seiten Stoffstreifen eingenäht, gute zwanzig Zentimeter breit, von der Hüfte bis zu den Schuhen reichend. Dadurch verliefen die Nähte nicht an der Seite, sondern im Nordosten.

»Alle meine Hosen sehen so aus«, sagte er, als ich ihn darauf ansprach. »Meine Mutter macht das. Es gibt keine Jeans in meiner Größe.«

»Wie viel wiegst du eigentlich?«

Er verzog das Gesicht. »Das ist ein Geheimnis.«

Die Straßen hier im Wedding sahen anders aus als alles, was ich aus Hannover kannte, was genau genommen nur unser kleines Neubauviertel, in dem auch meine Grundschule gelegen hatte, die Kleingartenkolonie und einige Bereiche des zerbauten Stadtzentrums waren. Hier standen Altbauten dicht an dicht, in den Erdgeschossen gab es Läden für Knöpfe, Änderungsschneidereien, sehr viele Tabakwarenhandlungen und Kneipen, in deren Fenstern gelbliche Gardinen hingen, immer die Hälfte des Fensters bedeckend, als wäre das Vorschrift. Einige Häuser hatten seltsame trichterförmige Löcher in den Fassaden.

»Das sind Einschusslöcher, noch aus dem Krieg«, erklärte Kuhle.

»Welcher Krieg?«

Er blieb stehen und musterte mich einen Moment.

»Bist du in den letzten Jahren auch wirklich zur Schule gegangen?«

Ich nickte langsam, bekam aber das ungute Gefühl, einen gewissen Rückstand aufarbeiten zu müssen.

»Der Zweite Weltkrieg, Mensch. Der große Krieg, den die Deutschen verloren haben.«

Auf den Bürgersteigen gingen einige fremdartige Menschen, viele hatten pechschwarze Haare.

»Türken«, sagte Kuhle leise. »Sind aber nett. Wir haben in der Klasse auch einen. Gürsel. Ich stell ihn dir morgen vor.«

Kuhle erzählte ziemlich viel in den wenigen Minuten, die wir gemeinsam durch meine neue Heimat gingen. »Proletengegend«, erklärte Kuhle, grinsend, eigentlich grinste er pausenlos, außer wenn man ihn nach seinem Gewicht fragte. So nannte sein Vater den Wedding, Proletengegend. Kuhles Vater war Bauarbeiter, Kuhle hatte drei Schwestern, über die er gekünstelt stöhnte.

»Das ist sie«, sagte er irgendwann. Wir blieben stehen. Das Grinsen verschwand aus seinem Gesicht.

Auf der anderen Seite der Straße, in die wir gerade aus einer Einmündung kamen, stand die Mauer.

Eigentlich sah sie harmlos aus. Übereinandergelegte Betonplatten, dazwischen Stahlträger, und als Krone eine Röhre aus etwas, das wie Eternit aussah, alles relativ hell, jedenfalls heller als die Fassaden der meisten Häuser, die wir auf dem Weg hierher gesehen hatten.

In beide Richtungen der Straße, auf die wir nun traten, zog sie sich dahin.

»Da kommt man doch leicht drüber«, sagte ich.

»Du siehst ja auch nicht alles.«

Wir gingen ein paar Meter, währenddessen erzählte Kuhle.

»Hier drüben standen mal Wohnhäuser. Erst haben sie die Fenster zugemauert, später die Häuser abgerissen, weil immer wieder Leute durch die Keller oder die Kanalisation geflüchtet sind.«

Wir kamen an ein Holzgerüst, eine Leiter mit einer Plattform. Oben stand ein junges Paar und fotografierte.

»Du zuerst, ich will nicht auf dich drauffallen«, sagte Kuhle grinsend.

»Das ist der Todesstreifen, da sind Minen. Bomben, die explodieren, wenn man drauf tritt. Dahinter siehst du die Drähte? An denen sind Hundeleinen festgemacht. Wie bei einer Seilbahn. In den Hütten dort sind scharfe Hunde. Und die Soldaten in den Türmen haben Maschinengewehre.«

Ich konnte nichts sagen, ich war nur beeindruckt.

»Das da drüben ist die Versöhnungskirche. Die wird natürlich nicht mehr benutzt. Vielleicht reißen sie die auch noch ab.«

»Wer sind *die* denn überhaupt?«

Kuhle sah mich verdutzt an.

»Na die DDRler. Die Kommunisten. Die Russen. Der Ostblock.«

Er sah auf seine Armbanduhr.

»Ich muss jetzt. Komm, beeilen wir uns!«

Auf dem verbleibenden Rückweg sah ich in alle Straßen, die wir überquerten. Obwohl ich bei der Einreise nach Berlin einen anderen Eindruck bekommen hatte, fragte ich Kuhle: »Ist die Mauer hier überall in der Nähe?«

Kuhle lachte. »Nein. Die Stadt ist sehr groß. Wahrscheinlich viel größer als dein Hannover.«

Ich nickte, obwohl mir das erstens nicht als schlüssiges Argument erschien und Kuhle ja zweitens nicht wissen konnte, wie klein *mein* Hannover gewesen ist.

Zu Hause war noch niemand, ich hatte einige Schwierigkeiten gehabt, unseren Wohnblock zu finden, und im Treppenhaus war mir ein alter Mann entgegengekommen, der nach Scheiße stank und vor sich hin murmelte.

Jens hatte die Umzugskisten nach Räumen sortiert. In der zweiten, auf der »Wohnzimmer« stand, fand ich den Brockhaus. Viele Bücher besaßen Jens und Ute nicht, aber wenigstens eine Enzyklopädie. Ich kramte Band »M« heraus, wo unter »Mauer« nur ein

Querverweis auf »Berliner Mauer« zu finden war. Also zog ich »B« hervor.

Was mich am meisten beeindruckte, war die Tatsache, dass die Mauer am 13. August gebaut worden war, am 13. August 1961. Auf den Tag genau sieben Jahre später war ich zur Welt gekommen.

Der Nummer-eins-Hit in Deutschland am 13. August 1961 war »Wheels« von Billy Vaughn, am Tag meiner Geburt, sieben Jahre später, also 1968, war es »Du sollst nicht weinen« von Heintje.

7. Wichsen

Schon nach zwei Wochen war das Leben in Berlin für mich die normalste Sache der Welt – nein, mehr als das. Normalität, das war die Zeit in Hannover gewesen, die Zeit der Grundschule, der Streifengänge mit Jens, des Drei-Etagen-Bettes. In Hannover hatte ich keine Freunde gehabt und all meine Zeit mit Frank und Mark verbracht.

Es gab eine Gemeinsamkeit, die mir bereits klargeworden war, als wir die Wohnung inspizierten, nachdem wir die ersten Kisten abgestellt hatten. Die Wohnung hatte nur ein Zimmer mehr als die alte, und dieses zusätzliche Zimmer war nur so groß wie das Bad in der vorigen Wohnung, in das mit Ach und Krach eine kurze, schmale Wanne gepasst hatte. Das neue Minizimmer wurde Franks Refugium, und dieserart entpuppte sich Jens' Ankündigung als Lüge, wenigstens als halbe Wahrheit. Wir hatten zwar zu dritt kein gemeinsames Zimmer mehr, aber Mark und ich bekamen ein neues Doppelstockbett. Unser Raum war zwar deutlich größer als der von Frank, und ich beanspruchte unwidersprochen die obere Etage des Bettes, aber in Ruhe wichsen war ein Ding der Unmöglichkeit.

Wichsen hieß die größte Neuentdeckung dieser ersten Wochen, die überfüllt waren mit neuen Eindrücken.

Kuhle und ich waren schnell gute Freunde geworden. In meiner Grundschulklasse hatte es kein Kind gegeben, das auch nur annähernd an Kuhles Leibesfülle herangereicht hätte, aber selbst diese vergleichsweise schlanken Dicken waren permanentes Ziel des allgemeinen Spotts gewesen, mussten sich pausenlos gegen Schmähungen wehren, in eine besondere Ecke des Schulhofs zurückziehen, vielstimmige Gesänge über sich ergehen lassen. Kuhle hingegen genoss in der Klasse großes Ansehen, denn er war der

Klassenbeste und gleichzeitig hilfsbereit und freundlich. Seine Freundlichkeit überstieg alles, was ich je erlebt hatte, und es gab kaum etwas, das Kuhle aus der gemütlich-dicken, aber keineswegs trägen Reserve locken konnte. Seine Mitschüler achteten ihn, er war eine Art Jahrgangsweiser und der unangefochtene Sieger bei den Wahlen zum Klassensprecher. Dabei kannten sich die Schüler nur drei Wochen länger, als ich sie kannte.

Jens hatte Frank und mir Schülermonatskarten gekauft, hellblaue, A6-große, etwas dickere Stücken Papier, auf denen das eigene Passfoto mit Nieten befestigt war, auf die man monatlich eine Art Rabattmarke kleben musste und die fast alle Schüler in einer Klarsichthülle mit Paketschnur um den Hals trugen, wenn sie in den Bus einstiegen. Franks Realschule befand sich im selben Gebäude wie mein Gymnasium, was ihm schrecklich peinlich zu sein schien, vor allem in dem Moment, wenn wir uns trennten und ich, der ein Jahr Jüngere, in die Gymnasialklasse stiefelte, während er zu den Realschülern abbog. Frank vermied es, mit mir gemeinsam zur Schule zu fahren, auch wenn wir gleichzeitig Unterrichtsbeginn hatten. Als ich das bemerkte, sprach ich ihn auch nicht mehr darauf an, wartete einfach ab, bis er gegangen war.

Ich genoss es, in den ockergelben Doppeldeckern nach oben zu rasen, mich in die vorderste Reihe zu schmeißen und meine Füße direkt unter dem riesigen Doppelfenster auf die Haltestange zu legen. So große (und laute und *volle*) Busse hatten wir in Hannover nicht gehabt, aber ich war dort sowieso so gut wie nie mit dem Bus gefahren; unsere Grundschule hatte ich in wenigen Minuten zu Fuß erreichen können.

Trotz der Monatskarten gingen Kuhle und ich fast immer zu Fuß nach Hause. Nur bei Regen nicht. Kuhle mochte keinen Regen.

Auf diesen Wegen redeten wir über alles Mögliche, auch über sehr private Dinge, wobei Kuhle dramatisch mehr zu erzählen hatte als ich. Er war der zweite Mensch, dem ich die Sache mit dem Markstück gestand, die mich zwar nicht mehr beschäftigte, die aber als Schuld aus der Vergangenheit nach wie vor in meinem Kopf herumgeisterte. Er schüttelte sich vor Lachen, als ich ihm das erzählte. Es war das erste Mal, dass mich jemand »naiv« nannte, ein Wort, das ich wieder im Brockhaus nachschlagen musste, wie einiges von dem, was mir der dicke, freundliche Micha offenbarte. Immerhin konnte ich ihn mit dem Unfalltod meiner Eltern beeindrucken.

»Manometer«, sagte Kuhle und legte mir kurz den Arm um die Hüfte. »Manometer«, wiederholte er, während ich erstarrt neben ihm herging. Körperliche Nähe war schon innerhalb der Familie selten, aber mit Außenstehenden war sie mir völlig fremd.

Irgendwann fragte er mich, ob ich schon wichsen würde.

»Wen denn?«, fragte ich zurück. Das Wort hatte ich ein, zwei Mal von Ute gehört, wenn sie über einen von uns dreien so ärgerlich wurde, dass sie kurz davorstand zuzuschlagen – etwas, das sie wirklich nie tat und auch Jens nicht. »Du kriegst gleich eine gewichst!«, hatte sie gerufen, mit vor Wut leicht verzerrtem Gesicht.

Kuhle bekam einen Lachanfall.

»Natürlich dich selbst, du Hornochse«, sagte er lachend.

»Mich selbst?«, Ich war konsterniert. Wozu sollte ich mich selbst schlagen? Kuhle, der wie ich zu den Ältesten in unserer Klasse gehörte, versuchte, es mir zu erklären.

»Hattest du schon mal einen Steifen?«

»Einen steifen?« Ich rätselte nach dem Substantiv zum Adjektiv, kam aber auf keine Lösung.

»Einen steifen *Penis*.« Er sprach das Wort halblaut. »Ein steifes Glied. Einen steifen Schwanz.« Alle drei Sätze endeten leiser, als sie angefangen hatten.

Ja, das hatte ich. Zwei oder drei Mal in diesem Sommer war ich mit geschwollenem Pimmel aufgewacht. Das hatte mich einigermaßen beunruhigt, aber nach kurzer Zeit war die Schwellung verschwunden, ohne dass ich etwas dafür hatte tun müssen.

Natürlich hielt ich das für eine Krankheit, und ich hoffte sehr, dass es eine vorübergehende wäre, eine, die so vorübergehend war, dass man nicht mit Jens oder Ute darüber reden musste. Wie mein Husten, den ich seit zwei Jahren alle drei Monate hatte, der bei mir Keuchanfälle verursachte, aber nach ein paar Tagen wieder von selbst verschwand.

An diesem Nachmittag kam ich viel zu spät nach Hause, was mir eine Rüge von Ute einbrachte, zumal ich so aufgeregt war, dass mir keine Ausrede einfiel. »Wir haben gebummelt«, nuschelte ich. Nach dem Essen schloss ich mich im Bad ein und probierte aus, was Kuhle mir haarklein erklärt hatte.

Es war das Allergrößte auf der Welt, obwohl eine Stimme, die der von Jens nicht unähnlich war, in meinem Hinterkopf die ganze Zeit über »Das ist illegal« wisperte.

Es war eklig und zugleich befreiend. Es war beängstigend und zugleich machtvoll. Es kam mir natürlich vor und gleichzeitig befremdlich. Und es fühlte sich unglaublich gut an. Ich tat es gleich dreimal nacheinander. Ich warf das vollgeschleimte Toilettenpapier ins Klo und spülte viermal, um meine Spuren zu verwischen.

»Bist du krank? Hast du Durchfall?«, fragte Ute, die bereits vor dem Bad gewartet hatte. Ich schüttelte das gesenkte Haupt, war mir sicher, man würde mir ansehen, was ich gerade Schmutziges – das musste es sein, schmutzig und *ill-egal*, schließlich sprach niemand darüber – getan hatte, aber Ute drückte sich nur an mir vorbei.

Ich war sehr gut in Deutsch, Mathe und Englisch und eine Null in Geschichte, Erdkunde und Sport. Wir hatten außerdem noch Physik, Chemie, Biologie und Französisch, was für meine Mitschüler ebenso neu war wie für mich, aber mein Rückstand in Geschichte und Erdkunde hatte eine problematische Seite. Die Noten, die wir nach dem ersten halben Schuljahr bekommen sollten, waren ausschlaggebend dafür, ob wir auf dem Gymnasium bleiben oder in die im gleichen Haus befindliche Realschule wechseln mussten. Es stand außer Frage, dass Kuhle das Probehalbjahr bewältigen würde, und alleine deshalb musste ich mich anstrengen, den Rückstand aufzuarbeiten. Wenigstens den in Geschichte und Erdkunde. Sport war mein Ding nicht und würde es nie sein, ich hörte meinen halbwüchsigen Körper förmlich knirschen, knacken und sich sonst wie wehren, wenn ich auf dem Barren die Arme durchdrückte oder einen orangefarbenen, viel zu schweren Ball in Richtung des mikroskopisch kleinen Basketballkorbes zu schlenzen versuchte. Sport strich ich im Geiste, was zu Hause kein Problem war, denn gegen Frank, von jeher quasi die Referenzniete im Turnen, war ich immer noch der zukünftige Anwärter auf einen Weltmeistertitel aller Klassen. Immerhin legten Jens und Ute großen Wert auf respektable schulische Leistungen, was sie mit Hilfe eines ausgeklügelten Systems von häuslichen Strafarbeiten und Süßigkeitenzuwendungen durchzusetzen versuchten. Erfolgreich.

Aber es gab in meiner Pflegefamilie niemanden, der mir bei meinem Problem helfen konnte. Jens und Ute hatten Schulzweige besucht, die es inzwischen überhaupt nicht mehr gab, die aber in etwa mit der Hauptschule vergleichbar waren, so viel wusste ich, seit es die, natürlich sehr kurze, Diskussion um meine Gymnasialempfehlung und ihre Folgen gegeben hatte – immerhin ging Frank auf die Realschule, und Mark kämpfte mit großen Problemen in der vierten Klasse, die ich mit einer Armada Einsen auf dem Zeugnis beendet hatte. Kuhle bot mir an, mit mir zu lernen, aber trotz seiner Fähigkeiten war mir bewusst, dass er seine Kompetenzen damit überschätzte. Also sprach ich den einzigen Erwachsenen an, den ich bis dahin in Berlin etwas besser kannte, meinen Klassenlehrer, Herrn Pirowski.

Der Nummer-eins-Hit in Deutschland in dieser Zeit war »Xanadu« von Olivia Newton-John & Electric Light Orchestra.

8. Schüttelfrost

Ich schaffte das Probehalbjahr, obwohl ich mir in jeder freien Minute einen herunterholte. Die beste Handhaltung hatte ich schnell entdeckt, Zeige- und Mittelfinger unten, Daumen oben, und ich wichste von Tag zu Tag schneller, mit einer mordsmäßigen Frequenz, um nicht erwischt zu werden, manchmal allerdings so oft nacheinander, dass mein Pimmel anschließend stark gerötet war und beim Kontakt mit dem Hosenstoff brannte, einmal entzündete er sich sogar, die Vorhaut – solche Begriffe kannte ich inzwischen von Kuhle – blähte sich auf, als hätte sie jemand aufgepustet, aber ich wagte es nicht, Jens oder Ute um Rat zu fragen, was ich ohnehin so gut wie nie tat. Am Tag darauf war die Schwellung wieder verschwunden. Eine subtile Achtung vor den Selbstheilungsfähigkeiten meines Körpers stellte sich daraufhin bei mir ein. Ich reduzierte meine Freizeitbeschäftigung ein wenig, wenn auch nur sehr geringfügig.

Während des Probehalbjahrs bekam ich zweimal in der Woche Nachhilfe von einer Schülerin aus der neunten Klasse, in der Herr Pirowski ebenfalls Mathe gab. Das Mädchen war ein gutes Jahr älter als ich und hieß Sabrina. An den Nachhilfetagen musste Kuhle alleine nach Hause gehen, weil ich mit Sabrina in der Schule blieb, um Geschichte und Erdkunde zu pauken.

Sie war die ältere Schwester von Christian Ergel, dem unbeliebtesten Schüler meiner Klasse. Wir nannten ihn »Blutegel« oder einfach nur »Egel«, weil er sich an alle Gruppen, die sich irgendwo bildeten, anschlich und sie belauschte, selbst aber keiner Gruppe zugehörte. Christian war ein schmaler, linkischer Junge, der ein ganz klein wenig schielte, insgesamt etwas von einer Ratte hatte. Er gehörte leistungsmäßig zum Mittelfeld der Klasse, war ein ziemlich ruhiger Schüler, aber eine gnadenlose Petze. Jedenfalls behaupteten das alle.

Sabrina hingegen strahlte. Sie hatte glänzende tiefschwarze Haare, die ein nur ganz leicht kantiges Gesicht umrahmten, das von Sommersprossen überzogen war, vor allem auf der sehr kleinen Nase, und aus dem mich die blauesten Augen ansahen, die ich je erlebt hatte. Dagegen hatte das Blau meiner eigenen Augen die Farbe von völlig ausgewaschenen Jeans. Ich war noch nicht zu Aquamarin-, Sonnenaufgangs- und Brandungsblauvergleichen in der Lage, hätte sie aber angebracht.

Sie war freundlich, aber bestimmt, lächelte nicht so oft wie Kuhle, wenn sie es aber tat, konnte ich den Blick aus mir unerfindlichen Gründen nicht mehr abwenden.

»Alles in Ordnung?«, fragte sie dann, weiterhin lächelnd, und klopfte mit der Fingerspitze auf die aufgeschlagene Seite des roten Geschichtsbuches. Sabrina ignorierte meine – allerdings auch etwas halbherzigen – Versuche, mit ihr über etwas abseits der Nachhilfethemen zu reden; ich selbst verstand ehrlich gesagt überhaupt nicht, warum ich diese Versuche unternahm. Meine diesbezügliche Erfolglosigkeit enttäuschte Kuhle, der mich regelmäßig über Sabrina befragte.

»Was interessiert dich so sehr an ihr?«, fragte ich.

»Sie ist das schönste Mädchen der Schule«, sagte er.

»Wie willst du das wissen?«

»So was weiß man.«

Mädchen stellten zu diesem Zeitpunkt eine fremde Welt für mich dar. Ich hatte außerhalb der Klasse keinen Kontakt mit ihnen und auch kein Interesse daran, tatsächlich fürchtete ich mich ein wenig vor ihnen, da ich nichts von dem verstand, was sie taten oder sprachen. Es machte mich stutzig, dass mich Kuhle auf diese Art befragte. Davon abgesehen war Sabrina auch noch ein *älteres* Mädchen. Anders als an der Grundschule, wo all diese Dinge überhaupt keine Rolle gespielt hatten, besaß das Alter insbesondere der Jungs hier große Bedeutung. Die Mädchen sprachen in den Pausen, wenn überhaupt, nur mit älteren Jungs. Die älteren Jungs sprachen so gut wie niemals mit jüngeren. Als männlicher Schüler der untersten Klassenstufe verfügte man über ein sehr eingeschränktes Bezugsfeld, das sich letztlich in den männlichen Mitschülern der gleichen Jahrgangsstufe erschöpfte.

Mein Hobby blieb bis zum Ende des Probehalbjahrs ein vollkommen technischer Vorgang. In meinem Kopf tat sich quasi überhaupt nichts, während ich wie ein Indianer, der mit zwei Stöcken Feuer zu machen versucht, rubbelte, um nach selten mehr als einer Viertelminute weißen Schleim abzusondern, was mich in einen Zustand der Zufriedenheit versetzte, der mit nichts, was ich kannte, irgendwie vergleichbar war. Gleichzeitig löste es Schuldgefühle aus, zuweilen auch Panik, wenn ein Pflegefamilienmitglied vor der Klotür stand und einfach ahnen *musste*, was ich während meiner sich häufenden Sitzungen tat.

Eines Abends tat ich es im Bett. Das geschah so gut wie nie, weil sich der Takt meiner Bewegungen sofort auf das Gestell der nicht besonders soliden Doppelstockschlafstätte übertrug. Als ich es einmal probierte, fragte Mark von unten leise: »Tim, was machst du da oben?«

Ich erstarrte und begann damit, so zu tun, als würde ich schnarchen. Es klang ein bisschen wie Husten.

»Papa, was ist Schüttelfrost?«, fragte Mark am nächsten Morgen am Frühstückstisch, wobei er mir einen Blick zuwarf, den ich nicht einordnen konnte.

An diesem Abend aber war ich allein. Mark und Ute waren nach Hannover gefahren, um Verwandte zu besuchen, Frank hockte in seinem Kabuff und hörte Radio, er hatte kurz zuvor einen Radio-Kassettenrecorder geschenkt bekommen, um den ich ihn fürchterlich beneidete. Jens saß im Wohnzimmer und schaute »Derrick«.

Ich war sicher, also tat ich es. In meiner linken Hand knüllte ich ein Tempotaschentuch, mit dem ich anschließend die Spuren beseitigen wollte. Ich würde es bis zum Aufstehen in der Hand behalten, am Morgen ins Bad schmuggeln, ins Klo werfen und drei oder vier Mal nachspülen.

Erst war alles ganz normal, während der ersten zwanzig Sekunden, und ich spürte bereits, dass es nicht mehr lange dauern würde. Und dann sah ich plötzlich Sabrina vor mir, ihr Gesicht, ihre nackten Unterarme, die leichten Wölbungen unter dem T-Shirt, deren Bedeutung mir technisch durchaus bewusst war; in Biologie stand nämlich gerade Sexualkunde auf dem Programm.

Etwas veränderte sich. Der Ablauf hatte eine neue Qualität, eine bessere. Ich verstand nicht, was genau geschehen war, bekam aber erstens eine Ahnung davon, warum mich Kuhle über Sabrina auszufragen versuchte. Und zweitens bemerkte ich, dass ich an sie dachte, obwohl ich mein Ejakulat längst in das geknüllte Tempo gewischt hatte. Auf eine andere Art, als ich das bisher getan hatte.

Leider hatte ich das Probehalbjahr zu diesem Zeitpunkt bereits hinter mich gebracht. Die Nachhilfestunden waren obsolet geworden; mein Rückstand war zwar noch nicht völlig ausgeglichen, aber auf ein handhabbares Maß eingeschmolzen, den Rest würde ich allein bewältigen. Ich sah Sabrina nur noch auf dem Schulhof, wo sie meinen zaghaften Gruß zwar erwiderte, mir aber keine besondere Aufmerksamkeit schenkte. Tatsächlich zog ich in Erwägung, mich dem Egel anzunähern, um auf diese Art den Kontakt zu seiner Schwester aufrechterhalten zu können, aber dieser Gedanke war so überaus befremdlich, dass ich ihn sofort wieder verwarf – außerdem hätte mich Kuhle dafür verachtet.

Gut, ich sah Sabrina nicht nur auf dem Schulhof, sondern fünf, sechs Mal am Tag, während ich auf dem Badewannenrand saß und mit großer Hingabe und ihrem Bild vor Augen onanierte. – Ornanierte, wie wir es damals nannten.

Der Nummer-eins-Hit in Deutschland zu dieser Zeit war »Angel of Mine« von Frank Duval.

9. Fahrerflucht

Jens arbeitete im Zwei-Wochen-Turnus Schicht, auch an den Wochenenden, danach hatte er jeweils volle sieben Tage frei. Etwa ein Jahr nach dem Umzug, kurz vor Beginn meiner ersten großen Ferien in Berlin, trat auch Ute eine Arbeitsstelle an, in einer Edeka-Filiale in der Stromstraße, nicht weit von zu Hause. Sie saß an der Kasse und tippte die Preise ein. Ich ging einmal mit Kuhle an der Filiale vorbei, wir standen ein Weilchen vor dem Schaufenster und beobachteten Ute. Großen Spaß schien ihr die Arbeit nicht zu machen, aber ihr Gesichtsausdruck ließ wie der von Jens selten verlässliche Rückschlüsse auf ihr Innenleben zu. »Spejbl und Hurvinek«, sagte Kuhle wieder, als er uns in der Schaufensterscheibe sah. Ich nickte, obwohl keiner von uns beiden Segelohren hatte, außerdem war die kleinere der Puppen aus der tschechischen Serie nicht dick. Inzwischen wusste ich, was Ostfernsehen war, obwohl es Jens nicht mochte, wenn wir uns das ansahen.

Durch Utes Job wurden wir Schlüsselkinder. Mark trug seines um den Hals, Frank und ich hatten unsere Schlüsselbunde in den Hosentaschen, wo man sie mit der Hand klimpern lassen konnte; wir waren zu alt, zu erwachsen für Halsbänder, außerdem trugen wir dort schon unsere Monatskarten, allerdings nicht mehr lange. Aber nicht nur das hatte sich geändert. Zum Mittagessen gab es jetzt belegte Brote, die Ute morgens zubereitete und die im Kühlschrank auf uns warteten. Die warmen Mahlzeiten fanden meistens erst abends statt. Gemeinsame Mahlzeiten zu fünft gab es allerdings kaum noch.

Während ich mich immer wohler in Berlin fühlte, zumal ich jetzt die Möglichkeit hatte, an den Nachmittagen durch die Stadt zu streunen – schließlich waren zwei Bus-Linien und ein U-Bahn-Netzbereich mit meiner Monatskarte zu befahren –, und ich mich, wann immer ich wollte, meinem fröhlichen Hochfrequenzhobby widmen konnte, ohne dass Jens ins Bad kommen konnte, ging es den anderen in meiner Pflegefamilie weniger gut.

Seit dem Umzug fehlte der Kleingarten, und im räumlich begrenzten Berlin gab es weit mehr Anwärter auf eine »Laube«, wie es hier genannt wurde, als freiwerdende Parzellen. Da das nächste mit dem Auto erreichbare Reiseziel im Bundesgebiet rund hundertachtzig Autokilometer westlich lag, gab es eine große Schieflage, was Angebot und Nachfrage anging. Jens kurvte Sonntage lang durch die Stadt, sprach bei Kleingärtnervereinen vor und ließ sich auf Wartelisten setzen, aber Aussicht auf Erfolg gab es kurzfristig keine. Das frustrierte ihn sichtlich, mehr noch, als es der Job in der Moabiter JVA tat, wo er offenbar niedriger in der Hierarchie stand als zuvor in Hannover. Er redete weiterhin nicht viel, sogar eher weniger, aber es war ihm überdeutlich anzumerken, dass ihm die Veränderungen zu schaffen machten. Er war unglücklich. Auf eine leise, auf Jens-Art, aber spürbar.

Anfang der Achtziger war die Parkplatzsituation in Berlin noch eine andere. Man fuhr irgendwohin und stellte sein Auto ab, und damit hatte es sich. Die Alternative Liste, Vorgänger der Grünen in Berlin, war zwar im Frühjahr erstmals ins Abgeordnetenhaus eingezogen, aber die erste rot-grüne Koalition lag noch in weiter Ferne. Begriffe wie »Parkraumbewirtschaftung« und »Busspur« sollten erst noch erdacht werden.

Deshalb parkte der BMW direkt vor der Tür. Wenn man unser Haus verließ, dessen schmucklose und irgendwie schmutzig wirkende Fassade derjenigen der Nachbarhäuser glich, befand sich nur wenige hundert Meter weiter links das Amtsgericht Tiergarten, ein beeindruckender Bau aus roten Ziegeln. Die JVA Moabit, Jens' Arbeitsplatz, lag quasi direkt hinter dem Amtsgericht, nur eine Querstraße weiter, die »Alt-Moabit« hieß. Außerdem gab es eine Polizeidienststelle in unmittelbarer Nähe.

»Wir leben hier praktisch in einer der sichersten Gegenden Berlins«, hatte Jens einmal behauptet, als wir einen Spaziergang durch die wenig malerische Umgebung machten. »Gericht, Justizvollzugsanstalt, Polizei, alles in der Nähe«, sagte er, nicht ohne Stolz. Trotzdem, oder vielleicht sogar genau deshalb, plante er, seine Streifengänge kurzfristig wiederaufzunehmen.

Sein Stolz auf die vermeintliche Sicherheit der Gegend, die tatsächlich zu einer der kriminalitätsreichsten Ecken Berlins gehörte, hielt bis zu einem Morgen im Oktober 1981. Jens hatte frei, war aber mit uns Kindern aufgestanden. Wir waren gerade mit dem Frühstück fertig, und ich saß im Flur und schnürte meine Schuhe, als es klingelte. Eine Gegensprechanlage hatte das Haus nicht, und auch keinen Summerknopf, den man drücken konnte, um die Haustür, drei Stockwerke tiefer, zu öffnen. Frank hatte erst um neun Schulbeginn, also ging ich nach unten, weil ich sowieso losmusste. Vor der Tür standen zwei Polizeibeamte, und das waren tatsächlich die ersten Polizisten, mit denen ich seit jenem Abend bei Tante Ina Kontakt hatte. Inzwischen waren die Polizeiuniformen bundeseinheitlich dottergelb und grün. Das Blau damals hatte mir besser gefallen.

»Ja?«, fragte ich vorsichtig. Möglicherweise war notorische Wichserei sogar strafbar.

Der eine Polizist wies mit dem Daumen über seine Schulter hinter sich, wo direkt vor der Haustür Jens' BMW parkte.

»Ist das der Wagen deines Vaters?«

Ich wollte eigentlich richtigstellen, dass Jens nicht mein Vater war, nickte aber stattdessen nur. Ich drehte mich um, ging ein paar Schritte in den Flur und rief nach oben: »Jens, es ist was mit dem Auto. Hier ist Polizei.«

Die Turmstraße war durch eine Mittelinsel geteilt, und direkt vor unserem Haus befand sich eine Aussparung, durch die man die Fahrtrichtung wechseln konnte. Ein LKW-Fahrer musste sich dabei verschätzt haben, jedenfalls war die komplette Fahrerseite des BMW aufgerissen, als hätte man sie mit einer gigantischen Kreissäge traktiert, beide Fensterscheiben waren herausgeplatzt. Vermutlich war das mitten in der Nacht geschehen, aber die Scherben auf der Straße waren erst jetzt bemerkt worden. In der Gegend standen viele beschädigte Autos am Straßenrand, doch keines davon sah so schlimm aus wie der BMW von Jens.

Er kam durch die Haustür und sah mich neben den Polizisten auf der Straße stehen. Erst zögerte er kurz, betrachtete sein Auto, dessen Beifahrerseite völlig intakt war, dann machte er zwei, drei Schritte. Es war noch nicht ganz hell, vermutlich sah er in diesem Moment, dass die Scheiben auf der Fahrerseite zerbröselt waren. Er hielt wieder inne, ließ die Schultern fast unmerklich nach vorne sacken, und dann kam er zu uns.

»Fahrerflucht«, sagte einer der beiden Polizisten, bevor Jens das volle Ausmaß der Katastrophe sehen konnte.

Er reagierte kaum. Er nahm eine Hand vor den Mund, seine Schultern sackten noch etwas mehr ab, und seine kleinen Augen wurden feucht. Jens weinte nicht, ich sah ihn überhaupt nur ein einziges Mal weinen, aber nicht an diesem Tag.

»Mein Auto«, sagte er, ganz leise. Er wiederholte es zwei, drei Mal. »Mein Auto.«

Dann drehte er sich um und ging ins Haus. Die Polizisten sahen sich kurz an, zuckten mit den Schultern und folgten ihm. Ich rannte los, zur Bushaltestelle, denn ich war bereits zu spät dran.

Als ich von der Schule zurückkam, befand sich der Wagen noch immer vor der Tür. Jens stand am Wohnzimmerfenster, das zur Straße ging, schwieg und ließ die Arme an den Seiten herunterbaumeln. Ich sagte »Hallo«, aber er reagierte nicht.

Der Täter wurde nicht gefunden, Jens brachte den Wagen zwar in eine Werkstatt, um ihn instand setzen zu lassen, was ziemlich viel Geld kostete, wie ich den Gesprächen entnehmen konnte, aber anschließend war es nicht mehr dasselbe. Er ließ das Auto verkommen. Ute fuhr ab und an damit in die Waschstraße, aber Jens füllte nur noch Benzin, Öl und Wischwasser nach. Er wurde noch verschwiegener, und er verlor für eine Weile jegliches Interesse daran, sich am Freitagabend Krimiserien anzuschauen. Außerdem hörte er auf, meine und Franks Hausaufgaben zu korrigieren, die wir am Nachmittag auf den Fernseher zu legen und nach dem Essen abzuholen hatten, um möglicherweise noch etwas nachzuarbeiten. Er tat es einfach nicht mehr, sie lagen stets unverändert und ohne seine in winziger Bleistiftschrift am Rand angebrachten Anmerkungen da.

Es wurde spürbar kälter in meiner Pflegefamilie. Jens und Ute schienen sich voneinander zu entfernen, Frank kämpfte mit Problemen in der Schule, und bei all dem merkte keiner, was mit Mark geschah.

Der Nummer-eins-Hit in Deutschland an dem Tag, an dem ein anonymer LKW-Fahrer straflos Jens' BMW beschädigt hatte, war »Ja wenn wir alle Englein wären« und stammte von Fred Sonnenschein alias Frank Zander.

10. Lippenstift

Wenn ich Kuhle zu Hause besuchte – es geschah immer häufiger – und dort seiner gebirgigen, vor fröhlicher Herzlichkeit überströmenden Mutter begegnete, neben der selbst der fette Kuhle wie der knapp hundertzwanzig Meter hohe Berliner Teufelsberg neben dem Mount Everest aussah, gewann ich einen Eindruck davon, was in meiner Pflegefamilie anders, sehr wahrscheinlich falsch lief.

Zur Begrüßung wurde Kuhle umarmt und auf die Wange geküsst, ein lauter Schmatzer, der aber nichts von dieser vereinnahmend-angeberischen Küsserei hatte, mit der Franks und Marks Tanten und Onkel ihre Neffen begrüßten, bei ihren überaus seltenen Besuchen oder unseren noch selteneren Gegenbesuchen, bei denen ich eine Art geduldeter Zaungast war, nur deshalb mitgenommen wurde, weil es weniger aufwendig war, als einen Aufpasser für mich zu organisieren. Schließlich gehörte ich nicht zur Familie.

Glücklicherweise hatten solche Ereignisse nie sehr lange gedauert, und in Berlin war es bisher nur Onkel Jan gewesen, der uns besucht hatte, Jens' älterer Bruder, der ihm fast aufs Haar glich, nur etwas größere Augen hatte, aber ebenso wenig sprach. Die beiden hatten im trüb beleuchteten Wohnzimmer gesessen, einander gegenüber, und sich angeschwiegen, was mir einen Schauer über den Rücken gejagt hatte, als ich zufällig an der offenen Tür vorbeikam. Vielleicht, dachte ich mir damals, kannten sie aber auch eine Art von Kommunikation, die nur solche Brüder kennen können.

Kuhle genoss den Schmatzer, den ihm seine Mutter aufdrückte, und es schien ihm kein bisschen unangenehm zu sein. Fast beneidete ich ihn ein wenig darum, aber seine gewaltige Mutter legte auch um mich ihre Arme und presste mich an sich. Ich hielt dann immer den Atem an, bis sie mich entließ und sagte: »Schön, dass ihr so gute Freunde seid.«

»Das finde ich auch«, antwortete ich, was mich selbst überraschte; anderswo wäre mir eine derartige Offenlegung meiner Gefühle peinlich gewesen, zuallererst vor meiner eigenen, der Pflegefamilie.

Bei den Kuhlmanns spielte, was mich wenig wunderte, das Essen eine große Rolle, und obwohl es diesbezüglich keinen Geiz bei mir zu Hause gab, beeindruckte mich schon, was ein Junge meines Alters und drei Schwestern, die jeweils ein Jahr jünger waren, die älteste im Jahr nach Kuhle geboren, so wegfuttern konnten. Die Mädchen waren zwar auch dick im Verhältnis zu meinen Leuten, und ganz sicher im Vergleich zu mir, dessen spitze Ellenbogen und knochige Schultern so manche Bemerkung in der Umkleidekabine provozierten, wogegen Kuhle übrigens sofort einschritt, aber sie waren *Gerten* neben Mama Kuhlmann und meinem gewichtigen Freund. Beim Vertilgen der bombastischen Portionen Königsberger Klopse, Koteletts – nie weniger als zwei pro Nase – mit Mischgemüse und Kartoffeln, hausgemachter Buletten mit Püree, Wagenladungen Spaghetti mit Schinken und Sahnesauce, fetter, dicker Eierkuchen und anderer Schonkost, die Mama Kuhlmann auftischte, hielten sie mit ihrem Bruder und der Mutter problemlos mit. Während ich nach einem Drittel, spätestens der Hälfte der kredenzten Menge zu ächzen begann, was Frau Kuhlmann eine sorgenvolle Mimik ins Gesicht trieb, futterten die Geschwister, als gäbe es während der kommenden Tage höchstens »trocken Brot«, wie Kuhles Mutter Essensmengen diesseits derer nannte, die sie als Mindestmaß betrachtete.

»Bei euch gibt's wohl nur trocken Brot«, stellte sie mehr fest, als dass sie es fragte, legte einen bedrückten Gesichtsausdruck auf und betrachtete kopfschüttelnd die Reste auf meinem Teller. Kurz nachdem wir das Essen beendet hatten und in Kuhles Zimmer gegangen waren, erschien sie schon wieder mit Tellern, auf denen sie »Häppchen« präsentierte. Meistens waren das dick beschmierte, mehrschichtig mit Wurst belegte Stullen. Mir wurde fast übel von dem Anblick, aber Kuhle langte zu, kaum dass seine Mutter das Zimmer verlassen hatte. Ich knabberte verlegen an einer Gewürzgurke, die sich wahrscheinlich allein aus dekorativen Gründen in dem Ensemble befand. Obst und Gemüse standen nicht sehr hoch im Kurs bei den Kuhlmanns, dienten bestenfalls der Mengenvergrößerung oder der Optik. Der Werbespruch »Fleisch ist ein Stück Lebenskraft«, mit dem später dem verstärkten Vegetarismus zu begegnen versucht wurde, hätte bei den Kuhlmanns erdacht worden sein können. Nur dass sie wahrscheinlich auf den Einschub »ein Stück« verzichtet hätten. Vermutlich hätte ihre Variante schlicht »Fleisch!« gelautet.

Die Wohnung war weitaus gemütlicher und wärmer als unsere, und es war ihr viel deutlicher anzusehen, dass Menschen darin lebten. Der erzwungene Umzug war der einzige Anlass gewesen, aus dem Jens und Ute gewisse Veränderungen vorgenommen hatten, seitdem hatte sich nichts mehr getan in unserer Wohnung. Bei den Kuhlmanns dagegen herrschte eine Art geordnetes Chaos, und es kam selten vor, dass ich Kuhle zweimal nacheinander besuchte, ohne dass sich etwas verändert hatte. Seine Mutter rückte Möbel, strich Wände, kaufte Krempel, den sie irgendwo hinstellte, während sie anderen aussortierte und in die Mülltonne warf.

Tatsächlich aber musste es den Kuhlmanns wirtschaftlich schlechter gehen als uns. Kuhles Vater war Bauarbeiter, zwar Polier, aber niemand, der Millionen nach Hause brachte, die Mutter Hausfrau. Jens und Ute arbeiteten beide, und ich wusste, dass meine Anwesenheit im Haus letztlich mehr einbrachte, als sie kostete. Trotzdem wirkte es, als wären die Kuhlmanns sehr viel reicher, auf eine Art, die ich damals noch nicht einzuordnen wusste und die mich nicht neidisch machte, sondern seltsam traurig, vor allem, wenn ich im Anschluss nach Hause gehen musste.

Manchmal saß Kuhles Oma im Wohnzimmer, wenn wir kamen. Die Eltern seines Vaters lebten nicht in Berlin, aber seine Oma mütterlicherseits wohnte nicht weit entfernt, weshalb sie oft zu Besuch erschien. Sie war eine ziemlich kleine, puppenhafte, weißgelockte Frau mit spärlichen Bewegungen, wodurch sie einen ziemlich krassen Gegensatz zur eigenen Tochter bildete, die wiederum viel von einem sehr beweglichen Stück Schwarzwälder Kirschtorte hatte, als Kopf die rotleuchtende Maraschinokirsche.

Oma Kuhlmann aß verhältnismäßig wenig – also in etwa so viel wie mein Pflegevater – und saß meist am Fenster in einem gepolsterten Stuhl, vor sich einen kleinen Tisch. Sie liebte Legosteine. Während wir noch knietief im Mittagsmahl steckten oder mit Mama Kuhlmann über die Schule sprachen, erklang ein Klicken und Klacken aus ihrer Ecke. Meistens baute sie Schlösser nach, aus dem Gedächtnis, von Versailles über Windsor Castle bis Neuschwanstein. Die fertigen Gebäude, die allerdings bestenfalls abstrakte Ähnlichkeit mit den Originalen hatten, zerlegte sie im Anschluss gleich wieder, während ein strahlendes Lächeln in ihrem glatten, erstaunlich faltenarmen Gesicht stand, und gleich darauf begann sie mit dem nächsten. »Fertig«, sagte sie kurz, wenn sie ein Gebäude beendet hatte, womit sie mich ein, zwei Mal ziemlich erschreckte, und machte sich sofort daran, die Steine Schicht für Schicht wieder abzutragen.

Mein Freund hatte ein eigenes Zimmer, das in etwa so klein war wie das von Frank, und sein Vater hatte auf halber Höhe des hellen Altbauraums ein Gestell aus wuchtigen Holzbohlen eingezogen, auf dem sich Kuhles Bett befand, eingerahmt von Büchertürmen. Wenn er die Leiter hinaufstieg, um ein Buch oder ein Spiel zu holen, ächzte die Konstruktion, aber Kuhle lächelte nur und sagte: »Keine Angst, was mein Vater baut, das hält bombenfest.«

Und das stimmte.

Unter dem Gestell stand sein Schreibtisch, außerdem befand sich dort eine kleine Sitzgruppe, deren größte Sitzgelegenheit, ein verschlissener Ohrensessel, eine tiefe Einbuchtung zeigte, praktisch eine Sitzgrube. »Siehst du«, hatte Kuhle gesagt und auf den Sessel gewiesen, als ich zum ersten Mal in seinem Zimmer gewesen war. »Die anderen Sitzgelegenheiten sind für Gäste«, hatte er grinsend hinzugefügt.

Bei Kuhle machten wir oft gemeinsam Hausaufgaben, vor allem, seit Jens damit aufgehört hatte, sich dafür zu interessieren, danach quatschten wir, oder wir stöberten durch die vielen Bücher, spielten Karten, Kuhles große Leidenschaft – von meiner Ex-Nachhilfelehrerin Sabrina abgesehen, die er nicht aus den Augen ließ, sobald sie irgendwo auftauchte. Ich hatte mich in dieser Hinsicht mit meiner persönlichen Art der Bewältigung gut ab- und zurechtgefunden.

Alle meine männlichen Klassenkameraden gruppierten sich in den Pausen zu Skatrunden; Gameboys und Handys gab es noch nicht. Es machte Kuhle ein bisschen fassungslos, dass es ihm bisher noch nicht gelungen war, mir das Prinzip des Skatspiels beizubringen. Ich wusste nach wie vor nichts mit »Ohne zwei, Spiel drei« anzufangen. Mir war zwar klar, wie man den Wert eines Spiels errechnete und sich beim Reizen verhielt, aber ich war noch immer nicht dazu in der Lage, ein gewinnbares Spiel zu erkennen. Oder eben zu gewinnen. Wenn ich zwei Siebenen hatte, reizte ich auf Null, waren ein Ass und ein oder zwei Buben auf der Hand, versuchte ich einen Grand, diese Spiele wenigstens hatte ich im Ansatz kapiert. Natürlich gewann ich sie nicht.

»Du bist doch sonst nicht so blöd«, schimpfte Kuhle. Selbst wenn wir mit »Kalle« spielten, dem blinden dritten Mann, also einem Kartenstapel, von dem jeweils die oberste Karte gezogen wurde, gelang es mir selten, die zum Sieg nötigen 61 Punkte zu erreichen.

»Willst du wirklich Buben ziehen«, nörgelte er, wenn ich mit einem Spiel zwei einen Grand versuchte und meinen einzigen Bauern auf den Tisch schmetterte – die Kraft beim Aufdentischlegen

einer Karte schien mir dabei fast bedeutungsvoller als ihr Wert.
»Du hast doch nur einen.«
»Woher weißt du das?«
»Ich habe die anderen drei, du Hirni. Und denk doch auch mal an den *nächsten* Stich.«
So ging es nachmittagelang. Trotzdem machte es mir Spaß.

Wenn ich dann zu meiner Pflegefamilie zurückkehrte, war es ein bisschen, wie aus dem Sommer direkt in den Winter zu kommen. Als würde jemand die Sonne einfach ausknipsen und es in einer grauen Dämmerung auf die prächtig blühenden Wiesen schneien lassen. Es wurde kalt und dunkel.

Bei uns war es sehr viel stiller als bei den Kuhlmanns. Seit Frank, Mark und ich nicht mehr miteinander spielten, lebten wir nebeneinanderher, aber das betraf nicht nur mich, auch die Brüder schienen nur noch wenig Interesse am jeweils anderen zu haben. Mark ging inzwischen auch auf die Oberschule, aber auf eine andere als wir; er hatte keine Realschulempfehlung bekommen, es auf Drängen seiner Eltern aber trotzdem versuchen müssen, und inzwischen besuchte er die Hauptschule, nach einem ziemlich versiebten ersten Halbjahr, an dessen Ende man ihn zum Wechsel gezwungen hatte. Frank schloss sich in seinem Kabuff ein, sobald er nach Hause kam, stellte das Radio an und lernte, wie ich vermutete, denn auch er kämpfte mit schwachen Schulnoten. Erst beim Abendessen trafen wir ihn wieder, und die Gespräche bei dieser Mahlzeit hatten sich auf ein paar Floskeln reduziert, interesseloses Fragen nach dem Schultag, dem Arbeitstag, dem abendlichen Fernsehprogramm. Es fehlte nur noch, dass jemand »Wie geht's?« in die Runde warf.

Eine besondere Nähe zu meiner Pflegefamilie hatte ich nie verspürt, vor allem, weil es meine Pflegefamilie immer gut verstanden hatte, eine gewisse Distanz mir gegenüber aufrechtzuerhalten, eine, die mich zwar nicht wirklich ausgrenzte, mir dennoch deutlich zeigte, bis zu welchem Punkt ich dazugehörte und ab welchem nicht mehr, aber in dieser Zeit wurde ich mehr und mehr zu einem Beobachter. Während die vier richtigen Familienmitglieder nicht wahrnahmen, wie viel problematischer die Situation Tag für Tag wurde, schärfte sich mein Blick fortwährend für das, was schiefging oder schiefzugehen drohte.

Ich vermutete, dass es Jens gar nicht bemerkte, als Ute damit begann, sich morgens zu schminken. Sie war immer die blasseste Person in der Familie gewesen, eine, die zwar akribisch ihre Verwaltungsaufgaben wahrnahm, von der aber nie Impulse ausgingen, eine, die ständig im Hintergrund blieb, ohne die es aber nicht funktionierte. Sie hatte Jens' Leidenschaften geduldet und unterstützt, aber sie selbst hatte kein Hobby oder Steckenpferd, ihre Schmallippigkeit schien Lebensprinzip zu sein. Ute wirkte unscheinbar, fast ein wenig grau. Umso mehr überraschte es mich, als sie mir eines Morgens mit nachgezogenen Lippen aus dem Bad entgegenkam, etwas, das ich an ihr bis dahin noch nie gesehen hatte. Ich war verblüfft und starrte sie an, aber Ute ging an mir vorbei und tat so, als wäre alles ganz normal.

Möglicherweise war ich auch der Einzige, dem auffiel, dass Mark immer schmaler und blasser wurde.

Der Nummer-eins-Hit in Deutschland zu dieser Zeit war »Major Tom (völlig losgelöst)« von Peter Schilling.

11. Tapes

Die Anlage meines Vaters stand zwar in dem Zimmer, das ich mir auch mit fünfzehn noch mit Mark teilte, aber ich hatte mich nur selten damit beschäftigt. Kuhle hingegen fand die Plattensammlung meines Vaters großartig, obwohl sie nur bis zum September 1974 reichte, also aus altem Zeug bestand. Er liebte Titel wie »Me And Mrs. Jones« von Billy Paul, die etwas krautigen Hits von Sergio Mendes, die Balladen von James Taylor, die Alben von Jackson Browne, vor allem »Late For The Sky«. Unsere Mitschüler aber fuhren voll auf das ab, was »Neue Deutsche Welle« genannt wurde, Gekrähe wie »Ich will Spaß« von einem Typen, der genauso hieß wie mein verstorbener Vater, deshalb hatte die Sammlung für mich nur geringen Wert, Musik interessierte mich bis dahin nicht sonderlich.

Das änderte sich, als ich in den Ferien und ab und zu an Samstagen in der Edeka-Filiale zu jobben begann, in der Ute immer noch arbeitete. Sie hatte das Angebot erst Frank gemacht, der inzwischen nur noch zum Essen erschien und zu meinem großen Erstaunen als Punker herumlief, als schweigsame, schwarze Person mit Irokesenschnitt und Rasierklinge um den Hals. Mit seiner dicken Brille im Buddy-Holly-Stil sah das sogar fast ein bisschen schick aus. Frank aber hatte nicht einmal geantwortet. Ebenso erging es ihr mit Mark, dessen Augen inzwischen tief in den Höhlen saßen und der so dürr geworden war, dass es schon ins Transparente ging. Mark ging mir aus dem Weg, so gut es das Zimmer zuließ, sein Blick war gehetzt, manchmal aber auch wie in Trance. Es schien niemanden in der Familie zu interessieren, auch nicht, dass er die achte Klasse wiederholen musste. Jens, dessen Kopfhaare sich inzwischen vollständig verkrümelt hatten, so dass er mit seinem roten Bart wie die Karikatur eines überschlanken Weihnachtsmannes aussah, saß nur noch vor der Glotze, wenn er zu Hause war, und er trank Bier, jetzt allerdings weit mehr als eine Flasche pro Woche.

Der Job bei Edeka bestand in erster Linie darin, Waren in die Regale zu füllen. Der Marktleiter, ein kräftiger Mann mit gemütlicher Bassstimme und den größten Händen, die ich je an einem Menschen gesehen habe, bestückte die Rollwagen, die ich dann durch den Laden schob. Bei Lebensmitteln mit Verfallsdatum hatte ich dafür zu sorgen, dass die frischeren Waren hinter den älteren platziert wurden, und das war es dann auch schon. Manchmal half ich beim Entladen der Lieferwagen, und ein paarmal nahm ich an der Kasse Platz, um für wenige Minuten die Preise der Joghurts abzutippen, die die alten Menschen der Gegend kauften, neben einer 125-Gramm-Packung Schnittbrot, von dem sie auch noch die Hälfte wegwerfen würden, und einem halben Liter Vollmilch.

Durch den Job kam ich zu etwas Geld. Natürlich hätte ich mich auch hier und da, etwa bei den Süßigkeiten, bedienen können, aber das tat ich nicht. Ich war sicher, dass es irgendein System gab, anhand dessen der Marktleiter herausfinden würde, wer die Tafel Milka-Schokolade oder die Packung Gummibärchen genommen hatte. Außerdem erlebte ich einige Male mit, wie er Ladendiebe stellte, und das war eine grausame Angelegenheit, viel schlimmer als alles, was ich bei Jens' früheren Streifengängen hatte mit ansehen müssen. Mit dem Lächeln eines Haifischs, der im toten Winkel hinter seiner Beute herschwimmt, stand er vor dem Lagereingang und beobachtete über einen Konvexspiegel, wie die Delinquenten, meistens Jugendliche, gelegentlich auch mal ein älterer Herr, verschämt in alle Richtungen spähten, um sich gleichzeitig irgendwas unter die Klamotten zu schieben. Er schlenderte zur Kasse, wartete, bis der Dieb gezahlt oder den Gang am Fließband vorbei passiert hatte, und stellte sich dann einfach wortlos in den Weg. Natürlich rief er die Polizei, und die Gesichter der Jugendlichen beim Einsteigen in die grün-weißen VW-Busse waren nicht schön anzusehen.

»Du klaust nicht«, fragte er mich einmal, wenn es denn eine Frage war, es klang nicht wie eine. Ich schüttelte den Kopf und sah ihm dabei in die Augen, was ihn offenbar beeindruckte. Seitdem gab er mir ab und zu etwas, eine Tafel Schokolade, eine Tüte Gummibärchen oder ein paar Mark extra.

»Wir verstehen uns«, sagte er dann.

Ein wenig befremdlich war es schon, mit Ute unter einem Dach zu arbeiten, aber tatsächlich hatten wir auch dort kaum Kontakt miteinander. Ihre Mittagspause verbrachte sie mit dem Marktleiter, die beiden gingen zusammen essen, irgendwo. »Die haben ein Verhältnis. Die tun es miteinander«, sagte Kuhle. Das schien mir einleuchtend, aber einzuordnen wusste ich es nicht. »Das ist Schweigegeld«, erklärte er nickend, wenn ich ihn einlud, mit dem Extra-Zwickel flippern zu gehen.

Weil alle Mitschüler so was hatten, kaufte ich mir einen Stereo-Doppelkassettenrecorder, sobald das Geld ausreichte. Mit Herrn Pirowskis Hilfe, der immer noch mein Klassenlehrer war, zudem Physik unterrichtete und sich mit Elektronik auskannte, ergänzten wir das Mischpult meines Vaters um eine Buchse, die man mit dem Recorder verbinden konnte. Auf diese Art besaß ich ein kleines Studio, und damit konnte ich etwas, wozu keiner meiner Klassenkameraden in der Lage war: Ich konnte Tapes *abmischen*.

Tapes hatten sich zur einzigen Möglichkeit entwickelt, mit Mädchen zu kommunizieren, und mein Interesse daran, mit Mädchen zu kommunizieren, hatte sich dramatisch gesteigert. Seit einigen Monaten nahm ich deutlich an Fülle zu, was der Kuhlmann-Diät zu verdanken war, und obwohl ich mich selbst immer noch als dürr und knochig empfand, hatten meine Aktien an Wert gewonnen. Zudem ließ der Nachfolger unseres kürzlich an Krebs verstorbenen Sportlehrers keine Ausreden mehr zu, kein Sichzurückziehen auf Hilfestellung, Gerätetransport und Schiedsrichteraufgaben, was meine Freude am Sport zwar nicht steigerte, den Effekt der Ernährungsumstellung aber verstärkte. Selbst der arme Kuhle hatte bei Herrn Mahler nichts mehr zu lachen. Während er die Sportstunden bis dato lesend auf einer Bank verbracht hatte, ohne je ein Attest vorzuweisen, nötigte ihn Mahler zu Ballsport, Leichtathletik und, was Kuhle besonders hasste, schwimmen. Kuhle mochte nicht nur keinen Regen, er empfand Wasser grundsätzlich als Belästigung, als Gift. Die größte denkbare Demütigung aber bestand darin, eine schlauchbootgroße Badehose anziehen zu müssen, sich in ein gechlortes Becken abzusenken – zu springen war schlicht unvorstellbar – und schnaufend etwas zu versuchen, das nur gutwillig als Brustschwimmen zu bezeichnen war. Neben dem Schnaufen gab er rhythmische Heulgeräusche von sich, die klangen, als hätte ihm jemand die Eier hinter dem Rücken zusammengebunden.

Die Harmonie des ersten Schuljahres hatte sich in Luft aufgelöst. Kuhle war zwar immer noch unangefochtener Klassensprecher und stellte eine Art Generalkompetenz in allen Streitfragen dar, aber das lag, wie ich vermutete, vor allem daran, dass er aufgrund seiner Leibesfülle unfreiwillig sexuelle Neutralität ausstrahlte. Weder die Jungs noch die Mädchen betrachteten ihn als einen der Ihren, von mir einmal abgesehen, der ich ganz genau wusste, wie sehr Kuhle ein Junge war, der ebenso wie wir alle davon träumte, zu küssen, wie es im Film getan wurde, und vielleicht sogar ein bisschen mehr zu tun. Wir waren noch Jungfrauen, Kuhle und ich, dafür aber nach wie vor Wichser vor dem Herrn, und obwohl hier und da behauptet wurde, *es* bereits getan zu haben, nahm ich das eigentlich keinem meiner Mitschüler ab.

Nicht erst mit der verstärkten Rolle der Geschlechterfrage hatte sich unsere Klassengemeinschaft zu einer amorphen Ansammlung von Kleingruppen und Cliquen entwickelt, wobei wir Jungs unter uns weit weniger Unterschiede machten als die Mädchen unter ihresgleichen. Und für alle Jungs der Klasse galt uneingeschränkt: Für die Mädchen unseres Jahrgangs waren wir personae non gratae. Wir existierten schlicht nicht mehr. Nur die männlichen Schüler der Jahrgänge über uns durften sich in der Sonne ihrer Beachtung bräunen. Uns blieben die Mädchen der achten und siebten Klassen, wenn überhaupt.

Es sei denn, man hatte coole Tapes.

Schallplatten waren teuer, aber Musik musste sein, und deshalb zeichneten wir die Songs aus dem Radio auf oder kopierten die Kassetten unserer Klassenkameraden, wobei sich mit jeder Kopie die Qualität verschlechterte. Bei den Aufnahmen fehlten die Anfänge und die Enden, oder man hatte das Geplapper von Radiomoderatoren mit im Stück. Jedenfalls ging es den anderen so. Ich hatte ja mein Mischpult – und offenbar etwas Talent. Und deshalb konnte ich Tapes produzieren, bei denen die Songs nicht abrupt mittendrin begannen oder endeten, je nachdem, wie gut man es geschafft hatte, die Eingangsansage abzuwarten oder am Ende durchzuhalten, den Griff des Moderators zum Fader zu erahnen. Manchmal verarschten einen die Ansager, schoben noch einen Satz hinterher, nach einer Pause, obwohl alles gesagt war. Oder blendeten aus, obwohl der beste Teil des Stücks noch fehlte. Es kam nicht selten vor, dass meine Mitschüler eine Hitparadensendung im Radio nur anhörten, um die x-te Version eines Songs aufzunehmen, den sie unbedingt auf Tape brauchten.

Ich benutzte zwar auch solches Material, aber ich konnte es nachbearbeiten, ich konnte Übergänge zaubern, fließende Abfolgen von Titeln, manchmal sogar den Rhythmus haltend, in die ich, Kuhles Ratschlägen folgend, ältere Stücke aus dem Bestand meines Vaters einfügte. Die Tapes nannten wir »Hit-Mix«, »Tim's Best«, »Kuhle Musik« oder ähnlich, entwarfen Kassettenhüllen, auf denen wir die Buchstaben mit Schlagschatten versahen, bunt ausmalten, um Smileys ergänzten.

Mit diesen Tapes schufen wir ein Angebot, das es bis dahin nicht gegeben hatte, und wir waren überrascht, welche Nachfrage wir damit auslösten. Quasi über Nacht wurden wir zu Stars an unserer Schule, zu Leuten, die viel von Musik wussten und die auch noch Kassetten herstellen konnten, die völlig frei von abgehackten Ansagen waren, die durchgehende Tempi, manchmal sogar – wir wurden rasch besser – *Themen* hatten. Wir ernteten Anerkennung von den Mädchen in unserer Klasse, sogar von den Schülern der oberen Jahrgangsstufen. Die Tapes erwiesen sich zudem als einträgliches Geschäft, da ich vom *Master* Kopien ziehen konnte, die weitgehend von gleichbleibender Qualität waren, während Kuhle im Schreibwarenladen Schwarzweiß-Kopien der Cover machte. Wir schlugen ein wenig auf den Herstellungspreis auf, und manchmal verschenkten wir auch Tapes. Von einem, das besonders beliebt war, nötigte mir Kuhle das Original ab, dann nahm er all seinen Mut zusammen, um Sabrina anzusprechen, die bereits in die Oberstufe ging und noch immer das schönste Mädchen der Schule war. Sie freute sich über das Tape, aber am nächsten Tag kam sie zu *mir* und sagte: »Du hast wirklich Talent für so was. Wie läuft's in Geschichte?«

Ich war so verdutzt, dass mir keine Antwort einfiel, aber Sabrina hatte sich bereits wieder umgedreht und flog auf ihre Ecke des Schulhofs zu, einen Kometenschweif der Irritation hinterlassend. Vor allem bei Kuhle, der etwas abseits gestanden und die Szene beobachtet hatte.

Der Nummer-eins-Hit in Deutschland an diesem Tag war »Come Back And Stay« von Paul Young.

12. Disco

Ich war Realist genug, um die Sabrina-Episode nicht falsch einzuschätzen, was Kuhle längst nicht so gut gelang. Er war noch wochenlang sauer auf mich – auf Kuhle-Art. Zwar belastete es unser Verhältnis nicht, denn wir verbrachten unsere komplette Freizeit miteinander, wozu es einfach keine Alternative zu geben schien, deren es allerdings auch nicht bedurfte, aber er stichelte deswegen, nannte mich, eher scherzhaft, einen Verräter oder fragte nach der Fertigstellung eines besonders gelungenen Tapes: »Nur für Sabrina, oder?«

Ich legte dann den Kopf schief und lächelte ihn an. Meistens lächelte er auch.

Inzwischen glaubte ich den Klassenkameraden ihre Geschichten vom ersten Sex. In zwei Monaten würde ich sechzehn werden, und ich beschloss, dass es Zeit war, zum Angriff überzugehen. Durch unsere Tapes war ich an der Schule inzwischen bekannt wie eine karierte Katze, und ich konnte problemlos jedes Mädchen ansprechen, ohne gleich eine Abfuhr zu riskieren, da ich mich zu jemandem entwickelt hatte, mit dem man sich gerne zeigte. Mein Selbstbewusstsein war gestiegen, hatte sich überhaupt erst entwickelt, zumal Mama Kuhlmann mir immer häufiger über die dunkelblonden, fast schwarzen Haare strich und Sachen zu mir sagte wie: »Du wirst von Tag zu Tag hübscher. Ich glaube, ich muss meine Töchter vor dir verstecken.«

Ich genoss das sehr, aber für die Kuhlmann-Töchter bestand nicht die geringste Gefahr, obwohl ich durchaus wahrgenommen hatte, wie mich insbesondere die beiden älteren ansahen. Nein, ich wusste ganz genau, wem ich meine Aufmerksamkeit widmen musste.

Melanie Schmöling ging in die Parallelklasse. Sie war eine zarte, grazile Person, hatte etwas Engelhaftes, was durch ihre strahlendhellblonden, bis zur Hüfte herabreichenden Haare unterstrichen wurde. Ihre Schönheit war von völlig anderer Art als die der fast erwachsenen, herb-schönen Sabrina. Melanies schmale, feingliedrige Erscheinung war schon von weitem zu sehen, obwohl sie zu den kleineren Mädchen unseres Jahrgangs gehörte; sie war von einem Glanz, einer Aura umgeben, sie ragte heraus, als würde sie auf einem Podest durch die Gegend geschoben. Melanie besuchte unsere Schule seit Anfang des Jahres. Sie war schüchtern. Und sie wurde von meinen Mitschülern umschwärmt, als wäre sie ein Stück Pflaumenkuchen und die Jungs ein Haufen Wespen auf einem Balkon an einem Sommertag. Häufig konnte man auf dem Hof beobachten, wie sich eine weitere Wespendrohne heranwagte, um sich ein Lächeln und ein höfliches, aber bestimmtes Kopfschütteln abzuholen.

»Ist die nicht eine Nummer zu groß für dich?«, fragte Kuhle, als ich ihm zögerlich gestand, mich für Melanie Schmöling zu interessieren. »Immerhin ist sie in unserer Jahrgangsstufe.«
»Sabrina ist zwei Stufen über uns.«
»Das mit Sabrina ist etwas anderes.«
»Inwiefern?«
»Mir ist völlig klar, dass sich Sabrina nie freiwillig mit jemandem wie mir einlassen würde.« Es lag etwas Bitteres darin, wie er es sagte. »Aber ich kann es einfach nicht ändern, dass ich sie anbetungswürdig finde.«
»Anbetungswürdig.«
»Ja.«
Ich dachte einen Moment darüber nach, vor allem, wie ich das Gespräch weiterführen könnte, ohne meinen Freund zu beleidigen.
»Immerhin bin ich älter als Melanie. Das ist was Anderes.«

Kuhle sah mich an. »Vielleicht hast du wirklich Chancen.« Er pausierte kurz. »Sie ist hübsch. Nicht so hübsch wie Sabrina. Aber sie ist hübsch.«

Ich nickte erleichtert.

Vor den Sommerferien sollte eine Schulfete stattfinden. Es hatte damit angefangen, dass eine Nachbarklasse um die Genehmigung für ein Klassenfest bat, und diese Nachricht führte dazu, dass sich der achte und zehnte Jahrgang komplett anschlossen. Die Mädchen einer zehnten Klasse gründeten ein Organisationskomitee, und es überraschte mich nicht wenig, dass sich fünf von ihnen in einer kleinen Pause in unseren Raum verirrten, auf unseren Tisch zuhielten und sich neben mir aufbauten, als wären sie eine Eskorte, die mich zur Hinrichtung führen würde. Tatsächlich erschrak ich, während Kuhle ein strahlendes Lächeln auflegte und »Was können wir für euch tun, Ladys?« fragte.

»Wir sind vom Organisationskomitee«, erklärte eine hochgewachsene, schlaksige Rothaarige. Ich nahm zur Kenntnis, dass die fünf Mädchen nicht sonderlich hübsch waren, aber es liegt in der Natur solcher Komitees, aus der zweiten Reihe besetzt zu werden, wodurch sich die Mauerblümchen ein besonderes Teilnahmerecht erwarben – statt nur am Rand der Turnhalle geduldet zu werden.

»Interessant«, sagte Kuhle, als hätte ihm jemand einen Aktientipp zugeflüstert.

»Wir wollten euch fragen, ob ihr die Musik übernehmen könntet.«

»Die Musik?«, echoten Kuhle und ich im Chor.

Die Rothaarige nickte, und die anderen vier taten es ihr gleich.

»Die Schule stellt eine Musikanlage, aber für einen Discjockey ist kein Geld da. Da haben wir gedacht.«

Sie ließ den Satz so enden.

»Wow«, sagte Kuhle.

Der einzige mir bekannte Discjockey war Ilja Richter, der bis vor drei Jahren die grausige Fernsehsendung »Disco« moderiert hatte, die jedes Jahr anders hieß, erst »Disco 71«, da war das Wort noch völlig neu, und zum Schluss »Disco 81«. Jedenfalls hatte sich der dürre Zappelphilipp »Discjockey« genannt, und für einen Moment sah ich mich in einem Bell-Bottom-Smoking einen affigen, operettenhaften Sketch mit Marianne Rosenberg spielen. Aber darum ging es nicht. Die Mädchen wollten, dass wir auflegten. Wie das der Typ in der Dachluke tat, der alkoholfreien Diskothek am Mehringdamm, in die einige meiner Mitschülerinnen gingen, was wir uns bis dato noch nicht getraut hatten. Nicht nur, weil Gunther Gabriel dort gelegentlich aufgelegt hatte. Sondern weil ich nichts ohne Kuhle tat, und Kuhle war noch nicht so weit, sich dieser Herausforderung zu stellen. Wir gingen in Kneipen, um bei Cola zu flippern, aber wir mieden die Teestuben, in denen all die Mädchen hockten, und natürlich auch die Dachluke.

»Wow«, schloss ich mich Kuhle an. Und sosehr mich der Gedanke auch schockierte, vor einigen hundert Mitschülern auf der Bühne zu stehen und Platten aufzulegen – was wenigstens technisch kein Problem mehr war, da wir uns aufgrund der günstigen Entwicklung unserer Tapegeschäfte inzwischen nur noch mit Originalen eindeckten –, so schlagartig wurde mir bewusst, dass, wenn es überhaupt eine Chance gab, an Melanie Schmöling heranzukommen, sie sich in diesem Moment auftat.

»Kein Problem, machen wir doch gerne«, sagte ich deshalb, wobei meine Ohren Feuer fingen.

»Super«, erklärte die Rothaarige, und das Komitee drehte sich wie ein obskures Synchronballett auf den Absätzen um und verschwand exakt mit dem Klingeln zum Stundenbeginn.

»Kein Problem?«, staunte Kuhle.

»Nee, warum auch? Es ist wie Tapemischen, nur mit Publikum. Das kriegen wir schon hin.«

»Kriegen wir?«

»Hast du Schiss?«

Herr Pirowski betrat das Klassenzimmer, aber Kuhle flüsterte noch: »Nein, keinen Schiss. *Panik*.«

In den nächsten Tagen kompensierten wir unsere Nervosität vor allem dadurch, dass wir uns Gedanken darüber machten, wie wir uns nennen sollten, denn natürlich war es völlig undenkbar, ohne einen griffigen Künstlernamen aufzutreten. Wir sammelten Vorschläge, die von »DJs K&K« über »DJ Tim & DJ Kuhle«, »Tim Köhrey und der coole Kuhlmann«, »The Tapers«, »Disco 84« bis hin zu »DJs Spejbl und Hurvinek« reichten. Mama Kuhlmann, die alle drei Monate Verwandte im Osten besuchte – ich hatte die DDR bis dato noch nicht von innen gesehen, und mir grauste vor dem Gedanken –, schlug vor, dass wir die dort übliche Abkürzung »SPU« nehmen sollten, die für »Schallplattenalleinunterhalter« stand, weil Anglizismen im Osten verpönt waren. Wenn man es englisch aussprach, klang der Name nicht schlecht: »Esspiejuh.«

»Cool«, sagte Kuhle. Das fand ich auch. *SPU* also. Darauf, dass wir ganz in Schwarz auftreten würden, hatten wir uns ohne große Diskussion geeinigt.

Mit seiner ersten Diagnose hatte Kuhle nicht falschgelegen, denn am Tag vor dem Fest wurde aus meiner Nervosität nackte Panik. Im Geist ging ich Plattenlisten durch, konnte nichts essen, musste andauernd zum Pinkeln aufs Klo, und daran, mir einen herunterzuholen, war im Traum nicht zu denken. Als wir am Samstagmittag vor der Fete die große Kiste mit den Platten zur Schule schleppten, war mir speiübel, ich hatte seit fast dreißig Stunden nicht mehr geschlafen, mein Oberkörper zitterte, und meine Augen waren leicht gerötet. Kuhle ging es ähnlich, er stierte in die Gegend, als würden ihn UFOs attackieren. Es war deutlich zu spüren, dass ein einziges Wort genügt hätte, und wir hätten die Plattenkiste in irgendeinem Hauseingang abgestellt und wären verkehrt herum über die Mauer geflüchtet. Aber wir schwiegen eisenhart, schleppten die große Holzbox, die Kuhles Vater aufgetrieben hatte, als würden wir uns selbst zu Grabe tragen. Es war nicht einfach Lampenfieber, es war Lampen*brand*. Wir waren völlig neben uns. Die Frage nach meinem Namen hätte ich nicht mehr spontan beantworten können. Mein schwarzes T-Shirt war durchgeschwitzt, Kuhle *dampfte*.

Die Party sollte um 17.00 Uhr beginnen, und um 22.00 Uhr würde sie enden, so oder so. Als wir eintrafen, luden Elternpaare Plastikschüsseln mit Kartoffelsalat auf bereitgestellte Tische, schleppten Schülerinnen Colakisten – in der ganzen Halle war kein männlicher Schüler zu sehen –, hing Herr Mahler, unser Sportlehrer, auf einer riesigen Leiter unter der Hallendecke, um den Knotenpunkt der Krepppapierbahnen, die von den Wänden zur Mitte reichten, zu befestigen. Überall lagen Luftballons und -schlangen, es gab Bänke am Hallenrand, eine große Discokugel neben der Stelle, an der Herr Mahler immer noch herumoperierte, und eine Bühne, einen halben Meter hoch. Daneben standen zwei gewaltige Boxen auf Gestellen, die größten Lautsprecher, die ich je gesehen hatte. Und auf der Bühne befand sich ein Tisch. Darauf eine Fünfkanal-Lichtorgel, ein Punktspot für die Discokugel, ein Mischpult, zwei Plattenspieler, ein Kopfhörer, ein Mikrofon.

»Lass uns abhauen«, zischte ich Kuhle zu. Der Schweiß lief mir von der Stirn ins Auge. Kuhle nickte.

»Super, dass ihr pünktlich seid«, rief jemand, die Rothaarige vom Organisationskomitee. Strahlend kam sie auf uns zugewackelt, sie trug hochhackige Schuhe. Das verblüffte mich so sehr, dass ich unsere Fluchtpläne sofort wieder vergaß. Kuhle zuckte mit den Schultern, und mit Hilfe von Herrn Mahler, der inzwischen erfolgreich ausdekoriert hatte, wuchteten wir die gut und gerne fünfhundert Singles und Maxi-Singles auf die Bühne. Wir hatten einfach *alles* mitgenommen.

»Da bin ich ja gespannt«, sagte er.

»Ich auch«, nuschelte Kuhle.

»Ihr seid die Mucke?«, fragte jemand, ein Typ etwa im Studentenalter, der eine Trainingshose und ein Unterhemd trug, dazu adidas-Turnschuhe ohne Socken. Kuhle nickte und sagte: »SPU.«

»Mucke«, flüsterte ich.

»Kommt ihr so zurecht oder soll ich euch was erklären?«

»Oder«, antwortete Kuhle. Sein Blick grenzte an Irrsinn.

Der Typ stellte sich vor das Mischpult, zeigte auf ein paar Regler und sagte: »Das ist der Master, bei zehn ist Schluss, oder wenn der Level zwei rote LEDs funkeln lässt. Auf eins liegt der linke Turntable, auf zwei der rechte, beides Schnellstarter. Die roten Buttons sind für die Vorhöre. Das Talkover für das Mikro ist im Eimer, aber ihr könnt es über den Fader für die drei einregeln. Hier ist der Regler für die Vorhöre. Zieht nicht so hoch. Hier unten steht der Amp. Mitte sollte genügen, geht nicht über sieben, sonst fliegen die Scheiben raus. Das Licht ist popelig, läuft über ein eingebautes Mikro. Strobo gab's leider nicht. Hier ist der Schalter für den Nebel, sind fünf Literchen drin, sollte also reichen. Die Kugel rotiert die ganze Zeit, ihr müsst nur den Spot anmachen, dann *effectet* es. Alles klärchen?«

»Was?«, fragte Kuhle und fasste damit auf den Punkt zusammen, was in mir vorging.

»Ihr seid keine Profis, oder?«

Wir schüttelten synchron die Köpfe.

»Wisst ihr, was Vorhöre ist?«

Wir behielten das Kopfschütteln bei.

Er stöhnte, aber lächelnd. »Na, dann also noch mal für Fußgänger.«

Der Typ zündete sich eine Zigarette an, was ich beeindruckend fand, schließlich gab es nichts Verboteneres, als in der Turnhalle zu rauchen. Mit der Fluppe im Mundwinkel gab er uns anschließend einen Schnellkurs im Plattenauflegen. Er zog zwei Singles aus der Kiste, zeigte uns, was Vorhöre ist, wie man die Platten einstellt, so dass sie auf dem ersten Ton die richtige Geschwindigkeit haben, und all das. Wir hatten ganz Ähnliches getan, aber mit völlig anderen Mitteln. Nach ein paar Minuten begriff ich, worum es ging.

»Ihr kriegt das schon hin«, sagte er, schlug mir auf die Schulter, steckte sich die inzwischen vierte Zigarette an und ging. Es war kurz nach drei, wir hatten noch zwei Stunden.

»Gehen wir ein bisschen an die frische Luft«, schlug Kuhle vor.

Der Typ von der PA stand draußen, ein paar Schritte vom Schultor entfernt, und lehnte an einem Passat Kombi. Natürlich rauchte er wieder.

»Danke für die Einweisung«, sagte Kuhle.

»Kein Ding. Wollt ihr eine? Beruhigt die Nerven.«

Kuhle sah mich an, ich sah Kuhle an, blickte zum Schultor, es war niemand in der Nähe. Rauchen hatte nicht zu den Dingen gehört, die wir bisher ausprobiert hatten, weder in Kuhles noch in meiner Familie qualmte jemand.

Wir gingen hinter der Heckklappe des Kombis in Deckung und zündeten die Zigaretten an. Es war grauenhaft. Das Widerlichste, was ich bis dahin getan hatte. Nach ein paar Hustern wiederholte der Typ seine Frage von vor einer halben Stunde.

»Ihr seid keine Profis, oder?« Dabei lachte er.

Immerhin beruhigte es tatsächlich die Nerven. Ich fühlte mich, als wäre Watte in meinen Schuhen. Selbst das Schuldgefühl, etwas – allerdings unausgesprochen – Verbotenes, Schädliches getan zu haben, das Verbotenste, das Kuhle und ich jemals gemeinsam oder jeder für sich getan hatten, erreichte mein Bewusstsein nicht. Ich fühlte mich cool.

»Lässt du uns zwei da?«, fragte ich selbstsicher.

»Ist sowieso fast alle«, sagte der Typ, steckte uns die Schachtel HB zu und stieg in sein Auto.

Kurz vor fünf war die Turnhalle voll. Wir standen neben der Bühne, hatten auf dem Klo die vier verbliebenen Fluppen geraucht, Angst und Erwartung hielten sich in etwa die Waage. Schlag fünf ging die

Rothaarige auf die Bühne. Sie griff nach dem Mikrofon, sagte etwas, schlug dann mit der Handfläche dagegen.

»Ich mach das schon«, erklärte ich und hockwendete auf die Bühne. Master, Fader drei, nicht zu hoch. Ich nahm ihr kurz das Mikro ab, schaltete es ein, in den Boxen knackte es vernehmlich. »Geht jetzt«, behauptete ich. Es ging tatsächlich.

Es ging nicht nur, es war der Wahnsinn.

Die Fenster waren mit dunklem Stoff verhängt, an den Fresstischen standen ein paar Lampen, aber ansonsten bestand das einzige Licht aus der stark gedämpften Deckenbeleuchtung und dem, was die Orgel hergab, als wir den ersten Titel starteten. »Send Me An Angel«, einen Monat zuvor Nummer eins. Der Sound war großartig, das Beste, was ich je gehört hatte, die Boxen bummerten, und gut drei Dutzend Mädchen, ausschließlich Mädchen, stürmten auf die Tanzfläche. Wir gaben Nebel, nur ein ganz kleines bisschen, und während ich die Aussteuerung feinregelte, hing Kuhle über der Plattenkiste und stellte zusammen, womit es weitergehen würde.

Es war das Großartigste, was ich bis dahin erlebt hatte. Tim Köhrey steht auf der Bühne, und vor ihm tanzen Leute, weil er Platten auflegt. Der Gedanke schoss mir pausenlos durch den Kopf.

Nach und nach gesellten sich ein paar Jungs dazu, gelegentlich kam ein Schüler und äußerte einen Musikwunsch, ich versiebte ein paar Übergänge, aber bei der ersten Engtanzrunde war die Tanzfläche brechend voll, auf den Bänken am Rand saßen nur noch die üblichen Verdächtigen, einschließlich der Rothaarigen mit den hochhackigen Schuhen und dem Egel aus unserer Klasse. Wir schalteten den Spot für die Discokugel ein, legten noch etwas Nebel und fühlten uns wie die Könige. Wie Götter. Kuhle strahlte. Ich strahlte.

Dann sah ich Melanie. Sie stand beim Kartoffelsalat und blickte zur Bühne. Und sie lächelte mich an.

Der Moment war gekommen, ich zögerte keine Sekunde. Ich bat Kuhle, »Come Back And Stay« rauszusuchen, cuete den Titel, sagte: »Übernimmst du mal« und stieg von der Bühne. Ich nahm zur Kenntnis, dass Kuhle den Übergang verkackte. Ich hatte das Gefühl, vor mir würde sich eine Gasse bilden. Ich merkte, dass ich schwitzte. Dann stand ich vor ihr.

»Möchtest du tanzen?«, fragte ich.

Sie lächelte.

Und dann, eine Ewigkeit später, nickte sie.

Dass ich gar nicht tanzen konnte, hatte ich völlig vergessen.

Als um Punkt zehn die Deckenbeleuchtung aufflammte und Herr Mahler auf die Bühne kam, zogen wir zum letzten Mal die Regler runter. Mein Shirt war klatschnass, Kuhles Haare sahen aus wie ein fürchterlich schiefgegangener Versuch, Franks Irokesen nachzuahmen, meine Fußsohlen brannten.

Die Schüler auf der noch immer vollen Tanzfläche drehten sich zur Bühne, und dann applaudierten sie. Lange. Ich kämpfte gegen Tränen an, Kuhle ließ es einfach laufen.

»Das habt ihr toll gemacht«, sagte Herr Mahler ins Mikrofon. Die Schüler applaudierten nochmals.

»Das finde ich auch«, hauchte mir Melanie Schmöling ins Ohr, als ich von der Bühne kam, und nahm meine Hand.

Der Nummer-eins-Hit in Deutschland an diesem Tag war »Self Control« von Laura Branigan.

13. Kino

Das Telefon als Kommunikationsmittel hatte bis dahin nahezu keine Bedeutung für mich gehabt, da ich meinen besten und einzigen Freund sowieso andauernd sah und es darüber hinaus nur sehr wenige Leute gab, die als Anrufer in Frage kamen. Gelegentlich meldete sich ein Mitschüler wegen irgendwas, einer vergessenen Hausarbeit oder so, ab und zu rief mich jemand an, um zu fragen, ob es dieses oder jenes Tape noch gab.

Er klingelte so gut wie nie, der birkenlaubgrüne Tastenapparat im Flur, bei dem die Taste mit der Sechs nicht mehr herauskam, wenn man nicht wusste, wie man sie zu drücken hatte. Frank bekam sporadisch Anrufe, und wenn ich gerade in der Nähe war und deshalb den Hörer abnahm, hauchte meistens irgendeine Grabesstimme seinen Namen. Die Grabesstimmen wechselten, mal waren sie männlich, manchmal weiblich, immer undefinierbaren Alters, und ich nahm an, dass es bei der Art Punkern, zu denen Frank gehörte, einen speziellen Telefoncodex gab.

Utes Chef, der auch mein Chef war, rief an, was natürlich erschien. Weniger natürlich war, dass sich Ute mit dem Telefon in die Küche zurückzog und das ohnehin verdrillte und zerkratzte Kabel zwischen Schwelle und verschlossener Küchentür einklemmte.

Jens wurde von Arbeitskollegen und Verwandten angerufen.

Mark bekam keine Anrufe. Mark erschien wie ein Geist, meist lange nach Schulschluss, und das sich verstärkende Geisterhafte, das ihn umgab, machte seine Anwesenheit ansonsten nahezu unspürbar. Ich merkte nicht einmal, wenn er unten ins Bett kroch. Jedenfalls lag er morgens immer drin – reingekrochen war er also irgendwann.

Der Anruf, auf den ich jetzt so sehnlich hoffte, kam erst am frühen Nachmittag, nach dem leblosen Mittagessen mit Jens und Ute. Frank und Mark waren irgendwo, Ute fragte schon nicht einmal mehr, wer zum Essen erscheinen würde, kochte aber immer eine Menge, die in etwa reichte. Mama Kuhlmann hätte natürlich verzweifelt den Kopf geschüttelt.

Es war vierzehn Uhr zweiundzwanzig und siebzehn Sekunden, als ich den Hörer abnahm und eine Engelsstimme hörte.

»Hier ist Melanie.«

»Melanie«, wiederholte ich unlyrisch, griff den Apparat, zerrte die bockige Schnur unter dem Telefontischchen hervor und ging zitternd in die Küche.

»Ja, Melanie. Du erinnerst dich an mich?«

»Ich habe auf deinen Anruf gewartet. Seit heute morgen«, gestand ich sofort. Glücklicherweise klapperten meine Zähne nicht.

»Du hättest mich auch anrufen können.«

»Ich wollte dich nicht stören.«

»Du hättest mich nicht gestört.«

»Das wusste ich nicht.«

»Du hättest es wissen können.«

Ich nickte.

»Tut mir leid. Ich freue mich sehr, dass du anrufst.«

»Ich mich auch«, sagte sie, und mein Ohr begann zu glühen.

»Ich mich auch«, wiederholte ich.

»Wollen wir uns sehen?«, fragte sie.

Mein Zittern verstärkte sich. Der Plan, sofern man von Planung sprechen konnte, hatte darin bestanden, Melanie anzusprechen, kein Kopfschütteln zu ernten. Ich hatte nicht die leiseste Ahnung, was im Anschluss geschehen sollte, würde, musste.

»Ich möchte dich unbedingt sehen, am besten sofort«, sagte ich, todesmutig, wie ich meinte, und ich hoffte, dass es nicht nach Stammeln klang.

»Das ist süß«, hauchte sie. Meine Kniescheiben verwandelten sich in Götterspeise. Ich setzte mich auf den Fußboden.

»Bist du noch da?«, fragte sie ein paar Sekunden später.

»Soll ich dich abholen?«, fragte ich mit versagender Stimme.

»Wir könnten ins Kino gehen«, schlug sie vor.

»Ja. Kino«, sagte ich.

Eine halbe Stunde vor der verabredeten Zeit stand ich vor dem Zoo-Palast; für ein Kino-Rendezvous gab es keine Alternative in Berlin – der Zoo-Palast war mit Abstand das größte, schönste und spektakulärste Lichtspielhaus der Stadt. Ich stand vor dem verglasten Eingang und stierte um mich wie jemand, der bei Grün an der Ampel einer Kreuzung steht und das Geräusch eines sich nähernden Feuerwehrwagens hört, ohne das Fahrzeug zu sehen. Mit meiner rechten Hand knüllte ich das Papier, das der Mann im Blumenladen um den Stängel der roten Rose gewickelt hatte, die ich nach reiflichem Hin und Her und einem Fachgespräch mit Kuhle für Melanie erstanden hatte.

Fünf Minuten vor der Zeit sagte eine reizende Stimme hinter mir: »Ist die für mich? Süß!«

Ich zuckte zusammen, verlor fast das Gleichgewicht – die Götterspeise reichte inzwischen bis zu den Schienbeinen –, drehte mich ruckartig um.

Dann bekam ich einen Kuss. Auf den Mund. Den ersten meines Lebens, der nicht von meiner Mutter stammte, an die ich mich sowieso nicht mehr erinnerte.

Ich kaufte die Eintrittskarten in Trance, kämpfte mit dem Portemonnaie in meiner Gesäßtasche, das ich unbedingt herausholen, öffnen und um den Zwanziger erleichtern musste, den ich zum Bezahlen brauchte, ohne Melanies Hand loszulassen. Es gab nichts Wichtigeres als das. Meinetwegen hätte das Kino einstürzen, die Welt versinken können, auf keinen Fall durfte ich diese Hand loslassen. Diese kleine, weiche, meinen Ballen mit dem zarten Daumen umspielende Hand. Diesen Engelsflügel in Form einer Hand.

Keine Ahnung, welcher Film lief. Als es dunkel wurde und die Werbung begann, lehnte sich Melanie zu mir herüber, und dann küssten wir uns. Wir taten das geschlagene zwei Stunden lang. Mit einer kleinen Unterbrechung, nach etwa fünf Minuten.

»Du hast nicht viel Erfahrung, oder?«

Ich schüttelte den Kopf, was sie vielleicht nicht sehen konnte, obwohl ihr Gesicht im flackernden Halbdunkel leuchtete, als hätte jemand einen Punktspot an der Decke eingebaut, der nichts als den Platz neben mir bestrahlte. »Nein«, sagte ich ehrlich. Den Gedanken an den Kontext der Frage verdrängte ich.

»Wir kriegen das schon hin«, sagte sie. Und: »Du bist süß.«

Wir kriegten es hin. Es konnte überhaupt nichts mehr geben, das ich nicht hinkriegen würde.

Natürlich hatte ich schon Filme gesehen, in denen sich Jugendliche in Kinos küssten; George Lucas' »American Graffiti«, in dem zwar kein Kino vorkam, aber sich auch einige Jugendliche hier und dort küssten, gehörte zu meinen Lieblingsfilmen. Was in diesen Streifen nie geschah, wenigstens nicht zu sehen war, das war das, was Melanies Hände taten, und nach einer Weile auch meine. Sie zog mir mein Shirt aus der Hose und berührte meinen Oberkörper, der zu diesem Zeitpunkt ebenfalls längst aus Götterspeise bestand, nichtsdestotrotz eine Sturmflut von Signalen zu meinem hypnotisierten Gehirn jagte. Sie streichelte meinen Oberschenkel, und sie berührte tatsächlich die Stelle, an der sich der Kollege, den ich so heftig und zielsicher zu schütteln wusste, gegen den Reißverschluss meiner Jeans drängte, als gäbe es draußen was zu sehen.

Ich verstand die Aufforderung und kam ihr gerne nach. Weibliche Brüste hatte ich noch nie berührt – männliche natürlich erst recht nicht –, aber nachdem mir Melanie dabei geholfen hatte, die Knöpfe ihrer Bluse zu öffnen, ertastete ich erst vorsichtig, dann fast ungestüm die weichen, festen, gekrönten Schönheiten, die sich dort verbargen. Ich wagte erst nicht mehr als ein zartes, atemloses, kaum Druck ausübendes Streicheln mit der Handfläche, was Melanie ihrerseits dazu veranlasste, den Druck auf meinen Schritt zu erhöhen und laut einzuatmen, und dann griff ich zu.

Jesus.

Als das Licht wieder anging, fühlte ich mich, als hätte jemand die Schale Götterspeise ausgelöffelt, die ich gewesen war. Ich war bis über die Haarspitzen verliebt.

Melanie strahlte mich an.

Zum Glück fragte ich nicht: »Willst du mit mir gehen?« Es lag mir tatsächlich auf der Zunge, aber mir wurde rechtzeitig klar, dass ich diese Frage zum letzten Mal fünf Jahre früher hätte stellen dürfen.

»Du bist unglaublich«, brachte ich heraus. »Seit ich dich zum ersten Mal gesehen habe, finde ich dich zauberhaft.«

»Ich dich auch.«

»Echt?« Das verblüffte mich noch mehr als mein eigener Mut.

Sie zuckte die Schultern und sagte: »Männer.«

Männer. Als Mann hatte ich mich noch nie gesehen, und ich hatte eigentlich gedacht, noch eine ganze Weile ein Junge zu bleiben, aber wenn Melanie dieser Meinung war – warum nicht?

»Ich muss leider nach Hause«, sagte sie. »Wir bekommen noch Besuch.«

Dann küssten wir uns, bis sich jemand räusperte und uns bat, das Kino zu verlassen. Wir fuhren händchenhaltend U-Bahn, küssten uns viel zu selten, und eine Station vor meiner stieg sie aus. Ich wurde fast von den zuzischenden Schiebetüren zerquetscht, weil ich einfach nicht damit aufhören konnte, ihr hinterherzusehen.

Ich vermisste sie. Als ich zu Hause ankam, riss ich sofort das Telefonbuch L–Z unter dem Telefontischchen hervor und rief bei Schmöling an.

Eine dunkle, aber durchaus freundliche Männerstimme sagte: »Schmöling?«

»Hallo, hier ist Tim Köhrey.«

»Tim Curry? Der Hauptdarsteller der Rocky Horror Picture Show? Frank N. Furter! Nett, dass Sie anrufen.«

»Nein, nicht *der* Tim Curry«, sagte ich, und ich hörte diesen Kalauer tatsächlich zum ersten Mal. »Tim Köh-rei«, erklärte ich. »Ein Schulkamerad von Melanie.« Fast hätte ich gesagt: Der, der in ihre Tochter verliebt ist.

Mir wurde erst in diesem Moment klar, dass ich eigentlich nicht wusste, wie sich mein Nachname richtig aussprach. Als ich so weit war, meinen Namen irgendwo zu nennen, hatte es niemanden mehr gegeben, der mir diese Information vermitteln konnte. In meiner Pflegefamilie war es von Anfang an mit Betonung auf dem Ypsilon ausgesprochen worden, was sich tatsächlich wie »Curry« anhörte, und ich hatte das einfach übernommen.

»Ach so, schade«, sagte der Mann, aber auf freundliche Art. Dann hielt er offenbar die Hand vor den Hörer, aber ich bekam trotzdem mit, wie er rief: »Melly, hier ist ein Tim Curry für dich! Aber nicht der richtige!«

Es gab eine kleine Pause, dann hörte ich aus weiter Ferne eine Stimme antworten: »Doch.«

Vermutlich werden alle Männer der Welt bis zum Ende derselben hoffen, dass die Frau, die sie gerade erstmals küssen, mit eben dieser Berührung automatisch wieder zur Jungfrau wird, technisch wie romantisch, insbesondere Letzteres. Ich hatte nicht die Spur einer Erfahrung zu diesem Zeitpunkt, aber eine gewisse Ahnung von diesem Umstand. Während ich darauf wartete, dass Melanie ans Telefon kam, wurde mir klar, dass das, was ich in diesem Moment empfand – und es war eine Menge –, wahrscheinlich wenig mit der Sicht der Dinge zu tun hatte, die sie beschäftigte. Vielleicht aber lag ich damit auch völlig falsch.

»Tim«, sagte sie. Das enthielt mehr Informationen, als drei

Buchstaben eigentlich zu transportieren in der Lage sein sollten.

»Ich wollte dich noch mal hören.«

»Das ist süß.« Ich sah sie lächeln. »Aber wir haben Besuch.«

»Sind wir ...?« Ich brachte den Satz nicht ganz raus.

Sie ließ ein paar Sekunden verstreichen.

»Ja. Wir sind. Denk mal an mich. Ich ...«

»Ja?«

»Du weißt schon.« Dann legte sie auf.

Wir hatten vor den Ferien nur noch eine Woche Schule, bis zum Freitag. Am Montagmorgen ging ich vor lauter Aufregung ohne Frühstück aus dem Haus, war eine gute Viertelstunde zu früh, drückte mich am Schultor herum, was vor allem zur Folge hatte, dass mir ständig jemand die Hand schüttelte oder auf die Schulter klopfte. Zwei Minuten vor Schulbeginn erschien Melanie in Begleitung einer Klassenkameradin. Sie lächelte, als sie mich sah, kam auf mich zu, umarmte mich, küsste mich auf den Mund und sagte: »Schön, dich zu sehen.«

Ich sah sie an, maßlos überrascht, aber noch viel erfreuter, zog sie an mich heran, küsste sie auch und sagte: »Das kann man laut sagen.«

Wir sprinteten in die Klassen, wobei ich vermutlich ein Lächeln auflegte, wie es das sonst an einem Montagmorgen um diese Uhrzeit an einer Schule nicht gab. Es wurde sogar noch einen kleinen Tick breiter, als ich die Klasse betrat und mir alle meine Klassenkameraden anerkennend zunickten. *Alle* – ob wegen meines Auftritts als SPU oder wegen Melanie oder wegen beidem, das war mir herzlich egal.

14. Sommer

Melanie war das einzige Kind eines sehr jugendlich wirkenden Paares. Wegen der tiefen Stimme am Telefon hatte ich einen kastenförmigen, starken Mann in der Kategorie des Edeka-Marktleiters erwartet, aber Vater Schmöling war ein großer, eher schlanker Mann mit der Statur eines Leichtathleten, was sein gebräuntes Gesicht und die kurzen, wie bei Melanie sehr hellblonden Haare noch unterstrichen.

»Ah, Frank N. Furter, schön, dass Sie uns besuchen. Sie haben sich aber gut gehalten, wenn ich das sagen darf.« Dabei drückte er mir ganz schön ordentlich die Hand und lächelte breit.

»Keine Autogramme jetzt«, antwortete ich, was ich angesichts der Situation wahnsinnig schlagfertig fand.

Er lachte. Er war mir sofort sympathisch.

»Guten Tag, Herr Schmöling«, sagte ich.

»Tag, junger Mann. Kommen Sie mal rein.« Er drehte sich um. »Melly, das Warten hat ein Ende.«

Während in meiner Wohnung und der meines Freundes überall Teppiche und Auslegeware zu finden waren, betrat ich hier lackierte Dielen, die ein wenig knarrten. Es war sehr hell, lichtdurchflutet, und es gab keine Vorhänge vor den Fenstern. An den Wänden hingen zarte Aquarelle, wenigstens an den paar Stellen, die nicht von Bücherregalen eingenommen wurden. In dieser Wohnung gab es mehr Bücher als in unserer Schulbibliothek, nahm ich an. Auf dem Klingelschild hatte gestanden: Schmöling – Dr. Susanne, Dr. Klaus und Melly.

Sie kam, lächelte mich an, gab mir aber nur die Hand.

»Hallo, Tim.«

Papa Schmöling zwinkerte mir zu. »Ich geh dann mal.« Er verschwand im Wohnzimmer.

Dr. Klaus hatte eine Allgemeinmedizinerpraxis in der Beusselstraße übernommen, Mama Schmöling, also Dr. Susanne, volontierte im Klinikum Steglitz. Die Wohnung sollte eine Übergangslösung sein, die Familie war auf der Suche nach einem Haus, was in Berlin zu dieser Zeit nicht so einfach zu haben war. Sie kamen aus Hamburg.

In Melanies Zimmer lief Musik, »Crises« von Mike Oldfield. Da es sich um das erste Stück des Albums handelte, nahm ich an, Melanie hätte das eben erst aufgelegt. Der Raum wurde beherrscht von einem großen Metallbett, auf dem ein riesiger Teddybär saß und über dem ein Baldachin aus durchscheinendem Stoff angebracht war. An den Wänden standen Kiefernholzregale, voller Bücher, kleiner Puppenfiguren, Postkarten. Auf dem Tisch wartete ein Teeservice, es gab einen Sessel, eine Couch, einen überfüllten Schreibtisch, auf dem ein großer Blumenstrauß stand, einen runden Flokati auf den lackierten Dielen. In der Ecke neben der Tür stand ein Fotostativ, darauf eine ziemlich beeindruckende Spiegelreflexkamera. An der Wand dahinter hingen einige großformatige Fotos, die Melanie zeigten, Porträts oder Ganzkörperaufnahmen, bei denen sie einen Selbstauslöser in der Hand hielt. Die Fotos waren in diesem Zimmer gemacht worden, manche waren ... ein bisschen erregend.

»Warte mal«, hatte Melanie gesagt, nachdem sie mich in den Raum geführt hatte. Jetzt kam sie mit einer bauchigen Teekanne, stellte sie auf den Tisch, verschloss die Tür, dann presste sie sich an mich, und wir küssten uns. Atemlos, einige Minuten lang.

»Dein Vater?«, fragte ich vorsichtig, als wir saßen und sie mir Vanilletee einschenkte.

»Ich bin sechzehn«, erklärte sie nur. Das überraschte mich.

»Du nicht?«, fragte sie grinsend.

»So gut wie.« Ich kam mir irre jung vor mit meinen fünfzehn Jahren und zehneinhalb Monaten.

»Ich auch erst seit zwei Wochen.«

»Sind die von dir?«, fragte ich überflüssigerweise und zeigte auf die Fotos. Melanie nickte.

»Ich bin zu klein, um Model zu werden, also will ich hinter der Kamera stehen. Das ist mein Traum.«

Es klopfte an der Tür, aber sie wurde nicht geöffnet. »Ich gehe dann mal«, wiederholte Dr. Klaus. »Macht keinen Unsinn.« Und dann, nach einer kleinen Pause: »Denkt daran, wie es Brad und Janet ergangen ist.«

»Er muss in die Praxis«, erklärte Melanie, und ihr Lächeln dazu war überaus seltsam. Ich saß in einem beigefarbenen Sessel, die Hände zwischen die Oberschenkel gepresst, wenn ich nicht gerade einen kurzen Schluck Vanilletee nahm, wobei meine Hand zitterte.

»Hast du Angst?«, fragte Melanie. Seit der Ankündigung des Vaters waren ein paar Minuten vergangen, und wir hatten geschwiegen, als gäbe es einen Zeitpunkt, den man abwarten muss. Bis Dr. Klaus weit genug weg wäre. Aus den schmalen, eleganten Boxen, die neben dem Regal standen, erklang jetzt »Moonlight Shadow«.

Ich sparte mir ein blödes »Wovor?« und nickte stattdessen. Zumal ich nicht im Traum daran gedacht hätte, dass das, was jetzt möglicherweise gleich geschehen würde, geschehen könnte.

Melanie stand auf, ging zu den beiden hohen Fenstern, die bis zur Decke reichten, und ließ cremefarbene Ikea-Rollos herab. Sie nahm zwei Kerzen vom Schreibtisch, stellte sie auf den Tisch, ich umklammerte die winzige Teetasse. Mein kleiner Freund, den ich in der vergangenen Nacht erstmals seit drei Jahren nicht angerührt hatte, obwohl ich das Gefühl gehabt hatte, er könnte jeden Moment explodieren, saugte Blut.

Sie nahm meine Hand und führte mich zum Bett, hob den großen Teddybären vom Kopfkissen und stellte ihn auf den Fußboden. Wir setzen uns nebeneinander auf die Bettkante, Melanie streichelte meine Hand.

»Du hast noch nie, oder?«

Ich schüttelte langsam den Kopf.

»Ich auch erst zwei Mal.«

Zwei Mal waren zweihundert Prozent mehr als bei mir; ich war eine Jungfrau, sie eine Frau *mit Erfahrung*. In diesem Augenblick fürchtete ich mich, die Spannung in meiner Hose ließ spürbar nach.

Melanie küsste mich und sagte: »Ich mag dich sehr.«

»Ich dich auch.«

»Dann ist es ja gut.« Sie strahlte.

Wir küssten uns wieder, sehr lange, sehr intensiv, und irgendwann waren wir nackt. Mein Glied reckte sich ihr entgegen, und sie nahm es einfach in die Hand.

»Sachte«, sagte sie, als ich auf ihr lag. In meinem Kopf tobte es. Da waren so viele Dinge gleichzeitig zu tun. Wir küssten uns wieder, meine Hände fuhren etwas ratlos über ihren Körper. Sie spreizte die Beine ein wenig, lächelte mir offen ins Gesicht, als sie mir dabei half, zum ersten Mal den Weg zu finden.

Später am Nachmittag, wir hatten uns gerade wieder angezogen, hörten wir Schlüsselgeklimper, und eine Frauenstimme rief: »Melly, ich bin's.« Nach dem Wecker auf Melanies Nachttisch waren zwei Stunden vergangen. Ihr Gesicht glühte, meines wahrscheinlich auch. Meine Lippen fühlten sich taub an. Mit jetzt vor Erschöpfung zitternden Händen trank ich kalten Vanilletee.

»Ich glaube, ich liebe dich«, flüsterte mir Melanie ins Ohr, als sie hinter mir vorbei zur Tür ging, um ihre Mutter zu begrüßen. Dr. Susanne war eine kleine Frau, einen guten halben Kopf kleiner als Melanie, sie hatte graue Augen, etwas dunkelblondere Haare und ein flächiges Muttermal auf der Wange.

»Sie müssen Tim sein«, sagte sie zu mir. Ich nickte und fragte mich, was in dieser Wohnung gestern besprochen worden war.

»Könnten Sie mich duzen?«, fragte ich. »Das Sie ist mir unangenehm.«

»Dann musst du auch Susanne zu mir sagen«, erklärte sie. Ich nickte wieder und beneidete Melanie um ihre Eltern. Das tat ich allerdings bei fast jedem, außer bei Frank und Mark.

Ich würde das Abendessen verpassen, aber das war mir egal, zumal es nicht mehr ill-egal zu sein schien, schließlich tauchten Frank und Mark so gut wie überhaupt nicht mehr auf, wodurch ich eine Art Stellvertreterposition eingenommen hatte, wenn auch eine schweigsame.

Jedenfalls blieb ich bei den Schmölings. Wir aßen zu dritt, Salat mit viel Grünzeug, Spaghetti, die hier Tagliatelle hießen und auf denen sich klumpiges, öliges Zeug befand, das ein bisschen säuerlich, aber nicht einmal schlecht schmeckte.

»Pesto«, sagte Melanie grinsend.

»Wir essen kein Fleisch«, erklärte Susanne.

Ich öffnete den Mund, um »Warum nicht?« zu fragen, ließ es aber und schob mir stattdessen eine Fuhre Pasta hinein.

Melanie kochte neuen Tee, diesmal Erdbeere, und dann gingen wir zurück in ihr Zimmer und redeten. Ich erzählte von meiner Kindheit, den vergangenen Jahren, meiner Pflegefamilie, von Edeka, Musiktapes und von Kuhle.

»Er ist in diese Sabrina verliebt. Sabrina Ergel«, sagte Melanie.

»Woher weißt du das?«, fragte ich verblüfft.

»Jeder weiß das. Es war praktisch das Erste, was ich gehört habe, als ich an die Schule kam.«

Melanie liebte die Fotografie, Bücher, Blumen, ihre Eltern und mich. So ungefähr sagte sie es auch, was mich erröten ließ. Melanie mochte die Gegend, den Wedding nicht, den sie als fürchterlich verdreckt empfand, und sie benutzte tatsächlich das Wort »Proletengegend«, wie Kuhles Vater. Melanie empfahl mir ein paar Bücher, ich schwärmte von einigen Platten.

»Ich glaube, du musst jetzt langsam wirklich gehen«, sagte sie, als es kurz vor elf war. »Morgen ist Schule.« Ich sah zum Bett, auf dem wieder der große Teddy hockte, und nickte etwas widerwillig.

»Tu mir einen Gefallen«, sagte sie vor der Tür, nachdem sie mich zum Abschied geküsst hatte.

»Jeden.«

»Nenn mich nicht Melly. Das ist meinen Eltern vorbehalten. Wenn du mir einen Kosenamen geben willst, musst du dir einen ausdenken.«

Ich zuckte lächelnd die Schultern, weil ich auf diese Idee überhaupt noch nicht gekommen war.

»Bis ich etwas gefunden habe, werde ich dich Mel nennen, ist das in Ordnung?«, schlug ich vor.

Sie lächelte und nickte.

Auf dem Heimweg fiel ich mehrfach fast auf die Fresse, weil ich die ganze Zeit das große Porträtfoto ansah, das sie mir geschenkt hatte. Auf die Rückseite hatte sie ein Herz gezeichnet, in das sie unsere Initialen gesetzt hatte, verbunden mit einem Pluszeichen.

Kuhle fragte mich aus, als wir am nächsten Tag von der Schule nach Hause gingen. Ich erzählte ihm nicht alles, aber vermutlich war es mir einfach anzusehen.

»Ich beneide dich«, sagte er, ohne eine Spur von Neid in der Stimme.

Die Kuhlmanns fuhren in der ersten Ferienhälfte in den Urlaub, die Schmölings in der zweiten. So gab es keinen Interessenkonflikt, meine Pflegefamilie machte keinen Urlaub. Ich sah Melanie fast jeden Tag, und obwohl es mich hauptsächlich in das große Metallbett mit dem Baldachin zog, bestand sie darauf, auch außerhalb des Bettes etwas mit mir zu unternehmen. Wir gingen ins Kino, wir spazierten durch den Humboldthain, fuhren mit dem Fahrstuhl des Funkturms, um uns auf der Aussichtsplattform in einem Wirbel silberblonder Haare zu finden, wodurch wir uns kaum küssen konnten, was wir im Prinzip pausenlos taten. Wir badeten im Strandbad Wannsee, was mich abermals mit einem völlig neuen Gefühl konfrontierte, nämlich Eifersucht. Als sich Melanie Rock und Bluse ausgezogen hatte, um sich, im weißen Bikini, die Ellenbogen aufgestützt, auf den Rücken zu legen, das flirrende Haar hinter ihr auf der Decke ausgebreitet, die leicht gebräunte, weiche Haut im Sonnenlicht, pendelten Dutzende Augenpaare zu uns, als wären sie Kompassnadeln und Melanie der Pol. Vom Grundschüler bis zum alten Sack, alle starrten.

Ich ging mit Melanie essen, in einer schmuddeligen Pizzeria in der Stromstraße; es war das erste Mal, dass ich mit jemandem essen ging, der nicht zu meiner Pflegefamilie gehörte. Melanie führte mich ins Tierheim Lankwitz, weil sie sich früher oder später eine Katze zulegen wollte, »aber die richtige«. Beim Gang die Käfige mit den schreienden Viechern entlang brach sie in Tränen aus. Wir flanierten durch das Foyer des ICC, über den Pariser Platz, soweit das diesseits der Begrenzungen möglich war, starrten auf die Quadriga, die nach Osten ausgerichtet vor sich hin rottete. Wir fuhren stundenlang mit dem Bus nach Gatow, um über die Felder zu spazieren, die sich dort fast bis zum Horizont erstreckten. Nach vier Jahren bekam ich zum ersten Mal einen Eindruck von der Stadt, in der ich lebte. Bis dahin hatte ich den Wedding nur selten verlassen, war nur ein paarmal am Ku'damm gewesen, weil es dort City Music und ZIP gab, wo ich Platten kaufte.

Mel besuchte mich einmal zu Hause, ich stellte ihr Jens und Ute vor und Frank, der zufällig auch daheim war. Sie blieb aus Höflichkeit zwei Stunden, und als ich sie verabschiedete, sagte sie: »Ich verstehe.«

Am zweiten Samstag wollte Melanie mit mir tanzen gehen. Die zehn Minuten am Partyabend hatte ich gerade so überstanden; Engtanzen besteht in der Hauptsache darin, sich möglichst langsam im Kreis zu drehen, und nach Kuhles zweitem verkackten Übergang hatte ich einfach auf die Bühne zurückgemusst. Wie man sich zu NDW oder Depeche Mode bewegte, war mir völlig unklar.

Die Dachluke hatte ihre besten Zeiten längst hinter sich, tatsächlich sollte es die Disco im Dachgeschoss eines Hauses am

Mehringdamm nicht mehr lange geben, aber es war trotzdem voll, wobei ich sofort viele Gesichter aus meiner Schule wiedererkannte.

»Was für ein schönes Paar«, sagte der hagere Typ an der Kasse. Ich hätte ihn küssen können.

»Es ist wie beim Liebemachen«, flüsterte Melanie, als sie mich auf die Tanzfläche zog. »Achte einfach nur auf mich und auf nichts Anderes.«

Im Treppenhaus und auf der Straße hatten die Jugendlichen Bier aus Flaschen getrunken und an verdächtig aussehenden, selbstgedrehten Zigaretten gesogen, aber hier oben gab es nur Alkoholfreies und Musik. Wir tanzten, und schon beim zweiten Stück fühlte es sich gut an. Ab dem vierten begann es mir sogar fast Spaß zu machen. Irgendwann später standen wir an der Bar unter der Dachschräge. Der Laden war schmuddelig, hatte aber etwas. Ich lauschte in den Nebenraum, wo sich die Tanzfläche befand.

»Das kann ich auch«, sagte ich zu ihr.

»Ich weiß«, antwortete sie und drückte meine Hand.

Das machte mir so viel Mut, dass ich ihre Hand losließ, im Nebenraum die Tribüne zum Pult erklomm und mich neben den DJ stellte.

»Hast du einen Musikwunsch?«, brüllte er.

Ich schüttelte den Kopf. »Wollte nur mal gucken.«

Der Mann war etwa doppelt so alt wie ich, sah aber sehr viel älter aus. Zu seinen Füßen stand eine Kiste Bier.

»Ich mache auch Musik«, sagte ich, als er den Kopfhörer in den Nacken zog.

»Ach. Und wo?«

»Vor allem auf Partys«, erklärte ich.

Er runzelte die Stirn. »Na, dann. Ich wollte sowieso gerade mal pinkeln gehen. Da steht Rock, da steht Indie, da ist Punk, hier liegt NDW. Bin gleich wieder da.«

Ein Anflug von Panik traf mich, als er einfach grinsend an mir vorbeiging. Es lief »Sharp Dressed Man« von ZZ Top. Ich nickte mir selbst zu, ließ den Zeigefinger über die Plattenrückseiten knattern, griff nach »People Are People«. Das passte zwar nicht wirklich, aber ich hatte schon eine Idee für hinterher. Der Übergang flutschte gut, auf der Tanzfläche änderte sich nicht viel, die war sowieso voll.

Eine halbe Stunde später sagte der Typ zu mir: »Du stiehlst mir die Show. Gut gemacht.«

Ich kam hinter dem Pult vor, war nassgeschwitzt. Mel umarmte mich.

»Aber du kannst gerne wiederkommen«, rief mir der DJ hinterher. Ich nickte. Es gab jetzt drei Dinge, die ich liebte: das Zauberwesen neben mir, meinen Freund Kuhle und das Plattenauflegen.

Die mit Abstand besten drei Wochen meines Lebens endeten abrupt. Ich hatte völlig verdrängt, dass die Schmölings nach Italien fahren wollten. Wir lagen in Melanies Bett, fast ineinander verdrillt, zwischen unsere Körper passte kein Plattencover. Ich hatte gerade vorsichtig das Thema Verhütung angesprochen – immerhin hatten wir es schon einige Male getan. Kuhle hatte mich kurz zuvor gefragt, wie wir es hielten. Aber Melanie bekam schon seit ihrem sechzehnten Geburtstag die Pille. Ich war erleichtert, obwohl die Gefahr des Kinderkriegens eigentlich eine nur vage Bedrohung für mich darstellte; für mich war das etwas, das nur Erwachsenen passierte, und trotz des »Männer!«-Ausspruchs von Melanie zählte ich mich längst nicht dazu.

Meine Erleichterung verschwand allerdings sofort, als Mel sagte: »Wir fahren übermorgen.«

Ich verwandelte mich schlagartig wieder in Götterspeise. »Stimmt ja«, sagte ich leise. Etwas krampfte sich zusammen. Es war unvorstellbar, Melanie über tausend Kilometer entfernt zu wissen. Und auch noch bei *Italienern*.

Der Nummer-eins-Hit in Deutschland an diesem Tag war »Two Tribes« von Frankie Goes To Hollywood.

15. Übergänge

Es folgten die zwei schlimmsten Wochen meines Lebens. Ich hatte ja keine Ahnung, was Sehnsucht bedeutete, bis zu diesem Zeitpunkt. Stundenlang saß ich wie in Trance im Zimmer, wartete auf das Telefonklingeln. Weil es so teuer war, rief Melanie nur alle zwei Tage an. Ich forschte in ihrer Stimme nach Anzeichen dafür, dass Gefahr bestand. Die Gespräche bestanden letztlich nur aus zweieinhalb Sätzen, die wir so lange wiederholten, bis Melanies Telefongeld verbraucht war.

»Ich vermisse dich.«

»Ich vermisse dich auch.«

»Ich liebe dich.«

»Ich liebe dich auch. So sehr.«

Aber sofort, wenn sie aufgelegt hatte, begann es wieder, an mir zu nagen. Vor der Telefonzelle könnte ein junger, glutäugiger Italiener warten, von »Amore« sprechen und sie in eine düstere Trattoria zerren oder seinen Fiat Cinquecento.

Ich jobbte immer noch bei Edeka, aber vermutlich zum letzten Mal während der Ferien, denn die Filiale lief schlecht, seit zwanzig Meter weiter ein großer Aldi eröffnet hatte. Ute hatte das Schminken wieder aufgegeben, und sie aß jetzt in der Pause Brote, hinten im Lagerraum, gemeinsam mit mir, schweigend an einem Resopaltisch. Der Marktleiter steckte mir kein Extrageld mehr zu.

Immerhin war da Kuhle. Er hatte scheußliche drei Wochen auf einer dänischen Insel verbracht, wo es meistens geregnet hatte, weshalb er hauptsächlich in der Ferienwohnung gesessen und mit zwei »Kalles« Skat gespielt hatte. Kuhle freute sich sehr, mich zu sehen, und ich mich natürlich auch, aber die vergangenen Wochen mit Melanie hatten etwas zwischen uns verändert. Eher halbherzig folgte mir Kuhle an die Orte, die sie mir gezeigt hatte, und ich gab diesen Versuch rasch wieder auf. Er ging mit in die Dachluke, verschwand aber nach einer Stunde einfach, ohne sich zu verabschieden.

»Hab mich nicht wohl gefühlt«, sagte er am nächsten Tag. Ich erzählte ihm nicht, dass ich anschließend fast eine Stunde lang aufgelegt hatte, während Mo, der DJ, mit einem ziemlich jungen Mädchen auf die Toilette verschwunden war.

Wir mischten Tapes. Wir aßen Fleischberge, die Mutter Kuhlmann servierte.

»Dieser junge Mann ist schwer verliebt«, sagte sie, während ich lustlos versuchte, den Einstieg in das gewaltige Schnitzel zu finden. Ich nickte. Oma Kuhlmann rief: »Fertig!« und machte sich daran, Schloss Sanssouci wieder abzutragen.

Kuhle war, nun, vielleicht nicht neidisch, aber es waren nicht nur Bewunderung und Freude, die er für mein Glück empfand. Ich sprach nicht viel von Melanie, aber wenn ich es tat, lag zuweilen etwas Bitteres in seinem Gesichtsausdruck.

»Ich werde nie so ein Mädchen abbekommen«, sagte er eines Tages.

Ich unterdrückte ein falsches »Warum nicht?«, sondern sah ihn nur an. In den so freundlichen, gewinnenden Augen glitzerte es.

Als ich an einem Samstagmorgen, zwei Wochen nach Melanies Abreise, hunderteinundsiebzig Stunden bevor ich sie endlich wiedersehen sollte, Nutella-Gläser ins Regal sortierte, von dem aus ich das Schaufenster beobachten konnte, sah ich Mark. Er stand da, in einem zu großen Bundeswehrparka bei fast dreißig Grad Hitze, schien die Plakate im Fenster zu studieren, aber als ich deutlicher hinsah, spürte ich, dass er nicht wirklich dort stand. Es war eher der Geist von Mark. Seine tief in den Höhlen liegenden Augen fixierten überhaupt nichts. Seine Haltung war wie die von jemandem, der auf seine Erschießung wartet. Er schien zu zittern. Ich hob die Hand, er musste mich eigentlich sehen, aber er reagierte nicht. Wie auf Rollen geschoben verschwand er zur Seite, rutschte einfach aus dem Blickfeld. Ich rannte zur Tür, aber er war nirgends mehr zu sehen.

Stattdessen umarmte mich jemand von hinten.

»Endlich habe ich dich wieder«, hauchte mir eine Stimme ins Ohr, und ich bekam eine Gänsehaut am ganzen Körper. Mark vergaß ich sofort wieder.

»Ich habe es nicht mehr ausgehalten, und da hat mir mein Vater ein Bahnticket gekauft«, sagte sie, während wir händchenhaltend und dauerknutschend in Richtung ihrer Wohnung gingen. Ich trug noch meinen Edeka-Kittel, war einfach mit ihr gegangen, es gab nichts Wichtigeres als das, und völlig bedeutungslos war eine Edeka-Filiale in der Stromstraße.

Am Montag nach Melanies Abreise hatte ich meinen sechzehnten Geburtstag gefeiert, Jens und Ute hatten tatsächlich versucht, ein wenig Festlichkeit aufkommen zu lassen, mit Geburtstagstorte und Sekt zum Anstoßen und einem Hundertmarkschein im Umschlag als Geschenk. Frank war kurz erschienen und hatte mir die Hand geschüttelt, dabei mit Grabesstimme »Alles Gute« geflüstert. Am Abend traf ich mich mit Kuhle, wir gingen flippern, und als ich meinen »Behelfsmäßigen Personalausweis«, der mir das vollendete sechzehnte Lebensjahr attestierte, an der Theke vorzeigte, zapfte man uns tatsächlich zwei Bier, ohne nach Kuhles Ausweis zu fragen. Ich fand, dass es ziemlich bitter schmeckte, aber nach dem dritten ging es. Wir verfehlten zwar häufiger den silbernen Ball, fühlten uns aber dennoch wie Flippergötter. Außerdem war ich sechzehn. Ich hatte keine ältere Freundin mehr. Ich war in eine Lebensphase eingetreten, in der man Entscheidungen auch alleine treffen konnte.

Mel und ich liebten uns, einmal, was wir unter Lachtränen aufgaben, in der Badewanne und auf dem dicken, ovalen Teppich, der im Wohnzimmer der Schmölings vor dem Fernseher lag.

»Du könntest hier übernachten«, schlug sie vor. Was für ein Gedanke! Ich rief zu Hause an, Jens ging ans Telefon.

»Ist es okay, wenn ich bei meiner Freundin übernachte?«, fragte ich. Jens schwieg einen Moment, wahrscheinlich war er überrascht, derlei überhaupt noch gefragt zu werden, vielleicht erwog er aber auch, »Das ist illegal« zu antworten.

Stattdessen sagte er: »Okay.« Und legte auf.

Wenn ich gedacht hatte, die drei Wochen vor Mels Urlaub wären nicht zu übertreffen gewesen, war ich damit dem Trugschluss meines Lebens aufgesessen.

Der Nummer-eins-Hit in Deutschland an diesem Tag war »High Energy« von Evelyn Thomas.

16. Wäsche

Die letzte Ferienwoche verbrachte ich fast ohne Unterbrechung bei ihr, mit Ausnahme der wenigen Stunden, die wir in der Stadt unterwegs waren, in denen ich zu Hause ein paar frische Sachen holte oder die ich, auf Melanies Drängen hin, Kuhle widmete, der sich etwas gequält-verständnisvoll zeigte. Ich kündigte meinen Ferienjob, was der großhändige Marktleiter mit einem Schulterzucken quittierte.

»Wir verstehen uns«, sagte ich zum Abschied.

Als die Schule wieder begann, zeigten wir uns ganz selbstverständlich als Paar, kamen und gingen gemeinsam, trafen uns in den Pausen, in denen wir uns in einen ruhigeren Bereich des Schulhofs zurückzogen, um zu knutschen. Oder zu reden. Ich war Melanie gegenüber völlig offen – auf andere Art als bei Kuhle. Den sah ich immer seltener. Eher lustlos mischten wir ein paar Tapes. Gingen ein bisschen flippern. Wir sprachen nicht mehr über solche Sachen wie Wichsen. Er tat mir ein bisschen leid, aber ich wusste nicht, was ich tun sollte. Der Erfahrungsgraben, der sich zwischen uns auftat und täglich vertiefte, veränderte einiges. Wir waren keine Brüder im Geiste mehr. Ich hatte den Schritt gemacht, er nicht.

Wir bekamen weitere Angebote, Musik zu machen, aber da wir uns keine Anlage leisten konnten, mussten wir die ausschlagen. Ich half gelegentlich in der Dachluke aus, aber nie für mehr als zwei, drei Stunden.

Dann fragte uns ausgerechnet Sabrina, ob wir bei der Oberstufenparty Musik machen würden. Es war Oktober geworden, für mich aber blieb es Sommer, denn ich hatte ja Mel.

»Warum nicht?«, sagte Kuhle. Er wich Sabrinas Blick aus.

Ende Oktober verschwand Mark. Es war fast ein bisschen erstaunlich, dass es überhaupt bemerkt wurde. Melanies Eltern hatten kein Problem damit, dass ich ab und zu bei ihr übernachtete. »Du hast Glück, dass ich Arzt bin und kein Priester, Frank N. Furter«, sagte Melanies Vater, den ich inzwischen Klaus nannte. Dabei lächelte er und drückte kräftig meine Schulter. »Ich gehe davon aus, dass du meine Tochter gut behandelst.«

Ich nickte dankbar.

Dadurch war mein Zimmer zu Hause eine Art Durchgangslager geworden. Ich machte dort zwar noch meine Hausaufgaben, bereitete Referate vor, mischte immer häufiger die Tapes alleine ab, und zuweilen aß ich abends mit Jens und Ute, um ihnen einen Gefallen zu tun, wie ich dachte. Aber ich wachte nur noch selten dort auf, und wenn ich es tat, lag Mark nicht in seinem Bett. Er war vierzehn.

»Mark ist oft bei Freunden«, erklärte Ute schulterzuckend und legte frische Wäsche für ihn in den Schrank. Immerhin gab es noch etwas von ihm zu waschen. Ab und zu musste er also auftauchen.

Meine Pflegeeltern schienen seit einiger Zeit wie gelähmt, als wären sie Marionetten, die irgendwer vergessen hatte. Sie bewegten sich langsam, widerwillig, zeigten immer denselben Gesichtsausdruck. Nicht wie Spejbl und Hurvinek, sondern eher wie verstaubte Figuren aus einem sehr alten Kasperletheater. Jens schlief im Wohnzimmer, bei seinen Bierflaschen und den Wiederholungen alter Krimiserien. Sein roter Bart war von langen, grauen Strähnen durchsetzt.

Utes Gesichtsausdruck änderte sich, als sie zum zweiten Mal mit einem Stapel Frischwäsche ins Zimmer kam, der ausschließlich für mich bestimmt war. Ihr Gesicht hatte etwas Sorgenvolles, gleichzeitig Aussichtsloses.

»Weißt du, wo Mark sein könnte?«, fragte sie leise.

Ich konnte nur den Kopf schütteln.

Sie kam an den Schreibtisch und nahm meine Hand. Die Male,

die sie das bisher getan hatte, konnte ich an den Fingern derselben abzählen. Es war ein unterdrücktes Zittern zu spüren, trotz oder vielleicht wegen der Kraftlosigkeit.

»Er nimmt Drogen«, sagte ich. Mir wurde klar, dass ich das bereits seit langem wusste.

Ute nickte langsam. »Ich weiß«, sagte sie.

Wir durchwühlten stumm seine Sachen, darunter ein paar sehr unsaubere Hausarbeiten, die aus dem letzten Jahr stammten und mit roten Korrekturanmerkungen übersät waren. Hinter seinen Schulbüchern fanden wir blaue Umschläge, die an Jens und Ute adressiert waren und von denen einer den Vorschlag enthielt, Mark an eine Sonderschule zu versetzen. Der Brief war ein halbes Jahr alt. Es war der neueste von allen. Ute öffnete die anderen Umschläge nicht. Sehr kleine Tränen liefen ihr über das Gesicht, als wüsste sie nicht genau, wie man weint.

Ich kam mir vor, als würden wir bereits eine Hinterlassenschaft durchwühlen, und ich musste kurz an meine Eltern denken. Es gab ein Tagebuch, das hatte er vor zwei Jahren geschenkt bekommen; es enthielt nur ein einziges Wort, in Großbuchstaben, auf der ersten Seite, etwas krakelig, als würde der Verfasser nicht richtig schreiben können: »WIESO?«

Wir fanden ein paar Zettel mit Telefonnummern, vier oder fünf. Ute ging in den Flur, zog wie aus alter Gewohnheit die inzwischen hoffnungslos verknäulte Schnur in die Küche und schloss die Tür hinter sich. Ich ging ihr nach, blieb im Flur stehen, und nach ein paar Minuten hörte ich lautes, hemmungsloses Schluchzen.

Als Jens kam, saßen wir im Wohnzimmer, Ute hielt noch immer meine Hand. Sie sah nur kurz auf, deshalb sagte ich: »Mark ist verschwunden.«

Jens öffnete den Mund, schloss ihn aber gleich wieder. Er blieb in der Tür stehen, skulpturenhaft, das Denkmal eines gescheiterten Vaters, eines gescheiterten Menschen. Dann ging ein Rütteln durch seinen Körper. Er sank zu Boden, es schüttelte ihn, und dann sah ich Jens zum ersten Mal weinen. Es war kein Anblick, den ich gern erlebte.

Weil die beiden unfähig schienen, etwas zu unternehmen, rief ich Kuhle an. Zehn Minuten später wuchtete sich Mama Kuhlmann auf das Sofa, und obwohl sich die beiden Frauen nicht kannten, fiel ihr Ute um den Hals. Sie war wie eine vom Sturm gefällte Birke, gegen einen Berg gelehnt. Mama Kuhlmann strich ihr über die Haare, während Ute so laut weinte, dass das Geräusch schmerzte.

»Sie müssen die Polizei informieren«, sagte Kuhle zu Jens.

Jens nickte apathisch, ging zum Telefon. Er sprach leise, dann kam er ins Wohnzimmer zurück, öffnete die Türen der steinalten Schrankwand, die mit inzwischen blind gewordenem Kirschholzfurnier bezogen war. Er kramte in einigen Kisten, ließ Papiere und Bilder achtlos auf den Boden fallen. Das neueste Foto, das er von Mark fand, war fünf Jahre alt. Mit hängenden Schultern verließ Jens die Wohnung, um auf der Wache eine Vermisstenanzeige aufzugeben.

»Wir sollten die Krankenhäuser anrufen«, schlug Kuhle vor. Ute machte nicht den Eindruck, in den nächsten Stunden zu etwas anderem als hemmungslosem Heulen fähig zu sein. Mama Kuhlmann wedelte uns mit der Hand aus der Tür. Kuhle schloss sie leise hinter sich, aber Ute war trotzdem zu hören.

»Melanies Vater ist Arzt«, sagte ich. »Er wird wissen, wen man bei den Krankenhäusern ansprechen muss.«

Kuhle nickte.

Susanne kam ans Telefon, sagte: »Ich rufe Melly«, als ich mich meldete, aber ich unterbrach sie. »Ist Klaus da?«

»Ja. Was ist denn?«

»Hier ist etwas passiert. Mein Pflegebruder ist verschwunden.«

Klaus kam an den Apparat, hörte mir kurz zu, ließ sich Marks Daten geben, versprach dann, sich um die Sache zu kümmern. Zehn Minuten später klingelte das Telefon, zeitgleich läutete es an der Tür. Weil Kuhle länger brauchen würde, ging ich nach unten, Kuhle nahm den Hörer ab.

»Nein, ich bin ein Freund von Tim«, hörte ich ihn sagen.

Mel war vor der Tür, drückte meine Hand.

»Kann ich irgendwas tun?«, fragte sie.

»Das ist lieb von dir«, sagte ich und war ehrlich gerührt. »Aber ich glaube, das hat keinen Sinn.«

Sie küsste mich, ging rückwärts, winkte noch einmal zaghaft.

»In den Krankenhäusern ist er nicht«, erklärte Kuhle, als ich schnaufend wieder oben ankam. »Netter Mann, der Vater von Melanie.«

Ich nickte, Jens kam nach Hause. Er zuckte nur kurz die Schultern, sah mich aber nicht dabei an, ging ins Wohnzimmer.

Zwei Tage später zog Jens aus. Still, ohne Diskussion, wie jemand, der ein Hotelzimmer räumt. Ute lag im Bett, seit zwei Tagen ununterbrochen, ich sammelte die Bilder und Papiere ein, die auf dem Wohnzimmerfußboden lagen, und stopfte sie in die Kiste zurück. Kuhles Mama kam ab und zu, brachte gebratenes Fleisch in Tupperdosen, das Ute nicht anrührte.

Mark wurde niemals gefunden.

Der Nummer-eins-Hit in Deutschland an diesem Tag war »Reach Out« von Giorgio Moroder.

17. Verrat

Sie hatten das Big Apple gemietet, eine Diskothek an der Bundesallee, die zuweilen ziemlich angesagt war und fast in Ku'damm-Nähe lag. Die Party fand Mitte November statt, für Sabrinas Jahrgang war es eine Art vorgezogene Abschlussparty.

Es war kalt, und es regnete. »Ich hasse das«, sagte Kuhle, als wir im knackevollen, feucht-miefigen Bus standen, zwischen uns auf dem Boden eine Pappkiste mit Platten. Es war nicht nötig, unseren kompletten Bestand mitzubringen; zu dieser Zeit hatten die Diskotheken noch eigene Schallarchive, wahrscheinlich bräuchten wir unsere Scheiben überhaupt nicht.

Am Nachmittag bei Melanie hatten wir uns geliebt, zum ersten Mal seit drei Wochen, weil sie viel zu tun hatte, an einem Intensiv-Fotoworkshop teilnahm oder so, jedenfalls ständig mit irgendwelchen Leuten auf »Motivsuche« unterwegs war, die ich nur von der sich ständig ändernden Galerie in Mels Zimmer kannte und auf die ich tatsächlich eifersüchtig war. Wenn wir uns sahen, dann oft nur für eine halbe Stunde, und auch in der Schule klappte es mit den Knutschpausen längst nicht mehr so gut wie im Sommer. Bei den Schmölings übernachtet hatte ich seit über einem Monat nicht mehr. Ich vermisste das, es schmerzte und irritierte mich, und mir fehlte ihre permanente Nähe sehr. Immerhin hatte sie heute für mich Zeit gehabt, wir hatten ihr baldachinüberdachtes Metallbett zum Quietschen gebracht, und irgendwann hatte Melanie meinen kleinen Freund sogar in den Mund genommen. Das war zwar sehr schön gewesen, auf eine Art, aber auch verwirrend. Ich hatte versucht, mich auf ähnliche Weise zu revanchieren, aber Mel hatte seltsam gekichert und gesagt: »Das probieren wir irgendwann mal ganz in Ruhe.« Als ich zu ihr aufgesehen hatte, hing ihr Blick im Nirgendwo.

Die Gedanken daran beschäftigten mich immer noch, als wir aus dem Bus stiegen, zu dem Club gingen und dem Mann, der nach einiger Klopferei die Glastür öffnete, sagten, wir wären die Musik.

»Ach je«, sagte er und grinste uns an.

Der Laden war um einiges größer als die Dachluke, ging über zwei Stockwerke, und es gab grandiose Lichteffekte, die wir nicht würden nutzen können, weil wir keine Ahnung hatten, wie das Lichtpult zu bedienen war. Ansonsten ähnelte die Anlage derjenigen am Mehringdamm, ich erklärte Kuhle kurz, was wo war, was er mit Stirnrunzeln quittierte, zudem war es meine Aufgabe, die Platten abzufahren. Er stellte sich vor die Regale mit den Scheiben, legte den Kopf schief und las die schmalen Rückseiten der Hüllen ab.

»Ganz schönes Durcheinander«, sagte er.

Ein fetthaariger, etwas verwachsen wirkender Typ kam zu uns, stellte sich als »Ringo« vor und erklärte, für die Technik zuständig zu sein.

»Wenn irgendwas is«, sagte er, überließ das Ende des Wortes und des ganzen Satzes unserer Phantasie, zog einen Joint aus der Brusttasche und hielt ihn mir vor die Nase. »Auch ma?«, fragte er. Ich schüttelte den Kopf.

»Was ist mit dem Licht?«, fragte Kuhle.

Ringo nickte. »Licht, ja«, sagte er, zündete sich den Joint an, zog, hielt mit geschlossenen Augen für eine gute Minute den Atem an und blies den Rauch dann durch die Nase aus.

»Da is Licht«, erklärte er und zeigte auf das hellgraue Lichtpult, das mehr Regler hatte als Scottys Arbeitsplatz auf der Enterprise.

»Und?«, fragte Kuhle, nahm den Joint aus Ringos Hand und zog kräftig daran. »Könntest du das kurz erklären?« Das hörte sich an, als hätte er den Joint mitten im Hals zu stecken.

»Ja, dis Licht«, führte Ringo aus, »is da.«

Da ich völlig fassungslos war, weil Kuhle einen verdammten Joint rauchte, ignorierte ich den Ausgang der Lichtdiskussion. Ich hob die Hand zum Gruß und ging zum Klo.

Als ich zurückkam, trank Kuhle ein Bier, für mich stand auch eins neben dem Pult.

»Was war denn das eben?«, fragte ich.

»Was war was?«

»Das mit der Rübe.«

»Mal ausprobieren«, sagte Kuhle. Er war offenbar schlecht gelaunt, und irgendwas gab mir das Gefühl, dass sich das während des Abends nicht ändern sollte.

Die Oberschüler kamen grüppchenweise, erst gegen neun wurde es richtig voll, und bis dahin hatte es Kuhle wenigstens geschafft, ein paar Spots zum Flackern zu bringen. Ich legte nach Gusto auf, die Tanzfläche war kaum gefüllt. Dann erschien Sabrina. Hand in Hand mit einem Mann, der mindestens so alt war wie Melanies Vater.

Kuhle sackte kurz in sich zusammen, fing sich aber sofort wieder, reichte mir eine Maxi, mit verschwommenem Blick. Ich behielt ihn im Auge, als ich die Platte cuete, sah dann zu Sabrina, die kurz hochwinkte und anschließend den Mann küsste. Meine Knutschereien mit Melanie, die durchaus eine gewisse Zungenfertigkeit entwickelt hatten, waren im Vergleich zu diesem Kuss bestenfalls Regionalliga.

»Holla«, sagte ich, hoffte, dass es so leise gewesen war, dass Kuhle nichts hörte, aber der starrte nur.

Mel kam gegen elf, wir küssten uns natürlich auch, und ich versuchte, mich wirklich ins Zeug zu legen, sabrinakussmäßig, zumal ich bereits drei Bier intus hatte. Sie kicherte, wie am Nachmittag, stieß mich sanft weg, sagte: »Du musst noch arbeiten.« Dann verschwand sie in der Menge.

Es lief ganz gut, aber bei weitem nicht so gut wie im Sommer bei der Schülerparty. Kuhle reichte mir gelegentlich Songs, die wirklich nicht passten, und dann schüttelte ich den Kopf, griff fast willkürlich ins Regal und legte etwas Anderes auf.

»Ich geh mal kurz Luft schnappen«, sagte er, da war es schon nach Mitternacht.

»Es regnet«, sagte ich.

»Scheißegal«, nuschelte er. Wir hatten inzwischen fünf Bier gehabt, jeder von uns, Rekord bis zu diesem Tag.

Melanie tauchte gelegentlich in meinem Blickfeld auf, tanzte, vermutlich, *hoffentlich* alleine, aber es war schwer auszumachen, welche Paarungen es auf dem inzwischen recht wuseligen Dancefloor gab, und wenn ich von meinem Plattenkoffer aufblickte, war sie wieder irgendwohin verschwunden, was mir ein leichtes Stechen im Magenbereich verursachte. Ich kämpfte gegen die schmalen drei bis vier Minuten, die mir ein Titel ließ, um einen passenden Anschluss zu finden, und versuchte, an nichts zu denken. Und dem Gefühl, dass hier irgendwas ganz und gar nicht stimmte, nicht nachzugeben.

Kuhle kam nicht wieder. Ich musste pinkeln. Ringo stand neben dem Pult, hielt ein Glas Cola-Rum und zog an einer zerdrückten Zigarette. Ich cuete eine Platte und fragte ihn, ob er einen Übergang hinbekäme.

»Is kein Problem«, sagte er.

Ich rannte zu den Klos, beeilte mich, weil ich wenig Vertrauen in den zugekifften Techniker hatte. Als ich gerade in den Gang einbog, sah ich im Augenwinkel etwas, das mir die Knie wegschlug. An einem Tresen rechts von mir saß Melanie. Sie saß dort nicht allein. Den Hocker ihr gegenüber okkupierte ein junger Mann, fünf oder sechs Jahre älter als ich, den ich vom Sehen kannte, wie ich meinte, und zwar von den neuen Fotos in Mels Zimmer. So allerdings hatte ich ihn dort nicht gesehen. Seine Hände lagen auf Melanies Rücken, wie ihre auf seinem, und ihre Münder hingen aufeinander.

In diesem Moment ging die Musik aus und das Licht an. Der Laden war plötzlich hell, und Melanie rückte von dem Typen ab, schaute sich um, wie alle anderen auch, die herausfinden wollten, was das zu bedeuten hatte. Dabei sah sie mich. Ich weiß nicht, welchen Gesichtsausdruck ich machte, aber Melanie lächelte verzerrt.

Ich brach zusammen, fühlte mich, als hätte mir jemand in den Hals gegriffen, mit seiner Hand die Lungenwand durchstoßen und auf dem gleichen Weg das Herz herausgezogen. Während mir rot vor Augen wurde, hoffte etwas in mir, dass es vielleicht eine Erklärung gab. Sie hatte eine Wette verloren. Das war nicht Melanie, sondern eine Doppelgängerin. Der Typ war ihr lang vermisster Bruder. Er zielte neben dem Oberschenkel mit einer Waffe auf sie. Er hatte ihr Drogen in den Drink gekippt. Jemand filmte das heimlich, um sich über mich lustig zu machen.

Aber ich wusste natürlich, dass das nicht die Wahrheit war.

Als ich die Augen öffnete, sah ich verschwommen ihr Gesicht vor meinem, fühlte eine Hand, die mich irgendwo berührte.

»Tim.«

»Verpiss dich!«, brüllte ich. »Hau ab!« Es ging in ein Schluchzen über, doch das war mir egal.

»Tim.«

»Hau endlich ab. Hau ab!«, kreischte ich.

Sie ging. Sie erhob sich, sagte noch sehr leise etwas, das wie »Vielleicht ist es besser so, wenn du es auf diese Art erfährst« klang, drehte sich um und lief einfach hinaus. Ich sah ihr nicht nach; ich konnte vor Tränen sowieso nichts mehr sehen, blieb sitzen, heulte und heulte. Irgendwann kam ein Mitschüler zu mir, den ich nur durch einen Nebel wahrnahm. Er meinte, es wäre hilfreich, wenn ich mal zum Pult ginge. Ich rappelte mich auf, schmierte Rotz und Tränen in meine Jackettärmel und stolperte wie ein Zombie zur Disco.

Ein, wie es hieß, sehr *kräftiger* Mann hatte Sabrina, die in einem Hauseingang nur ein paar Schritte weiter gestanden hatte, um eine Zigarette zu rauchen, überwältigt, ihr den eigenen Pullover über den Kopf gezogen und dann versucht, sie zu vergewaltigen. Offenbar war er dabei gestört worden und geflüchtet, und der Türsteher des Ladens hatte einen nicht sehr großen, aber sehr dicken Mann weglaufen sehen. Sabrina hatte den Täter nicht sehen können, aber auch gemeint, es sei ein bulliger Typ gewesen. Sehr dicke Arme.

Das erklärte mir ein Polizist, der am Pult auf mich gewartet hatte. Ich saß mittlerweile auf einer Art Treppenstufe – ein Häufchen Elend. Die Botschaft von dem, was ich vorhin gesehen hatte, war zwar noch nicht ganz in meinem Gehirn angekommen, aber der Körper reagierte.

»Was ist mit Ihnen?«, fragte der Polizist.

Ich konnte nur den Kopf schütteln.

»Haben Sie Drogen genommen?«

Ich schüttelte weiter den Kopf. Ich konnte an nichts anderes denken als an Mel, und das war so schmerzhaft, als würde mir jemand mit einem stumpfen Messer in den Augen herumbohren. Ich sah nur, wie dieser Typ sie geküsst hatte, und ob da ein Polizist vor mir saß oder Fidel Castro, das interessierte mich nicht für einen Sechser.

»Michael Kuhlmann«, hörte ich.

Ganz automatisch nickte ich, sagte: »Kuhle.«

Durch eine Tränenwand versuchte ich, sein Gesicht zu fokussieren. Da war irgendwo ein Bart, und ich erkannte rote Haare. Der Mann hatte eine gewisse Ähnlichkeit mit Jens, dem Jens von vor zehn Jahren.

»… gegen halb eins«, hörte ich.

»Wo war Ihr Klassenkamerad Michael Kuhlmann gegen halb eins?«, wiederholte der Mann.

Das spielte doch alles überhaupt keine Rolle. Melanie hatte einen anderen geküsst, einen Älteren, vor meinen Augen, und ganz sicher war es nicht das erste Mal gewesen und vermutlich auch nicht das Einzige, was sie mit ihm getan hatte während der vergangenen Wochen. *Vielleicht ist es besser so.* Was gab es da noch für relevante Fragen? Die Welt ging gerade für mich unter.

»Draußen«, antwortete ich nuschelnd. In diesem Moment bekam ich eine Ahnung davon, worum es überhaupt ging. Die Worte

»Sabrina«, »Vergewaltigung«, »kräftiger Mann« erreichten mein Hirn, und ich wandte meine letzte Kraft auf, um den Polizisten anzusehen.

»Sie sagen, dass Ihr Klassenkamerad Michael Kuhlmann draußen war, zwischen Mitternacht und ungefähr halb eins?«

»Es hat geregnet«, erklärte ich.

»Das stimmt«, sagte der Polizist.

Vielleicht geschah gerade etwas Wichtiges. Natürlich geschah gerade etwas Wichtiges. Ich versuchte, meine Gedanken auf die Fragen des Polizisten zu konzentrieren.

»Kuhle geht nicht nach draußen, wenn es regnet«, sagte ich.

»Kuhle ist Michael Kuhlmann?«, fragte der Polizist.

Ich nickte langsam.

»Und er war draußen?«

Ich wusste das nicht. Kuhle hatte gesagt, er wolle frische Luft schnappen, irgendwas in der Art. Er hatte diesen Joint geraucht. Wer weiß. Vielleicht war er unter Dope nicht mehr allergisch gegen Wasser. Ich bekam Angst. *Das ist illegal.* Wenn ich etwas Falsches sagen würde, vielleicht würde man mich anzeigen, wegen Meineid und all diesen Dingen. Und außerdem. Die Welt ging unter.

Also nickte ich.

Gegen fünf oder sechs oder vielleicht auch später kam ich nach Hause, ich hatte Bier getrunken, viel Bier, in einer Gardinenkneipe nicht weit vom Big Apple. Irgendwann hatte mich der Wirt in ein Taxi gesetzt.

Im Hausflur quälte ich den Schlüssel in den Briefkasten, in der völlig absurden Hoffnung, da wäre eine Nachricht von Mel, die alles aufklärte, das ganze Missverständnis, das keines war, wie etwas in mir mit Gewissheit wusste. Natürlich war da kein Zettel. Ich ließ den Briefkasten offen, knickte ein, als ich die erste Stufe nach oben betrat. Mir wurde schlagartig sehr kalt, Übelkeit stieg in mir auf, und ich erbrach mich auf das Linoleum der Treppe.

Am nächsten Tag überredete ich Ute, die ohnehin zu keinem Widerstand fähig war, mir eine kleine, billige Wohnung zu mieten. Mit sehr viel Glück fand ich noch in der gleichen Woche ein heruntergekommenes Zimmer mit Ofenheizung und Klo in der Küchenkammer. Ich packte meine paar Sachen und zog einfach aus. Den Rest meiner Schulzeit sollte ich an einem Neuköllner Gymnasium ableisten.

Ich sah Michael Kuhlmann und Melanie Schmöling in diesem Jahrtausend nicht mehr wieder.

Der Nummer-eins-Hit in Deutschland am Tag der Party im Big Apple war »I Just Called To Say I Love You« von Stevie Wonder.

Zwei
1989

Die Versöhnungskirche im sogenannten Niemandsland jenseits der Mauer an der Bernauer Straße wurde im Jahr 1985 abgerissen.

1. Agenten

»Und?«, fragte Neuner, wobei er einen Bandenstoß auf die Sieben ansetzte. Mit etwas Glück würde er sie an der kurzen Bande entlang auf die Neun schieben und diese einlochen, wodurch er das Spiel gewonnen hätte. Neunerball war Pool mit neun von fünfzehn Bällen, die in Reihenfolge zu versenken waren, wobei jeder Spieler immer die Kugel mit dem niedrigsten Wert spielen musste. Das Ziel bestand ausschließlich darin, die Neun einzulochen, und es war belanglos, wie viele Bälle man zuvor versenkt hatte. Eine Serie von acht Kugeln in Folge bedeutete nichts, wenn man die Neun anschließend verfehlte und der Gegner ausmachte. Zudem musste man die niedrigstwertige Kugel nur anspielen; wenn diese anschließend die Neun traf und versenkte oder die weiße Kugel von der getroffenen abprallte, um die Neun ins Loch zu schubsen, war das Spiel ebenfalls gewonnen. Und genau das hatte Neuner jetzt vor. Ich bevorzugte klassisches Pool, Achterball, aber Neuner zog Neunerball vor, deshalb hieß er so. Sein richtiger Name lautete Bert, und er verabscheute diesen Namen.

Gegen Neuner war man beim Neunerball bestenfalls Sparringspartner. Er wollte Profi werden, irgendwann, oder wenigstens so ein ausgefuchster Geldsammler wie Paul Newman in »Die Farbe des Geldes« oder eigentlich »Haie der Großstadt«, dem Vorläufer des Scorsese-Films mit Tom Cruise, dessen Mentor der ältere Paul Newman gewesen war. Wir hatten beide Filme gut und gerne zwei Dutzend Mal gesehen. Ob ein Profispieler, dem beide Schneidezähne fehlten und der dazu neigte, nach einem doch mal verlorenen Spiel wie ein Wahnsinniger auszuflippen und mindestens sein Queue zu zerdreschen, eine Chance auf dem internationalen Parkett hätte, wagte ich zu bezweifeln. Neuner hatte seine Schneidezähne bei einem wirklich blöden Bluffversuch verloren, also einem Spiel um Geld, bei dem er sich anfangs absichtlich blöd angestellt hatte, um später dann, als es um richtige Summen ging, plötzlich groß aufzutrumpfen. Die hohe Kunst bestand darin, nur ein bisschen schlechter als der Gegner anzufangen und nur ein bisschen besser als der Gegner auszumachen. Damals hatte er das noch nicht beherrscht, sondern eine Show abgezogen, aber immerhin: »Der andere hat *drei* Zähne verloren«, erzählte Neuner gerne jedem, der fragte, und allen anderen eigentlich auch.

Unser Tisch war der einzige, über dem die längliche Lampe brannte, der Rest der großen Billardhalle, des Billard-Palasts Uhland- Ecke Kantstraße, lag weitgehend im Dunkeln. Im Hintergrund lief leise irgendeines der etwa fünftausend Rolling-Stones-Alben, ich konnte sie kaum auseinanderhalten, es waren einfach zu viele, und es wurden jährlich mehr, ohne dass ein Ende abzusehen war. Ich winkte in Richtung Tresen, der irgendwo im Dämmerlicht links von uns lag, Sekunden später erschien der kleine blasse Mathematikstudent, der hier die Nachtschicht fuhr, und stellte uns zwei neue Beck's hin. Neuner stieß zu, die Sieben lief gegen die kurze Bande, kehrte mit leichtem Rechtseffet zurück, glitt an der langen Bande entlang, touchierte die Neun, die daraufhin mit exakt der nötigen Geschwindigkeit gerade noch über die Lochkante fiel. Als hätte sie sich hineingestürzt, nach einem kaum bemerkbaren Augenblick des Zögerns.

»Sieben null«, sagte Neuner. Er grinste. »Der direkte Weg ist manchmal der schlechtere.« Ich zuckte die Schultern und nahm einen Schluck Bier. Es war das fünfte oder sechste, seit wir spielten, die Uhr über dem Tresen war nicht zu erkennen, aber es ging wahrscheinlich auf fünf, halb sechs zu. Morgens.

»Und?«, wiederholte er.

Neuner meinte die gestrige Nacht, die Mucke im Zelt und das Danach. Vor allem das Danach.

Ich zuckte wieder die Schultern. »Das Übliche. Dortmund oder

Bochum oder so. Wir sind in einem Hotel gewesen, so einem Jugendding. Grausig.«

»Und wie war *sie*?«

»Ganz okay«, antwortete ich langsam und dachte nach. Wir hatten, wenn mein Kurzzeitgedächtnis nicht ganz falsch lag, ganze vier Sätze gewechselt. Sie war fünfundzwanzig oder so, vielleicht jünger. Hatte ich sie gefragt? Oder sie mich? Keine Ahnung.

»Hat sie dir einen geblasen?«

»Neuner, du bist ein dämliches Arschloch.«

Er grinste.

»Um ehrlich zu sein, ich weiß es nicht. Ich bin eingeschlafen.«

Jetzt lachte er.

»Eingeschlafen?«

Ich nickte. »Aber ich glaube, sie hat einfach weitergemacht. Ich bin irgendwann aufgewacht und abgedampft. Da hatte ich keine Tüte mehr auf dem Schwengel.«

»Du bist ganz schön fertig«, sagte Neuner und stieß die Zunge durch die Zahnlücke – seine Art, eine gewisse Ehrfurcht zu zeigen.

»Das sagte der Richtige«, erwiderte ich.

Er stellte sein Queue ab und kam einen Schritt näher. »Wenigstens habe ich ab und an so etwas wie eine Beziehung. Ich gehe nicht zu den Nutten oder begnüge mich mit *Resteficken*. Du könntest viel Bessere haben.«

Ich antwortete nicht. Was auch? Dass ich die Allerbeste gehabt hatte, dass sie mich verarscht hatte und dass ich um keinen Preis der Welt dieses beißende, zehrende, endlose Leere hinterlassende Gefühl jemals wieder verspüren wollte? Davon abgesehen, dass es noch immer nicht ganz verschwunden war. Euphemistisch gesagt. Ich zuckte die Schultern.

»Dumm baut«, erklärte er. Ich nickte.

Ich stellte die Bälle auf – ein stehendes Karo im Holzdreieck, das man mit den Unterarmen zusammenhalten musste, die Neun in der Mitte –, schob die Kugeln möglichst eng zusammen. Wenn man mit dem Anstoß die Neun versenkte, hatte man natürlich auch gewonnen.

Beim Achterball, dem normalen Pool, oder beim filigranen Snooker, das auf gewaltigen Tischen gespielt wurde, setzte man – je nach Qualität des Herausforderers – den Anstoß eher vorsichtig, um dem Gegner keine gute Position zu geben. Beim Neunerball drosch man drauf. So wenige Bälle bedeuteten *immer*, dass der Gegner eine gute Position hatte. Es kam eher darauf an, schnell zu sein. Ich holte kräftig aus, und mit einem gewaltigen Knall, der durch die Halle echote, krachte die weiße Kugel auf die Spitze des Karos. Die Kugeln versprengten sich, die Neun trudelte in Richtung einer Ecktasche, aber mit viel zu wenig Energie. Von der gegenüberliegenden kurzen Bande kam die Sechs zurück, touchierte kurz die lange Bande, dann die Neun. Klack.

»Sieben eins«, sagte ich grinsend. Neuner verzog das Gesicht.

»Blödes Glücksschwein.«

Und dann: »Du bist echt eingeschlafen? Ich bin noch nie beim Sex eingeschlafen.«

»Ich hatte um die zwanzig Bier und eine halbe Flasche Jack, Mann. Und irgendwann muss ich ja schlafen.«

Die Runde endete zwanzig zu zwei.

Neuner sagte: »Du könntest viel mehr Spiele gewinnen, wenn du nur wolltest. Du bist nämlich ein ziemlich guter Spieler. Aber irgendwie willst du nicht. Du denkst nur an den Stoß, den du gerade machst, und niemals an den nächsten.«

Ich zuckte die Schultern.

»Ganz schön fertig«, wiederholte er.

Im Dämmerlicht eines eher nicht so schönen, sehr kalten Märzmorgens winkte ich auf der Kantstraße nach einem Taxi; es war kaum zu erkennen, ob die schmutziggelben Schilder beleuchtet waren oder nicht. Als eines anhielt, hoppelte Neuners Suzuki LJ80, liebevoll »Elljott« genannt, die Urmutter der *Urban SUVs*, gerade hinter mir vorbei. Er war nicht zu überhören, denn statt einer Rückbank befanden sich in seinem Auto großvolumige Regalboxen, die liegend eingebaut waren und von einem Vierhundert-Watt-Verstärker gespeist wurden. Neuner hatte nur eine Kassette im Auto, ein Band, auf dem sich in endloser Wiederholung das Schlagzeugsolo aus »A Briefcase« vom Saga-Album »In Transit« befand. Auf dem Weg nach Neukölln schlief ich ein, der Fahrer weckte mich, als wir angekommen waren.

Sieben Stunden später stand ich zitternd bei zwei oder drei Grad plus mit einem Kaffeetopf in der einen und einer Fluppe in der anderen Hand auf dem Balkon, zwischen dem Gerümpel, das ich dort lagerte, weil ich viel zu faul war, das Zeug zum Müll zu tragen. Der Karton von dem großen Fernseher, den ich gekauft hatte, dessen Fernbedienung mir ein Rätsel war und den ich eigentlich nie einschaltete. Ein dunkelbrauner Cordsessel von abgrundtiefer Hässlichkeit, Blumentöpfe, die es bereits auf dem Balkon gegeben hatte, als ich ein halbes Jahr zuvor in diese Zweizimmerwohnung umgezogen war. Ich schob mit dem Fuß ein paar graubraune Filzmatten beiseite, den ehemaligen Bodenbelag des größeren Zimmers, und setzte mich auf die Lehne des Sessels. Es war ein bisschen feucht.

Ich schnippte die Asche von meiner Zigarette über die Brüstung, wartete einen Moment.

»Mein Balkon ist keine Müllkippe, Herr Körner«, krähte erwartungsgemäß eine Stimme von unten. Die alte Stachel, meine Nachbarin.

»Tach auch, Frau Stachel«, rief ich.

»Ich heiße Stagel«, nörgelte sie.

»Und ich heiße Köhrey«, antwortete ich. Sie *lebte* auf dem Balkon, jedenfalls war sie immer da, wenn ich auf meinen ging. Selbst jetzt, mitten im Winter.

Auf der anderen Straßenseite stand die Mauer. Fünfzig Meter weiter links verlief sie nach einem Knick am Kanal entlang. Gegenüber, hinter dem Minenfeld, standen zwei einzelne, fünfstöckige Mietshäuser, in denen auch tatsächlich Menschen wohnten. Manchmal sah ich jemanden, gelbliches Licht von Wohnzimmerbeleuchtungen, das Flackern der Fernseher. Balkone hatten die Häuser nicht. Irgendwer in diesen Häusern liebte Marius Müller Westernhagen, einige Male hatte ich Songs wie »Dicke« und »Mit 18« gehört, aber ein Gesicht zu diesem Fan gab es nicht. Nachts konnte ich das schummrige, rauchergebissfarbene Licht spärlicher Straßenbeleuchtung sehen. Ein etwa dreißig Meter langes Stück Straße verlief dort, ab und an waren ein paar Trabants und ein Wartburg geparkt, Menschen auf dem Gehsteig sah ich nie. Wer wohnte dort? Privilegierte? Ausgestoßene? Vielleicht würde ich mir irgendwann mal ein Fernglas besorgen, um die Sache genauer zu inspizieren.

Ein Jahr zuvor, 1988, war ich zum ersten und bisher letzten Mal drüben gewesen. Schon in der Antragsstelle für das Visum – Westberliner konnten nicht einfach mit dem Pass rüber – war ich beinahe durchgedreht, in dieser miefigen Baracke in der Nähe der Gedenkbibliothek. Kreidebleiche Grenzpolizisten ohne erkennbare menschliche Regungen hielten einen DDR-Außenposten, und sie ließen die Westler schmecken, was es bedeutete, quasi den äußersten Fingernagel des Kommunismus zu repräsentieren.

Und dann die Grenzkontrollen. Wir standen eine gute Stunde neben Franks weißem Triumph Spitfire, den drei Grenzpolizisten durchsuchten, als würden wir in irgendeinem Versteck die Konterrevolution transportieren. Frank musste sich in einer dunklen Kabine bis auf die Unterhosen ausziehen. Währenddessen klaute ein Grenzer den ovalen, schwarz-rot-gelb geranderten Aufkleber mit der Aufschrift »Ich bin Energiesparer«, der im Handschuhfach des Wagens lag und der zu dieser Zeit auf vielen Autos klebte. Ich sah es, sagte aber nichts.

Ostberlin sah aus, als hätte jemand die Sechziger konserviert, aber die Farbe ausgewaschen. Die wenigen moderneren Gebäude strahlten schmutzige Willkür aus. Wir versuchten, in einem Restaurant im Roten Rathaus zu essen, gaben aber auf, weil uns nach einer halben Stunde Wartezeit immer noch kein Tisch zugewiesen wurde, obwohl kaum Gäste im Restaurant saßen und Frank schließlich mit einem Zehnmarkschein winkte. Im »Gastmahl des Meeres« gab es nach einer weiteren halben Stunde Wartezeit keine einzige der Speisen, die auf der Karte standen. Wir landeten in einer grausigen, schmucklosen Pinte zwei Querstraßen vom Alexanderplatz entfernt, tranken abscheuliches Bier, das zweiundzwanzig Pfennige kostete, und aßen gummiartige Wiener Würstchen, die innen ausschließlich aus Wasser bestanden, der Senf zerfloss zu einer urinfarbenen Soße. Die Menschen um uns herum sahen aus, als wären sie Statisten in einem Kriegsfilm. Niemand lachte, und alle beäugten uns stumm. Musik gab es auch keine.

Frank wollte unbedingt ins Café Nord, eine Art Diskothek an der Schönhauser Allee. Schon von weitem war eine lange Warteschlange zu sehen. Ein junger Typ, der zwei verschiedene, ausgelatschte adidas-Turnschuhe trug, sprang uns fast vors Auto und meinte, er wisse, wo wir richtig Spaß haben könnten. Er zwängte sich auf den Notsitz und lotste uns nach Marzahn.

Nach ewiger Fahrt durch trübe Plattenbauschluchten landeten wir in einer Gegend, die nach einer Mischung aus Arbeitslager und Orwells »1984« aussah. Nirgendwo stand ein Baum, ab und zu knatterte ein Zweitakter an uns vorbei, aber es stank nach Abgasen, als gäbe es Millionen davon. Die Feuerwache war ein Jugendklub. »Urst was los da«, sagte der junge Mann, der mir eine HB nach der anderen abschnorrte und dem es nichts ausmachte, im eiskalten Fahrtwind zu hocken. Wir parkten ein und hatten in null Komma nichts die Aufmerksamkeit der kompletten Gegend; Kinder drängten sich um das Auto.

Der »Klub« verströmte das Flair eines Tanznachmittags im Altenheim, erinnerte mich aber auch ein kleines bisschen an die erste Mucke, damals in der Schule. Der SPU allerdings hatte meine volle Hochachtung. Er war ein schon etwas in die Jahre gekommener

Herr, der die vorgeschriebene Mischung von Ost- und Westmusik präsentierte. Er arbeitete mit Kassetten, und zwar ziemlich professionell. Die Übergänge kamen beeindruckend sauber, was mit Kassetten wirklich eine Kunst ist, und auch mit der Qualität des Materials – Westmusik vor allem aus Radiomitschnitten – kam er exzellent zurecht.

Wir hätten in diesem Laden wahrscheinlich nur mit dem Finger auf irgendein Mädchen zeigen müssen, ließen es aber. Es war deprimierend, und ich drängte Frank, so schnell wie möglich wieder abzuhauen, also drückten wir dem Mitfahrer unsere Zwangsumtauschreste in die Hand und verschwanden wieder. Am Wagen stand ein mittelalter Mann, der mit krächzender Stimme erklärte, dass wir uns außerhalb des Bereichs befänden, in den man als Westberliner noch dürfe. Wir machten, dass wir nach Hause kamen. Noch tief im Westen ließ mich die Angst nicht los, jede Sekunde verhaftet zu werden.

Mein Telefon klingelte, ich schnippte die Kippe über die Brüstung und ging hinein. Es war Pepe, der als eine Art Agent für mich arbeitete. An irgendeinem Abend im Ciro hatte er sich neben die Anlage gestellt, mir einen Whodini nach dem anderen ausgegeben und mich schließlich gefragt, wer mich vertreten würde.

»Ich selbst«, sagte ich.

»Du bist ein super DJ«, erklärte er.

Pepe war knapp zwei Meter groß, hatte lange, filzige Haare, und er war so unglaublich dünn, dass ich sogar als Zwölfjähriger, spack und knochig, wie ich damals war, wie Arnold Schwarzenegger neben ihm ausgesehen hätte. Zu allem Überfluss trug er einen schwarzen Ledermantel und einen cremefarbenen Schlapphut, der ihn noch größer und dürrer machte, außerdem rauchte er Zigarillos, die ihm immer aus den Händen fielen, wenn er seine ausladenden Gesten vollführte. Sie hielten einfach nicht zwischen seinen mageren Griffeln.

»Danke«, sagte ich und winkte einem Stammgast, der mit zwei Nutten im Arm in den Laden kam.

»Glaub mir, du brauchst einen Agenten. Jemanden, der dich groß rausbringt.«

»Vorausgesetzt, ich will groß rausgebracht werden.«

»Ich kenne viele Leute.« Seine rechte Hand flatterte in einem Viertelkreis neben seiner Schulter.

»Ich auch.«

Er verzog das Gesicht, steckte sich ein Zigarillo an, weil dasjenige, das er Sekunden zuvor angemacht hatte, verschwunden war. Ich prostete ihm mit dem Drink zu, den er mir spendiert hatte.

»Nimm's nicht persönlich«, sagte ich.

Aber Pepe ließ nicht locker.

Am nächsten Tag stand er wieder da und legte eine glänzende Visitenkarte auf den Tresen, die eines dänischen Diplomaten.

»Kannst du nächste Woche Mittwoch?«, fragte er grinsend.

Mittwochs tat ich normalerweise überhaupt nichts, manchmal trieb mich das schlechte Gewissen in die Franklinstraße, in »mein« Institut. Ich besuchte dann irgendein Seminar, ohne zu wissen, ob ich dafür eingeschrieben war. Das reichte für ein paar Wochen.

Ich zuckte die Schultern.

»Tausendfünfhundert der Abend, zwanzig Prozent für mich. PA wird organisiert. Hast du einen Anzug?«

Ich schüttelte den Kopf. Wozu brauchte *ich* einen Anzug? Ich besaß ein paar Sakkos, deren Ärmel ich hochkrempelte, wie alle es taten, und Jeans – natürlich. Fünfzehnhundert den Abend war *sehr* viel.

Pepe trat einen Schritt zurück, kniff die Augen zusammen.

»Kein Problem. Sei um sechs dort.«

Er ließ die Karte liegen, außerdem ein halbes Dutzend glimmende Zigarillos auf dem Fußboden, und verschwand, mit beiden Armen wedelnd.

Pepe machte seine Sache gut. Die PA war erstklassig, für mich lag ein Anzug bereit, der sogar passte, ich bekam die Kohle vor dem Auftritt. Die Frau des Diplomaten, eine pummelige Mittvierzigerin in einem tief ausgeschnittenen Abendkleid, begrüßte mich herzlich, zeigte mir den Weg zur Toilette und den Ort meines Schaffens, einen kleinen Ballsaal. Die Party ging bis in die Morgenstunden, und einige Menschen, die ich schon auf Zeitungscovern gesehen hatte, benahmen sich redlich daneben.

Am Freitag stand Pepe wieder im Ciro.

»Bin ich jetzt dein Agent?«, fragte er.

Ich zwinkerte ihm zu. »Auf Probe ...«

»Was machst du im Sommer?«, fragte er jetzt, am Telefon.

»Weiß nicht. Ist ja noch ein paar Monate hin.«

»Das Zelt hat Umbaupause, das Ciro macht auch dicht, wenn ich das richtig gehört habe.«

Ich nickte stumm. Geldsorgen hatte ich keine, noch nicht, aber wenn ich nicht auflegte, würde ich stattdessen noch häufiger durch die Puffs ziehen, und dann bekäme ich welche.

»Bist du noch dran?«

Ich nickte wieder und sagte schließlich: »Ja.«

»Hättest du was dagegen, ein bisschen auf Reisen zu gehen.«

»Mmh.«

»Ich könnte dir ein paar Termine organisieren. Nichts Großartiges, aber du kämst ein bisschen herum und würdest arbeiten.«

»Muss ich drüber nachdenken.«

2. Chateau

Marla öffnete mir die Tür, sie trug ein durchsichtiges Negligé und nur das.

»Hallo, Tim«, sagte sie, wie man den Postboten begrüßt, also war Werner im Laden, in Hörweite. Sonst hätte sie mich umarmt und auf die Wange geküsst. Werner war Marlas Mann, den beiden gehörte das Chateau Plaisir, und obwohl Marla Abend für Abend mehrfach auf Zimmer ging, wäre Werner durchgedreht, hätte er mich je mit ihr im Arm gesehen. Ich war so eine Art Freund, zählte jedenfalls längst zum Inventar des Chateau, und deshalb war seine Frau für mich tabu. Dass sie es Nacht für Nacht Vertretern, Touristen und schleimigen Kleinstunternehmern besorgte, spielte in diesem Zusammenhang keine Rolle.

Meine Augen brauchten ein paar Sekunden, um sich an das rötliche Halbdunkel zu gewöhnen. Die beiden Bildschirme über dem Tresen zeigten tonlose Pornos, durchsetzt von Störstreifen, weil die Videokassetten schon monatelang liefen; nicht nur gutaussehende Menschen bumsten einander rudelweise in allen denkbaren Stellungen und in alle denkbaren Öffnungen.

An einem der Tische saßen vier Endvierziger, die ich für Griechen hielt, sie starrten auf die Monitore. Geraldine, die eigentlich Simone hieß, saß mit an diesem Tisch, sie hatte ihre Hand im Schoß eines der Griechen, mit der anderen winkte sie mir fröhlich zu. Geraldine hatte die Form einer Kartoffel und ging auf die Sechzig zu, machte aber gerade mit jüngeren Gästen den meisten Umsatz im Laden. Vor den Griechen standen Bierflaschen, vor Geraldine eine Piccolo Apfelmost, die Werner mit einem orangefarbenen Veuve-Cliquot-Etikett beklebt hatte; die Etiketten besorgte ihm ein Kumpel packenweise. Am Tresen hockten Babsi und Jenny, die wirklich Barbara und Jenny hießen, sie nippten an Orangensaft, Babsi nickte mir zu, Jenny rührte sich nicht.

Sonst war der Laden leer. Werner stand hinter der Bar, kam jetzt aber hervor, umarmte mich kurz, wie Knastbrüder das vermutlich tun, jedenfalls verbrachte er dort von Zeit zu Zeit ein paar Monate, dann schlug er mir mit der Hand auf den Rücken.

»Siehst gut aus, Junge.«

Ich nickte. »Du auch, Werner.«

Das war gelogen. Werner sah aus, als hätte man aus einem gealterten Bryan Adams die Luft herausgelassen. Sein eingefallenes Gesicht war von tiefen Aknenarben durchzogen, seine braunblonden, kurzen Haare waren schütter, sein Bauch breiter als seine Brust, seine Beine kürzer als seine Arme. Der Puffinhaber war ein Mann, den man leicht unterschätzte, und das konnte gefährlich werden. Das Gleiche galt für Hotte, den vom Kehlkopfkrebs röchelnden Schlepper, der vor der Tür stand.

Ich setzte mich an den Tresen. Es lief eine Kassette, die ich aufgenommen hatte, ein Mitschnitt aus dem Ciro. Ich brachte die Tapes an, und dafür durfte ich umsonst trinken. Alles andere musste ich bezahlen – wie jeder hier.

Ich saß neben Babsi, zwei Hocker von Jenny entfernt, Marla stellte mir ein Bier hin. Babsi legte mir eine Hand auf den Oberschenkel.

»Wer wird heute Abend die Glückliche sein?«, fragte Marla, Babsi übte leichten Druck auf meinen Schenkel aus. Sie war eine schmale, aber großbrüstige Schwarzhaarige mit samtweicher Haut, von der jetzt ziemlich viel zu sehen war, denn sie hatte nur einen Slip an. Jennys Haare waren auch schwarz, aber im Gegensatz zu Babsis langer Mähne zu einem Pagenkopf geschnitten, sie war etwas flachbrüstiger, hatte aber Beine, die einen irre machen konnten. Wenn sie wollte. Jenny warf mir nur einen kurzen Blick zu.

Es summte, Marla ging zur Tür und kehrte mit Hotte zurück, der zur Begrüßung ein brachiales Husten durch den Laden schmettern ließ. Hotte war aus Hamburg nach Berlin geflüchtet, und er war ein *guter* Schlepper. Viele kamen aus Mitleid mit ihm in den Laden, aber er hatte diese verbindliche Art, die Menschen seines Schlages besitzen und die einen zweimal überlegen ließ, das freundliche Angebot abzulehnen. Vor allem, wenn er es etwas energischer vortrug. Weil man beim ersten Mal sicher nicht richtig zugehört hatte. Furchtsam um sich blickende Touristen im Studentenalter folgten ihm manchmal in den Puff, starrten mit weit aufgerissenen Augen auf die Monitore, und ihre Augen wurden noch größer, wenn Geraldine herantänzelte, ihren plumpsigen Prachtkörper im fahlen Licht drehte und irgendeine obszöne Bemerkung machte. Es war diese Ödipus-Geschichte. Irgendeiner von jenen Leuten ging *immer* mit Geraldine nach unten auf Zimmer, und meistens machten sie ziemlich belämmerte Gesichter, wenn sie wieder hochkamen.

Hotte drehte sich eine Zigarette mit Schwarzer Krauser, kurz darauf lag das Aroma des widerlichen Tabaks in der Luft.
»Na, Jung«, krächzte er, Rauch ausatmend. »Schon gefickt?«
Ich schüttelte lächelnd den Kopf. »Noch unentschlossen.«
Babsi erhöhte den Druck auf meinen Oberschenkel.
Hotte lachte rasselnd. »Geh doch mit beiden Mädels runter. Ich komme mit und zeig dir, wie's geht.«
»Lass mal stecken, Hotte«, sagte ich und prostete ihm zu. Er kippte einen Klaren und ein kleines Bier, als würde er eine Pille nehmen, hustete kurz, wobei er mir auf die Schulter klopfte, drückte seine Fluppe aus und verschwand wieder. Einmal hatte mich Hotte genötigt, mit ihm in eine 24-Stunden-Kneipe zu gehen, nach Feierabend, und dort hatte er sage und schreibe vierzig kleine Biere getrunken, innerhalb von zwei Stunden, und das nach einer keineswegs alkoholfreien Schicht. Immerhin hatte er mir Geschichten erzählt, die spannend anzuhören waren, von Freiern, die ihre Hunde mit auf Zimmer nahmen, um sie am Sex teilhaben zu las-

sen, von Schießereien, Abzocke, Zuhälterkriegen, den fiesen Tricks der Schlepper, aber auch davon, dass er eigentlich gehofft hatte, in einer Reederei anzuheuern, um ein solides Leben anzufangen. Aber die Szene hatte ihn nicht losgelassen. Also hatte er aufgegeben. Lange würde er diesen Job nicht mehr machen können, und wie viele in der Branche verdrängte er alle Gedanken an morgen.

Einer der Griechen wurde von Geraldine in Richtung Tresen geschleppt; sie nahm einen Schlüssel vom Brettchen und zog den Mann durch den schweren Samtvorhang, der in der Tür zur Kellertreppe hing. Die Zimmer im Chateau Plaisir lagen im Untergeschoss, drei etwas muffig riechende, mit offenen Duschen ausgestattete Räume, die nicht gerade geeignet waren, die Phantasie anzuregen. Es gab riesige, schmucklose Betten, Handtücher, einen Stuhl für die Klamotten und in jedem Zimmer ein Ölgemälde über dem Bett – sich räkelnde Rubensfrauen. Dazu eine Lampe mit roter Glühbirne. Wer Sex wollte, bekam ihn und kein Jota mehr. Wobei. Wenn man mit Geraldine nach unten ging, war es gut möglich, dass man nicht einmal das bekam, genau genommen. Sie war Meisterin im »Pfanneschieben«, einer Technik, bei der man als Mann nur glaubt, in der Frau zu sein.

»Ain ehlisch Uhre iess ain schläschte Uhre«, sagte sie in ihrem gekünstelten Französisch-Akzent. »Männöhr wollän beträgenn werdön.«

Ein paar Minuten später kam sie wieder hoch, ein Handtuch um den Körper gewickelt. Sie legte zwei blaue Scheine hinter den Tresen, zog die dünnen, fast weggezupften Augenbrauen hoch.

»Arschficker«, sagte sie, ohne Akzent.

Der Summer ertönte wieder, Marla ließ »Suppe« herein, einen Spätfünfziger, der wie ich Stammgast war und der mit einem Verfahren für die Konservierung von Nudelsuppen ein kleines Vermögen gemacht hatte. Das versoff und verfickte er nun beinahe allnächtlich im Chateau, so, wie ich es mit den Resten meines kleinen Erbes, der Lebensversicherung meiner Eltern, tat.

»Hallo, Großer«, sagte er freundlich zu mir. Suppe trug nur einen Bademantel. Er trank zu Hause teuren Ararak, armenischen Brandy, und wenn er genug intus hatte, rief er sich ein Taxi. Suppe setzte sich neben Jenny, Marla stellte ihr einen Piccolo hin, allerdings echten Champagner; Stammgäste wie ihn verärgerte man nicht mit umettikettiertem Apfelmost. Dass die Mädchen die Hälfte davon wegkippten oder in die Kübel mit Kunstpflanzen spuckten, das war eine andere Sache. Jenny nahm einen Strohhalm und befreite den Schampus mit routinierten Bewegungen von der Kohlensäure, Suppe nippte am Cognac. Mit der anderen Hand fuhrwerkte er in Jennys Schritt herum. Ihr Gesicht blieb teilnahmslos. Dieser Zustand würde sich auch unten nicht verändern.

»Wie ist es?«, fragte Babsi, als ich mein zweites Bier bekam. »Bist du nur zum Trinken und Blödglotzen hier?«

Babsi trennte sich schon auf der Treppe von ihrem Slip, im Zimmer zog sie mich in Lichtgeschwindigkeit aus, wir verzichteten auf Dusche, Gleitgel und Gummi. Sie kniete sich am Bett hin, murmelte etwas, das ich nicht verstand, führte mich geschickt ein, als wäre ich ein Dildo mit Gestell. Babsi stöhnte nicht, weil sie genau wusste, dass mir gekünstelte Geräusche zuwider waren, dafür bewegte sie sich, als wäre sie eine Balletttänzerin. Das sind sie alle. Tänzerinnen und Schauspielerinnen. Huren nur in zweiter Linie.

Bei der Zigarette danach sagte sie: »Ich glaube, langsam wird's problematisch. Jenny ist nämlich in dich verliebt.«

Ich nickte, weil mich diese Neuigkeit nicht wirklich überraschte, und betrachtete meinen zurückgeschrumpelten, feucht glänzenden Schwanz.

»Da kann man nichts machen«, sagte ich.

»Nun.« Sie starrte an die Decke, vielleicht auf die schreckliche Lampe, ein Überbleibsel der Siebziger, hellgraues Plastik in Zylinderform, ein umlaufender Streifen Orange.

»Nun was?«

»Es ist ihr aber sehr viel ernster, als du denkst.«

3. Hurenherzen

Babsi ließ von mir ab, erhob sich elegant und stand einen Moment lang da, im Gegenlicht der hässlichen Siebziger-Lampe. Ihr Körper war wirklich ... *anbetungswürdig*. Ich musste an Kuhle denken, wie er dieses Wort benutzt hatte, damals, um seine Gefühle für Sabrina zu beschreiben.
Kuhle.
Scheiße.
»Es ist nur zu deiner Information«, sagte Babsi. »Was du daraus machst, ist deine Sache.«

Ich erwog kurz, irgendwas zu antworten, ließ es aber. Stattdessen nickte ich bloß. Sie stieg in ihren Slip, ich kletterte in meine Klamotten. Als ich fertig war, kam sie zu mir und umarmte mich. Ihre großartigen Brüste drückten gegen meinen Oberkörper, ich legte meine Hände auf ihren Rücken, die samtene, unendlich weiche Haut fühlte sich einfach wahnsinnig an.

Jennys Verhalten war ein anderes, wenn wir auf Zimmer gingen – natürlich hatte ich bemerkt, dass da etwas mehr war, instinktiv quasi. Jenny okkupierte, auf eine seltsame, muffelig-distanzierte Art, und sie machte deutlich, was für eine Verantwortung es wäre, mit ihr eine Liebschaft anzufangen, etwas Echtes außerhalb des Puffs. Babsi hingegen bot sich einfach an. Sollte ich eine Beziehung mit Jenny eingehen? Mit einer Nutte? Warum nicht? Das ließe wenige Fragen offen, sexuell aber alles, in mancher Hinsicht entsprach es dem Wunschtraum vieler Männer. Aber es wäre trotzdem eine Beziehung. Immerhin, ich empfand so gut wie nichts für sie, außer der Art von Begehren, die entsteht, wenn Frauen sich anbieten, was für jeden Mann auf der Welt – verliebt, verlobt, verheiratet oder nicht – einen enormem Reiz darstellt. Aber was sollte ich damit? Was erwartete sie von mir? Ihr Beschützer zu werden? Ihr Zuhälter? Oder der Mann, der sie aus der Szene holt?

»Ich mag sie«, sagte ich, als wir zur Treppe gingen, und versuchte, einen möglichst neutralen Ton anzuschlagen. »Sie ist eine bemerkenswerte Frau.«

»Jetzt kommt das Aber.«

Ich zuckte die Schultern und kniff Babsi in die Taille. »Du weißt selbst, dass das keinen Sinn hat.«

»Aha.« Sie blieb stehen und fixierte einen Punkt hinter mir, etwa zwischen Schulter und rechtem Ohr. »Du hast die Ahnung. Ich verstehe.«

Dann nickte sie vor sich hin, nahm meine Hand und zog mich die Treppe hoch.

Als wir wieder am Tresen standen, latzte ich die hundertzwanzig Mark für die halbe Stunde ab, die jeder zahlen musste, der Sex ohne Extras wollte, und genau das war der Grund, weshalb ich ins Chateau ging: Sex ohne Extras. Ohne Schnörkel, ohne Diskussionen, ohne Gefühle, ohne Stellungen jenseits von Löffelchen oder Missionar, ohne Analverkehr oder Tittenfick.

Einmal hatte ich Celine außerhalb des Chateau gesehen, in einem Plattenladen in der Fasanenstraße, an irgendeinem Nachmittag, glücklicherweise hatte sie mich nicht bemerkt. Sie trug die Nuttentagsüber-Uniform: pelzbesetztes Lederjäckchen, seidig glänzende Hosen, Accessoires und Handtasche von MCM, Goldketten und dicke Ringe, dazu war sie geschminkt, als würde sie auf einer Bühne stehen. Es gibt kaum etwas Traurigeres, als einer Nutte in ihrer Freizeit zu begegnen. Ich stellte mir vor, wie Babsi wohl tagsüber aussah, wenn sie vor die Tür ging. Es gelang mir nicht.

Jenny kam mit einem der Griechen aus dem Keller, sie sah genervt aus, warf mir kurz einen fast fragenden Blick zu, ging aber brav mit dem Mann zu seinem Tisch, um noch ein Piccolöchen Apfelmost auf seine Rechnung zu schlürfen. Marla nickte Babsi zu, den Kopf in Richtung des Griechentischs bewegend: Geh auch mal dorthin, hieß das. Babsi zuckte die Schultern, warf mir ebenfalls einen merkwürdigen Blick zu, erhob sich betont langsam und schlenderte rüber. Der letzte der vier Männer, Geraldine musste inzwischen zwei versorgt haben, stürzte sich sofort auf sie, grabschtechnisch, aber Babsi drückte ihn sanft zurück: Ohne Drinks kein Körperkontakt. Sie flüsterte ihm ins Ohr, er nickte, dann winkte sie nach Apfelmost. Marla hatte Flasche, Glas und Strohhalm schon vorbereitet. Als sie bei mir vorbeikam, strich sie mir mit der freien Hand über den Oberschenkel und nickte in Jennys Richtung. Ich reagierte nicht, lauschte auf das Tape. Und dann saß plötzlich Geraldine neben mir. Das war ungewöhnlich. Sie hielt sich normalerweise an den Tischen oder in Türnähe auf, kam selten zur Bar. Ich nippte an meinem Bier, ärgerte mich über einen versiebten Übergang, obwohl der in der fraglichen Nacht wahrscheinlich niemandem außer mir aufgefallen war, dachte sonst an nichts. Man kann dem Nirwana nahekommen in diesen Nächten, nach ein paar Bieren, etwas Sex, im roten Licht, dem Muff eines solchen Ladens, der seine edelsten Momente erlebte, wenn sich ein besoffener Lokalpolitiker hereinverirrte, ein paar Nachwuchsunionisten oder -sozialisten im Schlepptau, die fassungslos auf die Monitore starrten, während der Abgeordnete oder Stadtrat im Keller gegen die eigene Mittelmäßigkeit anrammelte. Die Mädchen liebten das, wenn jemand kam, den man vielleicht aus der Zeitung kannte. Sie machten dann Show. Das waren ihre großen Momente, wenn sie auf der kleinen, runden Bühne im Schein der fahlen Spots so tun durften, als ob.

»Das ist ein Spiel für dich«, sagte Geraldine. Sie zog die Vokale ein bisschen in die Länge, verzichtete aber ansonsten auf Akzentimitate.

»Was?«

»Das hier. Ein Spiel.«

Ich sah sie an.

»Wovon redest du?«, fragte ich.

»Mit Jenny. Du weißt doch ganz genau, was ich meine.«

Ich zog eine Zigarette aus der Schachtel in meiner Jacketttasche, griff über den Tresen nach Marlas vergoldetem Dupont-Feuerzeug, nahm einen Zug und hielt einen Moment lang den Atem an. Nirwana. Der Zustand völliger geistiger Freiheit. Freiheit von allem.

»Ich spiele nicht, *Simone*«, sagte ich, den Realnamen französisch aussprechend. »Ich zahle wie jeder andere Gast.«

»Ach. Wirklich?« Sie lächelte. Für eine Obstverkäuferin in einem bretonischen Dorf wäre sie die Idealbesetzung gewesen. Eine bäurische, ein bisschen verschmitzte Frau jenseits der Fünfundfünfzig. Sie pflegte sich verhältnismäßig gut, aber Geraldine war dicklich, fast schwammig, und wenn man sie von nahem betrachtete, wie ich in diesem Moment, hatte sie zugleich etwas Ausgezehrtes. Nicht körperlich, sondern psychisch. Wie jemand, der nach zwanzig Jahren aus der Justizvollzugsanstalt entlassen wird. Geraldines Zukunft war begrenzt und vorhersehbar, und sie wusste das selbst am allerbesten. Allerdings hatte sie mit Sicherheit genug auf der hohen Kante, um sich nicht allzu sehr davor zu fürchten. Nur die Einsamkeit, dagegen würde die Kohle auch nicht helfen. Sie nahm eine von Marlas Zigaretten und ließ sich Feuer von mir geben. Ich drehte mich kurz um, Marla saß auch am Griechentisch, auf dem inzwischen eine große Flasche Champagner stand, vermutlich sogar echter. *Nachsorge*. Wenn die Gäste (keine der Huren nannte sie je *Freier*) nach dem Vollzug ein schlechtes Gewissen hatten oder wenig Selbstachtung oder beides, ließen sie sich bequem ausnehmen. Nur wenige von ihnen brachten den Mut auf, einfach aus dem Laden zu marschieren und die Restkohle in einer richtigen Kneipe zu versaufen. Wenn die Mädchen beharrlich blieben, würden die Herren zum Schluss ihre letzten Pfennige zusammenkratzen, um noch mehr Apfelmost zu spendieren.

Geraldine hatte etwas gesagt, aber ich hatte nicht zugehört.

»Bitte?«

»Sie haben auch Herzen. Die Huren«, wiederholte sie.

Ich nickte. »Natürlich.«

»Das ist etwas ganz Besonderes, wie sie dich …« Sie zog die Stirn kraus. »… umwirbt. Du darfst damit nicht einfach spielen.«

»Und was soll ich deiner Meinung nach tun?«

»Du siehst sie nicht als echten Menschen, als Frau mit Gefühlen.«

Ich hätte am liebsten genickt und »Deshalb bin ich hier« geantwortet, aber warum hätte ich das tun sollen? Da saß dieses abgetakelte Weib neben mir, stocherte in mir herum, bohrte nach Antworten auf Fragen, die keine für mich waren.

»Weißt du, Simone, hör doch einfach damit auf, dir meinen Kopf zu machen.«

Sie nickte langsam, aber eigentlich war es ein Kopfschütteln. »Es wird Ärger geben«, orakelte sie, weiter schüttelnickend. »Mag sein, dass du einfach weglaufen kannst, wenn es so weit ist. Aber sei dir da nicht zu sicher.«

Dann stand sie auf und setzte sich in Warteposition neben die Eingangstür.

Der Nummer-eins-Hit in Deutschland an diesem Tag war »Something's Gotten Hold Of My Heart« von Marc Almond und Gene Pitney.

4. Phantomschmerz

Ein Klirren, das Geräusch von Metall auf Porzellan, weckte mich. Ich nahm Kaffeeduft wahr, fühlte ziemlich kuschelige Bettwäsche, und damit gelangte ich zu der Feststellung, dass ich mich, *verflucht noch eins*, nicht zu Hause befand. Neben mir, auf der Kante einer Schlafcouch, saß eine Frau, die mich anstrahlte, jetzt, da ich die Augen öffnete. Ein kurzer Systemcheck ergab den Status »Durchaus okay für den Morgen nach einer solchen Nacht«, aber das betraf nur meinen Körper. Die Situation war alles andere als okay.

Ich hatte bei einer Frau übernachtet.

»Guten Morgen«, sagte sie, grinste und ergänzte: »Oder besser: Guten Nachmittag. Es ist halb zwei.«

»Scheiße«, antwortete ich und nahm den Kaffeetopf, zog den Löffel heraus und legte ihn auf den Blumenständer neben dem Bett.

»Du scheinst mir ein Milch-und-Zucker-Typ zu sein«, erklärte sie. »Also habe ich beides hineingetan. Richtig?«

Ich nickte widerwillig. Jetzt wusste diese Frau schon mehr über mich als viele andere. Immerhin war der Kaffee vorzüglich, aber mit dem ersten Schluck – oder doch schon vorher? – verspürte ich trotzdem ein seltsames, leicht säuerliches Gefühl im Magen. Einen sich ankündigenden Brechreiz. Ich überschlug, was ich getrunken hatte, und kam auf soliden Durchschnitt, maximal. Nichts, was mich noch am nächsten Tag umwarf. Normalerweise.

»Willst du richtig frühstücken?«, fragte sie.

Ich schüttelte energisch den Kopf, was das Gefühl im Magen noch verstärkte, schluckte den Kaffee, so schnell es eben ging. Meine Hände zitterten. Das taten sie sonst nie, morgens, völlig unabhängig davon, was ich getrunken hatte.

»Schade. Hier ist ein sehr nettes Frühstückscafé gleich um die Ecke.«

»Tut mir leid«, brachte ich heraus, gegen Material ankämpfend, das meinen Hals hochzuklettern versuchte.

Jemand klopfte an die Tür. »Bine, wir gehen jetzt«, rief eine Frauenstimme. Bine antwortete: »Viel Spaß.« – »Dir auch«, kam von jenseits der Tür, und Gekicher.

»Wir sind zu viert in der WG«, erklärte Bine.

»Toll.«

Weiße Raufaser, drei Billy-Regale mit Büchern, eine Pressspanplatte auf Holzböcken als Schreibtisch, ein kleiner Fernseher mit Zimmerantenne auf dem Fußboden, eine Otto-Versand-Stereoanlage, ein niedriger Kiefernholztisch, der weggeschoben worden war, um die Schlafcouch auszuklappen. Bine hatte graublonde, lockige Haare, die nicht ganz bis zu den Schultern reichten, eine etwas zu große Stupsnase und flächige Sommersprossen. Sie trug ein weißes, zu großes T-Shirt ohne Aufdruck, das ihre Konturen kaschierte, und blaue Trainingshosen. Der lilafarbene Lack an ihren Fingernägeln war abgeplatzt.

»Ich muss los«, sagte ich und versuchte aufzustehen. Mir wurde trieselig. Was zur Hölle …

»Schon?« Es lag ein wenig subtiler Vorwurf in der Stimme, sie zog einen Flunsch.

»Ich bin verabredet.«

»Sehen wir uns heute Abend?«

Ich fixierte einen Punkt irgendwo in der Mitte der Billy-Komposition, Buchrücken verschwammen beim Draufsehen. Verdammt, warum war ich hier? Wie hatte es geschehen können, dass ich eingeschlafen war, um in dieser Studentinnenidylle aufzuwachen? In Bine-Country? Ich wollte nicht hier sein. Ich *durfte* nicht hier sein.

Sie hatte am Tresen gesessen, erst in der Mitte, etwa vier Meter vom Pult entfernt, und mit jedem freiwerdenden Platz war sie näher gerückt. Natürlich hatte ich das wahrgenommen. Das war schließlich das Spiel. Als sie an der Kante angelangt war, hatte sie mir ein breites, stupsnasiges Lächeln geschenkt und sich irgendeinen Titel gewünscht. Eine Viertelstunde später hatte ich das Stück aufgelegt, Bine angesehen und gefragt: »Warum tanzt du jetzt nicht?«

»Weil der einzige *Junge*, mit dem ich tanzen würde, beschäftigt ist.«

Ich hatte breit gegrinst, mir oberwichtig den Kopfhörer aus dem Nacken an ein Ohr gezogen, völlig grundlos ein bisschen am Mixer herumgefummelt und genickt.

Und jetzt saß ich hier, mit einer Magenverstimmung und einem der Verstimmung nahen Nachtüberbleibsel.

»Soll ich dich nach Hause fahren?«, fragte sie.

»Wo sind wir eigentlich?«, fragte ich zurück. Ich mied ihren Blick, denn mein Magen schien stärker zu rebellieren, wenn ich Bine ansah.

»In Moabit. Kirchstraße.«

Moabit. Am Amtsgericht.

»Ich fasse es nicht«, sagte ich, eher zu mir selbst.

»Alles in Ordnung mit dir?« Sie klang ehrlich besorgt, und mein Magengefühl nahm bedrohliche Formen an.

»Ja«, brachte ich heraus. Ich fühlte mich zum Kotzen, ganz unmetaphorisch. Meine Eingeweide zogen sich zusammen, dehnten sich ruckartig wieder aus. Und dann erbrach ich mich neben das Schlafsofa, in ruckartigen Schüben, brachial, schmerzhaft. Ein Schwall aus allem Möglichen ergoss sich auf den Grenzbereich zwischen graugrün lackierten Dielen und einem Läufer mit Karomuster. Ich japste gegen die epileptischen Zuckungen meines Körpers an, griff in die Luft, hielt mich an der Bettdecke fest, leistete Widerstand gegen die körperliche Versuchung wegzutreten.

»Ach du je«, sagte Bine und sprang auf.

Ich wollte etwas erwidern, aber es kam nur Material.

Sekunden später kehrte sie mit einer Rolle Küchentücher, einem Eimer und einem Glas Wasser zurück. Ich nahm einen Schluck Wasser, ohne Bine anzusehen, spuckte in den Eimer und erhob mich endlich. So mussten sich ausgemusterte Satelliten fühlen, wenn sie auf die Erde stürzen. Mir fehlte jedes Bezugssystem, aber etwas in mir signalisierte, dass ich es, wenn überhaupt, nur außerhalb dieser Räume wiederfinden würde. Ich kletterte in meine Klamotten, die sauber und in der richtigen Reihenfolge angeordnet auf der Lehne des Schreibtischstuhls hingen, murmelte eine Entschuldigung in Richtung der auf dem Boden knienden Frau, die nicht bemerkt hatte, dass ich mich anzog, und suchte nach dem Ausgang. Türen führten in rosagekachelte Bäder, nach Räucherkerzen riechende, studentengemütliche Küchen und schließlich auch nach draußen. Ich stand in einem Treppenhaus und atmete durch. Hinter mir hörte ich jemanden rennen, also tat ich es auch. Als ich ein Stockwerk tiefer war, hatte Bine die Tür erreicht.

»Sehen wir uns? Gibst du mir deine Telefonnummer?«, rief sie. Ich ignorierte es und den noch immer heftigen Brechreiz, klammerte mich ans Geländer und kletterte das Treppenhaus hinab in die Freiheit; mit jedem Schritt wurde es leichter, mit jeder Stufe nahm das Rumoren in meinen Eingeweiden ab, die eiskalte Januarluft vor der Tür verscheuchte es ganz und gar, fast schlagartig. Glücklicherweise befand sich direkt gegenüber ein Taxistand, und als der Fahrer endlich ausgeschert war und gewendet hatte, um mich von hier fortzubringen, kam Bine aus der Haustür, einen Knäuel Küchentücher in der Hand, und sah sich suchend um. Ich schob mich fast in den Fußraum, und der Fahrer gab glücklicherweise sofort Gas.

Der Nummer-eins-Hit in Deutschland an diesem Tag war »Don't Worry, Be Happy« von Bobby McFerrin.

5. Präfixe

Jemand tippte mir auf die Schulter, und ich erwachte aus der Narkose.

»Geht es Ihnen gut?«, fragte eine kleine, dicke Frau Anfang vierzig, mit kreisrundem, freundlichen Gesicht; ihr weißer Kittel war zwei Nummern zu groß, ihre Oberlippe zierte ein leichter Damenbart.

Ich starrte sie an und dann wieder die Packung, die ich vorher fixiert hatte, bis zur Selbsthypnose. *Melitta*. Filtertüten. Ich hatte nur die ersten drei Buchstaben angesehen, und irgendein Bestandteil meines inneren Räderwerks hatte die Verbindung zu einem anderen verloren. Völliger Leerlauf, Motorenleistung gut, aber kein Kontakt zum Getriebe. Das passierte immer wieder, immer und immer wieder. Ich geriet in Trance, verlor mich, wenn ich irgendwo diese Silbe las, auch mitten in Wörtern, meistens aber, wenn sie den Anfang bildeten. Das Wort Melancholie ließ mich wegtreten. Irgendeine Platte, die ich mir gekauft hatte, war in Melbourne aufgenommen worden. Ich hatte das Cover stundenlang angestarrt, dem eigenen Gefühl nach, bis mich ein Anruf aus der Stasis riss.

»Alles okay«, sagte ich schwach und schob meinen fast leeren Einkaufswagen in Richtung Kasse. Die freundliche Verkäuferin ging vor mir her und drehte sich alle zwei Schritte um, mit einem prüfenden, besorgten Gesichtsausdruck. Ich schenkte ihr ein freundliches Lächeln beim Rausgehen, ließ sie mit ihrem verwirrt-fragenden Blick alleine.

Zu Hause blinkte die Funzel des Anrufbeantworters. Ich hielt das für eine der größten Erfindungen überhaupt – Menschen das Gefühl zu geben, für sie erreichbar zu sein, ohne tatsächlich mit ihnen reden zu müssen. Selektiver Rückruf im Moment der besten dafür möglichen Stimmung. Oder keiner, mit späterem Rückzug auf einen vermeintlichen Technikfehler. »Echt, du hast angerufen? Komisch, meine Maschine hat nichts aufgezeichnet. Na, hat ja dann doch noch geklappt.« Frauen gab ich meine Nummer allerdings nie. Der Anrufbeantworter war mein Schutzwall nach draußen, ich nahm selten das Telefon ab, ohne vorher angehört zu haben, wer mich zu erreichen versuchte. Die, die mich kannten, wussten das.

»Papa ist tot.« Eine Pause, die mir Zeit gab, die Stimme einzuordnen, trotz des leidenden, sich um Fassung bemühenden Tons. Frank, mein Pflegebruder. »Jens.« Wieder eine Pause. »Er hat sich das Leben genommen.« Eine sehr lange Pause, die genügte, um das visuelle Archiv abzurufen, Bilder von Streifengängen, dem kaputten BMW, der Fahrt durch die Zone, dem Gesicht von Jens, als wir ihn in der JVA Hannover besucht hatten. »Hier ist Frank. Ruf mich bitte zurück!« Eine Telefonnummer.

Und dann Leere. Jens. Ich hatte nichts mehr von ihm gehört oder gesehen seit seinem Auszug. Irgendwie hatte ich angenommen, dass er nach Hannover zurückgekehrt war, um wieder Streife zu gehen, den Rasen vor seiner Laube zu stutzen, ein anderes Auto zu pflegen, als Ersatz für all das, was er seiner Familie vorenthielt, nie zu bieten in der Lage gewesen war.

Ein Trugschluss.

Jens war nicht versetzt worden, man hatte ihn geschasst. In der JVA Moabit war er nicht mehr als ein besserer Hausmeister gewesen, beseelt von der Hoffnung, man würde sein Potential erkennen, irgendwann. Das geschah nie, denn er hatte keins. Kurz nach Marks Verschwinden hatte er den Job verloren, war lange arbeitslos gewesen, schließlich in einer Sicherheitsfirma gelandet, von denen es noch nicht so viele gab. Hausmeister mit Taschenlampe. Er hatte leere Fabrikgebäude bewacht, nachts, war über öde Firmengelände gewandert und hatte in dunkle Ecken geleuchtet. Zu finden, zu bewachen, anzuzeigen gab es nichts. Es gab überhaupt nichts mehr in seinem Leben, nur eine apathische Exfrau, die von Sendebeginn bis Schluss vor dem Fernseher lag, rauchte, Nescafé trank und ihn nicht mehr sehen wollte, einen verbliebenen Sohn, der hilflos lächelnd vor seinem Vater in dessen Apartment in der Kurfürstenstraße saß – derjenigen am Arsch der Potsdamer, gleich bei den dick geschminkten Mittagspausennutten –, sich Geschichten aus der Vergangenheit anhörte und das sichere Gefühl zu verdrängen versuchte, dass hier nichts mehr zu retten war. Jens vegetierte nur noch, trauerte seinem Das-ist-illegal-Wertgefüge nach, dem anderen Sohn und der verkackten Ehe. Als die Schmerzgrenze überschritten war, trank er eine Flasche Wodka, legte sich in die mit lauwarmem Wasser gefüllte Badewanne und schnitt sich großflächig die Unterarme auf. Sein Nachbar fand ihn zwei Wochen später.

Zwei Wochen später.

Frank erzählte mir all das, als wir uns am Abend nach seinem Anruf im Schnipanzel trafen, meiner Stammkneipe. Wir saßen in einer ruhigen Ecke, hinter uns hingen flächig-dekorative, nichtssagende Ölbilder des Malers, den Dieter, der Wirt, gerade präsentierte. Das Schnipanzel gab sich als Künstlerkneipe, Dieter vertickerte übertreuerte, wertlose Gemälde an ein seit Ewigkeiten treues Stammpublikum: Menschen aus dem Baugewerbe, Börsengewinnler und Immobilienmakler. Ab und zu kam ein echter Künstler, irgendein alternder Sänger, der in den Siebzigern einen Hit gehabt hatte, irgendeine Schauspielerin, die inzwischen tingelte, Leute, die ihren verblassenden Ruhm bis zum Ende auszukosten versuchten, die es mochten, vom dicklichen, seine spärlichen Haare quer über die Dreiviertelglatze kämmenden Wirt mit großem Tata begrüßt zu werden und einen Cocktail aufs Haus trinken zu können. Oder zwei oder zwölf. Nebst der legendären Schnipanzel-Linsensuppe aus der gusseisernen Gulaschkanone.

Auf der Straße hätte ich Frank nicht wiedererkannt. Er war kein Punker mehr, was mich nicht wirklich wunderte, obwohl ich selbst nie der Versuchung erlegen war, mich einer sich uniformierenden Gruppe anzuschließen. Frank hatte einen U-Turn hingelegt. Er trug einen teuren, aber unaufdringlichen grauen Anzug, rauchte Davidoff-Zigaretten, die zu sechs Mark aus der im Profil achteckigen Schachtel, und er roch nach »Relax«, dem etwas zu schweren Parfum, auch von Davidoff. Er sah mich sofort, als er hereinkam, aber ich blinzelte noch immer unsicher, während er vor mir saß, das gequälte Lächeln zu halten versuchte und am Chivas nippte.

»Lange nicht gesehen«, sagte er.

Ich nickte nur.

»Was machst du?«

Ich nahm einen Schluck von meinem Veltins und überlegte, was ich antworten könnte.

»Ich studiere, Informatik.«

»Das hat Zukunft«, sagte Frank.

Das hatte ich auch mal gedacht, aber inzwischen glaubte ich das nicht mehr, nicht für mich. Zukunft ist ein Begriff, der generell überschätzt wird. Und meistens ist sie ganz anders, als man sich das vorgestellt hat. Nein, eigentlich *immer*.

»Ich lege auf in einigen Läden.«

»Immer noch?«

»Ich bin einundzwanzig«, sagte ich. Frank nickte.

»Und du?«

»Ich habe mein Abi nachgeholt, eine Ausbildung gemacht, Bankkaufmann. Wenn alles gutgeht, übernehme ich die Filiale in drei oder vier Jahren.«

»Glückwunsch.« Das meinte ich ehrlich. Er sah nicht aus, als würde er vor Glück überlaufen, was angesichts der Situation auch nicht zu erwarten war, aber er machte einen ausgeglichenen Eindruck. Jemand, der sich arrangiert hat und das Beste daraus macht.

»Und die Liebe?«, fragte er lächelnd.

»Liebe.« Ich sah ihn an. Frank war ein Jahr älter als ich, wir hatten fast neun Jahre im selben Haushalt miteinander verbracht, aber ich hatte nicht die leiseste Idee davon, was er mit »Liebe« meinte oder selbst darunter verstand. Mit einer Frau hatte ich ihn nie gesehen, nur ab und zu die Grabesstimme eines Mädchens am Telefon gehört, die nach ihm verlangte, aber das hatte nichts bedeutet, weil der nächste Anruf von einem männlichen Grabesstimmler stammte. Genau genommen wusste ich fast nichts über Frank. Er hatte mit der Spielzeugpistole auf meine Stirn gezielt. Das sah ich in diesem Augenblick überdeutlich, während ich sein gepflegtes Äußeres, seine dezent frisierten Haare und seine manikürten Finger mit meinem alten Frank-Bild in Deckung zu bringen versuchte. Er hatte sich verändert, aber hatte er sich *wirklich* verändert? Mir fiel erstmals auf, dass Frank überhaupt keine Ähnlichkeit mit Jens hatte, er wirkte robuster, hatte völlig andere, herbere Gesichtszüge, einen wesentlich kräftigeren Körperbau und insgesamt ein fast südländisches Äußeres. Vielleicht täuschte mich seine wohldosierte Solariumsbräune aber ein bisschen.

Linda hatte leider frei, also brachte Dieter neue Drinks, während Frank auf meine Antwort wartete. Etwas summte, er griff an seinen Hosenbund und holte einen Pieper hervor, sah kurz auf das Display und erhob sich.

»Bin gleich wieder da«, sagte er, lächelnd und die Schultern entschuldigend anhebend. Er ging zum Telefon im Gang zu den Toiletten.

Zum Glück hatte er die Frage vergessen, als er zurückkam, ich hätte auch keine Antwort gewusst. Liebe. *Und die Liebe?* Sie ist eine Illusion, das Ergebnis eines Trugbildes, das der andere zu erzeugen versucht und an das man so lange glaubt, bis man Beweise für das Gegenteil findet, beabsichtigt oder nicht. Liebe ist ein Euphemismus, ein beschönigendes Wort dafür, sich eines anderen zu versichern, während man ihn missbraucht, hintergeht, betrügt, verletzt. Man haucht »Ich liebe dich« und denkt dabei an die organisatorischen Schwierigkeiten, die mit der Untreue einhergehen.

Liebe ist: Missbrauch. Aber mit dieser Bildunterschrift gab es den merkwürdigen Comic mit den nackten Kindern nie – auf der Rückseite der »B.Z.«. *Liebe ist ...* wie Sozialismus. Schöne Idee, im Grunde, aber leider nicht alltagstauglich.

Dann erzählte Frank von Jens. Es war gut zu erkennen, dass er seine Emotionen im Griff zu behalten versuchte, aber es gelang ihm nicht. Als er davon sprach, wie der Nachbar die Leiche gefunden hatte, brach seine Stimme, die Hand, die nach dem Chivas griff, zitterte leicht, und er überhörte sogar das erneute Summen seines Piepers. Als er geendet hatte, fokussierte er sekundenlang auf das Tapetennichts zwischen den Ölbildern hinter mir. Ich schwieg, zündete mir eine Zigarette an, betrachtete den ausgeatmeten Rauch und versuchte, mir vorzustellen, was wohl in Jens vorgegangen war. Es gelang mir nicht, natürlich. Es war mir noch nie gelungen.

»Es tut mir leid«, sagte ich, vielleicht zwei Minuten später.

Franks Augen glitzerten, er nickte. »Mir auch.«

Dann sprachen wir über alles Mögliche, sogar über Ute und Mark, darüber, dass Jens Ute fast nicht geheiratet hatte, weil sie *zwei* Vokale im Namen trug, über den Wedding, über Utes Affäre mit dem Edeka-Mann, über unsere Schule, sogar über meinen ersten Auftritt als DJ, von dem er alle Details kannte, obwohl er nicht dabei gewesen war. Frank fragte nicht nach Melanie, er spürte wohl, dass das Thema für mich tabu war. Dafür aber nach Kuhle.

»Was ist aus deinem Freund geworden, dem Dicken?«

»Kuhle? Ich weiß es nicht. Er hat nach diesem ... Zwischenfall die Schule gewechselt. Ich glaube, die Kuhlmanns sind sogar weggezogen. Aber ich weiß es nicht, ehrlich.«

»Überhaupt kein Kontakt mehr?«

Ich schüttelte den Kopf.

»Du hast dir nicht wenigstens seine Version der Geschichte angehört?« Frank zog die Augenbrauen hoch.

»Er hat nicht angeboten, mir seine Version zu erzählen. Außerdem. Es ist ziemlich drunter und drüber gegangen in dieser Zeit. Ich bin eine Woche später ausgezogen. Kuhle kam nicht mehr zur Schule. Denke ich jedenfalls. Ich bin ja selbst nicht mehr hingegangen.« Der Abend im Big Apple erschien vor meinem geistigen Auge, etwas, das ich wirklich nicht brauchen konnte. »Außerdem, was hätte es schon groß zu erklären gegeben? Er hat versucht, dieses Mädchen zu vergewaltigen.«

»Vielleicht.«

»Sich vom Acker zu machen, ist das nicht ein Schuldeingeständnis?«

Frank zuckte wieder die Schultern. »Manchmal ist es einfacher, sich der Frage nach Schuld oder Unschuld zu entziehen, weil sowieso keiner glaubt, was man sagt. Hättest du ihm *geglaubt*, wenn er behauptet hätte, es nicht gewesen zu sein?«

Jetzt zuckte ich die Schultern. »Ich weiß nicht. Vermutlich nicht.«

»Schöner Freund.« Er lächelte dabei, aber es biss trotzdem.

Ich verzog das Gesicht.

»Lass gut sein«, sagte er und legte mir die Hand auf die Schulter. »Du bist nicht verantwortlich dafür.«

Wir trennten uns gegen zwei oder drei, sein Pieper hatte noch ein paar Mal gesummt, Frank war für Geldanlagen zuständig, er war so etwas wie ein Jungstar in diesem Bereich, und seine Klienten wurden vorzugsweise nachts nervös, wenn sie schlaflos darüber nachdachten, was aus ihrer leichtfertig anderen Händen anvertrauten Kohle und ihrer Zukunft werden würde. Wir umarmten uns vor der Tür, was eine merkwürdige Selbstverständlichkeit hatte, Frank gab mir eine geprägte Visitenkarte, versuchte tatsächlich in einem Halbsatz, mich davon zu überzeugen, ihm mein Geld zwecks Vermehrung anzuvertrauen, und nahm mir schließlich das Versprechen ab, zur Beerdigung zu kommen. Er war schon drei, vier Schritte entfernt, da drehte er sich um.

»Ich habe sehr wohl bemerkt, dass du meine Frage nach der Liebe nicht beantwortet hast.« Seine Stimme war chivasfarben.

Ich antwortete nicht.

Er nickte langsam. »Es tut immer noch *so* weh? Wow. Tut mir leid für dich, ehrlich.«

Und dann ging er zu dem Taxi, das Dieter für ihn gerufen hatte.

Der Nummer-eins-Hit in Deutschland an diesem Tag war »First Time« von Robin Beck.

6. Dreier

Dienstagsabends trafen wir uns zum Skat, Pepe, Frank, Osti und ich. Manchmal konnte Frank nicht, weil ihn die Devisengeschäfte riefen, die Aktienkurse und Portfolios, dann spielte Neuner mit. Das tat er nicht so gern; Skat war kein Spiel, bei dem er je Weltmeister werden würde, er konnte nicht bluffen, und er hatte keinen Bandenstoß auf Lager, für den Fall, dass der Grand ohne vier beim letzten Stich abschmierte und die Gegner genau jene Karten zogen, vor denen man neun Stiche lang die Art von Angst gehabt hatte, die eigentlich Gewissheit ist. Siehste, hier sind die Asse und Buben. Haste gedacht, wir schmeißen die weg, damit du diesen Schwachsinn gewinnst?

Wir spielten im Schnipanzel. Seit ich den Abend vor Jens' Beerdigung mit Frank dort verbracht hatte, vor ein oder zwei Monaten, kam er regelmäßig, und Osti hatten wir dort kennengelernt. Osti hieß eigentlich Hartmut, war zwei Jahre zuvor mit Hilfe eines Fluchthilfeunternehmens aus Cottbus gekommen; er war ein kleiner, kompakter, sehr kräftiger Typ Mitte zwanzig, hatte eine Dreiviertelglatze und das Selbstbewusstsein von Juri Gagarin. Jedenfalls theoretisch. In der DDR hatte er ein dickes Leben gehabt, zwei Autos *und* eine Schwalbe, der Vater Inhaber einer Kfz-Werkstatt, die Mutter engagierte Kommunistin, SED-Funktionärin, stellvertretende Bürgermeisterin und überhaupt. Hartmut war dem Trugschluss erlegen, in der Bundesrepublik würde es ihm noch besser gehen, aber das Gegenteil war der Fall. Kraftfahrzeugmechaniker gab es wie Wasser im Meer, und solche mit Zweitakterkenntnissen brauchte niemand. Osti war bei Daimler, VW, Opel und sogar Ford abgeblitzt, er schraubte stundenweise in einer Klitsche, die in einem Schöneberger Hinterhof Karosserien geradebog, und die Westfrauen interessierten sich nicht für ihn. Er war klein, hatte unglaubliche Käsefüße, die man selbst im Rauchdampf der Kneipe wahrnehmen konnte, und den gewöhnungsbedürftigen Charme eines Trabant 601. Zu seinem eigenen Glück bemerkte er das nicht. Osti baggerte jede Frau an, und manch eine war davon so maßlos überrascht, dass es sogar funktionierte.

Irgendwann hatte ich die Kurve gekriegt und Skat verstanden, jedenfalls ansatzweise. Ich hatte damit aufgehört, nur die Buben zu zählen, sondern die Stiche, die ich mit meinem Blatt auf jeden Fall machen würde. Ich hatte gelernt, am Reizverhalten und den ersten Stichen meiner Gegner zu erkennen, welche Karten sie höchstwahrscheinlich hielten. Ich spielte vorsichtig, riskierte aber im richtigen Moment, und ich mauerte nie.

Frank, Osti und Pepe teilten dieses Vergnügen, was sich eher zufällig ergeben hatte. Wir hatten im Schnipanzel gesessen, Schwachsinn erzählt und Linda hinterhergestarrt, jedenfalls die anderen drei; meine Maxime, nichts mit einer Frau anzufangen, die mein Privatleben gefährden könnte, galt ausnahmslos und erst recht hier, denn ich wollte den Laden nicht verlieren. An einem Nachbartisch hatte eine Skatrunde stattgefunden, aber einer der Mitspieler, ein Arzt, war zu einem Notfall gerufen worden, und als Dieter an unseren Tisch kam, um im Namen der verbliebenen Spieler nach Ersatz zu fragen, hatten wir uns alle gemeldet. Wir waren in Gelächter ausgebrochen, hatten uns von Dieter Karten bringen lassen, und seitdem taten wir es regelmäßig.

Linda kam aus der Schweiz, sprach ein überzogen betontes Hochdeutsch, studierte Politologie und noch irgendwas völlig Nutzloses, hatte die Figur einer Colaflasche, aber eine fast greifbare erotische Ausstrahlung. Ein gut Teil des zu diesem Zeitpunkt wachsenden Andrangs im Schnipanzel ging auf sie, weil sie die Art von Frau war, die nicht schön genug aussah, um unnahbar zu sein, aber gleichzeitig so unwiderstehlich, dass sie Männerphantasien auslöste, die vor keinem haltmachten, auch nicht vor Bömmel, dem etwa neunzigjährigen Krempelverkäufer, der Abend für Abend hereinschneite und mit seiner donnernden Bassstimme Kondome in Dinosauriergröße, Baseballkappen mit Ventilatoren, Hüpfpenisse und sonstigen Schnickschnack aus dem Bauchladen feilbot. Alle waren in Linda verliebt, zuvorderst Dieter, der keine Gelegenheit ausließ, sie zufällig zu berühren, hauptsächlich im Hüftbereich, aber auch meine Skatpartner ließen sie nur selten aus den Augen. Pepe himmelte sie an, er schrieb ihr sogar Gedichte, die er aus Songtexten extrahierte, mit dem Füllfederhalter auf farbigen Karton übertrug und ihr heimlich, wie er meinte, zusteckte.

»Das ist doch systematisch für Pepe«, erklärte Osti, der Probleme mit Fremdwörtern hatte, sie aber wacker und ständig benutzte. Linda hatte frische Biere gebracht, Frank überlegte noch, was er spielen sollte, weil er sich offensichtlich überreizt hatte, und Pepe fingerte blind nach einem Zigarillo, das sich bei einer seiner fahrigen Bewegungen unter den Tisch verabschiedet hatte. Sein Kopf lag auf der Tischkante, um Linda ansehen zu können, sein rechter Arm tastete am Fußboden entlang.

»Symptomatisch, Hartmut«, erklärte Frank, ohne den Blick von seinem Blatt abzuwenden.

»Autsch«, sagte Pepe, der offenbar das Zigarillo gefunden hatte.

»Klugscheißer«, sagte Osti und starrte dabei auf Lindas Hinterteil, die zum Tresen zurückwackelte.

»Ich spiele einen Kreuz«, erklärte Frank.

»Contra«, riefen Osti und ich gleichzeitig, sahen uns dabei kurz an und grinsten. Osti ergänzte: »Wer kommt?«

»Immer der, der so blöd fragt«, sagte Frank.

»Du mit deinen Phasen«, nörgelte Osti.

»Phrasen, Hartmut, Phrasen.«

»Was ist Trumpf?«, fragte Pepe, einen Finger im Mund, weil er sich am Zigarillo verbrannt hatte.

»Die Liebe, Pepe, immer die Liebe«, sagte Frank lächelnd.

»Scheißliebe«, antwortete Harmut und legte das Kreuz-Ass auf den Tisch.

»Bist du bescheuert? Kreuz ist *Trumpf*«, schimpfte ich.

»Ich dachte, die Liebe«, sagte Osti. Ich schüttelte den Kopf.

Wir spielten meistens bis um zwei oder drei Uhr morgens, das Schnipanzel leerte sich bis auf die üblichen Verdächtigen, die an den Elefanten hockten, Linda beobachteten, wenn sie männlich waren, oder ihre männlichen Sitznachbarn dabei, wie sie Linda beobachteten, falls weiblich. Wenn Dieter damit anfing, die Stühle im vorderen Bereich hochzustellen, setzte sich Linda zu uns, meistens neben Pepe, und kiebitzte ein bisschen. Pepe spielte dann richtig schlecht, aber er spielte sowieso nie wirklich gut, und wir hatten alle einen im Tee um diese Uhrzeit. Ich genoss das. Das schöne, überschaubare Spiel, bei dem es klare Regeln gab und eine Richtung, die vorgegeben war, und am Ende wurde immer abgerechnet. Ich spielte nicht, um zu gewinnen; wir zockten zwar um einen Groschen je hundert Punkte, was nach unseren Regeln – mit Böcken und Schiebern – auch mal fünfzig, sechzig Märker in der Bilanz ergab, aber mir war das egal. Einfach in dieser Runde zu sitzen, blöd zu quatschen und bei der Begutachtung eines Blattes abschätzen zu können, wie es ausgehen würde. Das war herrlich. Ich fühlte mich wohl und sicher. Manchmal wünschte ich mir an diesen Abenden, das Leben wäre immer so.

Linda kassierte, Frank verabschiedete sich rasch, Pepe und Osti teilten sich ein Taxi, das für Berliner Verhältnisse überraschend schnell kam, aber ich wusste noch nicht so recht, wie der Abend enden sollte. Chateau? Tausendundzwei Nächte? Oder doch lieber eine Feierabendzigarette über den Blumenkästen von Frau Stachel und dann ins Bett, ohne Umwege? Dieter zapfte mir einen abschließenden Piff, ich wechselte zum Tresen.

»Was machst du jetzt noch?«, fragte Linda, die sich neben mich gesetzt hatte und Sekt trank.

»Keine Ahnung.«

»Gehst du in den Puff?«

Ich hielt in der Trinkbewegung inne.

»Wohin?«

»Ach, Tim, tu doch nicht so.« Sie lächelte. »Man bekommt so einiges mit.«

»Aha.« Ich war überrascht, aber das war auch alles. Es störte mich nicht wirklich, dass sie das wusste.

Ich zuckte die Schultern.

»Dürfen Frauen auch in solche Läden?«

»Sicher«, sagte ich langsam, aber ich war nicht wirklich sicher.

»Würdest du mich mitnehmen?«

»In einen Puff? Was willst du da?«

»Einfach mal sehen«, erklärte sie kryptisch, wobei sie mich anlächelte.

Wir fuhren mit dem Taxi in die Villa Gigolo, ein großes Einfamilienhaus in Zehlendorf, dessen Wohnzimmer zu einer Bar umgebaut worden war, die restlichen sieben oder acht Räume waren mit großen Betten ausgestattet. Hier arbeitete ein gutes Dutzend Frauen, die meisten sahen *sehr* gut aus; alle trugen weiße, seidene Bademäntel und sonst nichts, das Publikum zahlte mit goldenen Kreditkarten, die Preise lagen deutlich über dem Durchschnitt, die Flasche Schampus, echter selbstverständlich, war obligat, bevor man überhaupt auf die Idee kam, das Wort »Zimmer« in den Mund zu nehmen, oder irgendwas sonst. Während wir im Taxi saßen, ich auf dem Beifahrersitz, was ich normalerweise nicht tat, und Linda im Fond, dachte ich darüber nach, was das zu bedeuten hatte, diese Nummer hier, und ich beschloss der Einfachheit halber, dass es schlicht nichts wäre. Ich würde nicht auf Zimmer gehen, sondern vielleicht ein, zwei Fläschchen Champagner spendieren. Vorausgesetzt, sie würden uns überhaupt reinlassen, zu zweit.

Es war kein Problem. »Das haben wir öfters«, erklärte der Typ an der Tür grinsend. Ich verkniff mir, ihn zu korrigieren, weil ich damit ausgelastet war, Linda zu folgen, die sich bei mir untergehakt hatte und mich erwartungsvoll lächelnd in die Bar zog.

Hinter dem Tresen stand eine Frau in den späten Vierzigern, aus irgendeinem Grund musste es in all diesen Läden eine Frau in diesem Alter geben, möglicherweise, um die Schönheit der deutlich jüngeren Kolleginnen zu unterstreichen. Oder um die Gäste zu zivilisiertem Verhalten zu bewegen.

»Was trinken wir?«, fragte ich.

»Was trinkt man hier?«, fragte Linda zurück.

»Champagner«, erklärte die Frau hinter dem Tresen, die Einzige, die nicht in Klamotten gewandet war, die keine Fragen offenließen, und zog eine Dreiviertelliterflasche aus dem Kühlschrank, auf der das orangefarbene Etikett klebte, das Werner für seinen Apfelmost benutzte.

»Teuer?«, fragte Linda.

Ich nickte. Mir war ein bisschen tüddelig.

»Die erste geht auf mich«, sagte sie lächelnd.

Die zweite tranken wir zu dritt, eine Frau hatte sich zwischen uns gesetzt, eine selbstverständlich schlanke, selbstverständlich langbeinige Schönheit, brünett, den Bademantel geöffnet, im Schritt rasiert. Mit der linken Hand massierte sie meinen rechten Oberschenkel, mit der rechten den linken von Linda, die das offensichtlich ganz gerne hatte. Mein kleiner Freund nahm den Aggregatzustand von gut durchgetrocknetem japanischem Eisenholz an, und ich hätte nicht sagen können, ob das an der Bademantelschönheit oder an Linda lag, die nunmehr ihrerseits eine Hand auf den Oberschenkel der Frau gelegt hatte. Sie hieß Beatrice. Natürlich hieß sie nicht wirklich Beatrice, aber sie hatte ja auch nicht wirklich Lust auf Sex mit mir.

Es war kurz nach vier, die beiden Frauen unterhielten sich angeregt, bis Linda sich plötzlich hinter Beatrice vorbei zu mir beugte und in mein Ohr flüsterte: »Was sagt man, wenn man möchte? Ich meine.«

»Auf Zimmer gehen?«, flüsterte ich zurück.

»Genau.«

»Man sagt es einfach. Ich möchte jetzt etwas machen. Oder so.«

Sie grinste, lehnte sich über den Tresen und sagte: »Ich möchte jetzt etwas machen. Oder so.«

Die Tresenfrau nickte. »Zu dritt?«

Linda überlegte einen Moment und nickte dann grinsend, fast ein wenig verschmitzt.

»Bist du einverstanden?«, fragte die Tresenfrau, die Frage war an Beatrice gerichtet.

»Klar«, sagte sie.

Wir torkelten unter viel Gelächter in den ersten Stock und machten es uns bequem, die Frauen auf dem Bett, ich auf dem Sofa davor; Linda wollte es so, und ich hatte eigentlich sowieso keine Meinung.

Anfangs war alles ganz okay, auch wenn mir irgendwie schwummerig war, schließlich hatte ich einen feuchten Skatabend hinter mir und anschließend zwei Flaschen Champagner mitgetrunken. Dann geriet ich nach und nach in einen seltsam verlangsamten Zustand, verstand nicht gleich, was die Frauen sagten, die, davon abgesehen, ausschließlich miteinander beschäftigt waren. Eine von beiden sagte etwas, sie lachten, ich kicherte gesellig, und dann fiel mein ziemlich verschleierter Blick auf einen Sessel, der auf der anderen Seite des Bettes stand. Die Sitzfläche war stark eingedrückt, hatte eine Kuhle.

Ich begann zu zittern, und plötzlich überkam mich eine Vision. Ich sah Kuhle dort sitzen – die Hände auf den mächtigen Oberschenkeln, der Oberkörper leicht vorgebeugt – und mich mit kritischem Blick fixieren.

»Was ist?«, fragte ich leise.

»Was ist?«, fragte er zurück, triefender Zynismus in seiner Stimme. »Was *ist*? Siehst du das nicht selbst?«

Ich schüttelte den Kopf.

»Was tust du hier? Noch dazu mit einer Frau, in die ein Freund von dir verliebt ist«, blaffte er, »und dann noch in einem Bordell! Hast du sie eigentlich noch alle?«

Ich nuschelte etwas. Das Zittern verstärkte sich, und Tränen füllten meine Augen.

»Hast du sie noch alle?«, hallte es durch meine Vision, dann verschwand sie, und einen Augenblick später stand ich da, eine Hand an die Wand gelehnt, und suchte den Ausgang. Die Frauen sagten etwas, ich nickte nur, hangelte mich an einer Kordel ins Erdgeschoss hinunter. Kurz vor dem Tresen brach ich fast zusammen, meine Beine eierten, und die Spätvierzigerin zog mich auf einen Hocker, stellte mir eine Tasse Kaffee hin und musterte mich lächelnd.

Irgendwann später kamen Linda und … *Dings*, wischten sich die nassen Haare aus dem Gesicht. Linda bestellte noch eine Flasche Champagner, ich winkte ab, nippte an meinem Kaffee, konnte aber die Tasse kaum halten. Es mochte fünf, halb sechs sein, wir waren auch hier die letzten Gäste. Linda und ihre neue Freundin quatschten, ich verfehlte mit der Tasse den Untersetzer, nuschelte »Taxi«. Die Tresenfrau nickte. Ich wankte zur Tür, sog draußen mit weit geöffnetem Mund die Luft ein, was nicht half. Linda kam mir nach, bot mir eine Zigarette an.

»Warum hast du das eigentlich gemacht?«, fragte ich. Mein Hirn war wie in Aspik eingelegt, und meine Muskulatur eierte beängstigend.

Linda lächelte, blies Rauch in die warme Luft.

»Das wollte ich schon immer ausprobieren, Sex gegen Geld.« Sie grinste. »Außerdem wollte ich sehen, wie du damit umgehst.«

Die Zigarette schmeckte grausig, ich hätte genauso gut gebrauchtes Klopapier rauchen können. Ich warf den Glimmstängel weg, sah der Glut hinterher und dachte an Pepe.

»Pepe ist in dich verschossen«, sagte ich.

Linda lachte.

»Jesus, ja, ich weiß. Pech gehabt. Ich steh nun mal eher auf Frauen, wie du vielleicht bemerkt hast.«

Ich sah sie an, sie lächelte, rauchte.

»Was war das vorhin?«, fragte sie. »Warum bist du abgehauen?«

»Mir war übel.« Mir war immer noch übel, im Kopf. Ich hätte jetzt gern gekotzt.

Ein Taxi fuhr vor, das Beifahrerfenster wurde geöffnet, eine Frauenstimme fragte: »Zum Puff?«

»Nimm du das, ich gehe noch ein bisschen spazieren«, sagte ich.

»Spazieren? *Du?* Du kannst doch kaum stehen.«

»Lass gut sein!«

Kopfschüttelnd stieg sie ein, das Taxi dieselte davon. Ich stand eine ganze Weile einfach nur da, starrte in die Straßenbeleuchtungsdunkelheit, auf Einfamilienhausfassaden, hinter denen die besser Betuchten schliefen, Paare in riesigen Ehebetten, Kinder zwischen teuren Kuscheltieren. Das Zittern setzte wieder ein. Ich rutschte zu Boden, Tränen kamen und gingen nicht wieder. Ich schämte mich. Und, was noch schlimmer war, ich hasste mich.

»Alles in Ordnung?«, fragte jemand. Die Tresenfrau aus der Villa Gigolo.

»Ja, alles super«, antwortete ich, erhob mich, wischte mir die Tränen ab und schlurfte in die Richtung davon, in die das Taxi verschwunden war. Es dauerte eine Weile, bis ich selbst eins fand.

7. Überraschungsbesuch

Freitags legte ich im Zelt auf, was fast schon die Größe eines Rockkonzerts hatte. Natürlich nahm man mich nicht so wahr wie eine austickende, gitarrenzerlegende Band, aber wenn ich von meinem Pult am oberen Rand der Tribüne auf das hüpfende Volk hinabblickte, das sich willfährig mit jedem Tempuswechsel, jeder Veränderung der Dramaturgie, jedem Genreschwenk abfand und trotzdem oder vielleicht genau deshalb lauthals mitsang, hatte ich ein Gefühl, das demjenigen vermutlich sehr nahekam, das Rockmusiker haben, wenn jede ihrer Gesten tausendfach nachgeahmt wird.

Das Licht am Pult bestand aus einer Zwölf-Volt-Funzel, die gerade ausreichte, die Regler zu beleuchten, und einer Art Nachttischlampe, die am Tisch festgeklemmt war und deren Schlangenhals ich ständig drehen musste, wenn ich im jeweils anderen Plattenkoffer nach Stücken suchte. Vom Tanzboden aus zu sehen war ich nur, wenn einer der Effekte seinen rauchlichtigen Kegel auf mich herabstieß, je nach Titel und Goodwill des Lichtjockeys auf der anderen Seite des großen Rundes, etwa fünfundzwanzig Meter im Durchmesser. In guten Nächten tanzten tausendfünfhundert Leute im Zelt, in schlechten waren es selten weniger als tausend.

Ob die Musikgestaltung ankam, konnte man leicht an zwei Indikatoren ablesen. Daran, wie oft Leute hochkamen und sich Titel wünschten – je weniger, desto besser war das Programm; wer mit Tanzen ausgelastet ist, wünscht sich keine andere Mucke. Und des Weiteren daran, wenn man bei einem Mitsingtitel den Regler herunterzog und dem Chor der Masse lauschte. An einem denkwürdigen Abend, an dem der kondensierte Schweiß, der vom Zeltdach in meine Plattenkoffer getropft war, die Hälfte meiner

Plattencover beinahe ruinierte, hatten sie fast zwei Minuten lang ein Stück mitgesungen und dazu getanzt, obwohl nicht der leiseste Klang aus den Boxen gekommen war.

Die wöchentliche Party stand unter einem Motto, das ich immer wieder vergaß, aber im Prinzip ging es ums Abschleppen. Junge Menschen fast jeden Alters ab achtzehn verausgabten sich, um potentielle Geschlechtsverkehrspartner zu akquirieren. Insbesondere die Männer ließen dabei immer wieder erkennen, dass sie damit überfordert waren, das adäquate Outfit zu wählen. Viele trugen einfach Wohlfühlklamotten, meistens Jeans und ein labbriges T-Shirt mit möglichst lustigem Aufdruck oder dem Namen der Lieblingsband, gerne auch so gut wie ausgewaschen, aber es gab viele Exemplare, die in Trainingshosen kamen, Sweatshirts, die von unzureichenden Wäschepflegekenntnissen Zeugnis ablegten, man konnte viele Turnschuhe zählen und durchaus einige Sandalen. Nur wenige männliche Tänzer gaben sich wirklich Mühe, erschienen in Sakkos, deren Ärmel noch immer, 1989, hochgekrempelt wurden, und mit Schlipsen; es gab viele Polo-Shirts und einiges an Slippern. Vereinzelt waren Anzugträger zu sehen, aber die stellten in jeder Hinsicht eine Ausnahme dar. Diese Herren standen vorzugsweise an der langen Bar, lavierten mit Geldclips und zogen gold- und platinfarbene Kreditkarten, nur um sie zu zeigen; akzeptiert wurden sie im Zelt sowieso nicht.

Das Weibsvolk verarbeitete die Nachwehen des vergehenden Jahrzehnts, aber unzureichend. Hochtoupierte oder anstrengend dauergewellte Haare waren zwar mittlerweile in der Minderheit, und auch die Schminkattacken fielen offenbar weniger entlarvend aus, aber unglücklich Körper betonende Hosen und Pinktöne beherrschten noch immer das Bild. Vereinzelt war dezenter Schick zu sehen, einfach die passende, zurückhaltende Kleidung, nette Frisuren und anhaltendes Lächeln unter wenig Farbe. Diese Frauen wurden am meisten umschwärmt. Um die Frauen, die mit sackartigen Umhängehandtaschen tanzten, die ihnen gegen die Hüften schlugen, machten alle Männer einen Bogen. Es war leicht zu sehen, was die Kerle wollten, nämlich problemlose, hübsche Frauen – die, die extrem gut aussahen, wurden ebenso extrem gemieden –, aber worauf die Frauen aus waren, das begriff ich noch immer nicht. An jedem Abend pickte ich mir zwei oder drei heraus, die ich länger beobachtete, aber ich hätte jede Wette verloren, mit welchem Typ sie nach Hause gehen würden: Die feingliedrige, lasziv tanzende Lolita mit Schmollmund, die ständig einen Pulk Verehrer abwehren musste, ging mit dem Vokuhila-Fußballer, dessen IQ, von weitem erkennbar, jenseits der Schmerzgrenze lag, und die Celluliteburg mit dem strohigen Haar verschwand grinsend, Hand in Hand, mit dem gutaussehenden, schwarzhaarigen Zweimetermann, der mir Minuten vorher erklärt hatte, dass in Bezug auf Depeche Mode das letzte Wort längst nicht gesprochen war und dass die Kunst- und damit Musikrezeption allzu sehr von soziokulturellen Parametern bestimmt sei.

Genau genommen machen Plattenaufleger überhaupt nichts. Sie greifen nach einer Scheibe, legen sie auf den Teller, cuen und starten sie dann. Technisch gesehen kann das jeder. Aber es kommt auf das Was an, nicht so sehr auf das Wie. Ein guter Übergang nutzt nichts, wenn der Anschlusstitel nicht passt. Aber ein perfekt die Stimmung weitertransportierender, verstärkender Song, der kann auch nach einem zu früh heruntergezogenen Fader, einer peinlichen Pause von fünf, sieben Sekunden noch den Laden am Kochen halten, sogar wegen der Pause die Stimmung anheizen. Darum geht es. Ihnen zu geben, was sie wollen, und nicht ihnen zu geben, was man ihnen geben will. DJs sind Huren, die Zappler ihre Freier.

Ich kämpfte mit dem Kabel des Kopfhörers, ruckte zwischen den Plattenkoffern hin und her, hatte keine Idee, was ich folgen lassen sollte. Ich gab mir eine Denkpause, nahm einen Schluck Bier, sah hinab auf die Tanzenden, für die ich nicht mehr und nicht weniger als die Ursache der Geräusche war, die in ihre Körper fuhren und Tanzreflexe auslösten. Wenn überhaupt. Wahrscheinlich begriffen viele nicht einmal, dass die Mucke nicht vom Band kam. Vielleicht ging es auch genau darum: Ihnen das Gefühl zu geben, dass alles sowieso passiert und in der Hauptsache deshalb, weil sie es sind, die tanzen. Rekursion. Nicht ich war der Auslöser, sondern sie.

Der Druck, der während dieser sieben, acht, manchmal zehn Stunden auf mir lastete, war enorm. Sieben Stunden Musik, das waren hundertfünfzig Stücke, plus/minus. Eine Band spielte gerade mal zwanzig, wenn man Glück hatte, meistens sogar weniger. Gut, ich hatte eine Auswahl, die nicht dadurch eingeschränkt war, was sich Matthew, der Leadsänger und Songwriter der Band, ausgedacht hatte. In Abstimmung mit Cathleen, der Sängerin, die mit Andrew fickte, dem Schlagzeuger, manchmal auch mit Bart, dem Bassisten. Ich konnte aus dem Vollen schöpfen. Von Abba bis Zappa, wie ein Schallplatten-Einzelhändler mal geworben hatte. Aber Zappa auf Abba, das funktionierte nie. Abba, das ging, aber zu Zappa tanzte keine Sau. Was spielt man im Anschluss von »Under Pressure« von Queen und David Bowie? Genau.

Ab zwei wurde es entspannter. Das Publikum hatte einen Level erreicht, der vieles vereinfachte, auch für die Männer in Wohlfühlklamotten. Und mir ging es ganz ähnlich. Gedanken über Was und Wie wichen einer alkohol- und stimmungsgetränkten Routine, was keineswegs hieß, dass ich zu Schema F überging. In manch einer dieser Nächte wünschte ich mir, dieses Gefühl konservieren zu können, Experimentierfreudigkeit, gemischt mit solider Grundstimmung.

Plötzlich stand eine lächelnde Frau neben mir, die ich kannte. Es war kurz nach drei, das Publikum tobte zu einem Michael-Jackson-Titel, und ich sah nur kurz auf, um dann mit einem mich irritierenden Bild vor dem geistigen Auge auf Koffer zwei zu starren, auf der Suche nach etwas von Prince. Bevor ich etwas gefunden hatte, hob ich den Blick erneut, fand ein J, ein E, zwei N und ein

Ypsilon. Discjockey-Scrabble. Da stand Jenny, und vermutlich hätte ich sie sofort erkannt, wäre das Lächeln nicht gewesen. Ich schluckte, verspürte eine wattierte Form von Panik, griff nach einer Platte, die tatsächlich von Prince war, grinste in Jennys Richtung, ohne sie anzusehen, cuete den Titel und schob den Kopfhörer in den Nacken.

»Was machst du denn hier?«, fragte ich, zwang mich, freundlich zu klingen.

Sie sah toll aus. Keine Rede von Nutten-Alltagsoutfit. Coole Designerjeans, ein unbedrucktes, weißes T-Shirt, die Frisur unaufdringlich. Eine wahrlich gutaussehende Anfangzwanzigerin, groß, schwarzhaarig, strahlend. Eine Frau, die für Margarine hätte Reklame machen können, sogar für Höschenwindeln, babymuttertechnisch. Man hätte ihr all das abgenommen. Hübsch. Zielperson für mehr als achtzig Prozent der anwesenden Herren. Ich verkackte den Übergang, zuckte entschuldigend mit den Schultern, aber das Publikum tanzte, so oder so, niemand nahm meine Geste wahr.

»Ich wollte dich überraschen«, antwortete sie. »Du warst schon seit ein paar Tagen nicht mehr bei uns.«

Ich nickte, der kleine Tim hob sich aus dem stumpfen Winkel, aber irgendwo in meinem Verdauungssystem kündigte sich gleichzeitig eine ganz leichte, latente Übelkeit an.

8. Flucht

Jenny machte mir keinen Morgenkaffee. Sie lag einfach da und schnarchte leise vor sich hin. Ich schlug die Augen auf, sah auf die Uhr – es war kurz vor halb drei, nachmittags. Ich kletterte geräuschvoll aus dem Bett, woraufhin sie nicht reagierte, schlurfte ins Bad, pisste etwa sieben Liter, ging in die Küche und setzte Kaffee auf. Ich gab mir nicht die geringste Mühe, leise zu sein, aber das Atemgeräusch hörte ich immer noch, sogar in meiner völlig zugemüllten Küche. Mein Verdauungstrakt rumorte, ich nahm zwei Liter aus dem Wasserhahn, hörte der Kaffeemaschine zu, schenkte mir einen Pott ein, zwang die ersten Schlucke in mich hinein und lauschte. Jenny schnarchte weiter. In meinem Bett.

Ich ging ins Wohnzimmer und setzte mich auf die scheußliche Ledercouch. Der Kaffee schmeckte nicht, aber nach solchen Nächten schmeckt ohnehin nichts, umso weniger, wenn es ein latentes Unwohlsein gibt, das man weder richtig orten, geschweige denn bekämpfen kann. Ich nahm die Fernbedienung in die Hand, schaltete die Glotze aber nicht ein. Also stand ich wieder auf, ging auf den Balkon, atmete Frühsommerluft, zündete mir eine Kippe an, provozierte die übliche Reaktion meiner Nachbarin, und beobachtete die Häuser jenseits der Mauer. Da tat sich nichts.

Dafür stand Jenny plötzlich neben mir. Nackt.

Sie setzte sich auf die Lehne des immerfeuchten Sessels, nahm mir den Kaffeetopf aus der Hand und trank einen Schluck. Die andere Hand legte sie mir wie selbstverständlich in den Schritt.

»Morgen, Schatz«, sagte sie. Und dann, nach einer kleinen Pause: »Ist das die Mauer?«

Ich nickte, verkniff mir Bemerkungen wie »Nein, der Eiffelturm« und wünschte mir, die Mauer zwischen uns zu bringen.

»Wie spät ist es eigentlich?«

»Gegen drei«, murmelte ich.

»Schönes Wetter.«

»Ja.«

»Unternehmen wir was?«

Ich nahm ihr den Kaffeepott aus der Hand, trank etwas und sah sie an. Sie saß da, in der nachmittäglichen Sommersonne, nackt und auf verwirrende Weise schön, blickte in Richtung Osten und schien sich einen Scheiß darum zu scheren, was außer uns auf der Welt geschah. Sie hatte ein Bein angewinkelt und auf dem Oberschenkel des anderen abgelegt; es fiel mir schwer, ihre rasierte Möse nicht anzustarren, also tat ich es. Mein dazu passendes Körperteil erhob sich, was Jenny nicht entging.

»Wir können auch erst mal noch ein bisschen ficken«, sagte sie, als würde sie vorschlagen, auf die Pfaueninsel zu fahren und danach eine Tour mit dem Dampfer zu machen. Ich nickte mehr aus Reflex, und wenige Sekunden später lagen wir auf dem Wohnzimmerfußboden.

»Das wird doch nichts«, sagte ich, als wir unter meiner Dusche standen. Ich fühlte mich ausgelaugt, verbraucht, völlig ausgebrannt, aber Jenny hielt meinen Schwanz in der Hand und küsste mich ununterbrochen.

»Wie meinst du das?«

»Ich meine. Was soll das werden?«

Sie lächelte. »Alles, was du willst.«

»Und wenn ich nicht will?«

»Dafür ist es ein bisschen zu spät, oder?«

»Ist es?«

Sie sah mich an, ihr Gesicht war ernst. »Ja. Ist es.«

»Oha.«

»Ich werde Werner sagen, dass ich nicht mehr für ihn arbeite.«

Ich schwieg verdutzt und ein kleines bisschen sorgenvoll, löste mich von ihr, stieg aus der Dusche und nahm das einzige – etwas miefige – Handtuch, das es in meinem Bad gab. Mein Magen grummelte bis zum Hals, es kratzte in meiner Kehle. Jenny blieb unter der Dusche, die kurzen, schwarzglänzenden Haare klebten ihr am Kopf, sie hatte die Augen geschlossen und den Kopf in den Nacken gelegt, das Wasser lief ihr über das Gesicht. Alle Körperfunktionen, die direkt wie indirekt mit Fortpflanzung zu tun haben, waren bei mir abgeschaltet, Tank leer, Reserve aufgebraucht. Ich betrachtete Jenny, und es war, als würde ich das Titelbild irgendeines Magazins ansehen. Nach dem zwölften Mal Wichsen. Da war einfach nichts, weniger als das, nicht einmal mehr Einfühlungsvermögen. Ich wollte, dass sie verschwand, möglichst schnell und spurlos, aber Jenny hatte andere Ideen.

»Ich liebe dich«, erklärte sie, als sie aus der Dusche stieg und nach dem jetzt feuchten *und* miefigen Handtuch griff.

Aber ich dich nicht, dachte ich, brachte es jedoch nicht über mich, das zu sagen.

»Ich muss arbeiten«, sagte ich stattdessen.

»Oh. Kann ich mitkommen?« Sie bückte sich, um die Beine abzutrocknen, reckte mir dabei den Hintern entgegen.

»Musst du nicht auch …?«

Sie drehte sich zu mir. »Hörst du nicht zu?«

Ich versuchte ein Lächeln. »Doch. Schon. Aber das geht mir alles zu schnell.«

»Zu schnell?« Sie lachte. »Wie lange kennen wir uns jetzt?«

Überhaupt nicht. Wir kennen uns nicht, Schatz. Wir haben gevögelt. Hauptsächlich gegen Kohle. Das ist *alles*. Warum war ich nicht dazu in der Lage, das auch zu sagen? Wie hatte es dazu kommen können, dass sich diese Frau in meiner Wohnung befand? Welchen Knopf musste ich drücken, um diese Scheiße ungeschehen zu machen?

»Wir kennen uns?«, brachte ich heraus, und es klang lahm.

»Ich kenne dich«, behauptete sie. Dann ging sie an mir vorbei in mein chaotisches Schlafzimmer. Ich stellte mich vor den kondenswasserbedeckten Spiegel und wartete, aber es geschah nichts, also folgte ich ihr. Sie lag im Bett, rauchend.

»Ich warte auf dich«, sagte sie.

»Kommt nicht in Frage. Niemand bleibt in meiner Wohnung, wenn ich nicht zu Hause bin.«

Es hatte böse klingen sollen, aber irgendwie verpuffte es, wie die Bitte eines Sechsjährigen, am zwanzigsten Dezember die Weihnachtsgeschenke öffnen zu dürfen. Jenny lachte.

»Ich bin nicht *niemand*«, erklärte sie.

»Du kannst nicht einfach wegbleiben. Werner wird dich erschlagen.«

Sie zog die Stirn kraus.

»Stimmt. Ich muss mit ihm reden.« Sie sah sich nach einem Aschenbecher um, aber in meinem Schlafzimmer gab es keinen.

»Ja. Eben.«

»Wo ist dein Telefon?«

»Du willst das telefonisch machen?«

Während ich auf ihre Antwort wartete, konnte ich ihr beim Denken zusehen. Noch immer rätselnd stand sie auf, ging ins Wohnzimmer, auf den Balkon und warf die Kippe über die Brüstung. Von unten war leiser, gekrächzter Protest zu hören.

»Ich muss mit Werner persönlich sprechen«, sagte sie, fast feierlich, als sie wieder vor mir stand.

»Du musst überhaupt nichts. Wir können auch …«

»Firlefanz!«, unterbrach sie mich. »Ich muss, und ich werde. Umgehend.« Innerhalb einer halben Minute war sie angezogen, ein paar Augenblicke später hatte sie sich geschminkt, Frauen aus ihrem Gewerbe können so was. Sie war wie runderneuert, während meine Motorik stotternd die letzten Treibstoffmoleküle verbrauchte.

»Ruf mir ein Taxi«, befahl sie. Ich gehorchte wie an der Schnur aufgezogen.

Drei Minuten später war sie verschwunden, nach einer Küssorgie, die ich kaum abzuwehren in der Lage gewesen war, und noch aus dem Treppenhaus rief sie energische Liebesschwüre nach oben. Frau Stachel schimpfte synchron lautstark aus ihrer Wohnung, ohne die Tür zu öffnen.

Ich saß eine Weile im Wohnzimmer, noch immer nackt, und starrte meine graugelbe Raufasertapete an. Ich hielt die Fernbedienung in der Hand, aber den richtigen Knopf fand ich nicht. Also nahm ich das Telefon und rief Pepe an.

Er hörte mir fast zehn Minuten lang zu.

»Du hast eine Vollmeise«, sagte er dann.

»Ich weiß.« Ich sah auf die Uhr. »Es ist fast Ende Mai. Du hast von ein paar Mucken erzählt, die ich machen könnte, irgendwo außerhalb.«

»*Viele* Mucken.«

»Okay, wann kann es losgehen?«

»Wenn du willst, sofort.«

»Sofort?«

»Na ja, ab übermorgen, spätestens überübermorgen. Kostet mich einen Anruf.«

»Ich bin in einer halben Stunde bei dir.«

Es dauerte ganze zehn Minuten, meinen Kram zusammenzupacken, dann hievte ich die Plattenkoffer und eine große Sporttasche mit Kleidung, von der ich nicht wusste, warum ich sie besaß, vor die Tür und wartete auf das Taxi. Eine Stunde später saß ich in Pepes R4. Er stand neben der Fahrertür, eine Hand auf dem Dach, in der anderen ein virtuelles Zigarillo.

»Wird sicher lustig«, sagte er in Richtung der Liste nickend, die auf dem Beifahrersitz lag. Ich hatte sie nur überflogen und das erste Ziel rausgesucht. Pepe hatte in der kurzen Zeit ganze Arbeit geleistet. Zig Mucken, fast zehn Wochen insgesamt. Dazu Unterkünfte. Ich nickte.

»Viel Spaß.« Dabei klopfte er aufs Dach, zog das Etui mit den Zigarillos aus der Tasche seines Ledermantels und machte einen Schritt rückwärts. Ich ließ den Motor an, das Geräusch klang vielversprechend, möglicherweise redete ich mir das aber auch nur ein. Ich nickte in Richtung der Windschutzscheibe, knackte die unhandliche Pistolenschaltung in den ersten Gang und gab Gas. Pepe rief noch irgendwas, aber verstehen konnte ich es nicht.

Ich fuhr in umgekehrter Richtung – erst am ICC vorbei, der Funkturm rechts im Hintergrund, dann auf die Avus. Diese Strecke sah ich erst zum zweiten Mal. Am Kontrollpunkt Dreilinden ordnete ich mich zielsicher in die Schlange ein, die am kürzesten aussah, sich aber naturgemäß als langsamste entpuppte. Ich hatte meinen behelfsmäßigen Personalausweis im Mund, bemühte mich um neutrale Mimik, als der graugesichtige erste GrePo meine Papiere entgegennahm und ich sie vom zweiten graugesichtigen GrePo wiederbekam, nebst Transitvisum. Auf der Transitstrecke hielt ich das Lenkrad mit beiden Händen, sah alle paar Sekunden auf den Tacho, um auf keinen Fall schneller als hundert zu fahren, was mit der Kiste wahrscheinlich sowieso kaum möglich war. Ich blickte ansonsten stur geradeaus, dachte an nichts und weniger als das, und knapp zwei Stunden später stieg ich am Rasthof Helmstedt aus, um einen Kaffee zu trinken und ein mit welliger Wurst belegtes Brötchen zu essen. Ich sah in Richtung Osten, in mir war noch das Ta-Tack-Ta-Tack der Transitstrecke, und ich fühlte nichts. Keine Ahnung, was auf mich zukam, keine Ahnung, was ich hinter mir gelassen hatte. Ich lauschte in mich, fand aber keine Antwort auf die Frage, warum ich tat, was ich da gerade tat. Aber das war nichts Neues. Schon seit Jahren nicht mehr.

Der Nummer-eins-Hit in Deutschland an diesem Tag war »Looking For Freedom« von David Hasselhoff.

9. Provinz

Nach dem zehnten Gig wurde ich langsam sauer auf Pepe. Der erste, in einem Club in Uelzen, hatte noch halbwegs Spaß gemacht, aber danach wurde es von Auftritt zu Auftritt schlimmer. Vorläufiger Höhepunkt war eine Betriebsfeier, in einem Ort namens Hitzacker im Zonenrandgebiet, der in allen Bedeutungen des Wortes seinem Namen Ehre machte. Mitten im Nichts, auf einem Stück Brachland zwischen zwei struppigen Waldstücken, stand eine kleine Fabrik für Werkzeugteile oder so was, in deren Kantine ich zum fünfzigjährigen Jubiläum auflegen durfte. Ein rotgesichtiger, kahlköpfiger Typ Ende fünfzig begrüßte mich, führte mich in ein trübes, nur durch ein Aquarium beleuchtetes Büro, schenkte mir lauwarmen Johnny Walker Black Label ein, was er offenbar als weltmännisch empfand, und dann hielt er mir einen Vortrag über seinen Laden. Gegründet vom Vater, die schwere Zeit nach dem Krieg, sowieso alles Scheiße hier, derart dicht am Kommunismus, aber große Aufgabe, natürlich, allerdings die Leute faul, trotzdem geldgeil; so ging es eine geschlagene halbe Stunde lang, fehlte nur noch, dass er über seine Impotenz und die Dummheit der eigenen Kinder sprach. Dann erklärte er mir den Ablauf. Reden, dann Reden, außerdem Reden und außerdem noch mehr Reden, anschließend würde es einen Auftritt geben, seine Mitarbeiter hätten sich da was ausgedacht, Genaues wisse er nicht, hähä, oder dürfe er nicht wissen, höhö, und so gegen elf, vielleicht aber auch erst um eins könne ich dann loslegen. Aber ich müsste natürlich vorher da sein, Mikrofone und Mischpulte, damit kannte sich keiner aus, aber »unsere Produkte, da können Sie mit dem Panzer drüberfahren«. In welche Richtung, das stand fest. Ich ließ den Höflichkeitsschluck Scotch im Mund hin und her wandern, bis es nicht mehr ging, dann spuckte ich ihn in einem unbeobachteten Moment ins Glas zurück und kippte das Ganze in seinen Gummibaum. Scotchtrinken, das lag dicht an der Eigenurintherapie.

Meine Unterkunft war *privat*, wie Pepe das euphemistisch genannt hatte, und mir gruselte bereits auf dem Weg dorthin, weil die älteren Herrschaften, meine Gastgeber, meistens schon irgendwelche Abscheulichkeiten gekocht hatten, Innereien mit matschigen Salzkartoffeln und derlei. Außerdem versuchten sie immer wieder Familienanschluss herzustellen, indem sie ihre Lebensgeschichten offenbarten, mir ihre Köter vorführten, die einen ansabberten oder sich am Unterschenkel abgeilten. Dazu gab es dann Schnäpse, literweise. Diese Generation, deren Aussterben ich nicht abwarten konnte, definierte sich darüber, wie viele Kurze man innerhalb einer halben Stunde schlucken konnte. Nach meiner aktuellen Statistik waren es durchschnittlich fünfzehn, einen trank ich immer mit, um niemanden zu brüskieren, und redete mich bei den folgenden darauf raus, ja noch arbeiten zu müssen. Das aber hielt die Hausherren niemals davon ab, die restlichen vierzehn alleine zu saufen. Mama stand währenddessen in der Küche und passte auf, dass der Pansen oder die Nieren nicht zäh wurden. Meistens überraschte ich die Leute damit, Vegetarier zu sein – ein Begriff, den nicht jeder verstand (»Aber Wurst essen Sie schon, gell?«) –, und drückte die breiigen Kartoffeln in die Soße, jedes Stückchen Rindereingeweide meidend wie der DJ deutsche Schlager.

Wobei.

Die Soundso Werkzeuge GmbH & Co. KG beschäftigte augenscheinlich nur Dumpfnasen und Alkoholiker. Beim Aufbauen brachte der Chef abermals Scotch an, und er hatte bereits einen in der Lampe, duzte mich und empfahl mir, es ihm gleichzutun. Fehlte nur noch, dass er mich zum Verbrüderungskuss aufforderte. Beim Soundcheck sabberte er das Mikrofon voll, und dann kam die Belegschaft. Mit ihren Anhängseln – Ehefrauen, Freundinnen und Verlobten. Bis auf die drei Sekretärinnen und die Buchhalterin, eine nicht unansehnliche Mittdreißigerin, die sich in einem gewagten kurzen Rock und Netzstrümpfen präsentierte, gab es in diesem Betrieb nur männliche Mitarbeiter. Sie setzten sich an die Tische in der spärlich geschmückten Kantine und begannen das Kampfschlucken.

Ich bemühte mich, wenigstens eine Weile durchzuhalten, aber bei der dritten Rede, stellvertretender Personalchef oder so, strich ich die Segel. Ich holte mir fünf Bier und einen sechsstöckigen Jack Daniel's, stellte mich hinter den Mixer, trank und atmete Atmosphäre.

Gegen Mitternacht war ich angegangen, die Reden hatten zwar geendet, aber dafür fand ein Quiz statt. Die Belegschaft hatte gesammelt, für eine fünftägige Mallorcareise, und der Chef musste extrem originelle Scherzfragen beantworten, um sie zu gewinnen. Ich schlief fast ein, starrte an die Decke oder auf die Beine der Buchhalterin, bis mir jemand auf die Schulter tippte.

»Los geht's«, lallte der Chef. Er griff nach dem Mikrofon und kündigte – kaum verstehbar – »DJ Frankfurt«, den Star aus Berlin, an. Scheißegal. Auf meinen halbherzig ausgewählten Künstlernamen »DJ Frankenfurter« gab ich ohnehin nichts, außerdem sind Plattenaufleger nicht wirklich DJs.

Und dann ging es los.

Nach einem gepflegten Mainstreamintro versuchte ich es zaghaft mit tanzbaren Songs, die eigentlich jeder kennen musste, aber es tat sich nichts, trotz meiner verbalen Animation, für die ich das eklig-säuerlich stinkende, vollgespeicherte Mikrofon benutzen musste. Die Buchhalterin kam nach einer halben Stunde zu mir, lächelte mich an und erklärte mir, dass es auf diese Art nicht funktionieren würde. Aber sie hätte da ... Sekunde mal ... Fünf Minuten später war ein verstaubtes Kassettendeck an die Anlage angeschlossen, und weitere zwei Minuten später tanzte die Meute zu Roland Kaiser. Was heißt tanzte. Sie flippte aus. Ich tat nichts mehr, drehte nur Julianes Kassetten um. Gegen drei vögelten wir kurz und schnell in einem Lagerraum. Juliane wollte unbedingt, dass ich ihre Strümpfe zerriss, was ich auch tat, aber ohne den Zweck zu verstehen. Kurz vor fünf, da hatte ich einige Kassetten zum dritten Mal eingelegt, musste für zwei Mitarbeiter der Notarztwagen gerufen werden, um halb sechs waren die Klos komplett vollgekotzt, um sechs strippte der Chef, zehn Minuten später baute ich ab, während eine abholende Ehefrau ihren besoffenen, beinahe wehrlosen Mann zu verdreschen versuchte, weil sein Hemd Lippenstiftspuren aufwies. Anschließend wartete ich eine halbe Stunde lang auf ein Taxi. Während ich vor der Halle stand und an einer geschnorrten Lord Extra saugte, kam der Chef an mir vorbeigetorkelt, das klimpernde Autoschlüsselbund in der rechten Hand, blieb stehen, drehte sich um, näherte sich mir wieder, umarmte mich, küsste mich aufs Ohr und nuschelte kaum verstehbar: »Prima Abend. Das machen wir mal wieder.« Danach stieg er in seinen 5er-BMW und fuhr mit quietschenden Reifen schlingernd vom Hof.

Gegen halb acht schlief ich ein, zwanzig Minuten später weckten mich meine Gastgeber zum Frühstück. Ich schimpfte sie fleischfressende Nazischweine, schlief bis um eins, legte die beiden Zwannis, die die Übernachtung inclusive Verpflegung kostete, auf den Wohnzimmertisch – meine Vermieter waren nicht zu hören oder zu sehen –, verstaute meinen Krempel in Pepes R4 und fuhr zum nächsten Gig.

Mein Ziel hieß Nieder-Sengricht, laut Plan etwa fünfunddreißig Kilometer von Uelzen entfernt, achthundert Einwohner, quasi nicht zu finden. Die Orte, die von den Landstraßen durchschnitten wurden, glichen sich wie ein Huhn dem anderen, ich kämpfte mit dem unhandlichen Autoatlas, knatterte mehrfach Strecken entlang, die mir bekannt vorkamen, übersah rasch aufeinanderfolgende Ortsschilder, aber an irgendeinem nichtssagenden, durch kahle, flache Agrarlandschaft führenden Stück Bundesstraße entdeckte ich plötzlich Plakate an den Bäumen: Party im Nachtschicht, Stargast DJ Frankenfurter aus Berlin. Weiß auf schwarz. Ich folgte den Bekanntmachungen, landete schließlich in Vorder-Sengricht.

Zweimal durchfuhr ich den Ort, umrundete ihn, aber Nieder-Sengricht gab es nicht. »Da sind Sie hier völlig falsch«, erklärte mir ein Mann in Trenchcoat und Wildlederhosen, der eine Art Dackel spazieren führte, die Leine in der einen und eine Bierdose in der anderen Hand. »Nieder-Sengricht ist noch ein Stück in Richtung Uelzen, hinter der Baustoffhandlung links.« Er fuchtelte mit der rechten Hand in mehrere Himmelsrichtungen, ich suchte mir eine aus und fand tatsächlich eine Baustoffhandlung, umgeben von einer gewaltigen Lagerfläche, auf der sich Holz, Steine und riesige Kiesberge befanden. Dahinter bog ich links in einen Weg ein, der von einem Parkinson-Kranken geteert worden sein musste, und nach drei Kilometern tauchte tatsächlich das Ortsschild auf. Das Nachtschicht war nicht zu übersehen, gleich am Ortseingang, ein holzverkleideter Flachbau ohne Fenster und mit Alutür, darüber die entsprechende Leuchtreklame: »Herrenhäuser« vom Fass. Ich hielt trotzdem an und klopfte kräftig gegen die Alutür. Als ich den zweiten Zug von meiner Zigarette genommen hatte, öffnete ein kastenförmiger Mensch, der mich an Osti erinnerte; er war allerdings eine Art Hundertfünfzig-Prozent-Vergrößerung. Seine Hände hatten die Fläche des R4-Ersatzrades, mächtiger noch als die Hände des Edeka-Geschäftsführers, sein Mund war enorm groß und hatte dicke, fleischige Lippen. Dahinter waren schlecht gepflegte Zähne nicht zu übersehen. Zwischen goldgelben Fingern hielt er eine filterlose Zigarette, Camel ohne. Seine kurzen Haare standen in alle Richtungen; obwohl es auf drei Uhr nachmittags zuging, schien er gerade erst aufgestanden zu sein.

»Was'n los?«

»Hi. Ich bin der DJ.«

»Oh, klasse. Komm doch rein. Willste 'n Bier?«

Warum nicht? Ich nickte, Camel ohne grinste.

Es stank, wie es in allen ungelüfteten Kneipen am Tag danach stinkt. Kalter Rauch, fauliger Biergeruch, Reste von menschlichen Ausdünstungen, verdreckter Bodenbelag, den kein Mensch auf diesem Planeten je wieder sauber bekommen würde. Dazu fahles Licht und hochgestellte Stühle. Camel ohne klapperte hinter dem Tresen herum, stellte schließlich zwei Flaschen Beck's darauf, öffnete sie, ohne dass seine Handbewegungen nachvollziehbar waren, zündete sich die nächste Fluppe an.

»Willkommen im Nachtschicht«, sagte er, stieß mit mir an und leerte seine Flasche in einem Zug, an der Zigarette vorbei. Ich sagte nichts, nahm einen Schluck und sah mich um.

»Bin der Jörg«, sagte er schließlich. Es klang wie »Goerch«; irgendwie schaffte er es, das »G« nach vorne zu ziehen und dabei trotzdem den echten Namen durchklingen zu lassen.

»Tim.«

Goerch ging zu einem Schaltkasten, drückte ein paar Knöpfe.

»Das's mein Laden«, sagte er stolz, als die Deckenbeleuchtung aufflammte. Langer Tresen, ein paar Kneipentische, eine kleine Tanzfläche, die Wände holzgetäfelt, eine Discokugel, ein paar Scheinwerfer, ein Strobo. Das Pult befand sich auf der gegenüberliegenden Seite, in einem ebenfalls holzgetäfelten Kabuff mit unverglastem Fenster zur Tanzfläche hin. An Ketten hingen vier Electro-Voice-Boxen, immerhin. Trotzdem war es hinterste Provinz, pur. Ich beschloss, Pepe am nächsten Tag anzurufen, um den Rest der »Tour« abzusagen. Werner hin oder her. Früher oder später müsste ich mich mit diesem Problem ohnehin auseinandersetzen.

Goerch zeigte mir mein Zimmer direkt hinter der Kneipe, ein fensterloser Lagerraum, der mit leeren Bierkisten vollgestellt war; es gab eine Art Pritsche, auf der ein Schlafsack lag, und ein mikroskopisch kleines Waschbecken.

»Das ist nicht dein Ernst«, sagte ich.

»Ist ja nur für zwei Nächte.« Ich war für Freitag und Samstag gebucht. Er grinste. »Hier wird gut abgefeiert. Es wird dir egal sein, wo du schläfst.«

Ich dachte an die Werkzeugfabrik in Hitzacker und nickte unfroh. Pepe anrufen, Pepe anrufen. Ich versuchte, mich mit diesem Gedanken zu trösten. Einfach abhauen wäre auch eine Alternative gewesen, aber ich fühlte mich ein bisschen matt, war hungrig und wusste, dass ich nicht die Energie aufbringen würde, mich jetzt wieder ins Auto zu setzen.

»Futtern wir erst mal was«, sagte Goerch.

Er war ein erstklassiger Koch. In seiner ebenfalls fitzelkleinen Wohnung, auch hinter dem Nachtschicht, briet er Filetsteaks, garte Offenkartoffeln, bereitete Sourcreme zu, bastelte einen wirklich köstlichen Salat. Eine Stunde später war ich satt und redlich müde, ging in meine Kemenate und schlief auf der knarrenden, viel zu kurzen Pritsche sofort ein. Als ich erwachte, war es stockdunkel, und wie zuvor gelegentlich auf dieser »Tour« wusste ich erst nicht, wo ich mich befand, warum und sowieso. Der Griff zur Bettkante, die aus Rohrgestänge bestand, brachte mich auf die richtige Spur, und als ich gegen einen Stapel Bierkisten stieß, begriff ich es, während die Erinnerung an den letzten Traum verblasste. Es war um Werner gegangen, der mich mit einem Totschläger malträtierte, wobei ich, wehrlos an einer Pritsche festgebunden, Roland-Kaiser-Songs summen musste.

Hier wird gut abgefeiert war ein Euphemismus. Der Laden füllte sich Schlag acht Uhr, und die Gäste tanzten wie die Blöden, ab dem ersten Song und bis zum letzten, gegen sechs am Samstagmorgen. Es gab Polonaisen, laute Mitsingchöre, Zwischenapplaus und so gut wie keinen Musikwunsch. Goerch kam alle zehn Minuten an, stellte mir eine neue Flasche Bier hin und klopfte mir mit seinem rechten Ersatzrad auf den Rücken.

»Mönsch, Mönsch«, sagte er und nickte dabei.

Und es machte Spaß. Das Publikum bestand höchstwahrscheinlich zu neunzig Prozent aus Stammgästen, einer Mischung aus Landjugend, örtlichen Honoratioren, Ehepaaren, die sich am Ende einer arbeitsreichen Woche die Kante gaben, dem Singlerest beiderlei Geschlechts zwischen Mitte zwanzig und Ende vierzig, einer soliden, lautstarken Minderheit aus Alkoholikern unbestimmbaren Alters, und diesen Leuten, die einfach nur eine Menge groß machen, ohne selbst wirklich Bestandteil zu sein. Die Tanzfläche war pausenlos proppenvoll, aber Goerch und seine Tresenhelferin, eine höchstens Siebzehnjährige mit abgeschnittenen Jeans, roten Stulpen, hochtoupierten Haaren und pinkfarbener, vor der Brust verknoteter Bluse, hatten trotzdem gut zu tun. Ich kam fast nicht dazu, die Frauenlage zu sondieren. Aber eine fiel mir sofort auf. Sie war drall, ohne auch nur annähernd dick zu sein, nicht sehr groß, ohne kurz zu wirken, irgendwie handlich, gleichzeitig grazil. Sie war auf unspektakuläre Weise brünett und unauffällig geschminkt, was ich als reizvoll empfand; sie tanzte auf sehr sinnliche Art, und sie sah dabei immer zum DJ-Kabuff, obwohl sie in Begleitung gekommen war. Wenn sie vom Tanzen pausierte, stellte sie sich in Tresennähe neben einen großen, schlaksig wirkenden Endzwanziger, mit dem sie sich angeregt zu unterhalten schien, und die beiden verhielten sich, als wären sie Magneten, deren Südpole aneinandergedrückt werden: Ab einem bestimmten Punkt schien es nicht mehr zu gehen, sie glitten ab und vorbei, hielten aber den Blick und lächelten sich an. Wenn die Frau nicht gerade zu mir herübersah. Merkwürdig.

Gegen fünf war ich im Eimer, gut angetrunken und so müde wie schon lange nicht mehr. Als Goerch eine knappe Stunde später ankündigte, demnächst schließen zu wollen, lächelte ich dankbar, auch in Richtung der Frau, die zusammen mit dem Schlaks gerade den Laden verließ, allerdings nicht, ohne vorher in meine Richtung zu lächeln.

»Morgen geht's hier richtig los«, orakelte der Kneipenbesitzer;

ich nickte, spielte »Strangers in the Night« – meinen üblichen Abschlusssong –, schaltete die Anlage ab, zog noch ein Gutenachtbier und fiel umgehend in traumlosen Schlaf.

Am frühen Nachmittag erwachte ich mit starken Rücken- und Nackenschmerzen, außerdem hatte ich einen mordsmäßigen Kater und heftigen Durst. Ich quälte mich zum Waschbecken, trank zwei Minuten lang Leitungswasser. Dann legte ich mich wieder hin und wartete ab, bis die Kopfschmerzen etwas nachließen.

Goerch war nicht aufzutreiben, also konnte ich nicht duschen. Ich zog die müffelnden Klamotten vom Vorabend wieder an. Auf den noch ungeputzten Toiletten der Kneipe stank es, als hätte eine Elefantenherde nach erfolgtem Savannendurchmarsch die wochenlang angestauten Verdauungsreste auf einen Hieb abgesondert. Es war widerlich. Die Klobrillen waren verseucht; ich musste mehrere Lagen Toilettenpapier aufschichten, um wenigstens halbwegs vor starker Verschmutzung sicher zu sein. Nachdenklich betrachtete ich eine Weile meinen alkoholbedingt dünnflüssigen Stuhlgang, verspürte dabei einen Anflug von Wehmut – so hatte ich mir das Leben als DJ eigentlich nicht vorgestellt, aber genau genommen hatte ich mir überhaupt nichts vorgestellt, noch nie. Mein Leben *passierte* mir.

Ich spülte vorsichtig, indem ich den versifften Knopf mit der fast leeren Klorolle drückte, sprang in meine milchsäurigen Turnschuhe und machte mich auf die Suche nach etwas Essbarem.

Vor der Tür verschlug mir die frische Luft fast den Atem. Ich blinzelte; es war sonnig, der Himmel klar und hellblau, kein Wölkchen weit und breit. In den Vorgärten reckten sich kunterbunte Beetblumen zwischen Gartenzwergen, hölzernen Wagenrädern und auf geschorenen Grasflächen zurückgelassenen Rasensprengern in Richtung Sonne. Kein Mensch war auf der Straße zu sehen. Es duftete naturgeil, die Pflanzen buhlten um Begattungsinsekten. Zwischendrin zogen Aromen anderer Art durch mein Olfaktorium, eines davon, das mich nur ganz kurz touchierte, ohne dass ich ausmachen konnte, wo es herkam, erregte mein Interesse: Kaffee. Scheiße, auf einen Riesentopf Kaffee hatte ich jetzt wirklich eine ganze Bockherde.

Ich ging die hier etwas sorgfältiger geteerte Straße entlang, die von gedrungenen, unauffälligen Einfamilien- und Reihenhäusern gesäumt wurde, fast ausschließlich roter Klinker. Nach ein paar hundert Metern kamen zwei Geschäfte, eine mikroskopisch kleine Edeka-Filiale und ein Blumenladen, beide offenbar geschlossen. Die Straße öffnete sich auf einen kleinen Platz mit einem verschwiegenen Rundbrunnen, zwei verwitterten Sitzbänken und einer großen Kastanie. Auf der anderen Seite des Platzes lag der Gasthof Zum Elch. Hinter den Butzenscheiben war fahles Licht zu erkennen.

Es roch so ähnlich wie am Vorabend im Nachtschicht, vielleicht etwas weniger penetrant. Die vier Kerle, alle Ende fünfzig, die an einem Tisch saßen und Skat spielten, kamen mir bekannt vor. Vermutlich waren sie gestern auch dabei gewesen. Einer nickte mir zu, ein anderer sagte:

»Ernst ist gleich wieder da.«

Ich setzte mich an den Tresen, ließ einen Bierdeckel auf der Kante trudeln, dachte an nichts oder vielleicht ein ganz kleines bisschen an Melanie. *Im Westen nichts Neues.* Dann kam Ernst. Er hatte mindestens eine Polonaise angeführt. Sein Gesicht war totenblass, auf seiner Stirn glänzte kalter Schweiß. Er sah mich an, schien zu grübeln, dann lächelte er.

»Das war ein Abend. Große Klasse. Mir geht's immer noch dreckig.«

Ich lächelte zurück, bestellte einen Kaffee, eine Flasche Wasser und Kassler mit Sauerkraut und Salzkartoffeln.

»Dauert aber einen Moment«, sagte Ernst, stellte mir das Wasser hin und eine wirklich große Kaffeetasse. Wow, das schmeckte einfach besser als *alles*. Glück ist, das Richtige im richtigen Moment zu bekommen, nicht notwendigerweise das Teuerste oder Angesagteste. Ich schlürfte, genoss das Aroma, dann trank ich die Wasserflasche aus. Meine Kopfschmerzen reduzierten sich auf einen Nachhall, ich spürte sie nur noch bei heftigen Bewegungen. Eine Viertelstunde später brachte Ernst das Essen. Ich mampfte zufrieden, trank anschließend ein Bier. Es ging auf vier zu, ich hatte noch Zeit. Also setzte ich mich zu den Skatspielern und kiebitzte. Ein Spieler stieg nach einer halben Stunde aus, weil er zu »Ommma« musste, ging grinsend, und da er im Mittelfeld lag, bot man mir seinen Platz an.

Die Jungs waren mit allen Wassern gewaschen. Wir zockten bis kurz vor sieben, und alles, was gesagt wurde, bezog sich ausschließlich auf das Spiel. Ich empfand das als erholsam, vor allem im Vergleich zu den ausschweifenden Informationen, die mir meine vorherigen Gastgeber aufgenötigt hatten, zwischen Schnäpsen und Tierorganen.

Ich kämpfte mich auf den zweiten Platz vor, gewann einen grandiosen Grand ohne drei, bei dem ich Schneider schlagen musste, was mir anerkennendes Schulterklopfen einbrachte. Mit dem Karo-Ass, das ich bis zum Schluss aufsparte, hatte ich sie ganz schön reingelegt.

»Wir sehen uns«, sagte ich und spurtete zum Nachtschicht zurück. Goerch und die Siebzehnjährige machten gerade sauber, ich duschte, trank noch einen Kaffee, und dann begann mein zweiter Abend.

Als Goerch um halb acht die Tür öffnete, wartete bereits eine lange Menschenschlange. Um halb neun war der Laden so voll, dass man kaum tanzen konnte. Ich hielt nach der Kleinen mit dem Schlaks Ausschau, aber sie kam nicht. Also konzentrierte ich mich aufs Muckemachen. Sie mochten Michael Jackson und Rick Astley, sie liebten Abba, sie feierten zu Queen, sie drehten durch zu Deep Purple. Ich musste eigentlich überhaupt nichts tun, nur den Rhythmus halten.

Irgendwann spürte ich eine Hand auf meiner Schulter. Da stand sie. Vielleicht ein wenig verlegen, vielleicht aber auch nur abgebrüht. Sie strahlte, wünschte sich Madonna, und dann blieb sie stehen, bis ich drei Songs später »Material Girl« auflegte. Ich beobachtete sie beim Tanzen, was nicht ganz einfach war, weil der Laden kochte. An der Bar stand der schlaksige Typ und unterhielt sich mit Ernst, dem Elch-Wirt.

Gegen zwölf legte ich die lange Version von »Sex Machine« auf und ging zur Bar. Wie zufällig stellte ich mich neben die Unbekannte und winkte Goerch, dem die schweißnassen Haare am Kopf klebten. Er reichte mir ein Beck's, ich drehte mich zur Tanzfläche um.

»Ich heiße Gisela«, sagte sie.

»Tim. Tim Köhrey.«

Sie lachte. »Wie der aus Rocky Horror.«

»Nicht ganz«, sagte ich.

»Das ist Norbert, mein Bruder«, erklärte sie und zeigte auf ihren Begleiter, der seltsam grinste. Ich nickte unbestimmt.

»Wollen wir tanzen?«

James Brown wiederholte den Refrain gerade zum ungefähr achtzigsten Mal. Ich schüttelte den Kopf, lächelte dabei.

»Ich muss arbeiten. Später vielleicht.«

Sie legte die Stirn in Falten.

»Es wäre mir eine Freude«, ergänzte ich. Da strahlte sie wieder.

Die Anlage war eigentlich ein Witz, die Plattenspieler brauchten *Tage*, um eine Scheibe anzufahren, der Mixer hatte gerade mal zwei Kanäle, die paar Effekte ließen sich kaum steuern, und die Nebelmaschine brachte wenig mehr als eine im Aschenbecher qualmende Zigarette. Aber es war trotzdem herrlich. So mittendrin, während man sich gehenließ, ohne irgendwelche falsche Scheu vor den anderen. Ich konnte sogar Die Ärzte auflegen, was eigentlich ein Don't war bei Menschen über zwanzig, und sie sangen bei »Zu spät« mit. Zwischen zwei und drei spielte ich »We Don't Need Enemies« von Montana Sextet, ging zur Bar und zog

Gisela auf die Tanzfläche. Das war das erste Mal seit über vier Jahren, dass ich tanzte. Aber es ging. Es ging gut. Zumal Gisela eine Art sich zu bewegen hatte, die mich sehr von mir selbst ablenkte. Ich verpasste beinahe den Anschluss, kämpfte mich durch die Menge zum Pult, zog irgendwas aus dem Koffer, zufällig »Wish You Were Here«, und als das Gitarrenintro erklang, ploppten Paare aneinander, als hätte man Magneten richtigherum aufeinander zubewegt. Gisela zog mich gegen vorgetäuschten Widerstand auf die Tanzfläche, und schon bei der zweiten Umdrehung küssten wir uns. Die Paare, die uns umtanzten, grinsten uns zu, aber irgendwann fing ich einen Blick von Norbert, Giselas Bruder, auf, und der war merkwürdig.

Wir gingen zu ihr, morgens um sieben. Goerch hatte gut hundert Leute rauswerfen müssen; ohne seine energische Intervention wäre es gnadenlos bis zum Mittag weitergegangen. Gisela fuhr mich in ihrem Golf in eine Querstraße, nur wenige hundert Meter vom Nachtschicht entfernt. Wir zogen unsere Schuhe im Flur aus und gingen auf Zehenspitzen ins Dachgeschoss. Ihr Bett war schmal, es roch nach Anis und Parfum. Im Schein der Morgensonne, die das Mädchenzimmer in fast schon kitschiges Licht tauchte, bumsten wir uns geräuschlos die restliche Energie aus den Leibern. Dann schliefen wir ein, Giselas Kopf an meiner Schulter, ihre Hände in meine verhakt.

Als ich erwachte, war ich alleine. Auf dem Kopfkissen lag ein Zettel: »Ich rede auch nicht so gerne. Es war schön. Wir sehen uns in zwei Wochen.« Hinter »Ich rede auch nicht so gerne« hatte sie ein ☺ gemalt, und dann war da noch ein Herzchen auf dem Zettel. Ich lauschte in meinen Bauch, aber erstaunlicherweise war mir überhaupt nicht schlecht. Ich nahm das Stück Papier, schlich die Treppe hinunter, schlüpfte in meine stinkenden Turnschuhe und joggte zum Nachtschicht. Zehn Minuten später saß ich im Auto; Goerch hatte mich kräftig umarmt und mir fünfzig Mark mehr gegeben, als vereinbart war.

»Ich freu mich schon auf übernächste Woche«, sagte er durchs Wagenfenster. Ich nickte, kramte meinen Autoatlas heraus und versuchte, Dannenberg auf der Karte zu finden.

Der Nummer-eins-Hit in Deutschland an diesem Tag war »Das Omen« von Mysterious Art.

10. Schlager

Pepe sagte am Telefon, ich bekäme mächtigen Ärger, wenn ich die »Tour« abbräche. Ich hörte zu, wie er von »die Freundschaft kündigen« redete und irgendwelchen Regressforderungen, aber nicht wirklich ernsthaft. Das Hauptproblem war Werner. Pepe hatte zweimal versucht, meine Post und ein paar Sachen aus der Wohnung zu holen, aber entweder hatte Werners Daimler vor der Tür gestanden oder Hotte. Er war sogar ins Chateau Plaisir marschiert, da kannte ihn ja niemand. Jenny, die ich ihm beschrieben hatte, arbeitete tatsächlich wieder, aber meine Tapes liefen nicht mehr. Und Jennys linke Wange zierte ein faustgroßes Hämatom, außerdem humpelte sie, erzählte Pepe.

»Was willst du hier?«, fragte er.

»Was will ich *hier*?«, fragte ich zurück, allerdings halbherzig. Immerhin stand in vier Tagen – wenn ich richtig rechnete – der zweite Gig im Nachtschicht an, darauf freute ich mich sogar. Das war aber auch der einzige Lichtblick. Gestern hatte ich auf einem Feuerwehrfest im Bierzelt aufgelegt, zwischen einer unglaublich schlechten Westerncombo und der örtlichen Blaskapelle. Während eines Zwischenstopps in Uelzen hatte ich mich inzwischen bei Karstadt mit Schlagersamplern eingedeckt. Ich hatte noch nie bei Karstadt Platten gekauft. Und die Verkäuferin wollte mich auch noch anmachen, indem sie mir erklärte, dass wir genau den gleichen Musikgeschmack hätten. Ich hatte sie nur müde angegrinst und geantwortet, dass das Geschenke für meine so gut wie tote Ururur*ur*oma wären. Inzwischen benutzte ich die Platten bei fast jedem Auftritt. Jens und Ute waren keine Freunde der »Hitparade« und ähnlicher Veranstaltungen gewesen, aber aus irgendeinem Grund konnte ich einige Texte fast auswendig. »Griechischer Wein«, »Sieben Fässer

Wein« und all diese Sachen. Wein und Frauen namens Michaela. Darum ging es in Schlagern. Ich hasste sie.

»In einer Woche muss ich sowieso zurückkommen«, sagte ich.

»Keine gute Idee«, meinte Pepe. »Nimm ein bisschen Urlaub oder so. Dieser Pufftyp macht einen beharrlichen Eindruck.«

»Wie geht's den anderen?«, fragte ich, weil mir keine Antwort einfiel.

Pepe schwieg einen Moment. »Osti ist abgetaucht, keine Ahnung, wohin. Neuner spielt ein Turnier in Bochum.«

»Aha.«

»Gönn dir 'ne Pause.«

»Mal sehen.«

Pepe legte auf, ich lauschte noch ein Weilchen dem Tuten. Vielleicht bildete ich mir das ein, aber es klang nach Berlin. Vor der Telefonzelle stand eine grauhaarige Frau in einer Kittelschürze, die eine Plastiktüte mit beiden Armen vor dem Bauch hielt und mich anstarrte, als wäre ich ihr im Krieg verschollener Sohn.

Die nächsten zwei Auftritte waren gruselig, ein weiteres Firmenjubiläum, danach ein Polterabend in einem Vereinsheim. Ich war längst zu geschafft und genervt, um irgendwas oder -jemanden wahrzunehmen, Frauen eingeschlossen, spulte mein Programm runter, ignorierte Anmachversuche, soff wie ein Wasserbüffel und redete kein Wort mit meinen jeweiligen Herbergseltern. Die Feiernden wurden sich immer ähnlicher, aber auch der äußere Vergleich fehlte mir; die Erinnerung an die Mucken in Berlin verblasste, mir kam das Zeit- und Ortsgefühl abhanden, ich schlug morgens – oder eigentlich mittags – vorsorglich in alle Richtungen nach dem Wecker, aß ausschließlich Wiener Schnitzel oder Kassler mit Salzkartoffeln, meistens an Autobahnraststätten, wofür ich extra auf die Autobahn fuhr, trank massenweise Kaffee und ließ das ohnehin quäkende Autoradio meistens ausgeschaltet. Ich konnte und wollte keine Musik mehr hören. Selbst die, die ich eigentlich mochte. Ich rauchte pausenlos, dachte an nichts und zwang meine Gedanken in eine andere Richtung, wenn sie eine bestimmte einschlugen. Ich fühlte mich sagenhaft einsam. Manchmal dachte ich daran, wo das alles hinführen sollte, jetzt und später, zündete mir dann eine weitere Zigarette an und versuchte zur Ablenkung, Formen im Rauch zu erkennen. Der Planet bestand nur aus mir. Die Gespräche mit den austauschbaren Typen, die ich traf, waren auf ein Minimum reduziert, ich bemühte mich, nicht unhöflich zu wirken, was mir nicht immer gelang, aber offenbar mit meinem Status entschuldigt wurde. Es war nicht so, dass ich schlechte Arbeit machte. Ich war nur nicht dabei. Morgens fiel ich wie tot ins Bett und träumte von nichts.

Und dann sah ich endlich die Baustoffhandlung wieder. Es war Freitagnachmittag; der Nieselregen, der mich während der letzten Tage begleitet hatte, hörte schlagartig auf, und ich beugte mich vor, um durch den grauweißen Film, den die abgenutzten Scheibenwischer des R4 auf der Windschutzscheibe hinterließen, einen Blick auf den wachsenden himmelblauen Fleck zu werfen, der sich direkt über mir auftat. Ich wertete das als Zeichen und bog lächelnd in die Parkinson-Straße nach Nieder-Sengricht ein.

Goerch begrüßte mich wie ein Familienmitglied, zog mich in den miefenden Laden und vollführte seinen Beck's-Flaschen-Öffnungszauber. Dann setzte er sich neben mich, legte mir sein Ersatzrad auf die Schulter, lächelte mich an und schwieg. Ich süffelte mein Bier und genoss es. Einfach nur dasitzen, schlechte Luft einatmen, freundlich gesinnte Ruhe.

»Wir haben zum ersten Mal Vorverkauf gemacht«, sagte er nach einer Weile. »Schon irre. Ausverkauft.«

Ich sagte nichts, nickte nur.

»Was'n das mit Gisela?«, fragte er dann.

»Was soll sein?«, fragte ich zurück. Möglich, dass ein Bierflaschenhals der eigentliche Nabel der Welt ist. Jedenfalls wurde mir nach ein paar Sekunden bewusst, dass ich ihn so anstarrte, als wäre er es.

Goerch summte ein paar Takte eines deutschen Schlagers, dessen Text ich allerdings nicht auswendig kannte, nahm dann meine Tasche und trug sie in den Lagerraum. Ich ging mit der Bierflasche in der Hand hinterher – und staunte. Er hatte aufgeräumt. Auf der Pritsche lag eine richtige Matratze, außerdem Bettwäsche. Die Bierkästen waren verschwunden. Neben dem Bett stand eine Kiste Mineralwasser. Es gab ein kleines Tischchen und eine Kaffeemaschine. Fehlte nur noch, dass er Bilder aufgehängt hätte. Ohne eingeschaltete Beleuchtung war es zwar immer noch stockduster, aber ein nachträglicher Fenstereinbau wäre auch zu viel verlangt gewesen.

»Die Präsidentensuite«, sagte er grinsend.

Ich woppte meine Turnschuhe von den Füßen und warf mich auf die Pritsche.

»Bis nachher«, sagte Goerch.

»Du mich auch«, antwortete ich, trank meine Bierflasche aus und schlief in Sekundenschnelle ein.

Es war kein Wecker, der mich weckte, sondern Wärme. Und ein seltsames, aber gut bekanntes Gefühl im Schrittbereich. Eine weiche Hand spielte mit dem kleinen Tim, samtige Haut berührte meine rechte Wange, meinen Bauch. Ein Bein lag zwischen meinen. War das mein erster Traum seit Wochen? War es nicht.

Sondern Gisela.

Und mit ihr eine Ahnung von Anis und diesem Parfum. Kein teures, aber auch kein schlechtes. Gisela drehte sich zur Seite, drückte mich von hinten an sich, öffnete die Schenkel, führte mich ein. So lagen wir einfach da, minutenlang. Ich war noch nicht ganz wach, atmete langsam, horchte auf körperliche Reaktionen, jenseits der reflexartigen. Da war nichts. Ich fühlte mich einfach wohl. Keine Spur von Brechreiz.

Dann begann sie zu erzählen, in die andere Richtung, auf die unsichtbare Wand zu, an der vor zwei Wochen die ganzen Bierkästen gestanden hatten. Sie sprach von Wolfgang, ihrem Vater, dem die Baustoffhandlung gehörte, die mir als Wegweiser diente, von ihrer fürsorglichen Mutter, von ihrem Bruder, den sie sehr verehrte, wie sie es nannte. Sie erzählte von ihrem Job, irgendwas mit Steuern, langweilig, aber solide. Vom Ort, in dem natürlich jeder jeden kannte, vorsichtig ausgedrückt, den sie aber zu sehr mochte, um in Erwägung zu ziehen, in die große Stadt zu wechseln – womit sie vermutlich Uelzen meinte. Ich nickte manchmal, zog auch die Stirn in Falten, aber es war ja dunkel. Erstaunlicherweise fiel es mir leicht, mich an Giselas Gesicht zu erinnern, obwohl ich sie nur zweimal gesehen hatte. Ich konnte mir sogar vorstellen, wie sich ihre Mimik veränderte, während sie sprach.

Also erzählte ich auch. Dies und das. Von meinen Eltern, von meinen Pflegeeltern, von Mark und Frank. Von Kuhle. Melanie ließ ich aus, und auch das Ende der Freundschaft mit Kuhle. Ich beschrieb die Gigs in Berlin, meine paar Bekannten, Pepe, Neuner, Osti und Frank, wobei ich spürte, dass es mir schwerfiel, sie als Freunde zu bezeichnen.

»Verdienst du viel Geld?«, fragte sie.

»Geht so.« Ich grinste ins Dunkel.

»Na ja, die Steuer nimmt auch einiges weg. Da kann ich ein Lied von singen.«

Ich lachte.

»Du zahlst keine Steuern?«

Ich lachte wieder, aber der Satz »Das ist illegal« kam mir kurz in den Sinn.

Wir vögelten in der Löffelchenstellung, schliefen ein, und irgendwann klopfte es.

»Ich muss arbeiten«, sagte ich träge, kletterte aus dem Bett und tastete nach dem Lichtschalter. Gisela sah hübsch aus – auf provinzielle Art. Sie machte keine Anstalten, sich zu bedecken, als die von der Decke herabbaumelnde Hundert-Watt-Birne ihre Brüste beleuchtete.

Goerch schaltete auf Open End um, die beiden Nächte dauerten jeweils bis zum nächsten Vormittag, den Schweißgestank im

Laden hätte man in Flaschen abfüllen können. Ich war gerührt, weil sich die Partys sehr anfühlten wie mein erster Auftritt, damals, in einem anderen Leben, mit Kuhle. Der Abend, an dem Melanie Schmöling einfach meine Hand genommen hatte. Bei dem Gedanken daran wurde mir schwummrig. Ich nahm noch einen Schluck Bier, zündete mir die etwa fünfhundertste Zigarette an und hielt nach Gisela Ausschau. Sie tanzte mit ihrem Bruder. Ab und zu sah sie zu mir herüber.

Keine Ahnung, worin genau der Unterschied zu den Firmenjubiläen und den muffigen Auftritten in ganz ähnlichen Läden bestand. Es war ein bisschen was von allem. Goerch, der Wirt, der hinter seinem Tresen tanzte, schweißnass, und Getränke in alle Richtungen reichte, wie ein ehrenamtlicher Mitarbeiter der Welthungerhilfe. Ab und zu drehte er mit seiner siebzehnjährigen Helferin eine Pirouette. Die begeisterte Reaktion auf jeden Titel, den ich auflegte, was auch immer es war. Ernst, der Besitzer des Zum Elch, der alle naselang zu mir kam und irgendwas erzählte; das meiste verstand ich nicht. Gisela, die mich kaum aus den Augen ließ, ohne dass mein Magen rebellierte. Der Gedanke an das verschönte »Gästezimmer«. Parkinson-Straßen und Baustoffhandlungen. Blaue Flecken am Himmel.

Ich musste mir eingestehen, dass ich mich wohl fühlte. Erstmals seit Wochen. Genau genommen seit Monaten. Seit *Jahren*?

Am Sonntagnachmittag gingen wir spazieren, Gisela und ich, durch den Ort, und dann noch etwas weiter, an knallgelben Rapsfeldern entlang, in die sie stieg, um Kornblumen zu pflücken, durch schmale Waldstücke, bis zu einem grünlich schimmernden Teich, irgendwo im Nichts, eingerahmt von verkrüppelten Nadelbäumen. Wortlos zogen wir uns aus, schwammen im morastigen, lauwarmen Wasser, liebten uns auf einer kleinen Wiese; ich schupperte mir die Knie auf und ignorierte die Ameisen, die über meine ins Gras gestützten Hände krabbelten. Danach wanderten wir zurück, mit nassen Haaren, kehrten bei Ernst ein, der völlig im Eimer war, ließen eine Begrüßungsorgie über uns ergehen, als wäre ich mindestens der Bundeskanzler, und nahmen in einer stillen Ecke Platz. Ernst brachte Kaffee und Streuselkuchen mit Schlagsahne, so was hatte ich zuletzt bei Mama Kuhlmann gegessen. Fehlte nur noch, dass eine Omastimme »Fertig!« krähte, um gleich im Anschluss Schloss Hohenschwangau wieder abzutragen. Ich geriet in eine gefährliche Stimmung, tendenziell etwas depressiv. Aber nicht nur. Überaus seltsam.

Gisela fragte: »Und jetzt?«

»Was meinst du?«

»Was wird? Was *ist*? Was wirst du tun?«

Ich dachte kurz an Jenny, Werner, Pepe. Es kam mir unwirklich vor. Als würde ich an die Figuren aus einer Fernsehserie denken. *Die Köhreys*, sonntagnachmittags im ZDF.

»Genau genommen habe ich jetzt frei. Das war mein letzter Job, und entweder fahre ich nach Berlin zurück.«

»Oder?«, fragte sie, als ich den Satz nicht beendete.

»Oder nicht.« Ich lächelte sie an.

»Oder nicht.«

»Ich könnte noch ein paar Tage bleiben«, sagte ich vorsichtig.

»Das wäre schön.« Sie zog die Stirn kraus. »Ich meine, ich muss arbeiten. Eigentlich.«

»Eigentlich?«

»Na ja, ich könnte auch freinehmen. Ein, zwei Tage lang.«

»Das wäre nett«, sagte ich ehrlich.

»Nett?«

»Sehr nett.«

Mein Verdauungstrakt reagierte nicht. Ich betrachtete Gisela einen Moment lang, sah mich im Zum Elch um, versuchte, durch die gelblichen Butzenscheiben etwas vom Draußen zu erkennen.

Gisela nickte und nahm einen Schluck Kaffee. Dabei lächelte sie vor sich hin.

11. Reihenhaus

Am Morgen nach einer liebevollen Nacht in der Präsidentensuite lernte ich Wolfgang kennen, Wolfgang Kaiser, Giselas Vater, und Trudchen, ihre Mutter, die eigentlich Gertrud hieß, mir aber unter ihrem Kosenamen vorgestellt wurde. Wir saßen in der Küche des Hauses, unter dessen Dach ich bereits eine Nacht verbracht hatte. Auf dem Resopalküchentisch standen geblümte Kaffeetassen auf geblümten Untertellern, es roch nach dem Fisch, den Trudchen am Herd direkt daneben für das Mittagessen vorbereitete. Giselas Eltern mussten Ende vierzig, Anfang fünfzig sein, Trudchen war klein und leicht dicklich, befand sich in dieser Hinsicht aber bestenfalls in der Regionalliga – im Vergleich mit Kuhles Mama. Sie trug eine senffarbene Schürze und schwieg meistens, während wir uns unterhielten, summte aber beim Kochen vor sich hin – irgendeinen deutschen Schlager, den ich während der vergangenen Wochen ganz sicher mindestens ein Dutzend Mal aufgelegt hatte. Wolfgang, der Inhaber der Baustoffhandlung, war schlanker, aber nicht viel größer als seine Frau, hatte kurze braune Haare, einen Schnauzbart unter einer Nase mit riesigen, fleischigen Flügeln und am Kinn einen Inseln bildenden Fünftagebart. Er trug einen Rolex-Blender, dessen Armband zu weit war und der nach Plastik klingende Klackergeräusche machte, die an Oma Kuhlmanns Legosteine erinnerten, wenn Giselas Vater mit der Hand auf den Tisch schlug. Das tat er häufiger.

»Discjockey also«, fragte oder sagte er, und der Blender klackerte.

Ich nickte.

»Ist das ein richtiger Beruf?«

Gisela zog die Augenbrauen hoch und lächelte entschuldigend.

»Kein Ausbildungsberuf. Jedenfalls nicht in der BRD«, antwortete ich.

»Deutschland. Das heißt Deutschland«, verkündete Wolfgang und schlug mit der Hand auf den Tisch. »BRD sagen sie nur in der sogenannten DDR.«

»In Deutschland«, wiederholte ich brav.

»Und davon kann man leben?«

»Wie Sie sehen. Ich lebe.«

Er lachte.

»Aber reich werden nicht«, setzte er nach.

»Nun. Es gibt DJs, die ziemlich viel Geld verdienen.«

»Und Sie?«

»Es geht. Ich bin zufrieden.« Ich lächelte und nahm einen Schluck Kaffee, der grausam schmeckte. Trudchen wechselte summend zu einem Volkslied.

»Ich mache in Baustoffe und Baubedarf. Baustoffe Kaiser – vom Ankerdübel bis zum Zaunpfahl.«

Er sah mich beifallheischend an. »Von Abba bis Zappa«, dachte ich, nickte lächelnd und sagte: »Verstehe.« Das hatte sich in den vergangenen Wochen zu meiner aussagefreien Standardantwort auf die Vorträge diverser Auftraggeber und Herbergseltern entwickelt.

»Bin der Größte in der Region.«

Ich verkniff mir jegliche Reaktion, Wolfgang maß höchstens eins fünfundsechzig.

»Bei mir kaufen sie alle. *Alle.*« Er machte mit der rechten Hand eine ausladende Geste, die linke donnerte auf den Küchentisch, der Blender klackerte.

»Verstehe«, wiederholte ich.

»Wenn Norbert nicht so eine Pfeife wäre, könnte er das Geschäft irgendwann übernehmen. Aber der feine Herr möchte ja lieber ins Ausland.«

»Papa!«, protestierte Gisela.

»Stimmt doch«, sagte Trudchen, wofür sie ihr Volksliedgesumme kurz unterbrach.

»Norbert fliegt Ende der Woche nach Mexiko«, erklärte Gisela; ihr Gesicht nahm vorübergehend einen schmerzvollen Ausdruck an.

»Ach«, brachte ich heraus.

»Tourismus«, sagte der Vater verächtlich. Und dann, nach einer kurzen Pause: »So ein Blödsinn.«

»Robinson-Club«, sagte Gisela.

»Robinson-Blödsinn«, erklärte Wolfgang, dabei lachte er meckernd.

»Wie gefällt Ihnen Nieder-Sengricht?«, fragte Giselas Mama jetzt, sich die Hände an der Schürze abwischend.

»Großartig«, antwortete ich, wobei ich Gisela anlächelte. Sie strahlte, aber es wirkte ein bisschen verkrampft. Mein Magen blieb ruhig.

»Ist ja auch großartig hier. Hat eine große Zukunft, die ganze Region. Insbesondere für die Baubranche.« Wolfgang hämmerte den Blender auf den Tisch, die Tassen klapperten synchron auf den Untertellern.

Eine halbe Stunde später stiegen wir in den R4, weil Norbert, Giselas Bruder, ihren Golf brauchte. Mir war nicht danach, im Auto durch das Flachland zu fahren, mir war eher nach gutem, ehrlichem, direktem Sex in der Präsidentensuite und anschließendem Kassler bei Ernst und vielleicht, das hätte das i-Tüpfelchen dargestellt, einer soliden Runde Skat mit den üblichen Verdächtigen. Aber Gisela wollte mir die Gegend zeigen. Ich startete den Motor, schubste die Pistolenschaltung in den ersten Gang und nahm in der gleichen Bewegung eine Fluppe aus der Schachtel, die über dem Armaturenbrett lag.

»Muss das sein?«

»Muss was sein?«

»Rauchen. Ich mag das nicht.«

»Oh.« Ich fummelte die Zigarette zurück in die Schachtel und zerdrückte sie dabei.

»Ist doch ungesund«, sagte sie.

»Was ist das nicht?«

»Man muss es ja nicht herausfordern. Und außerdem …«

Sie sah mich an, in ihrem Blick war etwas sehr Seltsames, aber sie schwieg, legte die Hände zwischen die Oberschenkel.

»Und außerdem – was?«

Sie antwortete nicht, sagte stattdessen: »Aus der Einfahrt, dann links.«

Wir fuhren durch den Ort. Kurz vor dem Nachtschicht zeigte sie auf ein rotgeklinkertes, zweistöckiges Reihenhaus, das seinen Nachbarn wie ein Spiegelei dem anderen glich. Der einzige erkennbare Unterschied bestand darin, dass hinter den Fenstern keine Stores hingen.

»Das steht leer, der Besitzer ist letzte Woche gestorben.«

»Aha.«

»So eins hätte ich gerne.«

Ich nickte und gab Gas.

Gisela zeigte mir die Baustoffhandlung, erklärte die Unterschiede zwischen den Kiesbergen. Das Bürogebäude war ein Wellblechflachbau, daneben standen ein paar Hallen, deren Tore geöffnet waren. Männer verluden Bretter und Bohlen, aus einer Art Silo floss eine sandartige Masse auf die Ladefläche eines kleinen LKW, dessen Seitenaufschrift für eine Baubude in Hitzacker warb. Ich konnte mit dem Ortsnamen irgendwas anfangen, aber nichts Genaues.

»Hat mein Vater alles ganz alleine aufgebaut«, erklärte sie stolz.

»Prima«, sagte ich, war aber wenig beeindruckt.

Danach fuhren wir eine Weile durch die Gegend; die Ortschaften glichen sich wie die Kiesberge der Baustoffhandlung, das meiste kam mir bekannt vor, war es aber vermutlich nicht, Gisela nannte ein paar Namen, sagte Dinge wie: »Hier wohnt meine Tante« oder »Hier hatte ich mal eine Freundin.«

Ich langweilte mich, und ich verstand den Sinn der Aktion nicht. Aber es lag irgendwas in der Luft; ich bekam mehr und mehr das Gefühl, dass Gisela mit dieser Tour durchaus ein bestimmtes Ziel im Auge hatte.

Zwischen zwei belanglosen Waldstücken fuhr ich an den Straßenrand, gute anderthalb Stunden nach dem geblümten Kaffee in der Küche von Wolfgang und Trudchen.

»Ich brauche jetzt eine«, sagte ich, nahm eine Zigarette, stieg aus dem R4 und zündete sie mir an. Gisela blieb im Wagen.

Ich ging ein paar Schritte. Plötzlich stand sie neben mir, nahm meine linke Hand.

»Ich muss dir etwas sagen.«

Ich nickte auffordernd, blies den Rauch in die Luft, sah in den Himmel. Der leichte Wind zerfaserte die Qualmwolke sofort.

»Etwas Wichtiges.«

Jetzt sah ich sie an, ihr Gesichtsausdruck war scheu und ernst. Ein Gefühl überkam mich, das ich nicht kannte, eine Art angstvoller Erwartung, verbunden mit einer Ahnung von Unausweichlichkeit, die Zeit schien sich zu verlangsamen; ein Teil von mir wusste, vermutete wenigstens, was jetzt gleich geschehen würde. Giselas Gesicht verwischte, als hätte der Kameramann einen starken Weichzeichner vor die Linse geschoben; dann veränderte es sich, wurde für einen kurzen, schmerzhaften Moment zu dem von Melanie. Der Soundtrack dazu bestand aus drei Wörtern, die Gisela erst leise aussprach, dann lauter wiederholte, bis ich endlich begriff, was sie da sagte bei der letzten Wiederholung unter Tränen.

»Ich bin schwanger.«

Die Botschaft war für mich bestimmt, für mich und nur für mich. *Wir sind schwanger.* Sie kam erst nicht an, weil ich in diesem Augenblick aus irgendwelchen Gründen an meinen Pflegebruder Frank denken musste, daran, wie er mir mit Hilfe einer toten Fliege verdeutlicht hatte, was mit meinen leiblichen Eltern geschehen war. Meine Gedanken waren bei ihnen, erstmals seit vielen Jahren, und bei ihrer Geisterfahrt auf der A2, die mich zur Waise gemacht hatte.

Nach einer scheinbar endlosen Weile nahm ich die Zigarette aus dem Mund, warf sie vor mich auf den Sandstreifen neben der Straße, griff nach Giselas Hand und sagte: »Verstehe.« Mehr brachte ich nicht heraus, denn erst jetzt begriff ich, was sie gesagt hatte.

Am Abend, nach einer schweigsamen Rückfahrt, saßen wir bei Ernst in einer dunklen Ecke, ich trank Bier und Gisela Soda, und wir redeten, sie etwas mehr, ich weniger. Gelegentlich erwischte ich mich dabei, ihr nicht zuzuhören, sondern sehnsuchtsvoll zur Skatrunde zu schauen. Sie legte in einem dieser Momente ihre Hand auf meinen Unterarm und sagte: »Ich verstehe, dass dich das nachdenklich macht. Aber es kommt auch für mich überraschend.«

Später standen wir vor dem Nachtschicht. Gisela wollte nicht, dass ich bei ihr übernachtete, und ich wollte alleine sein, sagte ich jedenfalls, aber ganz genau wusste ich nicht, was ich wollte. Vielleicht nachdenken.

Goerch hatte mich kommen hören, kam im Bademantel angeschlurft, zog mich zur Bar, wir setzten uns in das muffige Halbdunkel und tranken Beck's. Er schien zu ahnen, vielleicht sogar zu wissen, was geschehen war, und während ich pausenlos an Giselas letzte Worte dachte – »Ich werde dieses Kind auf jeden Fall austragen« –, sah er mich nur an, mit einem Gesichtsausdruck, der mitfühlend und ironisch zugleich schien. Irgendwann nach dem achten oder zehnten Bier stand ich auf, ging zum DJ-Kabuff, schaltete die Anlage ein, griff in meine Plattenkiste, die dort immer noch stand, und legte »Come Back And Stay« auf. Ich blieb in der Kabine stehen, lauschte dem Song, *unserem* Lied, und ließ es einfach laufen. Als der Titel zu Ende war, wischte ich mir das Gesicht mit dem Ärmel trocken, nahm einen letzten Schluck Bier, Goerch hatte sich längst verpisst, ging in die Präsidentensuite und lag wach, dachte an mich selbst, wie ich ohne die eigenen Eltern aufgewachsen war, bei Fremden, ohne dass sich am Fremdsein je wirklich etwas geändert hatte. Ich dachte an einen kleinen Tim, der von Wolfgang und Trudchen großgezogen wird. Und von Robinson-Norbert.

Das tat ich, bis mein Wecker sieben Uhr morgens anzeigte. Dann duschte ich, putzte meine Zähne, bis die Zahnpasta nicht mehr nach abgestandenem Bier schmeckte, zog halbwegs saubere Klamotten an, ging die paar Meter zum Haus der Kaisers und hielt bei einem frühstücksfröhlichen Baustoff-Wolfgang um Giselas Hand an.

Wir heirateten drei Wochen später. Pepe, Neuner, Frank und Osti reisten an, Pepe brachte ein paar meiner Sachen mit, Werners Aufmerksamkeit hatte irgendwann nachgelassen. Osti nahm einen Flieger nach Hannover, er musste die DDR meiden. Am Vorabend der Hochzeit saßen wir im Zum Elch und feierten meinen Junggesellenabschied. Ein paar Stunden zuvor hatte ich ihnen Gisela vorgestellt und Wolfgang und Trudchen. Goerch hatte sich der Runde angeschlossen, ging aber früh, weil er das Nachtschicht für unsere Hochzeitsparty vorbereiten musste. Zum Abschied legte er mir ein Ersatzrad auf die Schulter und sagte: »Wird schon.«

Wir schwiegen, tranken Bier, Osti futterte eine Riesenportion Kassler, die er »exorbital« nannte, und Frank kommentierte dieses Mal nicht. Wenn sie nicht gerade tranken oder aßen, starrten mich die vier nur an. Schließlich brach Neuner das Schweigen.

»Du bist ganz schön fertig«, sagte er, zeigte seine Zahnlücke, aber sein Lächeln sah gezwungen aus. »Ich meine, Scheiße, ich *muss* das jetzt sagen. Du hast doch 'ne Vollmeise. Diese Gegend. Diese Tussi. Und dieser *Name*. Ich sag so was nicht gerne, aber du könntest wirklich jede haben. Jede.«

Frank nickte, Osti grinste.

»Sogar die Nutten verlieben sich in dich«, sagte Pepe. Und dann, murmelnd: »Wenn ich eine Frau wäre ...«

»Ihr versteht das nicht«, sagte ich leise.

»So ist es«, antwortete Frank. »Aber wir würden gerne.«

»Verstehst du es denn selbst?«, fragte Pepe aufbrausend und machte eine heftige Bewegung mit dem rechten Arm, das in Richtung Tresen davonfliegende Zigarillo beschrieb eine Glutparabel.

»Klar«, behauptete ich, nahm einen Schluck Bier und winkte Ernst, neues zu bringen.

»Na dann. Raus damit«, sagte Neuner.

»Sie ist schwanger«, nuschelte ich.

Osti lachte, vermutlich hatte er halb Cottbus geschwängert, was ihn nicht davon abgehalten hatte, die DDR zu verlassen, Neuner riss den kariösen Mund verblüfft auf, Frank sah mich betreten an, Pepe schüttelte den Kopf.

»Und das ist der Grund ... *hierfür?*«, fragte Frank und zeigte zum Fenster.

»Auch«, antwortete ich. Ernst stellte mir ein Halbes hin. Er grinste in die Runde und fragte: »Wie gefällt es euch hier?«

»Hast du sie noch alle?«, blaffte Neuner.

»Ruhig«, sagte Pepe.

Ernst zuckte die Schultern und ging.

»Ich habe lange darüber nachgedacht«, sagte ich, was nicht ganz richtig war, denn seit meiner nächtlichen Entscheidung und der anschließenden Euphorie im Hause Baustoff-Kaiser hatte ich jeden Gedanken an Alternativen schlicht verdrängt. Ich hatte mit Wolfgang in seinem Büro gesessen und über die Zukunft geplaudert, ohne ihm zuzuhören, ich hatte mir mit Gisela das leerstehende Reihenhaus angesehen, sie mehrfach zum Bahnhof gefahren und zum Arzt und zwei Mal zum gemeinsamen Shopping nach Uelzen. Ich hatte mir Bilder von Hochzeitskleidern angeschaut und Ernsts Menüvorschläge, ich hatte mit Ämtern telefoniert, Formulare ausgefüllt, Briefe geschrieben und Verlegungsanträge für Bankkonten gestellt, von Norberts Zimmer aus, in dem ich seit der Verlobung wohnte. Aber *nachgedacht* hatte ich seit jener

Nacht nicht mehr. An diesem fragilen Kartenhaus, aus dem meine mittelbare Zukunft bestand, wollte ich nicht ruckeln.

Es geschah.

Wie gesagt: Mein Leben passierte mir.

»Bitte«, sagte ich. »Ich freue mich, dass ihr hier seid, aber hört damit auf. Ich weiß, was ich tue.«

»Warum glaube ich dir nicht?«, fragte Frank, hob aber gleichzeitig entschuldigend die Hände, Handflächen nach oben. »Sei es, wie es ist«, ergänzte er. »Dein Wille geschehe. Lass uns einen trinken.«

Und das taten wir dann auch.

Irgendwann, gegen zwei, wir waren längst die letzten Gäste, folgte ich Pepe und Frank zum Klo. Sie standen an den Pinkelbecken und hörten mich nicht kommen. Pepe fragte gerade: »Und wie fühlt man sich als Trauzeuge?«

»Eigentlich müsste das jemand anderes machen«, antwortete Frank. Pepe sagte erst nichts, er hatte Kuhle nie kennengelernt. Dann ergänzte Frank: »Aber das ist nicht die einzige Fehlbesetzung bei dieser Hochzeit.« Sie lachten nicht, ich schlug geräuschvoll die Tür gegen die Wand, stellte mich neben sie und tat, als wenn nichts wäre.

Die Zeremonie fand im Standesamt von Uelzen statt, außer meinen Freunden waren zwei Dutzend Verwandte der Kaisers dabei, dazu Goerch, Ernst und ein paar andere, die ich aus dem Nachtschicht kannte. Es dauerte ganze zwanzig Minuten, neben Frank war Giselas beste Freundin Janine Trauzeugin, eine zwar sehr gut aussehende, aber bestenfalls semiintelligente junge Frau, die ich ein paar Tage zuvor kennengelernt hatte. Janine lief mit offenem Mund durch die Welt, ein Zeichen ihres permanenten Nichtverstehens, und auf meine Erklärung, aus Berlin zu kommen, fragte sie: »Liegt das nicht in Russland?«

Danach hieß ich nicht mehr Tim Köhrey, sondern Tim Kaiser, weil die Brautfamilie darauf bestanden hatte, wegen der Erben, wegen des Namens, du weißt schon, die Baustoffhandlung. Ich hatte zu alldem genickt, auch egal, mein Nachname hatte mir nie etwas bedeutet. Wir küssten uns mit trockenen Lippen, die Gäste warfen Reis, anschließend aßen wir bei Ernst Schnitzel, Schweinebraten und natürlich Kassler.

Am Abend gab es eine Party im Nachtschicht. Ein Amateur-DJ legte vor allem deutsche Schlager auf, die Alten tanzten, meine Freunde besoffen sich, nach und nach füllte sich der Laden, Fremde und Gesichtsbekannte umarmten mich, soffen Wodka und Korn und Persiko, zwischendrin tönte ab und an die meckernde Lache meines Schwiegervaters durch den Raum; die Musik war nicht sehr laut. Ich tat es den anderen gleich, kippte Biere und Wodkas. Um Mitternacht war ich angeschickert, hatte mehrere inhaltliche Diskussionen mit dem Plattenaufleger versucht, bis mich Goerch am Smokingärmel aus der Kanzel zog und »Lass ma gut sein« sagte. Dann spielte der DJ Doris Days »Que sera«, und Gisela, die bis zu dieser Zeit nur aufgeregt durch den Raum gewuselt war, schleifte mich grinsend auf die Tanzfläche. Es war eher ein Blues, den wir tanzten, der Laden drehte sich um mich, aber ich sah trotzdem meine Kumpels, die an der Bar standen und aus der Menge herausragten wie Perlhühner aus einem Schwarm Spatzen: Der lange Pepe, auch im Sommer im langen Mantel, den er über einem schicken Zweireiher trug, dazu der unvermeidliche Hut. Frank im schnittigen Maßanzug und mit *stylish* frisierten Haaren. Der kompakte Osti in Jackett, Jeans und Turnschuhen, der auf Janine einschwatzte und dabei wild gestikulierte. Neuner, der zu mir herüberstarrte und seit der Trauung ein fassungsloses Gesicht machte. »Whatever will be, will be. The future's not ours to see. Que sera, sera«, sang die gute alte Doris.

Am Tag danach aßen wir zum Abschied gemeinsam zu Mittag, Frank, Osti, Pepe, Neuner und ich. Alle hatten rote Augäpfel. Bis auf ein paar Floskeln wurde nichts gesagt, wir umarmten uns, dann verschwanden sie, Pepe nahm seinen nach Aschenbecher stinkenden R4 mit. Osti grinste und sagte: »Tim Kaiser, das ist originell«, und ich weiß bis heute nicht, was er *wirklich* meinte.

Ich sah die vier in diesem Jahrtausend nicht mehr wieder.

Der Nummer-eins-Hit in Deutschland an diesem Tag war »Swing The Mood« von Jive Bunny & The Mastermixers.

Zweieinhalb

Zeitumstellung

An dem Montag, der dem letzten Sonntag im März folgte, hatte ich traditionell, wenn man so will, viel zu tun, denn von überall im Haus erreichten mich Anrufe mit der immergleichen Bitte, diese absonderliche Meldung vom Bildschirm zu tilgen: *Die Uhr Ihres Computers wurde sommerzeitbedingt umgestellt. Bitte prüfen Sie die Einstellungen.* Wolfgangs Mitarbeiter waren mit derlei überfordert, obwohl es zweimal im Jahr und durchaus nicht überraschend geschah, aber dafür kannten sie sich mit Kies, Türzargen und Akkuschraubern aus wie kein anderer in der Region. Ich nahm dann meinen Kaffeetopf und marschierte grinsend von Büro zu Büro, um auf eine Schaltfläche zu klicken und dem jeweiligen Angestellten freundlich, aber keineswegs herablassend auf die Schulter zu klopfen. Nach einer Stunde lief alles reibungslos, auch in diesem Jahr. Nur ein älterer Buchhalter nervte mich noch beharrlich über das Telefon. Ich bat ihn mehrfach, schlicht auf *OK* zu klicken, aber er blieb dabei, dass ich mir das anschauen müsse. Also dackelte ich an Wolfgangs Büro vorbei in den Teil des Gebäudes, in dem die Bilanzen gefälscht wurden.

»Das kann doch nicht stimmen«, sagte der glatzköpfige Herr, den ich selten sah, weil die Finanzleute, wie sie sich selbst nannten, gerne unter sich blieben, was mein Schwiegerpapa, der Chef, durchaus unterstützte.

Ich stellte mich neben den Buchhalter und wollte schon meinen Standardsatz wiederholen, doch er ließ mich nicht zu Wort kommen.

»Das kann nicht stimmen«, erklärte er und wies anklagend auf seinen Monitor.

31.12.1989 stand da als Datum.

Manchmal vergehen Stunden, ohne dass man bemerkt, was in dieser Zeit geschehen ist – man schaut verblüfft zur Uhr und denkt so etwas wie *Oha, schon zwölf, hätte ich jetzt nicht gedacht.* Manchmal vermisst man ein paar Wochen, vielleicht sogar einen Monat oder drei, wenn man auf das Jahr zurückblickt, und man hat Schwierigkeiten, die Ereignisse und ihre zeitliche Zuordnung zusammenzubringen. Und mehrere Jahre ergeben in der Erinnerung häufig deutlich weniger gefühlte und erlebte Zeit. Meine Kindheit summiert sich dieserart auf weit weniger Jahre, als tatsächlich verflossen sind, und die ersten Jahre nach meinem Auszug bei Jens und Ute empfinde ich rückblickend als besonders kurz.

Aber jetzt waren über *sechzehn* vergangen, auf einmal. Diese Erkenntnis erreichte mich in diesem Moment wie ein Hieb mit dem Klappspaten. Ich starrte das Datum auf dem großen Röhrenbildschirm an und konnte meinen Blick nicht davon lösen. Es kam mir vor, als wäre ich gestern noch durch die Provinz getingelt, hätte bestenfalls vorgestern im Nachtschicht meinen ersten Gig gegeben und vielleicht letzte Woche Pepes R4 bestiegen. Diese Erinnerungen waren weit präsenter als all das, was mir danach widerfahren war. Was hatte ich im vergangenen Jahr um diese Zeit gemacht? Und im Jahr davor? Ich starrte den Buchhalter an, der mich ebenso fragend ansah, und wusste es nicht. *Ich wusste es einfach nicht.*

Mit zitternden Fingern korrigierte ich das Datum und nuschelte etwas davon, dass die Zeitsynchronisierung mit dem Server überprüft werden müsse. Dann taperte ich nach draußen hinter den Wellblechtrakt, um mir heimlich eine Zigarette anzuzünden.

Es war kühl, aber als ich den ersten Rauchschwaden hinterhersah, wurde mir richtig kalt, von tief innen. Ich blickte zu den Kiesbergen, lauschte auf das Geräusch der Autos, die auf den Hof fuhren, und wünschte mir nichts sehnlicher, als irgendwo in Wolfgangs Regalen ein Werkzeug zu finden, mit dem ich die Zeit zurückdrehen könnte.

Drei

1. Fernsehen

»Was machen wir heute Abend?«, fragt Gisela. Sie liegt seitwärts auf unserem Sofa, einem braungeblümten, mit frotteeartigem Bezug versehenen Monstrum. Gisela trägt rosafarbene Leggins, die an den Oberschenkeln deutlich ausgeleiert sind, dazu rot-blau geringelte Tennissocken mit verschmutzten Sohlen, die an den Zehen überhängen. Wenn sie nach draußen geht, schiebt sie die besockten Füße in Flip-Flops, dann wurstelt sich der Sockenstoff auf sehr unansehnliche Weise vorne aus den Gummisandalen heraus. Gisela macht das nichts aus; auch ihr verschlissenes, ausgeblichenes T-Shirt nicht. »I love NY« steht auf ihrer Brust. Gisela war nie in New York, ich auch nicht. Das Hemd, ein Geschenk ihres Vaters, der mich noch Wochen nach seiner Reise mit Geschichten aus dem »Bick Äppell« nervte, hat unter der linken Achsel ein tischtennisballgroßes Loch, ich kann ihre Achselhaare sehen.

Ihre Kopfhaare sind ein bisschen fettig, der Abstand zwischen Ansatz und Färbgrenze beträgt inzwischen fast fünf Zentimeter. An den Waden, zwischen Tennissocken und Leggins, sind die Stoppeln der nachwachsenden Beinbehaarung im Kontrast zur bleichen Haut gut auszumachen. Morgen wird sie sich die Haare waschen und die Beine rasieren, morgen ist Sonntag; am Montag, im Büro – sie arbeitet noch immer für den Steuerberater –, muss wieder alles stimmen.

Ich spüre, dass sie mich ansieht, während ich sie mustere.

»Und?«

Fast habe ich ihre Frage vergessen, aber nur fast. *Wir könnten vögeln*, antworte ich, aber nur in Gedanken. Das haben wir seit gefühlten zehn Jahren nicht mehr getan, vögeln, nur einmal fast, vor einigen Wochen, als wir nach einer ziemlich promillehaltigen Gartenparty nach Hause kamen – im letzten Moment hat Gisela einen Rückzieher gemacht und sich kichernd im Bad eingeschlossen. Und darüber geredet haben wir noch länger nicht mehr. Eigentlich, wenn ich recht überlege, haben wir noch nie über Sex geredet. Tatsächlich würde ich die Frage auch nicht stellen *wollen*. Es ist nur ein Gedankenspiel. Eines, das mich – zu meinem eigenen Erschrecken – befremdet.

»Was würdest du gerne tun?«, frage ich. Da ihre Frage ohnehin rhetorisch war und sie nur meiner Aufmerksamkeit sicher sein wollte, nickt sie und greift nach der *Hörzu*, die auch Wolfgang und Trudchen abonniert haben.

»Wozu brauchen wir eine verdammte Fernsehzeitschrift?«, hatte ich gefragt, damals, zwei Wochen nach unserer Hochzeit, unmittelbar nach dem Einzug in das Reihenhaus. Ich hatte bis zu diesem Zeitpunkt nur sehr selten ferngesehen, und dieses wenige hatte ich als dumm, peinlich und grenzenlos langweilig empfunden. Und das zu einem Zeitpunkt, als sich das Privatfernsehen gerade in der Embryonalphase befand. Jetzt sehen wir meistens fern, wenn wir zu Hause sind. Nein, nicht meistens. Wir tun nichts Anderes.

»Jeder Mensch braucht eine Fernsehzeitung«, hatte sie geantwortet. »Sonst weiß man doch nicht, was im Fernsehen läuft.«

»Da gibt es einen schönen Film auf ProSieben«, sagt sie jetzt und hält die Zeitschrift in meine Richtung, ohne dass ich die geringste Chance hätte, zu erkennen, was sie meint. »Mit Adam Sandler. Der ist lustig.«

Ich bringe den Namen nicht unter und versuche, entgegen meinem Desinteresse, auf den in 6-Punkt-Schrift gedruckten Text zu fokussieren, aber Gisela legt das Magazin einfach wieder auf den schrecklichen Rauchglastisch, ein Geschenk ihrer Eltern, wie auch das Sofa – beide Möbelstücke sind im Haus von Wolfgang und

Trudchen ebenfalls zu finden. Insgesamt beträgt die Anzahl der Einrichtungsgegenstände, die in beiden Häusern stehen, nach meiner letzten Zählung achtundvierzig.

»Schön«, sage ich. Es ist mir egal.

»Hast du den Rasensprenger abgestellt?«, fragt sie plötzlich, während ich noch am Überlegen bin, ob die komische Lampe auf dem Fernseher auch von Giselas Eltern stammt.

»Rasensprenger?«, frage ich reflexartig zurück.

Ich drehe mich zur Seite, um durch das große Terrassenfenster hinter dem Sofa zu schauen, auf dem Gisela wie eine alternde Kleopatra liegt. Der breite Fächer des Bewässerungsgerätes kehrt soeben um, wobei die Enden der Wasserstrahlen pittoreske Drehungen vollführen. Ich lächle.

»Ist noch an«, sage ich und stehe auf.

»Der Film beginnt in drei Minuten.«

»Ja.«

Ich springe auf, ziehe Gummistiefel über, patsche durch das matschige Gras des sehr kleinen Gartens – wir bewässern quasi die Nachbargrundstücke mit – und stelle den Rasensprenger ab. Aus einer Laune heraus springe ich zweimal in die Höhe und erfreue mich daran, wie die Größe-44-Sohlen meiner Stiefel Mini-Tsunamis zur Seite schwappen lassen. Durch die Terrassenfensterscheibe sehe ich, wie mir Gisela einen Vogel zeigt. Erstaunlich, dass sie mir überhaupt zusieht.

Der Film heißt »Eine Hochzeit zum Verlieben«, spielt in den Achtzigern, ist aber Ende der Neunziger gedreht worden, viele Details wirken überzogen und unstimmig; wie oft in solchen Produktionen fehlt es an der nötigen Selbstverständlichkeit beim Tragen oder Präsentieren der alten Klamotten und Accessoires. Es wirkt wie auf einem Kostümfest. Ansonsten ist das eine typische Hollywood-Komödie, bei der von der ersten Sekunde an klar ist, wie sie enden wird. Ein paar Szenen sind wirklich lustig, und wenigstens gibt es keine, die auf so brachiale Art komisch zu sein versucht wie die mit dem Jungen, der sich auf der Toilette des Mädchens, das er gerade zum Ball abholen möchte, die Eier im Reißverschluss einklemmt. Ich weiß den Titel des Films nicht mehr, irgendwas mit »Mary«, aber nach dieser Szene habe ich abgeschaltet. Innerlich. Gisela hingegen amüsierte sich damals königlich. Es folgte der übliche Fernsehkomödiendialog:

»Das war doch lustig, oder?«

»Na ja.«

»Die Szene mit dem Jungen in der Toilette war doch klasse.« Sie kichert. »Superlustig. Oder?«

»Mmh.«

»Du kannst über nichts mehr lachen. Bist ein richtiger Miesepeter geworden.«

»Über so was habe ich auch früher nicht gelacht.«

»Quatsch.«

»Wie du meinst.«

Wir führen auch heute häufig solche Dialoge, und sie enden immer damit, dass ich Gisela – wenigstens scheinbar – recht gebe, einfach weil es anders keinen Sinn hat. Ähnliche Gespräche gibt es, wenn das Toilettenpapier alle ist, wenn der Wagen gewaschen werden muss, wenn es um Urlaubsziele geht oder Neuanschaffungen.

Am Ende *dieses* Filmes muss ich weinen, und das ist mir noch nie passiert. Es liegt nicht daran, dass mich das vorhersehbare Happy End besonders rühren würde. Nein. In der Schlussszene tritt der stark gealterte Billy Idol auf, und aus irgendeinem Grund macht mich das so traurig, dass ich heulen muss.

Gisela missdeutet meinen Gefühlsausbruch. Da sie sogar bei einigen *Werbespots* heult, geht sie davon aus, dass mich das schmalzige Ende anrührt, und sie greift tatsächlich nach meiner Hand. Unsere Hände berühren sich nur noch, wenn wir uns etwas geben, wie Geld, die Autoschlüssel oder so, meistens gebe ich ihr etwas. Ich ziehe meine Finger weg, aber die Tränen kann ich aus irgendeinem Grund nicht stoppen. Ich weine nicht um Billy Idol, der immer noch so auszusehen versucht wie zu seiner Heldenzeit mit »Rebel Yell«, »White Wedding« und diesen Hits, die ich aufgelegt, zu denen wir getanzt und abgefeiert haben, in einer Zeit, die wirklich lange her ist. Er ist wieder auf Tour, habe ich irgendwo im Netz gelesen. Etwas in mir will in diesem Moment unbedingt auf ein Billy-Idol-Konzert gehen. Ich weine, weil ich neidisch bin. Der Mann mag lächerlich wirken, wie er da, stark geschminkt und immer noch in seinem Achtziger-Standardoutfit, so tut, als hätte sich nichts geändert, aber er zieht wenigstens sein Ding durch.

2. Sonntag

Aus Rolands Zimmer kommen die Geräusche des Ego-Shooters, mit dem er seit Wochen fast rund um die Uhr spielt.

Mein Sohn. Er wird in einigen Monaten siebzehn, und er heißt tatsächlich Roland. Die Diskussion fand zwei Tage nach seiner Geburt statt, er wurde zwar drei Wochen zu früh geboren, nach meiner Rechnung jedenfalls, wog aber stattliche dreieinhalb Kilo und war kerngesund.

»Wir nennen ihn Roland«, sagte Gisela.

»Roland? Dann heißt er *Roland Kaiser*. Das ist nicht dein Ernst, oder?«,

»Mein Opa hieß Roland. Der Vater von Wolfgang.«

»Ja, aber … Man kann ein Kind doch nicht wirklich so nennen. Stell dir vor, was seine Schulkameraden mit ihm machen.«

»Wir nennen ihn Roland«, wiederholte Gisela nickend und schob sich den zerknautschten Säugling an die Brust. Die Diskussion war beendet. In den knapp acht Monaten vor Rolands Geburt hatte ich gelernt, dass es keinen Sinn hatte, gegen Giselas überaus konkrete Vorstellungen anzugehen. Also fügte ich mich. Es tat weh, aber was sollte ich tun? Mein Sohn wurde also Roland Kaiser getauft.

Ich klopfe an, die Geräuschkulisse ändert sich nicht erkennbar, also öffne ich die Tür. Roland sitzt an seinem Schreibtisch, auf dem Computermonitor flackern Lichtblitze, er hat sich vorgebeugt, das Gamepad in beiden Händen. Die Haltung sieht verkrampft aus. Roland ist breitschultrig, hat tiefschwarze Haare, die er wie alle seine Kameraden kurzgeschnitten trägt, und die Nase ist vom Opa, meinem Schwiegervater, also sehr fleischig und mit breiten Flügeln. Er hat nicht die geringste Ähnlichkeit mit mir.

»Alles okay?«, frage ich.

Roland nickt nur, ohne sich umzudrehen. Ich könnte etwas fragen, etwa, auf welchem Level er ist (wahrscheinlich haben wir schon ein paarmal anonym gegeneinander gespielt, denn ich habe das gleiche Spiel auf meinem Computer in der Baustoffhandlung, aber das weiß hier niemand) oder wie es in der Schule läuft (eher schlecht; Roland hat Probleme in Mathe, Deutsch und Englisch, er schafft den Realschulabschluss, wenn überhaupt, nur mit Ach und Krach), aber er wird nicht antworten. Roland redet nicht gern, und mit mir so gut wie überhaupt nicht. Anfangs, als er sehr klein war, etwa bis zu seinem fünften Lebensjahr, gab es eine Art Verhältnis zwischen uns, wir haben zusammen gespielt und viel gelacht, obwohl ich jedes Mal, wenn ich ihn sah, anfasste, in den Armen trug, das Gefühl hatte, all das würde nicht wirklich mir passieren und dieses Kind hätte nichts mit mir zu tun. Daraus machte Gisela Realität, indem sie nach und nach damit begann, alle meine Entscheidungen zu revidieren, mir sogar verbot, auf ihn einzuwirken; schließlich fällte sie alle ihn betreffenden Entscheidungen allein. Roland ist seitdem ihr Kind, nicht mehr unseres. Ich habe das eine Zeitlang bedauert. Inzwischen empfinde ich nichts mehr dabei. Ich verdränge es, wie das meiste, das in diesem Haus geschieht.

»Viel Spaß«, sage ich leise und schließe die Tür. Als Roland in die Oberschule kam, war er ziemlich dick, und seine Mitschüler nannten ihn folgerichtig »Sieben Fässer Wein«. Inzwischen hat er abgespeckt, aber ich glaube, den Spitznamen trägt er immer noch. Gisela nennt ihn »meinen Rolli«. Manchmal, wenn sie ihn zur Begrüßung küsst, hält sie dabei ihren Mund so lange auf seinem, dass ich eine Gänsehaut bekomme.

Meine Frau macht groß reine, wie sie sagt; der Begriff stammt von Trudchen, meiner Schwiegermutter. Damit meint Gisela in erster Linie sich selbst. Ausgiebiges Wannenbad, Rasuren, Haarefärben, solche Sachen. Sonntagnachmittage sind *ihre Zeit*, ich bin abgemeldet, sofern man davon überhaupt sprechen kann, denn eigentlich bin ich das generell, aber zu dieser Zeit muss ich ihrem Sensorenbereich entschwinden, und das tue ich ausgesprochen gern. Sie ist im Bad, der Fernseher im Wohnzimmer läuft, aber ich schalte ihn nicht aus, Gisela pendelt zwischen Bade-, Schlaf- und Wohnzimmer hin und her, in einem uralten Bademantel, den sie unverschlossen trägt, darunter beigefarbene Wäsche; ihre BH-Größe ist in den letzten Jahren um zwei Nummern gewachsen. Nackt habe ich sie schon lange nicht mehr gesehen. Vermutlich hängen ihre Brüste inzwischen, ich weiß es allerdings nicht sicher.

Ich gehe aus dem Haus, hebe den Topf mit dem Buchsbaum kurz an, der neben der Tür steht, hole meine Kippen darunter hervor und schiebe sie mir rasch in die Hosentasche. Außer Sichtweite zünde ich mir eine Zigarette an, genieße die ersten Züge, blase Rauchringe, es ist so gut wie windstill und tierisch warm, am Mittag waren es über 35 Grad. Gisela wird nicht bemerken, dass ich geraucht habe, dafür kommen wir uns nicht mehr nahe genug. Vermutlich wäre es ihr inzwischen auch egal.

Dann spaziere ich die hitzeflirrende Straße entlang, vorbei am vernagelten Nachtschicht. Goerch hat Nieder-Sengricht vor drei Jahren verlassen. Er lebt in einem Pflegeheim, Schlaganfall mit zweiundfünfzig. Leben vorbei. Ich vermisse ihn, er war mein einziger Freund hier, auch wenn ich seit der Heirat nie mehr im Nachtschicht aufgelegt und nur selten mal ein Beck's bei ihm getrunken habe, wenn Gisela übers Wochenende irgendwo hingefahren war und ich nicht mit ihr fernsehen musste. Er hat mich oft in der Baustoffhandlung besucht. Ich sollte mal wieder bei ihm vorbeischauen, aber es zerreißt mich, wenn ich das tue. Er kann sich so gut wie überhaupt nicht mehr bewegen, und wenn er reden will, kommen nur schreckliche Röchelgeräusche. Seine riesigen Pranken liegen zitternd auf den Armlehnen des Rollstuhls, und er sieht so unglücklich aus, wie ein Mensch nur aussehen kann.

Er kann nicken und den Kopf krampfartig schütteln, aber ich habe ihn noch nicht gefragt, ob er lieber tot wäre.

Am Ortsende biege ich, wie an fast jedem Sonntag seit fünf Jahren, in einen Feldweg ein, der hinter den Häusern entlangführt. Nach einigen hundert Metern geraten die Häuser außer Sicht, ich bin von niedrigem Gebüsch umgeben, erreiche eine abgesperrte, matschige Weide, auf der ich noch nie ein Tier gesehen habe. Der Weg macht dahinter einen Knick nach links, fünfhundert Meter weiter kreuzt er eine kleine Straße, die aus Nieder-Sengricht in einen noch kleineren Ort führt, nach dem überhaupt nichts mehr kommt. Ich gehe nach links, zurück in Richtung Heimat, das erste bewohnte Haus ist mein Ziel. Es liegt am Ende der Straße, von Nieder-Sengricht aus gesehen, direkt neben dem Ortsschild. Janine wohnt hier.

Ich sehe mich um, aber hier lebt wirklich niemand mehr außer der besten Freundin meiner Frau. Der Verkehr nach … *Dings*, diesem Ort, der da noch kommt, besteht bestenfalls aus drei Fahrzeugen am Tag, und an Sonntagen bewegt sich in der gesamten Gegend ohnehin niemand vor die Tür, außer vormittags zur Kirche – Gisela geht alleine, manchmal mit Roland – oder an den Tagen, an denen irgendwelche Schützen- und Feuerwehrfeste stattfinden. Zu viele, nach meinem Geschmack.

Janine wohnt in dem Haus, das ihr die Eltern hinterlassen haben. Sie öffnet kurz nach dem Klingeln, zieht mich heftig in den Flur, schlägt die Tür zu und küsst mich ab.

»Alles Gute zum Geburtstag«, sage ich quasi in sie hinein. Dank meines Smartphones, das Wolfgang bezahlt hat, ohne es zu wissen, habe ich dieses Datum nicht vergessen. Janine riecht und schmeckt nach Alkohol. Sie verträgt absolut nichts, dreht schon nach einem Glas mit vergorenem Saft völlig unrund, und erst jetzt bemerke ich die Piccolo-Sektflasche in ihrer Hand.

»Danke«, sagte sie nuschelnd, dann bricht sie in Tränen aus.

Sie ist fünfunddreißig geworden, sieht aber immer noch ziemlich jung aus.

»Was ist?«

»Keiner hat an mich gedacht«, sagt sie unter Tränen.

»Ich habe an dich gedacht.«

»Gisela nicht.«

»Oh.« Ich verkneife mir das Lächeln.

»Gisela ist scheiße«, erklärt Janine. »Scheische«, sagt sie, und ich vermute, dass sie nicht ihre erste Flasche trinkt. Das Wort würde sie sonst nicht einmal unter Folter in den Mund nehmen.

»Sag nicht so was«, bitte ich, obwohl ich letztlich ihrer Meinung bin.

»Soll ich dir mal was über deine tolle Frau erzählen? Was dich wirklich umhaut?« Sie heult plötzlich nicht mehr, sondern grinst jetzt, sogar fast ein bisschen fies.

»Warum nicht?«

3. Wichsen II

Janine arbeitet auch in Wolfgangs Baustoffhandlung. Sie hat ein eher diffuses Aufgabengebiet, was in der Hauptsache daran liegt, dass sie nicht einmal ihren eigenen Namen richtig aussprechen kann. Sie spricht das »E« mit, aber nicht als »E«, sondern als »Ö«: Jani-nö. Diese eigentlich nichtexistente Endsilbe betont sie auch noch, sie macht sogar eine dramaturgische Pause zwischen Jani und nö, und wenn man sie am Telefon ihren Namen sagen hört, fasst man sich jedes Mal fremdschämend an die eigene Stirn. Aber Janine sieht phantastisch aus, sie ist eine wirklich schöne Frau. Deshalb wurde sie von Wolfgang eingestellt.

Mein Aufgabengebiet ist weniger diffus, ich bin, dank meiner paar Semester Informatik, für die EDV zuständig und der Einzige im Laden, der den Unterschied zwischen einem Fenster im Computerprogramm und denjenigen, die im Hof palettenweise aufgeladen werden, kennt und versteht. Ich warte das eher anspruchslose Netzwerk, sorge für Programmupdates und kümmere mich um all die kleinen und noch kleineren Probleme, mit denen Wolfgangs unterbezahlte, freundliche, aber ahnungslose Mitarbeiter so konfrontiert werden, zum Beispiel Monitore, die nichts anzeigen, weil man einfach vergessen hat, sie einzuschalten. Seit einigen Jahren programmiere ich, und das Warenwirtschaftssystem, das mittlerweile den Kern von Wolfgangs Unternehmung darstellt, stammt aus meiner Feder.

Ich scanne nach Viren, fertige Backups an und bin ansonsten das Mädchen für alles. Das meiste davon habe ich mir selbst beigebracht. Weil keine Sau im Laden versteht, was ich eigentlich mache, habe ich hier die Freiheit, die mir zu Hause fehlt. In Wolfgangs Baustoffhandlung bin ich Gott. Der Einzige, der alles weiß, was intern und nach außen über die Netzwerkkabel läuft, und ich weiß wirklich alles, vom E-Mail-Verkehr bis hin zur Buchhaltung, ich kenne jede Nachricht, die gelesen oder geschrieben wird, und jede Website, die irgendwer im Haus aufruft. Diese Freiheit nutze ich weidlich. Ich kaufe Software und Musik im Internet, wofür die Firmenkonten belastet werden, mein Arbeitslaptop ist eine heiße, allerdings noch nie genutzte DJ-Maschine, ich jage durch Chats und Foren. Ich empfinde das als gerechten Ausgleich, weil mir Wolfgang viel zu wenig zahlt und meine Gehaltserhöhungsgesprächsversuche immer damit abschmettert, dass Gisela »all das« irgendwann erben wird, wobei er den Blender, den er immer noch trägt, auf den Schreibtisch knallt und meckernd lacht. *Gisela* wird alles erben, wohlgemerkt. Wir haben Gütertrennung, das war Wolfgangs Idee. Nur das Haus gehört uns beiden, und die Raten für die Hypothek, einige wenige noch, die zahle ich.

Bis vor fünf Jahren saß ich abends manchmal in meinem Vierquadratmeterkabuff und holte mir einen runter, während meine Ehefrau glaubte, ich müsste noch irgendein schwerwiegendes Problem lösen. Seit Gisela und ich keinen Sex mehr miteinander hatten, geschah das regelmäßig, genau genommen täglich. Ich glaube, dass es sogar okay für sie gewesen wäre, wenn sie es gewusst hätte. Es war ein bisschen demütigend, in einem halbdunklen Büro zu sitzen, ein paar Tempos in der Hand, und sich auf verblassende, uralte Erinnerungen einen runterzuholen. Aber es war besser als gar nichts. Ein ganz klein bisschen besser. Selbstbetrug funktioniert gut, wenn man ihm einen anderen Namen gibt.

Es war im Frühling, es muss 2001 gewesen sein, weil ich mit der Euro-Umstellung befasst war – Nacharbeiten an Buchungen oder derlei. Ich langweilte mich, während ad hoc geschriebene Programme Daten überarbeiteten, sah auf die Uhr. Es war nach sechs, niemand mehr im Haus, der Hof still und dunkel, kein Fahrzeug mehr auf dem Parkplatz. Ich lehnte mich zurück, holte Freund Schüttelfrost aus der Hose und versuchte, an irgendeine

Frau zu denken, nur nicht an die eine, die war in solchen Momenten tabu.

Und plötzlich stand sie neben mir, stieß einen seltsamen Laut aus, erschrocken und gleichzeitig interessiert.

»Ti-him!«, rief sie, ich drehte mich zu Jani-nö, die meine rechte Hand und ihren Inhalt fixierte.

Ich hielt in der Bewegung inne, aber Janine starrte immer noch.

»Was machst du da?«, fragte sie.

»Was denkst du?«, fragte ich zurück und machte Anstalten, mich wieder einzukleiden.

Sie öffnete den Mund, folgte mit dem Blick meinen Bewegungen, der Mund blieb offen, und dann sagte sie, nur noch ein bisschen widerwillig: »Nicht.« Ganz leise.

Ich hielt inne. Janine hatte mit meinen sexuellen Wunschvorstellungen wenig zu tun, aber die ließen sich ohnehin auf eine Silbe reduzieren, die ich zu denken nicht mehr in der Lage war. Sie sah gut aus, wirklich gut, und sie stand neben mir, in Greif- und Geruchsweite, unentschlossen, aber begierig meine rechte Hand fixierend, die damit aufgehört hatte, Freund Schüttelfrost zu verstauen.

»Nicht was?«, fragte ich, und die Implikationen dieser Fragestellung ließen den kleinen Tim Blut saugen.

Janine trug ihre Arbeitsuniform: Kurzer Rock, Pumps, schwarze Strümpfe, halbdurchsichtige Bluse, kein BH. Wolfgang liebte das. Sie brüllte ihn nieder, wenn er mit seinen schwieligen Pranken auch nur in ihre Nähe kam, aber sie trug die Klamotten trotzdem. Bei aller Beschränktheit wusste sogar Janine, aus welchem Grund sie wirklich hier arbeitete. Sofern man als »Arbeit« bezeichnen wollte, was sie tat. Meistens saß sie einfach nur da und starrte auf das Telefon oder ihre eigenen Fingernägel, wenn sie nicht gerade im Hof stand, rauchte und sich von den Kunden begaffen ließ.

»Wir könnten ein bisschen Spaß haben«, schlug ich vorsichtig vor, weil Janine nichts sagte. Ich hatte noch immer die rechte Hand am Glied.

Sie schloss und öffnete den Mund wieder, antwortete aber nicht. Also erhob ich mich und nahm sie einfach in den Arm.

Der Volksmund behauptet, dass dumm gut fickt. Entweder war Janine nicht wirklich dumm, oder der Volksmund hatte unrecht. Aber es war immer noch okay genug, um mit dem Wichsen aufzuhören – und es zu wiederholen, an fast jedem Sonntag, außer wenn Jani-nö ihre Tage hatte. »Ich habe Erdbeersuppe«, sagte sie dann, am Freitagnachmittag, wenn wir uns im Büro voneinander verabschiedeten. Anfangs hielt ich das für eine ironische Bemerkung, aber später kam ich dahinter, dass sie das immer so nannte.

4. Enthüllungen

»Und was willst du mir erzählen?«

Wir sind im Wohnzimmer, Janine trinkt aus der Flasche, mir hat sie noch nichts angeboten, aber ich mag Sekt auch nicht. Ich hätte gerne ein Bier, das aber mag Janine wiederum nicht, deshalb hat sie keines im Haus.

»Sie ist eine Schlampe. Eine Schlampe.«

»Aha.«

»Und sie verarscht dich.« Ab der Satzmitte spricht sie leise, als wenn das schlimme Wort – »fa-aascht« – dadurch weniger schlimm wäre.

Ich setze mich auf das Sofa, das unserem sehr ähnelt, Janine steht vor mir und nestelt ziellos an ihrer Bluse herum.

»Aha«, wiederhole ich.

»Die blöde Kuh«, sagt sie.

Langsam bin ich genervt, und meine Lust hat sich auch weitgehend verabschiedet. Ich nehme mir eine Zigarette, sie greift auch nach der Schachtel, zerknautscht die Fluppe ein bisschen, und dann schafft sie es nicht, sich das Ding anzuzünden. Ich nehme ihr die Kippe ab, mache sie an und reiche ihr den brennenden Glimmstängel zurück.

»Vielleicht sollte ich lieber gehen«, schlage ich vor.

»Nein!«, kreischt sie. »Du bist doch mein Lieber. Mein Schöner.« Dabei beugt sie sich herunter, wobei sie beinahe umfällt, und streicht mir übers Haar. »Wir müssen Jani-nös Geburtstag feiern.«

Ich hebe die Hände und versuche ein Lächeln. Janine plumpst neben mir aufs Sofa. Dabei furzt sie, ohne es zu merken. Jetzt muss ich tatsächlich lächeln.

»Frau Kaiser, mein Lieber«, beginnt sie und nimmt noch einen Schluck aus der Pulle. »Was deine tolle Frau ist.« Sie zieht an der Zigarette und sieht mich an, für einen Moment ist etwas wie Klarheit in ihrem Blick. »Vielleicht sollte ich das doch nicht sagen.« Sie nimmt die Hand mit der Zigarette vor das Gesicht, zeigt mir ihre glitzernd verzierten Nägel. Janine würde ein Arschgeweih tragen, gäbe es ein Tätowierstudio in der Gegend.

»Raus mit der Sprache.«

»Wundert dich eigentlich nicht, dass ihr Bruder, der Norbert, nie aus Mexiko zurückgekommen ist? Nicht mal auf Urlaub?«

Nichmaaufuhlaup.

»Er wird viel zu tun haben«, sage ich. Tatsächlich habe ich seit Jahren nichts mehr von ihm gehört, geschweige denn an ihn gedacht. Ich nehme an, dass Gisela mit ihm Mails austauscht oder telefoniert, aber sie erzählt nie von Norbert. Ich frage mich, warum Janine mit mir über ihn sprechen will. Es interessiert mich nicht, was mein Schwager macht, der nicht einmal zur Hochzeit angereist ist. Wenn ich mich richtig erinnere.

Sie lacht kieksend. »Ja, der Herr wird viel zu tun haben.«

Ich warte.

»Der Roland. Dein Sohn.« Sie spricht die letzten beiden Worte verächtlich aus, sofern überhaupt noch von Betonung die Rede sein kann. Ich bekomme eine Gänsehaut.

»Was ist mit Roland?«

Janine nickt, nimmt noch einen Schluck, und dann sagt sie: »Der is überhaupt nicht von dir.«

Eine Stunde später sitze ich in meinem kleinen Büro. Es ist dunkel geworden, mein Mobiltelefon hat zweimal geschnarrt; Gisela wollte mich erreichen, vermutlich, um das Fernsehprogramm zu planen. Ich zittere am ganzen Körper, obwohl wir den heißesten Juli seit Jahren haben. Ich starre auf das Fenster und kann keinen klaren Gedanken fassen. Es ist unbegreiflich und so gemein, so niederträchtig, so widerwärtig. Das fragile Kartenhaus war niemals eins. Nicht einmal ein Kartenhaus.

Wolfgang hat eine kleine Bar in seinem Büro. Er schließt es zwar ab, aber er ist ein Pfennigfuchser, das einfache Türschloss lässt sich sogar von einem Laien wie mir leicht austricksen. Da sind zwei Bier und noch drei Fingerbreit in der Johnnie-Walker-Flasche. Ich denke doch tatsächlich daran, was Wolfgang sagen wird, wenn er den Raub bemerkt, aber dann wird mir klar, dass mir das nichts mehr ausmacht, nichts mehr ausmachen kann. Ganz im Gegenteil. Er könnte in dieser Sekunde sein Büro betreten. Ich würde ihm den Marsch blasen. Stünde er jetzt neben mir, würde ich ihm sogar die Flasche über den Kopf ziehen. Er wusste es nämlich auch. Nicht alle Details, das i-Tüpfelchen möglicherweise nicht. Aber er wusste, dass sie mir Roland untergejubelt hat. Wahrscheinlich weiß er nicht, wer der tatsächliche Vater ist. Aber dass ich es nicht bin, das wusste er schon immer.

Sie haben mir mein Leben gestohlen.

Beim zweiten Bier setzen die Tränen ein, endlich, und dann schnarrt das Telefon wieder. Ich bemerke es erst nicht, dann vibriert sich der kleine Kasten vom Schreibtisch. Durch den Tränennebel sehe ich unsere Telefonnummer, die von *zu Hause*. Ich drücke die grüne Taste, halte mir den Apparat vor den Mund, brülle »Fick dich!« und schmeiße das Ding in die Ecke. Der Akkufachdeckel springt ab, der Akku schlingert über den Fußboden. Meine Wut ist greifbar, ich reiße Computerbücher aus meinem Regal, werfe das Foto von Gisela und Roland auf den Flur – das Bild stammt aus seinem ersten Lebensjahr –, trete gegen meinen Schreibtisch, schlage gegen die Rigipswand, hinterlasse sogar eine Beule. Sechzehn Jahre meines Lebens. Fast siebzehn. Einfach weg. Auf Nimmerwiedersehen. Und alles für den Arsch. Ich habe mich drangsalieren, unterbuttern, ausnutzen lassen. Von diesem Blender-Arsch, von dieser dicken Fischköchin, von diesem desinteressierten Ego-Shooter und vor allem von dieser … ich finde keine

Worte. *Blöde Kuh*, hat Janine gesagt. So ein Quatsch. Jedes noch so dumme Rind auf der Welt hat mehr Mitgefühl. Womit habe ich das verdient, frage ich mich. Was habe ich getan, dass ich sechzehn Jahre im offenen Vollzug verbringen musste?

Meine Zigaretten sind alle, völlig neben der Spur wanke ich zum Empfang, wo Janine werktags auf das Telefon glotzt, reiße wahllos Schubladen auf. In Nieder-Sengricht gibt es keinen einzigen Zigarettenautomaten mehr, seit der »Elch« vor einem Jahr geschlossen hat, nur einen Kiosk mit kaum durchschaubaren Öffnungszeiten. Aber Janine bunkert immer ein paar Stangen im Schreibtisch. Ich werde fündig, kehre in mein Kabuff zurück, rauche und starre auf den blinden Laptopmonitor. Mein Bürotelefon klingelt, ich reiße das Kabel aus der Wanddose. Dann schalte ich den Computer ein. Ich muss irgendwas tun, das mich ablenkt, also rufe ich Mails ab.

Das meiste ist Spam, hirnlose Werbung von Viagra-Versendern, Pornowebsites und derlei. Ein, zwei Nachrichten sind geschäftlich, eine beantwortet eine Frage, die ich in einem Programmiererforum gestellt habe, aber nichts könnte mich weniger interessieren in diesem Moment.

Und dann ist da noch eine. Erst will ich sie in den Papierkorb schieben, denn der Betreff lautet »Das sollte Dich interessieren«, was nach Virus oder Spam klingt, aber die Nachricht hat keinen Anhang, sie kommt über einen anonymen Webmailaccount, vermutlich aus einem Internet-Café. Dann lese ich:

»Hallo, Tim. Es war nicht leicht, Dich zu finden. Sie wollte immer vor der Kamera stehen, nicht wahr?«

Darunter der Link zu einer Internetseite. Die Mail ist signiert mit »Ein Freund?«. Die URL enthält das Wort »Porno«. Ich habe den Finger schon über der Löschtaste, da sehe ich den letzten Teil der übermittelten Adresse, den Namen des verlinkten Dokuments: *mel.htm*.

Ich erwache, weil jemand an meiner Schulter rüttelt. Mein Kopf liegt auf dem Schreibtisch, ich spüre Verspannungsschmerz und dann noch etwas viel Bösartigeres, das ich nicht gleich einordnen kann, weil mein Kurzzeitgedächtnis etwas verspätet einsetzt. Janine steht neben mir, sie sieht grausig aus. Leichenblass, dicke Augenringe, ihre Haare sind zwar ordentlich frisiert, machen aber trotzdem einen wuscheligen Eindruck. Sie trägt einen BH unter der Bluse.

»Was habe ich nur getan?«, fragt sie, und ihre Augen werden feucht.

»Das Richtige«, antworte ich, etwas mühevoll. »Mach dir keine Sorgen.« Ich ziehe eine Zigarette aus der Schachtel und zünde sie an, das habe ich seit Ewigkeiten nicht mehr gemacht, eine Fluppe vor dem Frühstück. Es fühlt sich irgendwie richtig an – das Einzige, das sich in diesem Moment richtig anfühlt.

Janine verzieht den Mund, will etwas sagen, findet aber offenbar nicht die richtigen Worte. Plötzlich steht Wolfgang in der Tür, die Augenbrauen hochgezogen, sein Gesicht rötet sich, während er sich umschaut, und dann schreit er: »Was ist denn das für ein Dreckstall? Und seit wann wird in meinen Geschäftsräumen *geraucht*?«

Ich stehe auf, nehme Janine an der Hüfte und schiebe sie in Wolfgangs Richtung, den ich auf diese Art aus dem Raum drücke.

»Verpiss dich, du Arschloch«, herrsche ich ihn an und verschließe die Tür.

Es gibt noch ein bisschen Geschrei und Geklopfe, dann wird es ruhiger; ich höre Janines kieksige, sich überschlagende Stimme, Wolfgangs Gebrumm, beides entfernt sich. Ich sehe auf die Uhr, acht am Montagmorgen. Gisela wird schon auf dem Weg nach Uelzen sein, Roland in der Schule.

Die Erinnerung an die vergangene Nacht ist präsent, es waren ja nur zwei Bier und drei Fingerbreit Scotch. Aber ich muss das trotzdem noch einmal sehen. Mein Laptop ist auf Standby, nach zehn Sekunden leuchtet der Bildschirm, einen Augenblick später bin ich abermals online.

Ihre Haare sind etwas kürzer, nur noch schulterlang, aber ihr Gesicht sieht fast unverändert aus. Sie lächelt nicht, auf keinem der fünfzehn Bilder, die auf der Previewseite eines Pornoanbieters mit .ru-Adresse zu sehen sind: Striptease, dann Nacktbilder mit gespreizten Beinen – und mehr. Sie schaut an der Kamera vorbei zu Boden und in den Himmel. Sie auf diese Art zu sehen, ist schlimmer als *alles*. Mein Magen verkrampft sich. »Mel, 28, from Germany«, steht da. »Bi, loves fisting. Looks for a sporty guy, or two.« Die Strecke besteht aus insgesamt fünfzig Fotos, die Motive ändern sich nicht, und es gibt offenbar auch nur diese Bilder von ihr. Noch nie in meinem Leben hat mich etwas derart erschüttert. Selbst die Nachricht über den tatsächlichen Vater von Roland tritt weit dahinter zurück. Ich schalte den Rechner aus.

Plötzlich ist es neun, ich muss erneut weggedöst sein, oder ich bin wieder in diese seltsame Trance geraten. Es klopft an der Tür, zaghaft. »Tim, ich bin's, Jani-nö«, höre ich. »Was willst du jetzt tun?«, fragt sie, als ich öffne.

»Mich vom Acker machen«, sage ich, den Entschluss habe ich gefasst, während ich es ausspreche. »Ich verschwinde von hier.«

Sie nickt. Ihr Make-up ist völlig verschmiert. »Ich hätte dir das schon viel früher sagen sollen.«

»Seit wann wusstest du es?«

»Von Anfang an. Seit sie schwanger war. Von ihm.«

»Es ist okay«, sage ich. Mein Kopf ist übervoll und gleichzeitig so leer wie das All zwischen Erde und Mond. Nur ein bisschen Weltraumschrott, sonst nichts.

Janine küsst mich, zum ersten Mal, seit wir ein Verhältnis haben – *hatten* –, ist es zärtlich und nicht von dieser Ängste verdrängenden Heftigkeit bestimmt.

»Ich wünsche dir Glück«, sagt sie. Ich nicke. Sie verlässt mein

Büro, deutet noch ein Winken an, ihre Wangen sind nass, die Tür bleibt offen, aber niemand kommt. Wolfgang wird Gisela angerufen haben, vielleicht ist sie auf dem Weg hierher. Ich hole mir einen Karton aus dem Lager, werfe irgendwelchen Krempel hinein und meinen Laptop, sehe meinen Schwiegervater am Büro vorbeihuschen, mit hochrotem Kopf und starrem Blick. Ein paar Minuten später gehe ich die vor Hitze glühende Parkinson-Straße entlang, den Karton auf der Schulter, mein T-Shirt ist schweißnass. *Zu Hause* schließe ich die Tür auf, es ist still. Ich dusche, packe dann ein paar Sachen in den Hartschalenkoffer, den wir benutzt haben, wenn wir nach Mallorca geflogen sind, immer in den gleichen stinklangweiligen Club, alle zwei Jahre. Ich hole ein paar Kisten vom Dachboden – meine Plattensammlung und die meines Vaters, einige von den Kassetten, die Kuhle und ich aufgenommen haben. Viel ist es nicht. Dann setze ich mich ins Wohnzimmer, rauche, trinke Kaffee und warte. Eine halbe Stunde später höre ich das Auto.

Sie steht vor mir und starrt mich an, ihre Wangen sind rot, vermutlich hat sie sich sehr beeilt. Ich blase Rauch in die Luft und starre zurück. Asche fällt von meiner Zigarette auf die Auslegeware.

»Du rauchst?«, fragt sie nach einer Weile.

»Du fickst mit deinem Bruder?«, frage ich zurück.

Die Wangenröte verschwindet innerhalb von Sekundenbruchteilen. Sie wankt, greift mit der rechten Hand in die Luft, will sich irgendwo festhalten. Sie ist so hässlich in diesem Moment. Sie war nie wirklich schön, ich verstehe in diesem Augenblick sowieso nicht mehr, wie all das kommen konnte. Doch jetzt ist sie hässlich, abgrundtief und widerwärtig abstoßend.

»Gib mir die Wagenschlüssel«, sage ich.

»Das ist mei…«, beginnt sie schwach.

»Du willst diese Diskussion jetzt nicht wirklich führen, oder? Was deines ist und was meines?«

Sie schüttelt langsam den Kopf.

»Also gib mir die Scheißwagenschlüssel. Du kannst ihn dir morgen abholen, er steht am Bahnhof in Hannover.«

Gisela nickt. Sie weint nicht, ihr Gesicht ist voller Bitterkeit. Eine zittrige Hand hält mir den Schlüssel entgegen. Ich nehme ihn, verspüre den Impuls, sie zu schlagen. Doch das wäre zu einfach. »Du hörst von meinem Anwalt«, murmele ich stattdessen und lade die Kisten ins Auto, setze mich hinein, zünde mir eine Zigarette an und fahre los.

In die richtige Richtung, wie ich hoffe.

5. A2

»Ein Freund«, stand unter der Mail. Beantworten ließ sie sich nicht, meine Versuche wurden als unzustellbar abgewiesen. Kuhle ist der Einzige, dem ich erzählt habe, dass Mel gerne Fotomodell geworden wäre. Damals, *vor zwanzig Jahren*. Die Nachricht kann nur von Kuhle sein.

»Ich habe hundertzwanzig Einträge mit dem Nachnamen Kuhlmann in Berlin«, sagt die fast ein bisschen *zu* freundliche Dame von der Mobilfunkauskunft, während ich vor Aufregung über den eigenen Mut zitternd lausche. »Darunter zwei mit dem Vornamen Michael. Möchten Sie, dass ich Ihnen die Nummern per SMS zusende?«

»Danke, nein«, sage ich und beende das Gespräch. Ich kann Kuhle nicht einfach anrufen. Wenn er denn einer von den beiden Michaels ist. Vielleicht lebt er auch gar nicht mehr in Berlin. Vielleicht heißt er nicht mehr Kuhlmann, sondern *König* oder so. Vielleicht war es überhaupt nicht Kuhle. Und was sollte ich auch sagen? »Hallo, alter Kupferstecher, hier ist Tim. Erinnerst du dich? Spejbl und Hurvinek? Wie geht's? Sag mal, hast du mir den Link zu einer Pornosite geschickt?« Nein, so geht das wirklich nicht.

Ich fahre durch die rotgeklinkerten Einheitsdörfer bis nach Celle, wo Goerch im Pflegeheim lebt. Auf dem Weg dorthin rauche ich zehn Zigaretten.

Er sitzt im Rollstuhl, in einem Aufenthaltsraum zwischen lauter alten und kranken Menschen, die vor sich hin glotzen oder extrem verlangsamt Brettspiele bedienen. Es ist sehr still, es riecht nach Essen, am Eingang des Aufenthaltsraums ist auf einem Schild das Mittagsmenü angekündigt: Bregenwurst mit Kartoffelpüree.

Goerch sieht mich kommen, sein Gesichtsausdruck verändert sich wenig. Seine Rehaprognose ist schlecht, und vermutlich wird er bald sterben. Primär ischämischer Hirninfarkt. Besonders schwerer Fall. Es hat lange gedauert, bis der Notarzt in Nieder-Sengricht war. Zu lange.

»Hallo, Goerch«, sage ich, setze mich neben ihn auf einen klapprigen Metallstuhl und lege meine Hand auf seine rechte, die früher mal so groß war wie ein Ersatzrad, aber alles an ihm ist heute verkleinert – als hätte man die Luft aus ihm herausgelassen. Sein Gesicht ist eingefallen. Sein rechtes Bein zittert stark, in Schüben, die alle paar Minuten kommen.

»Wie geht's?«

Goerch schüttelt langsam und mühselig den Kopf.

»Höcht«, sagt er. Ich nicke.

»Kann ich irgendwas für dich tun?«

Wieder das Kopfschütteln. Seine Augen sind unendlich traurig.

»Ich habe Gisela verlassen. Ich gehe zurück nach Berlin.«

Er sieht mich an, und da ist fast ein Lächeln. Dann nickt er. Die Hand, die ich immer noch halte, scheint sich zu bewegen. Und dann sind plötzlich Tränen in seinen Augen.

»Hut«, sagt er, das Sprechen quält ihn sehr. Ich nicke wieder.

»Ich weiß nicht, ob ich dich noch mal besuchen werde, in naher Zukunft. Aber ich bin in Gedanken bei dir.«

Er nickt wieder, ganz langsam.

»Hohl«, sagt er zum Abschied.

Es sind noch vierzig Kilometer bis nach Hannover. Ich fahre viel zu schnell auf der Landstraße, zweimal werde ich von stationären Radarfallen geblitzt, scheißegal, Gisela bekommt die Strafzettel. Ich kann es nicht erwarten, aus dieser Gegend wegzukommen, aus Nieder-Sengricht, und aus Nieder-Sachsen, ich will nicht mehr an einem Ort leben, dessen Name ein so destruktives Präfix hat. Aber ich verfahre mich, plötzlich bin ich in einer Ministadt namens

Burgdorf, dort gibt es immerhin einen Wegweiser zur A2. Wenig später bin ich über die Anschlussstelle Lehrte auf der Autobahn. Es dauert einen Moment, bis mir bewusst wird, was gerade geschieht. Ich sitze auch in einem VW-Golf. Er ist zwar silbern, wie die meisten Autos, und nicht senffarben. Gänsehaut wandert mir die Arme hoch. Hier sind meine Eltern gestorben, vor zweiunddreißig Jahren, sie fuhren in die gleiche Richtung, nur auf der anderen Autobahnspur. Und im Rückwärtsgang.

Ich bin siebenunddreißig. Während ich versuche, mich auf den Verkehr zu konzentrieren, rotiert dieser Gedanke in meinem Schädel. Ich bin siebenunddreißig. Kaum zu fassen.

Gestern war ich noch Anfang zwanzig.

Der Hauptbahnhof Hannover sieht beeindruckend aus. Ich bin noch nie mit einem ICE gefahren. Ich bin überhaupt noch nie mit der Deutschen Bahn gefahren. Ich stelle den Golf am Ende einer Taxiwarteschlange ab, und während ich den Koffer und die zwei Kartons auf einen Gepäckwagen verfrachte, steigt ein schnurrbarttragender Taxifahrer aus seinem Wagen und sagt in rauem Deutsch: »Sie dürfen hier nicht parken.« Ich lächele ihn nur an und zucke die Schultern. Sollen sie die Karre abschleppen lassen, meinetwegen sogar verschrotten, zu einem Würfel pressen oder in die Luft jagen. Es ist befreiend, so etwas zu tun. Wenigstens ein bisschen.

Die Züge nach Berlin gehen im Stundentakt. Ich stehe in der Warteschlange im ReiseCenter, während im Hintergrund immer wieder »Willkommen in der Expo- und Messestadt Hannover« zu hören ist. Die Expo war vor sechs Jahren. Wir haben nicht einmal darüber gesprochen, nach Hannover zu fahren. Gab's ja alles im Fernsehen.

»Nach Berlin, erster Klasse«, sage ich, als ich an der Reihe bin.

»Hin- und Rückfahrt?«, fragt der Mann hinter dem Counter.

»Nur Rückfahrt«, antworte ich und freue mich dabei.

Der Bahnhof ist gewaltig. Ich esse eine Bratwurst an einem der vielen Stände, stehe inmitten von Heerscharen, die hierhin und dorthin eilen, meistens ziemlich rücksichtslos. Ich konzentriere mich nur auf den herabtriefenden Senf. Dann hebe ich an einem Geldautomaten tausend Euro ab, mehr geht leider nicht auf einmal. Gütertrennung. Gisela weiß nicht, dass ich ein eigenes Konto habe, immer noch, aus der Zeit vor unserer Ehe, und dort befindet sich wegen eines kleinen, heimlichen Lottogewinns – ich hatte online im Büro getippt, meine, Mels und Kuhles Geburtsdaten – sogar ein größerer fünfstelliger Betrag. Aber dieses Geld hole ich von *unserem* Konto. Ich brauche es nicht, aber ich will Schaden anrichten. Wenigstens einen kleinen. Sie werden sowieso bereits bei einem von Wolfgangs schmierigen Freunden sitzen, Anwälte kennt er noch und nöcher, und darüber diskutieren, wie der Schaden in Grenzen zu halten ist.

Mir fließt der Schweiß in kleinen Bächen über die Stirn. Im Bahnhof müssen trotz Klimaanlage knapp vierzig Grad sein.

Dann sitze ich im gutgekühlten Erste-Klasse-Raucherabteil eines ICEs. Wahnsinn. Seitlich am ledergepolsterten Sitz sind Steckdosen, vor mir hängt ein kleiner LCD-Bildschirm, ich habe Beinfreiheit, schräg gegenüber sitzt ein Tagesschau-Sprecher, vor sich fünf Mobiltelefone und einen Laptop. Auf meinem iPod läuft ein neueres Album von »Fury In The Slaughterhouse«, einer Band aus Hannover, von der ich mir Ende der Achtziger ein paar Platten gekauft hatte. Es ist nicht der allergeringste Unterschied zwischen dem neuen und den alten Alben festzustellen, aber genau das gefällt mir in diesem Moment, obwohl ich diese Art von Mucke eigentlich nicht mehr mag.

Ich fühle mich wie auf dem Rückweg von einer Zeitreise. Der Schaffner fragt, ob ich etwas aus dem Speisewagen wünsche. Klar doch. Ich trinke Kaffee und Bier, esse, obwohl ich keinen Hunger habe, grausige Nürnberger Rostbratwürstchen, tue das, weil ich es *kann*. Weil keine Gisela danebensitzt und sagt: »Das ist zu teuer« oder: »Wir haben das viel besser zu Hause.«

Ich frage den Zugbegleiter, wann wir die ehemalige innerdeutsche Grenze überqueren, aber er weiß es nicht sicher. Er begleitet mich in den Bereich zwischen zwei Waggons, wo eine Deutschlandkarte hängt. »Hier sind wir«, sagt er und zeigt auf eine Stelle westlich von Wolfsburg. »Wir halten in Wolfsburg, die Grenze zwischen Niedersachsen und Sachsen-Anhalt liegt meiner Meinung nach etwa zwanzig Kilometer dahinter. Aber nageln Sie mich nicht darauf fest.«

»Sachsen-Anhalt«, sage ich staunend. Wie hieß das Anfang 1989?

»Ja«, sagt er und geht davon, ein Tablett mit leeren Gläsern balancierend.

Nach der Abfahrt aus Wolfsburg klebe ich mit der Nase an der Scheibe, fast eine Stunde lang, aber es ändert sich nichts. Ich habe eine dunkle Erinnerung an meine erste Fahrt durch die DDR, mit Jens und Mark, vor ... sechsundzwanzig Jahren. Damals kam es mir vor, als wechsle sogar die Farbgebung der Landschaft. Jetzt ist alles gleich.

Wir haben den Mauerfall vor dem Fernseher erlebt. Gisela und ich lagen schon im Bett, da trommelte es an die Tür. Wolfgang stand davor, im Bademantel, und schrie: »Die Kommunisten kommen!« Er war knallrot im Gesicht, drückte sich an uns vorbei, schaltete den Fernseher an und rief wieder: »Die Kommunisten kommen! Seht doch!« Er ging zu unserem Wohnzimmerschrank, holte eine Flasche Schnaps hervor, die ich bis dahin noch nie gesehen hatte, und nahm einen mächtigen Schluck direkt aus der Pulle.

Meine hochschwangere Frau ließ sich auf das Sofa fallen. »Gott«, sagte sie, aber eher teilnahmslos. Ich starrte auf den Bildschirm und fühlte Ohnmacht aufsteigen. In Nieder-Sengricht fiel keine Mauer, aber in Berlin. Hunderte von Kilometern weit weg. Auf den Bildern, die sie vom Brandenburger Tor zeigten, meinte ich, einen großen, hageren Typen mit Ledermantel und Schlapphut zu erkennen. Aber vielleicht war das auch nur Einbildung.

Wolfgangs Baustoffhandlung erlebte einen ungeahnten Boom während der folgenden Monate. In ganzen Horden fielen die DDRler bei ihm ein und kauften die Lager leer.

Die Fahrt dauert nur anderthalb Stunden, und dann erreicht der Hightechzug einen monströsen Glaspalast, irgendwo mitten in Ostberlin. Ich lege den Kopf in den Nacken, die gläserne Decke ist Dutzende Meter über mir.

Und plötzlich geht mir die Muffe.

6. Anwälte

Draußen steht die Luft, es stinkt nach Abgasen, ich habe den Kopf immer noch im Nacken, heilige Scheiße, was haben sie nur mit der Stadt gemacht? Es ist laut, Menschen schieben sich an mir vorbei. Ich winke nach dem Taxi, das zehn Meter von mir entfernt am Kopf der Schlange steht, aber der Fahrer reagiert nicht. Also schiebe ich die Kartons mit den Füßen vor mir her, schleife den Koffer nach und klopfe an die Scheibe. Eine Mittfünfzigerin steigt aus, sie trägt ein akkurates graues Kostüm, hat einen Schnurrbartflaum auf der Oberlippe, ihr Gesicht ist streng, ihre Haare sind zu einem engen Dutt geformt. Sie sieht aus, als wäre sie eigentlich Rektorin eines Gymnasiums. Der Kofferraumdeckel öffnet sich wie von Zauberhand, ich wuchte mein Gepäck hinein, die Frau beobachtet nur.

»Wohin?«, fragt sie, ihre Stimme ist dunkel.

Tja, wohin. Gute Frage.

»Gibt es ein brauchbares Hotel in Neukölln?«, frage ich. Da habe ich zuletzt gewohnt, in Neukölln, aber ich kann mich nicht erinnern, dort je ein Hotel gesehen zu haben.

»Mercure?«, fragt sie zurück.

Ich nicke, keine Ahnung, was Mercure bedeutet, sie beobachtet mich im Rückspiegel.

»Autobahn?«

»Fahren Sie durch die Stadt. Sie können ruhig einen Schlenker machen. Ich war lange nicht mehr hier.«

Wir fahren durch einen brandneuen Tunnel, vor uns ist ein silberfarbener Kleinwagen, an dessen Heckscheibe ein Autoaufkleber – »Ich bremse auch für Leute« – angebracht ist, aber ansonsten findet sich derlei kaum noch an den Fahrzeugen. In den Achtzigern war das eine Manie; die Menschen haben die Hecks ihrer Autos mit Werbung und lustigen Sprüchen nachgerade zugepflastert. Mir fällt der Aufkleber ein, den die Grenzpolizisten damals aus Franks Handschuhfach geklaut haben. »Ich bin Energiesparer.« Das hatte damals jeder Zweite am Heck. Ich muss an Frank denken.

Dann sind wir am Potsdamer Platz, den ich nur aus dem Fernsehen kenne. Touristen drängen sich auf den Bürgersteigen, vor Kneipen, die sogar von außen steril aussehen, ich freue mich darüber, dass wenigstens mein Tourisensor noch funktioniert. Allerdings – wer sollte hier auch sonst herumlaufen?

Neben uns fährt ein Geländewagen, was mir nicht so richtig in den Kopf will, schließlich ist Berlin nicht gerade bergig. An vielen Autos wehen Deutschlandfahnen, obwohl die Fußball-WM doch schon ein paar Tage her ist und Deutschland, wenn ich das richtig mitbekommen habe, nicht gewonnen hat.

Wir biegen auf die Potsdamer Straße ab, Richtung Schöneberg. Langsam erkenne ich die Gegend wieder, obwohl mir alles viel sauberer vorkommt, als ich das in Erinnerung habe. Es wimmelt von Dönerbuden, leerstehenden Ladenräumen, Sexshops und thailändischen Restaurants. Nur die Currywurstbuden sind verschwunden – früher gab es davon Hunderte. Ein Laden, der über zwei Stockwerke geht, heißt »LSD«, ich kann so schnell nicht erkennen, was dort verkauft wird, aber ich bin mir sicher, der Handel mit harten Drogen ist auch hier weiterhin illegal. Ill-egal.

Wir biegen nach Süden ab, unterqueren die graffitibeschmierten, rostigen Yorck-Brücken. Sogar die Yorck-Kinos gibt es noch. Aber es wirkt unecht auf mich. Wie eine Kulisse. Sogar der Karstadt am Hermannplatz wurde aufgehübscht. Zwei Minuten später halten wir vor einem modernen Komplex, mitten in Neukölln. Auf dem Bürgersteig schleichen Figuren umher, die die Ahnung eines Zuhausegefühls aufkommen lassen. Ich gebe fünf Euro Trinkgeld, aber die Fahrerin hilft trotzdem nicht beim Ausladen.

Die Lobby ist von beschlipsten Anzugträgern bevölkert, ich muss mich zum Empfang durchkämpfen.

»Was ist hier denn los?«, frage ich eine schwitzende, kleine, recht junge Dame, die sich in ihrer Uniform sichtlich unwohl fühlt. Auch hier drin ist es heiß wie in einem Ofen, die Anzugträger haben wahrscheinlich Katheter, um ihre Flüssigkeiten zu kanalisieren. Möglicherweise ist die Klimaanlage kaputt, vielleicht ist sie aber nur nicht für achtunddreißig Grad über Null gedacht.

»Ein Kongress. Anwälte«, sagt sie, ohne aufzublicken. Sie klappert auf einer Computertastatur herum.

»Haben Sie noch ein Einzelzimmer für mich?«

Jetzt schaut sie mich an. Sie ist schätzungsweise Anfang zwanzig, und ich werde in einem Monat achtunddreißig sein. Trotzdem geschieht etwas, das mir zuletzt vor siebzehn Jahren passiert ist. Und in diesem Moment fühle ich mich zu Hause.

Sie lächelt, einen kleinen Tick mehr, als nötig wäre. »Ich schaue mal. Wir sind zwar so gut wie ausgebucht. Aber *Sie* kriegen wir schon noch unter.«

Sie blickt zurück auf ihren Monitor. »Wäre ja schade«, nuschelt sie, dabei wird sie rot. Ich muss grinsen.

Jemand ist gerade abgereist, aber das Zimmer muss noch gerichtet werden. Ein Hotelangestellter trägt mein Gepäck hinter den Empfangstresen, ich gehe zur Bar, an der sich Herden von rotgesichtigen Anwälten Zigarettenrauch in die Gesichter blasen. Ich dränge mich auf den einzigen freien Hocker, bestelle bei einem ebenfalls schwitzenden Barmann Kaffee und Mineralwasser und zünde mir eine Fluppe an. Der Anwalt neben mir blättert in rotgebundenen Akten, vor ihm steht ein Whiskey. Es ist kurz nach drei am Nachmittag, kaum zu glauben, dass ich vor fünf Stunden noch in Nieder-Sengricht bei Gisela war.

Der Typ blickt auf und sieht mich kurz an. Ich nicke lächelnd, und dann frage ich aus einem Impuls heraus: »Sie sind Anwalt?«

Er trinkt seinen Whiskey aus und deutet ein Nicken an.

»Darf ich Ihnen eine Frage stellen? Ich gebe Ihnen auch einen aus.«

Er sieht auf die Uhr.

»Okay. Wir haben fünf Minuten, dann ist die Pause vorbei.«

Ich bestelle den Whiskey, dann erzähle ich ihm in Ultrakurzfassung, was mir widerfahren ist.

»Mmh«, sagt er, wieder nickend. »Es wäre möglich, diese Ehe aufheben zu lassen. Das ist kein einfaches Verfahren, aber die Umstände sprechen dafür, dass es angewandt werden könnte.« Er pausiert kurz und nimmt einen Schluck von seinem Drink. »Das Kind ist auf eine inzestuöse Beziehung zurückzuführen?«

Ich bejahe.

»Ich will ehrlich sein, zudem praktiziere ich nicht in Berlin. Sie wären also kein Mandant für mich. Aber ein Aufhebungsverfahren ist kein Pappenstiel. Außerdem dauert es mindestens ein Jahr. Mit einer normalen Scheidung sind Sie vermutlich besser dran.«

»Aber wenn ich das so will? Ich meine, diese Inzestsache ...«

Das Wort *Inzest* klingt in meinen Ohren irgendwie unpassend, verniedlichend. Wie eine harmlose Krankheit. Irgendwas mit Warzen.

Jetzt nickt er wieder. »Ich verstehe Sie.«

Die Bar leert sich, ein anderer Anwalt winkt meinem Gesprächspartner auffordernd zu.

»Sie wohnen hier im Hotel?«, fragt er.

»Ja.«

»Geben Sie mir Ihre Zimmernummer. Ich kenne da einen Berliner Kollegen, dem würde diese Sache wahrscheinlich Spaß machen.«

»So einen kann ich brauchen«, sage ich. Wir schütteln Hände, ich mache Zeichen, seine komplette Rechnung zu übernehmen, und schreibe meine Mobilfunknummer auf, weil ich meine Zimmernummer noch nicht kenne.

Meine Unterkunft ist ein recht angenehmes, zwanzig Quadratmeter großes Zimmer mit Pay-TV, Vergrößerungsspiegel im Bad und Minibar. Immerhin funktioniert hier die Klimaanlage. Es ist totenstill, der Verkehrslärm wird gut abgeschirmt. Eine Weile stehe ich am Fenster und blicke auf die multikulturell bevölkerte Hermannstraße, dann lege ich mich in voller Montur aufs Bett. Sekunden später bin ich eingeschlafen.

Als ich erwache, ist es immer noch hell, der Radiowecker zeigt neunzehn Uhr siebenunddreißig an. *Siebenunddreißig.* Ich dusche, bestelle beim Zimmerservice etwas zu essen – »Kann einen Moment dauern«, man *hört* den Menschen vom Restaurant förmlich schwitzen – und schließe meinen Laptop an die Telefonanlage an. Für einen Moment überkommt mich ein Anflug von Mitleid für Wolfgang, der jetzt mit seiner IT-Infrastruktur völlig allein dasitzt, über niemanden verfügt, der auch nur die Idee einer Ahnung davon hat, wie all das funktioniert. Aber diese Gefühlsverirrung geht schnell vorüber. In meiner Mailbox ist nichts Neues von meinem anonymen Freund, dafür aber eine Nachricht meines Schwiegervaters.

»Wir sollten reden. Alles lässt sich klären. Nichts überstürzen. Wolfgang.«

Ich antworte: »Niemand überstürzt etwas, und wir werden ganz sicher noch reden. Frag Deine Tochter mal, wer der Vater Deines Enkels ist. Du wirst staunen. Tim.«

Bevor ich die Nachricht losschicke, ändere ich noch die Signatur: »Tim Köhrey« steht dort jetzt.

Der Anwaltstrubel ist vorbei, als ich in die menschenleere Bar komme, in der Lobby steht die Luft, aber ab und zu streift mich ein Hauch von Frische, die Klimaanlage kämpft gegen abgestandenen Advokatenschweiß und Wüstenhitze. Ich trinke noch einen Kaffee.

Neuner konnte ich im Web nicht finden, aber ich erinnere mich auch nicht an seinen Nachnamen, mir fällt nicht einmal sein echter Vorname ein. Irgendwas mit B – Bernd, Boris, weiß der Geier.

Auf den Turnierlisten der offenen Billardturniere, die ich durchsuche, ist jedenfalls kein Hinweis zu finden. Osti hieß Hartmut, aber ansonsten komme ich da auch nicht weiter. Aber will ich die beiden auch wirklich wiedersehen?

Frank betreibt eine Unternehmensberatung mit Sitz in Köpenick, doch ich drücke die Telefonverbindung weg, als eine Mailbox anspringt. Die beiden Kuhlmann-Michaels habe ich auf mein Smartphone übertragen. Eine Melanie Schmöling gibt es in ganz Deutschland nicht, in Berlin keinen einzigen Eintrag zu diesem Familiennamen. Ich trinke aus, nenne dem Barmann meine Zimmernummer, unterschreibe einen Beleg und gehe nach draußen.

Im Taxi stinkt es nach Schweiß und Knoblauchsoße, der verstrahlte Fahrer fragt mich fünf Mal, wie die Kneipe heißt, in die ich will, aber er versteht es selbst dann nicht, als ich den Namen buchstabiere, also reicht er mir das Mikrofon für seinen Sprechfunk nach hinten. Shit, ich habe sogar vergessen, in welcher Straße das Schnipanzel ist. Aber die Frau vom Taxifunk weiß es. Zehn Minuten später halten wir davor.

Dieter hat keine Haare mehr, und er wirkt auf mich viel kleiner, als ich ihn in Erinnerung habe, ansonsten hat sich hier nichts geändert, alles ist nur ein bisschen angestaubter. Es würde mich nicht überraschen, wenn Neuner, Osti und Frank beim Skat säßen und Linda hinterherglotzten. Vor der Tür, an zwei kleinen Tischen, sitzen Touristen, der Gastraum ist leer. Es riecht nach Linsensuppe. Dieter fragt mich nach meinen Wünschen, er erkennt mich offenbar nicht, aber er schaut mich auch kaum an. Ich bekomme mein Bier, der Wirt wuselt hinter dem Tresen herum, rührt in der Gulaschkanone. Ich nehme mein Glas, eine Tageszeitung aus dem Halter und setze mich an einen Tisch in der Ecke.

Ich lese langsam und gewissenhaft alle regionalen Tageszeitungen, die Dieter im Angebot hat. Nach dem dritten Bier, der zwölften Zigarette und der fünften Zeitung, »Berliner Kurier«, die gab es früher nicht, ist es halb zehn. Der Laden hat sich ein wenig gefüllt, draußen ist es dunkel. Die Gesichter der knapp zwanzig Gäste kommen mir noch immer nicht bekannt vor. Bis auf eines – an einem Elefanten sitzt Frank und arbeitet an einem Laptop.

Er ist älter geworden, natürlich ist er älter geworden, sein Haar ist grau gesträhnt, sein Gesicht nicht mehr ganz so braun, er trägt einen Kinnbart, schmal und mittig, und aus dieser Entfernung sieht das ein wenig schäbig aus. Er hat eine Brille in die Stirn geschoben, sein Oberkörper ist weit nach vorn gebeugt, dicht an den Bildschirm des Laptops heran. 1989 hat er Kontaktlinsen getragen, und ich hätte ziemlich viel darauf gewettet, dass Frank einer der Ersten wäre, der sich einer Laser-Augenkorrektur unterziehen würde, aber offenbar hat er das nicht getan. In diesem Moment schiebt er sich die Brille auf die Nase, lehnt sich auf dem Hocker zurück, macht Dieter ein Zeichen und sieht kurz zu mir rüber. Er nickt, vermutlich, weil ich ihn gerade ansehe, aus Höflichkeit und weil er das so gewöhnt ist, man weiß ja nie. Er schiebt die Brille wieder in den fliehenden Haaransatz, beugt sich abermals in Richtung Computer. Doch dann hält er mitten in der Bewegung inne, dreht sich wieder zu mir, kneift die Augen zusammen. Sein Mund öffnet sich. Er schaut kurz in Richtung von Dieter und lässt die Brille wieder auf die Nase rutschen. Jetzt starrt er mich direkt an.

Sein Mund formt geräuschlos ein Wort, ich kann es von seinen Lippen ablesen: Tim.

Ich nicke.

7. Flashback

»Ich freue mich sehr, dich zu sehen«, sagt Frank zum wiederholten Mal. Er hat mich umarmt und minutenlang schweigend gedrückt. Jetzt greift er ab und zu nach meiner Hand. Als müsse er sich vergewissern, dass ich es wirklich bin. Es ist ein bisschen, als wären wir tatsächlich Brüder.

Ich habe erzählt, aber nur das Gröbste. Über die Fotos von Mel kann ich nicht sprechen, noch nicht, ich kann ja nicht einmal daran denken. Er hat mich fassungslos und mit offenem Mund angestarrt, als ich von Giselas Intrige berichtete. Und beim Namen meines vermeintlichen Sohnes musste er lachen.

»Und bei dir?«

Er verzieht das Gesicht. »1989«, sagt er nachdenklich. »Und dann die Wende. Es lief bombastisch. Ich habe eine Irrsinnskohle bewegt und eine Irrsinnskohle verdient. Innerhalb kürzester Zeit habe ich die wichtigsten Kunden betreut, und es wurde von Tag zu Tag besser. Aber dann ...«

»Der Neue Markt?«, frage ich spekulativ.

Frank lacht. »Nein, das habe ich vorhergesehen. Diese riesige IT-Seifenblase. Buden, die popelige Websites gebastelt haben, irgendwelche Softwareschrauber, die an Kinkerlitzchen-Shareware gearbeitet haben, hochdotiert und gnadenlos überbewertet. Intershop und so. Es war klar, dass die ganze Sache in sich zusammenfallen würde. Das war ... ich weiß nicht mehr. Ende der Neunziger. Nein, mich hat es vorher erwischt.«

Dieter bringt neues Bier, wir sitzen inzwischen an meinem Tisch. Der Wirt sieht mich an, fragend, hinter seiner blanken, schweißfeuchten Stirn tickert es jetzt erkennbar.

»Tim, richtig?«

Ich nicke.

»Warst lange nicht mehr hier«, sagt er und geht zurück zum Tresen.

Frank schaut ins Nichts. Er ist nur ein Jahr älter als ich, aber irgendwas an ihm sieht verbraucht aus, erschöpft. Aber daran kann auch der blöde Bart schuld sein. Wie ich wohl auf ihn wirke?

»Also?«

Sein Blick bleibt noch einen Moment lang unfokussiert, dann nimmt er eine Zigarette aus seiner Schachtel. *West.* Nicht mehr die teuren Davidoffs. Er sieht dem Rauch des ersten Zuges hinterher. Frank trägt einen gepflegten, aber billigen Zweireiher. An der Schulter des Jacketts glänzt der Stoff, wahrscheinlich vom Gurt im Auto. Er muss diesen Anzug schon sehr lange tragen.

»Na ja, wie das so geht. Nullen vor dem Komma hat man nie genug. Ich habe ein paar schmutzige Geschäfte gemacht, als die falschen Leute auf mich zukamen. Das war praktisch unvermeidbar. Rendite im dreistelligen Bereich. Geldwäsche, Beihilfe zur Steuerhinterziehung und noch ein paar andere Sachen. Zwei Jahre.«

»Wie – zwei Jahre?«

»Moabit. JVA. Da, wo wir gewohnt haben. Nur auf der anderen Straßenseite.«

»Du warst im Gefängnis?«

Er nickt langsam.

»Du warst im *Gefängnis?*«, wiederhole ich.

»Ja. Es ist nicht ganz so schlimm, wie man sich das vorstellt, aber auch keine schöne Erfahrung.« Er nimmt einen Zug, dann einen Schluck Bier. Früher hat er Chivas getrunken.

»Ach du Scheiße.«

Frank nickt. »Das kannst du laut sagen. Zwei Jahre ohne Bewährung, nach achtzehn Monaten durfte ich raus.«

Ich lasse mich rückwärts gegen die Stuhllehne fallen.

»Es blieb sozusagen in der Familie«, sagt er, müde lächelnd. »Papa hat da gearbeitet, und ich auch, wenn man so will.«

Ich kann ihn nur anstarren. Frank im Knast, das geht nicht in meinen Schädel.

»Das Merkwürdige ist,«, sagt er nach einem Moment des Schweigens, »dass man sich tatsächlich daran gewöhnt. Es ist wie im Urlaub.« Frank lacht, aber auf nicht sehr fröhliche Art. »Also, natürlich nicht wirklich wie im Urlaub. Aber schon nach wenigen Tagen kommt einem alles ganz normal vor. Als wäre man schon immer dort gewesen.«

»Und Ute?«, frage ich.

»Lebt auf Mallorca. Ich habe sie lange nicht mehr gesehen. Sie hat ganz schön zu kämpfen, macht drei Jobs, arbeitet fast rund um die Uhr, irgendwelchen Kleinkram, nähen und putzen und so. Dabei ist sie nicht mehr die Jüngste. Ich schicke ihr ab und zu Geld, wenn ich was übrig habe.«

»Oh«, sage ich, mehr fällt mir dazu nicht ein.

»Sie hat einen Mann kennengelernt, und dann war sie auch schon weg. Er hat sie ausgenommen und fallengelassen. So ist das Leben.«

Ist das so?, frage ich mich selbst.

»Hast du was von Mark gehört?«

Er schüttelt den Kopf, seine Mundwinkel gehen nach unten. »Nein. Nie wieder.«

Wir reden ein wenig über die Stadt und die vielen Veränderungen, dann über Franks Job. Die Unternehmensberatung in Köpenick, die ich im Netz gefunden habe, läuft nicht, irgendwas mit Leasing, er will das Büro aufgeben und versuchen, wieder in seinem ursprünglichen Beruf Fuß zu fassen. Mit Ende dreißig gehört man noch nicht zum alten Eisen, findet er, wirkt aber nicht sonderlich optimistisch.

»Wo wohnst du eigentlich?«, fragt er.

»In einem Hotel.«

Ich sage ihm, welches. Er verzieht das Gesicht.

»Du könntest bei mir schlafen«, schlägt er vor. »Ich habe ein Apartment, nicht weit von hier.«

»Das ist nett. Aber ich möchte jetzt mal ein bisschen ganz für mich alleine sein.«

Er nickt.

»Und die anderen?«, frage ich.

Frank zuckt die Schultern. »Wir haben uns noch ein paarmal zum Skat getroffen nach deiner Hochzeit. Dann blieb Pepe weg, weil das mit dieser Bedienung passiert ist.«

Er schaut kurz zum Tresen, Dieter arbeitet alleine. »Osti tauchte auf und wieder unter, nach der Wende verschwand er. Und Neuner ...«

»Was ist mit Neuner?«

Er schaut mir in die Augen.

»Als du weg warst, hat sich alles verändert. Neuner ist fast durchgedreht, hat ständig herumgeschimpft, war unglaublich aggressiv. Kaum auszuhalten. Dann kam er plötzlich mit Typen hier an ... seltsame Gestalten. Rumänen oder Russen. Haben Wodka gesoffen wie die Löcher und zweimal den Laden auseinandergenommen. Dieter hat noch Fotos davon, die kann er dir zeigen. Mit denen hat sich Neuner auf die Socken gemacht, um im Osten richtig abzugreifen.«

»Und dann?«

»Nichts. Hab keine Ahnung, wo er steckt. Wahrscheinlich in irgendeinem Knast in Kasachstan. Ehrlich, ich weiß es nicht. Aber diese Gesellen ... heihei. Böses Volk.«

Er macht Zeichen zur Bar, dann sieht er mich wieder an.

»Und du? Hast du je wieder was von deinem Freund gehört, diesem Dicken?«

»Kuhle?«

»Ja. Kuhle.«

Ich schüttle den Kopf.

»Na, war ja auch nicht zu erwarten«, sagt Frank. Dabei greift er in die Innentasche seiner Jacke, holt ein Mobiltelefon heraus. Es summt. Er schaut auf das Display.

»Geschäfte«, sagt er entschuldigend, steht auf und geht auf die Herrentoilette.

»Ich muss weg«, verkündet er, als er zwei Minuten später wieder zurückkommt. Er legt zwanzig Euro auf den Tisch und notiert mit einem billigen Kugelschreiber seine Telefonnummer auf einem Bierdeckel. »Geschäfte«, wiederholt er.

Ich schaue ostentativ auf die Uhr. »Irgendwas Illegales?«, frage ich, und ich bin ehrlich besorgt.

Frank lächelt schwach. »Was ist schon legal?«

Es ist kurz nach zwei, ich weise den Taxifahrer an, eine große Runde zu drehen. Das Ciro ist jetzt ein Restaurant. In der ehemaligen Dachluke logiert ein Kabarett. Das Zelt am Kulturforum gibt es nicht mehr. Sogar das Big Apple ist verschwunden. Ich drücke mir die Nase an der Scheibe platt, aber fast nichts ist mehr so, wie ich es in Erinnerung habe. Dann fahren wir in die Turmstraße. Immerhin, unser Haus steht noch, und es sieht unverändert aus, nur ein bisschen schmutziger, die Hauswand ist bis in zwei Meter Höhe mit Graffiti beschmiert. Ich steige aus dem Wagen und schaue mir die Klingelschilder an, die meisten Namen kann ich kaum lesen, und die anderen enthalten fast keine Vokale.

»Gibt es das Chateau Plaisir noch?«, frage ich. Der schweigsame Fahrer hat einen großen Kopf, blonde, kurze Haare, rund um eine handtellergroße Glatze, er trägt ein T-Shirt, dessen Schulternähte eingerissen sind, in den Achseln hat es großflächige Schweißkreise.

»Chateau was?«, fragt er.

Ich nenne ihm die Adresse. Die mir sofort einfällt.

»Ach, der Puff«, sagt er.

Es heißt jetzt Pik Bube, wie sinnig, und das Schild über der Tür zeigt die entsprechende Spielkarte, allerdings ohne dass im Piktogramm irgendwelche Anzüglichkeiten untergebracht worden wären. Die Fassade aber entspricht derjenigen aus meiner Erinnerung.

»Wollen Sie jetzt aussteigen oder nicht?«, fragt der Fahrer. Dann dreht er sich um. »Ich kenne bessere Puffs. Gute Frauen. Gute Ficks. Sie müssen nur sagen.« Er ist Pole oder Ungar oder so.

»Nein, ich will in diesen.«

Will ich?

Die Tür ist schwarz und verkratzt, das Messingschild mit dem Klingelknopf abgegriffen, in den Schaufenstern hängt roter Samt, der staubig aussieht. Wie früher.

Was, wenn Werner hier noch immer zugange ist? Mit zittrigem Zeigefinger drücke ich den Knopf.

Eine Frau im schwarzen Body öffnet. Sie sieht mich kaum an, sagt: »Erstgedeck dreißig Euro, Schnaps und Bier.«

»Okay«, antworte ich.

Es ist ein Flashback. Als wäre ich gestern das letzte Mal hier gewesen. Da sind die Tische und die roten, samtgepolsterten Sitzbänke drum herum. Die Séparées. Da ist die runde Bühne mit dem abgewetzten, dunkelgrünen Bezug. Der billige, furnierte Tresen. Sogar Monitore gibt es noch, allerdings sind sie jetzt flach, dafür etwas lichtschwächer. Und die Pornos haben keine Störstreifen. DVD. Ich bleibe im Windfang stehen und erwarte angstvoll, dass Marla auf mich zukommt oder Geraldine oder Babsi oder sogar, Gott behüte, Jenny. Aber am Tresen sitzt nur eine etwas unförmige Rothaarige, die desinteressiert in meine Richtung schaut, und dahinter steht ein kleiner Mann mit dunklen, glänzenden Haaren in einem Schiesser-Unterhemd. Die Luft ist muffig und feuchtheiß. Dann durchzuckt mich etwas. Die Musik. Ich höre »The Safety Dance«, das Stück endet gerade, dann wird übergeblendet: »Send Me An Angel.« Das ist eine von meinen alten Kassetten. Der Sound ist dumpf, es gibt kaum Höhen. Aber das interessiert hier wahrscheinlich niemanden. Es ist sowieso kein anderer Gast da. Ich mache auf dem Absatz kehrt und verlasse den Laden. Jesus.

Draußen atme ich durch. Was hat mich damals nur geritten? Am Ku'damm, nach ein paar Schritten, winke ich ein Taxi heran.

In der Rücktasche des abgewetzten Beifahrersitzes steckt der »tip«, ein Stadtmagazin, das es auch früher schon gab. Während wir in Richtung Neukölln unterwegs sind, blättere ich durch die Veranstaltungstipps. Morgen, also eigentlich heute, ist Dienstag, der 18. Juli 2006. Eine Kleinanzeige inmitten der Programmübersicht wirbt für ein Konzert, Open Air, Zitadelle Spandau: Ich werde heute auf ein Billy-Idol-Konzert gehen.

8. Open Air

Das Telefon weckt mich, meine Nackenhaare stellen sich auf, weil ich erwarte, dass Wolfgang oder sogar Gisela selbst anruft. Doch es wird eine Funknummer angezeigt, die ich nicht kenne.

»Hier Rauh. Rauh wie Unglatt, in alter Rechtschreibung. Ich bin Anwalt.«

Ich bin zwar der Meinung, das Recht auf meiner Seite zu haben, aber mir rutscht trotzdem das Herz in die Kniekehlen. In meinem ganzen Leben hat mich noch kein Anwalt angerufen. Wenn Jens auf seinen Patrouillen in ernste Bedrängnis geriet, drohte er stets mit »seinen Anwälten«. Das war eine Art Superwaffe. Man war praktisch schon mit einem Bein im Gefängnis, wenn ein Anwalt involviert war. Jedenfalls hatte ich das lange geglaubt.

»Ja?«, frage ich vorsichtig.

»Sie haben gestern mit einem Kollegen gesprochen. In der Hotelbar. Er hat mich gebeten, Sie anzurufen.«

Ich atme aus und nicke.

»Ja.«

»Na, dann erzählen Sie mal.«

Das tue ich. Er unterbricht mich ein paarmal, um nachzufragen, nach fünf Minuten habe ich die Sachlage geschildert. Sechzehn Jahre in fünf Minuten.

»Interessant. Und Sie möchten die Aufhebung der Ehe betreiben?«

»Wenn irgendmöglich.«

»Mmh. Mein Kollege hat Ihnen sicher schon erklärt, dass das kein einfaches Verfahren ist.«

»Trotzdem.«

»Die Straftatbestände sind leider verjährt. Beischlaf zwischen Verwandten und Personenstandsfälschung.«

»Was für eine Fälschung?«

»Das Unterschieben von Kindern. Sagen Sie, hat Sie Ihre Frau erpresst, um die Ehe einzugehen oder aufrechtzuerhalten?«

Ich muss nicht lange nachdenken.

»Wir hatten eine Krise, das war im fünften Jahr. Da hat mir meine Frau angedroht, mir die Steuerfahndung auf den Hals zu hetzen, wenn ich sie verlasse. Ich hatte ihr nämlich erzählt, dass ich keine Steuern bezahlt habe, als ich DJ war.«

Gisela hatte mich damals in Angst und Schrecken versetzt, und das Eingeständnis fällt mir auch jetzt noch nicht leicht. Wir hatten über Rolands Erziehung gestritten, und als sie mir darlegte, sie werde nunmehr allein für ihn verantwortlich sein, hatte ich geantwortet, dass ich dann ja gehen könnte. Als Antwort drohte sie mir mit einer anonymen Anzeige. Die Drohung hatte lange nachgewirkt; ich wusste nicht, dass solche Dinge auch irgendwann nicht mehr verfolgt werden. Noch wochenlang lag ich nachts wach und sah mich im Knast, zwischen lauter harten Jungs, die mir an die Wäsche wollen.

»Ist doch auch längst verjährt.«

»Ja, aber das wusste ich nicht.«

»Gibt es Zeugen dafür?«

»Ich nehme an, dass sie auch das ihrer besten Freundin erzählt hat. Janine Kempfel. Von der ich schon gesprochen habe.«

»Die Dame, die auch von der inzestuösen Beziehung wusste.«

»Genau die.«

»Meinen Sie, Frau Kempfel würde für Sie aussagen?«

»Da bin ich mir eigentlich sicher.« Bin ich das?

Er schweigt für einen Moment.

»Ein interessanter Fall, aber nicht einfach. Wir sollten uns nach dem Kongress in meiner Kanzlei treffen. Wenn Sie von der Gegenseite etwas hören, teilen Sie den Herrschaften bitte mit, dass

Sie von mir vertreten werden. Ich schicke Ihnen meine Adresse per Mail.«

Ich nenne ihm meine Mailadresse.

»Wird schon«, sagt er und legt auf. *Wird schon*. Goerch hat das gerne gesagt, als er noch sprechen konnte.

Vor dem Frühstück gehe ich zur Rezeption, wo die kleine, junge Frau sitzt, bei der ich eingecheckt habe. Sie will versuchen, mir ein Ticket für das Konzert zu besorgen.

»Billy Idol fand ich früher auch gut«, sagt sie lächelnd. »Dass der noch auftritt. Der muss doch fast sechzig sein.«

Ich zucke die Schultern. »Er ist etwas über fünfzig, glaube ich. Aber ich gehe da nicht hin, weil ich Idol gut finde. Ist schwer zu erklären.«

»*Eine* Karte?«

Ich nicke. Sie schaut mich weiterhin lächelnd an.

Zur Zitadelle Spandau kann man mit der U-Bahn fahren. Ist mir neu. Man muss nur einmal umsteigen, am Hermannplatz. Den Bahnhof habe ich von früher noch gut in Erinnerung, hier stieg man aus, wenn man zu Karstadt wollte, das einen Zugang mitten auf dem Bahnsteig hat, oder weiche Drogen kaufen, draußen, an den Eingängen. Ich wechsle in die U7, der Zug ist sauber, an der Decke hängen Fernseher, auf die alle anderen Fahrgäste starren. Nach zwei Stationen steigen drei Musiker ein, die mit Gitarre, Saxophon und Geige bewaffnet sind. Kaum ist der Zug wieder angefahren, ertönt Billigfolklore – »Bamboleo« oder so was –, und jetzt glotzen die übrigen Fahrgäste noch angestrengter auf die Monitore. Früher waren die Bezüge der Sitze aus grünem Kunstleder, heute ist alles in Stoff verpackt, in nicht sehr gemütlichen Farben. Man soll sich ja auch nicht wohl fühlen. Die Musiker steigen wieder aus, keiner hat ihnen Geld gegeben, wenn ich das richtig beobachtet habe, aber gleich darauf kommt ein filzhaariger Typ mit einer von Aufklebern übersäten Akustikgitarre. Er behauptet, obdachlos und HIV-infiziert zu sein. Das Salär fällt trotzdem mau aus.

Ich muss die ganze Zeit über daran denken, was Frank gesagt hat: *Man gewöhnt sich so schnell an alles. Schon nach wenigen Tagen kommt es einem normal vor.* Es ist sogar noch schlimmer. Man vergisst ziemlich rasant, wie es vorher war. Schon nach einer Nacht habe ich kaum mehr ein Gefühl für Nieder-Sengricht, die Erinnerung verblasst, und mein Hotelzimmer ist mein Zuhause. So war es damals auch, nach der Heirat mit Gisela. Als wäre es immer so gewesen. Vielleicht ist es deshalb so schwer, das Steuer herumzureißen.

Viele Menschen strömen zur Freilichtbühne, das Wetter ist phantastisch. Einige tragen Irokesen, aber die meisten sehen ganz normal aus, es gibt ein paar schwarze Lederjacken und viele Frauen mit Fächern. Die Sonne brennt, das Bier ist kühl, die Leute, der Großteil von ihnen Ende dreißig wie ich, hantieren mit Deorollern und batteriebetriebenen Miniventilatoren. Ich stelle mich seitlich vor die Bühne. Mein letztes Konzert ist Ewigkeiten her, aber daran, dass man am Eingang durchsucht wurde und Getränke abgeben musste, kann ich mich nicht erinnern.

Idol ist alt geworden, richtig alt, ich habe ihn quasi direkt vor der Nase, und auch seine sehnigen, ausformulierten Muskeln täuschen nicht darüber hinweg, dass ihn der Rock 'n' Roll einige Jährchen gekostet hat. Für eine Sekunde wirkt es lächerlich auf mich, wie hier versucht wird, die Vergangenheit zur Gegenwart zu machen, aber ich verdränge den Gedanken.

Ich komme mit einem Typen ins Gespräch, der etwa in meinem Alter ist. Er erzählt mir etwas über den Punk und dass jetzt nichts mehr so authentisch sei wie damals. *Punk?* Heute läuft der alte Billy-Krempel auf den Mainstream-Top-40-Dasbestevondamalsbisirgendwann-Sendern, aber ich erinnere mich nicht daran, dass das jemals irgendwas mit Punk zu tun gehabt hätte. Ist ja auch egal. Ich verabschiede mich höflich und tigere zum Bierstand, während Idol die Lederjacke auszieht und die ersten Riffs eines alten Hits erklingen. Keine Ahnung, was ich erwartet habe, aber wenigstens ist das Wetter gut.

Ich stehe in der Schlange, das Catering muss bei Rockkonzerten einfach schlecht sein, sonst macht es keinen Spaß, die Zapfer panschen, aber meine Laune ist trotzdem gut. Ich fühle mich auf seltsame Art frei.

»Hi«, sagt eine Frau hinter mir, und ich bekomme erst nicht mit, dass ich gemeint bin. Als sie die Begrüßung wiederholt, drehe ich mich um. Die Rezeptionistin aus dem Hotel.

»Ich heiße Tanja«, sagt sie.

»Tim.«

»Ich fand die Idee so nett. Ich laufe Ihnen nicht nach.«

Ihr Gesicht ist ein bisschen gerötet, aber das mag an der Sonne liegen.

»Ist schon okay. Aber wir sollten uns duzen.«

»Schön.« Sie strahlt. Ich spendiere ihr ein Bier.

Wir setzen uns auf ein freies Stück Wiese etwas abseits. Langsam dämmert es, und würden da vorne die Arctic Monkeys, The Kooks, Bloc Party, Blue October, Interpol oder so spielen, also die Art von Musik, die ich in den letzten Jahren fast heimlich liebgewonnen habe, wäre es perfekt. Tanja wippt mit den kleinen Füßen, die in weißen Turnschuhen stecken, nippt an ihrem Bier und schaut alle zwei Sekunden zu mir rüber. Sie weiß nicht, dass ich es bemerke. Ich lasse sie im Augenwinkel und gebe mich dem Gefühl hin, eigentlich mit einer anderen Frau hier zu sitzen. Es riecht nach Gras, und ich bekomme plötzlich Lust auf einen Joint. Ich war nie ein Kiffer; die paar Male, die ich das früher probiert hatte, kann ich an einer Hand abzählen, und der Effekt fiel immer enttäuschend aus. Kribbelnde Kopfhaut, etwas verlangsamte Wahrnehmung, ein Gefühl zwischen wohliger Völle und kurz vor dem Kotzen. Trotzdem zieht mich irgendwas in diese Richtung. Ich erhebe mich aus dem Schneidersitz, meine Knie schmerzen, und halte Ausschau nach den Kiffern. Tanja wirft mir einen fragenden Blick zu, ich sehe drei Typen, die eine riesige Rübe kreisen lassen, stelle mich neben sie und schaue den einen fragend an, einen rothaarigen Schlaks, der wohl über zwei Meter misst. Er grinst, gibt mir den Joint, und ich nehme zwei kräftige, lange Züge. Nickend und den zweiten Zug haltend kehre ich zu Tanja zurück, aber sie ist nicht mehr allein. Eine Frau steht bei ihr: Jenny. Fucking Jenny.

Erst erkenne ich sie gar nicht. Ihre Haare sind immer noch schwarz, aber sehr kurz, sie trägt eine Brille, randlos und mit metallisch glänzenden Bügeln. Neben Tanja, die vielleicht eins zweiundsechzig ist, wirkt sie groß; Jenny trägt enge Jeans, die ihre langen Beine betonen, und tatsächlich ein Billy-Idol-T-Shirt. Sie sieht mich an, als wäre ich von einem anderen Planeten.

»Ihr kennt euch?«, fragt Tanja, während wir einander anstarren.

Meine Kopfhaut fühlt sich an, als würde ich ein Toupet tragen, und mit meinen Beinen ist irgendwas. Ich setze mich hin, und weil Tanja und Jenny stehenbleiben, glotze ich nach oben. Billy spielt einen Song, den ich nicht kenne. Für einen Augenblick weiß ich nicht, in welcher Richtung die Bühne liegt.

»Kennt ihr euch denn?«, frage ich zurück.

»Jennifer ist meine beste Freundin«, erklärt Tanja.

Jennifer.

Ich stehe wieder auf, weil es noch komischer ist, Jenny von unten anzusehen, und als ich auf den Beinen bin, trifft mich eine kräftige Backpfeife. Ich nicke, atme tief ein und bücke mich nach meinem Bierbecher. Als ich mich wieder erhebe, verschwimmt meine Wahrnehmung für einen Moment. Ich greife in die Luft, meine Hand landet auf Tanjas Schulter. Sie sagt: »Ihr kennt euch.«

Ich nicke wieder. Die Bewegung dauert eine gefühlte Ewigkeit.

»Du Arsch«, sagt Jenny jetzt. Es ist seltsam, sie mit Brille zu sehen, es ist seltsam, sie überhaupt zu sehen, und plötzlich muss ich lachen. Wahrscheinlich lache ich wie der letzte Vollidiot, aber als der Anfall endlich vorbei ist, bin ich auch wieder klar, bis auf ein ganz leichtes Unwohlsein in der Magengegend.

»Scheiße, das ist fast zwanzig Jahre her«, sage ich, völlig außer

Atem. Dass ich noch jahrelang Angst vor Werner hatte, muss ich hier niemandem auf die Nase binden.

Ich krame nach Erinnerungen, sehe meine alte Wohnung vor mir – und Jenny, die in meinem Bett liegt, eine Zigarette raucht und nach einem Aschenbecher sucht. Die Frau, die mir jetzt gegenübersteht, sieht aus wie eine Bankangestellte in Freizeitkleidung; sie ist zwar immer noch hübsch, aber die Wirkung, die sie zu jener Zeit auf mich hatte, ist völlig verschwunden. Es ist, als würde ich ein vergilbtes Foto ansehen. Als spielte jemand Jenny.

Sie sieht abwechselnd zu Tanja und zu mir. Ich ahne, was in ihrem Kopf vor sich geht. Das Ganze ist skurril und lustig. Ich grinse und trinke von meinem Bier. Es geht mir wieder besser.

»Du Arsch«, wiederholt sie mit einem inzwischen entspannteren Gesichtsausdruck.

»Ich hatte dir nichts versprochen. Du warst es, die plötzlich geklammert hat.« Seltsam, jetzt so einfach darüber zu sprechen, als würde man über einen alten Film reden, der gerade im Fernsehen wiederholt wird.

»Geklammert.«

»Ja.«

»Ich dachte, wir wären verliebt.«

Es klingt so unglaublich naiv, dass ich fast wieder lachen muss. Jenny sieht mich traurig an, sie ist den Tränen nah. Das verblüfft mich.

»Jenny, wir haben uns im Puff kennengelernt. Wir hatten Sex, mehr nicht.«

»Im *Puff*?«, stößt Tanja hervor.

Jenny nickt. »Das ist sehr lange her.«

»Eben«, sage ich.

»Du bist einfach verschwunden.«

Ich nicke nur.

»Werner hat mich geschlagen. Ich musste zwei Monate umsonst arbeiten.«

»Was hast du erwartet? Dass er dir Rente zahlt? Verdammt, Jenny, er war dein Mack. Und du erklärst ihm, dass du aufhören willst, weil du mit einem Kunden zusammen bist.«

»Da ist Cherno Jobatay«, sagt Tanja plötzlich und verschwindet. Von der Bühne ertönt »Rebel Yell«.

Cherno Jobatay?

»Ich ... du.« Jenny stockt. »Ach was. Verdammt. Es war nur ... als ich dich vorhin gesehen habe. Da war plötzlich alles wieder da.« Sie schüttelt den Kopf, deutet ein Winken an und geht in Richtung Toiletten davon.

Ich bin froh, wieder allein zu sein. Die Band hat die Bühne verlassen, das Publikum verlangt nach Zugaben, über den Köpfen schwebt eine Armada von Fototelefonen. Ich brauche keine Zugabe, für heute reicht es, also drängle ich mich zum Ausgang und fahre zurück ins Hotel.

War Berlin früher auch schon so klein, dass man pausenlos Leute traf, die man eigentlich überhaupt nicht sehen wollte?

9. Telefonate

Mein Kopf ist leer. Ich habe Rauh wie Unglatt, meinen Anwalt, noch zufällig an der Hotelbar getroffen, nach dem Konzert, und der Herr ist mir zwar irgendwie unsympathisch, war aber sehr spendierfreudig. Keine Ahnung, wie ich danach in mein Zimmer gekommen bin. Jetzt erscheint es mir jedenfalls klein, muffig, heiß und wenig wohnlich. Ich dusche, schrubbe mir die Zähne – es ist Jahre her, dass ich mir so die Kante gegeben habe –, bestelle beim Zimmerservice Kaffee, Aspirin und Mineralwasser, schalte die Klimaanlage ein und starre auf den Bildschirm meines Laptops. Keine interessanten neuen Nachrichten. Ich muss jetzt endlich etwas tun. Also Nummer eins auf der Liste.

»Ja?« Eine Frauenstimme.

»Hallo.«

»Hallo. Wer ist da?«

»Bin ich richtig? Bei Kuhlmann?« Meine Stimme krächzt noch etwas. *Bin ich richtig?* Jesus, ich sollte nicht in diesem Zustand telefonieren.

»Ja. Wer spricht da?« Ihr Alter ist nicht abzuschätzen, sie kann sechzehn oder sechzig sein. Leicht rauchiges Timbre.

»Mein Name ist Köhrey.« Ich spüre, wie meine Ohren heiß werden. Ich erwarte, dass sie den Namen kennt.

»Ja?«

»Ist Michael Kuhlmann zu sprechen?« Ich muss husten.

Sie schweigt. Dann, etwa zehn Sekunden später: »Mein Vater ist vor drei Jahren gestorben.«

»Oh«, sage ich, aus einem Reflex heraus. *Gestorben?* Könnte Kuhle ein Kind haben? »Das tut mir leid«, sage ich schwach. Scheiße. Kuhle ist *tot*?

»Was wollen Sie von ihm?«

»Ich bin auf der Suche nach einem Freund aus meiner Kindheit, der Michael Kuhlmann heißt.«

»Wie lange ist das her?«

»Knapp zwanzig Jahre.«

Sie lacht, aber unfroh. »Mein Vater war zweiundsiebzig, als er starb.«

»Dann war er das wohl nicht.« Ich bin erleichtert, aber gleichzeitig ist mir bange, weil ich jetzt noch mindestens einen weiteren derartigen Anruf vor mir habe. »Entschuldigen Sie bitte.«

»Schon okay.« Sie legt auf.

Meine Hände sind nassgeschwitzt, mein Kopf glüht. Was, wenn Kuhle ans Telefon gegangen wäre? Ich habe Fracksausen vor meinem eigenen Mut. Es klopft, der Zimmerservice, das ist wenigstens eine Ablenkung. Ich trinke Mineralwasser mit Aspririn-Plus-C, danach Kaffee. Bevor ich den zweiten Anruf machen kann, klingelt das Telefon. Das hoteleigene. Es ist Frank. Er will mich gegen acht abholen.

Also Nummer zwei.

»Kuhlmann.« Eine Männerstimme, tief und etwas verschlafen.

»Hallo. Spreche ich mit Michael Kuhlmann?«

Kurze Pause. Dann: »Hören Sie, ich will keine Versicherung abschließen, ich bin mit meinen Telefontarifen zufrieden, ich möchte nicht an einer Umfrage teilnehmen, und ansonsten ist auch alles ganz wunderbar in meinem Leben. Bis auf die Tatsache, dass ich vor drei Stunden von der Nachtschicht gekommen bin und jetzt eigentlich schlafen möchte. Auf Wiederhören.«

»Halt!«, rufe ich.

»Ja?«

»Ich bin auf der Suche nach einem Jugendfreund.«

»Aha.«

»Einem, der Michael Kuhlmann heißt.«

»Verstehe. Und Sie glauben, dass ich das bin? Oder gibt es einen günstigen DSL-Tarif für Jugendfreunde, den Sie mir andrehen wollen?«

Ich grinse. Und bin inzwischen sicher, *nicht* Kuhle am Telefon zu haben.

»Sagt Ihnen der Name Tim Köhrey etwas?«

Er zögert kurz. »Eigentlich nicht«, kommt es dann.

»Eigentlich? Entschuldigung. Mein Name *ist* Tim Köhrey.«

»Aha. Wissen Sie, das ist schon etwas merkwürdig. Vorgestern rief eine Dame an, die ich nicht kannte. Also, sie hat sich nicht einmal vorgestellt.«

»Ja?«

»Die hat mich gefragt, ob ich einen *Tim Curry* kenne. Als ich verneinte, hat sie sich kurz bedankt und sofort wieder aufgelegt.«

Eine Dame? Die nach meinem Namen gefragt hat?

»Und sie hat sonst nichts weiter gesagt?« Meine Ohren glühen schon wieder.

»Nein. Sie hat sich nicht vorgestellt, mir nur diese Frage gestellt, und das war's. Ich dachte erst, das wäre irgendwie Verarsche. Da gab es doch diesen Schauspieler. Rocky Horror oder so. Richtig?«

Ich nicke. »Ja«, sage ich schließlich.

»Aber der sind Sie nicht? Ich meine, wäre ja möglich, dass der jetzt Werbetelefonate führt.« Er lacht.

»Nein, das bin ich nicht. Ich bin tatsächlich nur auf der Suche nach jemandem, der genauso heißt wie Sie. Tut mir leid, dass ich Sie geweckt habe.«

»Schon in Ordnung.«

»Danke.«

»Und viel Glück noch bei der weiteren Suche.«

»Danke. Wiederhören.«

Ich will gerade auflegen, da höre ich, den Mann etwas sagen.

»Ja?«

»Mir ist noch eingefallen, dass sich mein Telefon die Nummern der Anrufer merkt. Möchten Sie, dass ich nachschaue, ob die Nummer der Dame gespeichert ist?«

Scheiße, *ja*. Natürlich möchte ich das. Es gibt eigentlich nur ein weibliches Wesen, das auf die Idee kommen könnte, die Michael Kuhlmanns dieser Welt anzurufen, um nach mir zu fragen.

»Das wäre super«, sage ich. In meinen Ohren rauscht es.

»Moment.«

Ich höre Gepiepe, der Mann lacht: »Ups. Falsche Taste.« Und dann sagt er »Technik ist schon toll« und nennt mir eine Telefonnummer in Berlin, bevor wir uns voneinander verabschieden.

Für einen Moment sitze ich nur da und starre die wacklig auf den Hotelnotizblock gekritzelte Nummer an. Doch dann tippe ich sie einfach ein, bevor ich es mir wieder anders überlege. Als es tutet, fällt mir fast der Hörer aus der Hand, mein Herz schlägt so heftig, dass mir schwindlig wird. Gleich werde ich ihre Stimme hören. Zum ersten Mal seit über zwanzig Jahren.

»Bichler.«

Mein Herz kann eigentlich nicht mehr tiefer rutschen, aber das tut es doch. *Bichler*? Sie ist verheiratet? Und macht trotzdem Pornofotos? Aber die Stimme ist irgendwie nicht richtig, klingt etwas quäkig. Melanies Stimme war anders. Aber inzwischen kann ja alles Mögliche passiert sein. Es *ist* inzwischen alles Mögliche passiert.

»Hier ist ...« Ich kann meinen Namen nicht aussprechen. Stattdessen muss ich wieder husten.

»Ja?«

»Hier ist Tim. Tim Köhrey.« Jetzt ist es raus. Ich bin Gottes Gnade ausgeliefert.

»Tim Köhrey?«, Sie klingt nachdenklich. »Ach. Tim. Hallo! Schön, dich zu hören.«

»Mit wem spreche ich?«

»Mit Martina. Martina Vasenta.«

Wer? Who the fuck ist Martina Vasenta? Ich habe diesen Namen noch niemals gehört.

»Ich habe geheiratet. Schon vor Jahren. Deshalb habe ich mich mit Bichler gemeldet. Ich habe zwei Kinder. Und du?«

Und ich? Ich bin völlig neben mir. Ich hatte gehofft, mit meiner verschollenen Jugendliebe sprechen zu können, mit der Frau, die ich niemals aufgehört habe zu lieben. Und jetzt habe ich eine Tante am Telefon, deren Name wie der einer polnischen Nachrichtensprecherin klingt und die mir was vom Pferd erzählt.

»Sorry, aber ich weiß ehrlich gesagt nicht, wer du bist.«

»Aber warum hast du mich dann angerufen?«

»Ich habe gehört, dass jemand auf der Suche nach mir war, und ich habe eine Telefonnummer bekommen.«

Sie schweigt. »Ach so. Ja, ich habe versucht, deinen Kompagnon zu finden. Dich natürlich auch.«

»Und wer bist du? Bitte, ich will nicht unhöflich sein, aber dein Name sagt mir wirklich nichts.«

»Die Schulfete. Wir waren in der zehnten Klasse, ihr in der neunten, glaube ich. Ich habe das Organisationskomitee geleitet. Ihr habt die Musik gemacht.«

Etwas klickert, Erinnerungsbilder schieben sich vor mein geistiges Auge. »Hattest du rote Haare?«

»Die habe ich immer noch.« Sie kichert. »Na ja. Inzwischen färbe ich ein wenig nach.«

»Und warum bist du auf der Suche nach uns?« Eigentlich will ich das überhaupt nicht wissen.

»Wir wollen ein Jahrgangstreffen veranstalten. Und wir dachten, weil das damals so schön war, könntet ihr vielleicht ... wieder Musik machen.«

»Ach du je.«

»Ist das ein Nein?« Jetzt klingt sie enttäuscht.

»Nein, es ist nur ... ich bin gerade erst wieder nach Berlin zurückgekommen, und ich bin selbst auf der Suche nach Kuhle. Ich habe lang nichts von ihm gehört.«

»Aha.«

»Wann ist denn eure Fete?«

»Ende August.«

»Ich habe ja deine Nummer. Ich melde mich wieder bei dir.«

»Ja. Okay. Danke. Aber ...«

»Ich hab jetzt leider keine Zeit. Bis später.«

»Warte. Ich habe da noch eine Telefonnummer. Ich bin vorgestern nur nicht mehr dazu gekommen. Die Kinder. Hast du Kinder? Die machen wirklich viel Arbeit. Ich könnte dir Geschichten erzählen.« Sie lacht.

»Nein, ich habe keine Kinder«, sage ich und versuche, nicht unhöflich zu klingen. »Und die zweite Nummer kannst du vergessen, das ist er auch nicht. Trotzdem danke.«

Bevor sie noch irgendwas erzählen kann, lege ich auf.

Komisch, dass sie nach mir *und* nach Kuhle suchen. Schließlich ist diese Sache mit Sabrina passiert, als Frau Deutsche-Welle-Polen noch an der Schule war.

Ich bin genauso weit wie vorher. Also muss ich versuchen, Sabrina zu finden, um wenigstens herauszukriegen, was damals wirklich passiert ist. Für den Namen Ergel gibt es nur einen Eintrag im Telefonbuch, die Adresse ist im Wedding, und sie kommt mir bekannt vor.

10. Egel

Ein leicht schielender Mittdreißiger öffnet die Tür, er trägt eine Tchibo-Jogginghose und ein weißes T-Shirt mit dem Aufdruck »Ich bin doch nicht blöd«. Ich erkenne ihn nicht sofort, aber bevor er fragen kann, wer ich bin oder was ich will, erreicht mich die Erkenntnis doch:

»Großer Gott, Egel. Du wohnst immer noch bei deinen Eltern?«

Er starrt mich mit offenem Mund an, blickt dann an sich herab – das Outfit lässt kaum eine andere Erklärung zu, und er verwirft vermutlich genau deshalb den Gedanken, mich anzulügen. Stattdessen legt er die Stirn kurz in Falten, was ein klein wenig gekünstelt wirkt.

»Tim, richtig?«

Ich nicke.

»Wie hast du mich genannt?«

»Egel. Den Egel. So haben dich doch alle genannt.«

»Tatsächlich?« Er scheint ehrlich verblüfft, sogar etwas bestürzt. »Warum haben sie das getan?«

»Weil sie dich für eine Petze hielten. Und jemanden, der spioniert und alle belauscht.«

Wieder öffnet er den Mund, schließt ihn aber gleich wieder.

»Christian«, sage ich, die Pause reichte gerade, um den Namen, den ich so gut wie nie benutzt habe, aus dem Gedächtnis zu kramen. Wäre er nicht Sabrinas Bruder, wäre es mir vermutlich nie eingefallen.

Er nickt langsam und sehr traurig.

»Aha.«

Einen Moment stehen wir schweigend voreinander, schließlich reiche ich ihm die Hand.

»Schön, dich zu sehen«, behaupte ich.

Sein Händedruck ist weich und zurückhaltend, ein wenig widerwillig.

»Was willst du von mir?«

»Überhaupt nichts. Ich bin auf der Suche nach deiner Schwester.«

»Sie wohnt hier nicht mehr, schon lange.«

Ich versuche ein Lächeln. »Das habe ich mir gedacht. Aber ihr wisst doch sicher, wo sie zu erreichen ist.«

Er starrt ins Nirgendwo hinter mir an der Flurwand.

»Komm doch rein«, sagt er endlich.

Die Wohnung riecht nach Linsen- oder Erbsensuppe, ein wenig nach kaltem Rauch und nach etwas anderem, irgendwie Chemischem, das ich nicht einordnen kann. Ich höre einen Fernseher, die Anfangsmelodie von irgendeiner Nachmittagsshow, Laienschauspieler vor Gericht, etwas in der Art.

Der Flur ist schwach beleuchtet, die Tapete stammt aus den Siebzigern, die wenigen Möbel – eine furnierte Garderobe, ein dunkles Telefontischchen – wirken wie aus einem nachträglich colorierten Wallace-Krimi. Christian schließt die Wohnungstür, geht an mir vorbei und führt mich ins Wohnzimmer. Das Ambiente entspricht demjenigen des Flurs und erinnert mich fatal an die Wohnung meiner Pflegeeltern; es gibt eine dunkel furnierte Schrankwand mit vielen Nippes, einen Rauchglastisch und eine abgenutzte, feldgrüne Couchgarnitur. Auf ihr hocken zwei alte Leute, die mich mit wässrigen Augen anstarren, als ich den Raum betrete. Der seltsame Geruch verstärkt sich. Es ist irrsinnig warm; ich spüre Schweiß mein Rückgrat entlanglaufen.

»Das ist Tim, ein ehemaliger Klassenkamerad.«

Die beiden nicken minimal und wenden sich sofort wieder dem Fernseher zu. Der Ton ist sehr laut gestellt. Der Kopf der alten Frau ruckelt, und die Hand des Mannes, der sich eine Reval aus einer von acht oder neun Schachteln auf dem Tisch zieht, zittert stark. Er hustet schwindsüchtig – auch noch während des ersten Zuges.

»Ich pflege meine Eltern«, sagt Christian leise, und er sieht mich dabei an, als würde er gerne darüber reden. Als hätte er beschlossen, überhaupt mit mir reden zu wollen. Ich fühle mich sehr unbehaglich. »Lass uns mal rübergehen.«

»Wir gehen in mein Zimmer«, ruft er, aber die beiden Alten reagieren nicht. Ich nicke und folge ihm.

Christians Zimmer stammt komplett von Ikea, ist zwar moderner als der Rest der Wohnung, aber schrecklich klein. Es wird von einem großen LCD-Fernseher und einem Bücherregal beherrscht, das die gesamte Längswand einnimmt. Auf dem Tisch liegt ein Science-Fiction-Heftroman, auf einem kleinen Schreibtisch steht ein Computer, der eingeschaltet ist. Christian war offenbar gerade beim Chatten, als ich geklingelt habe; ich erkenne ein paar der üblichen Kontaktbörsenpseudonyme. Hastig geht er an mir vorbei und schaltet den Monitor aus.

»Setz dich«, sagt er dann und zeigt auf ein Klappsofa. Er zieht sich den Schreibtischstuhl dazu, aber bevor er selbst Platz nimmt, bietet er mir Kaffee oder Tee an. Ich möchte überhaupt nichts, nur Sabrinas Adresse und am liebsten so schnell wie möglich wieder verschwinden. Ich schüttle höflich den Kopf. Hier drin ist es noch heißer als im Wohnzimmer, und auch der Geruch ist präsent.

»Sei mir nicht böse, aber deine Eltern wirken so *alt*. Sie können doch unmöglich …« Ich hebe die Hände.

»Meine Mutter ist einundsiebzig, mein Vater wird nächstes Jahr achtzig. Sie haben uns sehr spät bekommen.«

Ich nicke.

»Jetzt sind sie krank, mein Vater hat Krebs, meine Mutter Parkinson. Sie sind auf mich angewiesen.« Er sieht zur geschlossenen Tür, durch die Fernsehgeräusche zu hören sind. Ich muss an die Straße denken, die nach Nieder-Sengricht führt.

»Meinen Vater muss ich nachts alle anderthalb Stunden zur Toilette bringen. Sie trinken zu wenig, sie essen fast nichts und machen sich andauernd in die Hose.« Diese Redewendung habe ich seit Ewigkeiten nicht mehr gehört. »Ständig vergessen sie ihre Medikamente. Oder sie wollen sie nicht nehmen.«

»Und du?«

»Was meinst du?«

»Was machst du? Beruflich?«

Er seufzt. »Willst du das wirklich wissen?«

Ich sehe ihn an, dann zum Fenster. Natürlich will ich das nicht wissen. Aber komischerweise fühle ich mich mitverantwortlich.

»Ich wollte nach dem Abi ins Ausland«, erzählt er, ohne meine Antwort abzuwarten. »London, Rom oder Paris. Sprachen studieren. Ich war ziemlich gut in Fremdsprachen, damals an der Schule. Aber dafür war nicht genug Geld da; Sabrina ist das Lieblingskind meiner Eltern. Ihr haben sie alles gegeben. Ich musste im Laden meines Vaters jobben, habe ein Studium angefangen. Aber es funktionierte nicht, irgendwie ist alles schiefgegangen.«

Er sieht wieder kurz zur Tür.

»Dann habe ich das Geschäft meines Vaters übernommen. Einen Tabakwarenladen, auf dem U-Bahnhof Gesundbrunnen. Einen verdammten Tabakwarenladen. Mein Vater hatte seine erste OP, linker Lungenflügel, danach war er arbeitsunfähig.«

Ich sage nichts.

»Statt Paris oder Rom auf dem U-Bahnhof Gesundbrunnen. Wahnsinn, oder?«

Ich überlege kurz, ob ich lächeln soll.

»Das habe ich bis vor zwei Jahren gemacht. Aber die Leute kaufen immer weniger Zigaretten und Zeitungen, und im Wedding wohnen kaum noch Leute, die überhaupt lesen können.«

Er verzieht das Gesicht; jetzt sieht er wirklich wieder wie eine Ratte aus. Mein Anflug von Sympathie ist vorüber. Ich atme auf und hoffe, dass es nicht zu erleichtert klingt.

»Sei mir nicht böse, Christian, aber ich bin ein bisschen in Eile.«
»Ach.« Er grinst.
»Was ist mit Sabrina? Wie kann ich sie erreichen?«
Er geht zu seinem kleinen Schreibtisch, schreibt eine Telefonnummer auf einen Haftnotizzettel.
»Sie wohnt in Frohnau, ist verheiratet und hat sogar ein Kind.« Er sieht auf den Zettel, dann grinst er wieder. »Kuhlmann. Michael Kuhlmann. Das war dein Busenkumpel damals, richtig?«
Ich nicke.
»Sprich sie besser nicht auf ihn an.«
Er bringt mich zur Tür, sein Händedruck ist jetzt anders. Eine Inszenierung, es war eine verdammte Inszenierung. Ich hasse mich dafür, dass ich darauf reingefallen bin. Der Egel blinzelt mir zu.
»Ich weiß, was sie macht.« Sein Gesichtsausdruck ist jetzt richtig gemein. Ich weiß, was und wen er meint, und bevor er noch etwas sagen kann, sprinte ich den Flur hinunter, in Richtung Fahrstuhl.
»Arschloch«, sage ich, zu ihm, zu mir, als ich in den halbblinden Fahrstuhlspiegel sehe. Ich bin kurz davor loszuheulen.

11. Hepatitis

Heute bringe ich den Anruf bei Sabrina nicht mehr über mich. Stattdessen esse ich meinen allerersten Döner; damals, Anfang der Achtziger, war das türkische Fastfood verpönt, heute gibt es an jeder Ecke zwölf Buden, also muss etwas dran sein. Das Hammelsandwich schmeckt nicht schlecht, »Döner macht schöner«, hat der Mann am Spieß grinsend zu mir gesagt, und das ist ja auch was.

Ich wandere durch Neukölln in Richtung Hermannplatz und am düsteren Friedhof vorbei. Auf der anderen Straßenseite befindet sich das fast schon historische »Off«-Kino, das jetzt »Neues Off« heißt, aber immer noch wie damals aussieht, ich passiere Karstadt und wende mich nach Süden, schlendere die Sonnenallee hinunter. Viele Läden stehen leer, andere sehen trostlos aus, aber wenn ich eine Telefonkarte, Tipps für Tätowierungen, etwas Sonnenbankbräune oder noch mehr Döner wollte, wäre ich hier ganz weit vorne. Ich biege nach links ab, in den Nebenstraßen hat sich nichts verändert, bis auf einige Fassaden, die aufgepeppt wirken. Die Straße ist kopfsteingepflastert, ich erreiche das Ufer des Neuköllner Schifffahrtskanals, Menschen in Trainingsanzügen sitzen auf Bänken, andere starren rauchend Löcher in die Luft, während ihre Mischlingshunde kinderkopfgroße Haufen in die Rabatten platzieren.

Plötzlich habe ich die Orientierung verloren. Vor mir liegt eine parkartige Fläche, auf der anderen Straßenseite stehen neue oder grundrenovierte Häuser, dazwischen viel Grün, ein Doppeldeckerbus hält gerade. Irgendwas stimmt hier nicht.

Richtig.

Die Mauer fehlt.

Ich drehe mich zweimal um die eigene Achse, aber es gibt keinen Hinweis mehr darauf, dass sie auch an dieser Stelle die Stadt teilte.

Ein Auto hupt, ich stehe tatsächlich mitten auf der Straße, mache einen Satz rückwärts und drehe mich um. Eine alte Frau schlurft mit so kleinen Schritten auf eine Haustür zu, dass man kaum sieht, wie sie sich fortbewegt. Sie geht gebeugt, schiebt einen Rollator vor sich her, an dem zwei Aldi-Tüten hängen. Keine Ahnung, wo sich die nächste Filiale befindet, aber die Frau ist sicherlich schon eine ganze Weile unterwegs.

Dann erkenne ich sie.

»Hallo, Frau Stachel«, sage ich.

Sie hebt den Kopf und sagt: »Ich heiße Stagel.« Ihre Augen funkeln mich prüfend an, dann nickt sie bedächtig. »Der Herr Körner.«

»Köhrey.«

»Wohnen Sie noch hier?«

Ich sehe zu dem Haus. Die Rahmen der Fenster im Erdgeschoss sind aquamarinblau angestrichen, an der Eingangstür hängt ein neonfarbenes Pappschild, ich lege den Kopf in den Nacken – keine weitere erkennbare Veränderung. Ich schüttle den Kopf und frage: »Aber Sie, oder?«

Sie nickt, und ich verspüre den Wunsch, ihren Kopf dabei zu stützen. Frau Stagel macht den Eindruck, jede Sekunde einfach auseinanderzufallen.

»Würden Sie mir helfen? Sonst brauche ich noch eine halbe Stunde bis nach oben.«

»Aber sicher doch.«

Ich trage ihren Rollator mit den Tüten hoch, und als ich wieder unten ankomme, hat sie gerade die vierte Stufe erklommen.

»Sie sollten sich das nicht mehr antun.«

»Entweder ich sterbe hier oder überhaupt nicht«, sagt sie energisch und grinst dabei. Ich nicke, hake mich bei ihr unter und schleppe sie die Treppe hinauf. Es dauert trotzdem fast zwanzig Minuten, alleine würde sie vermutlich Stunden brauchen und nicht die halbe, von der sie gesprochen hat, die Luft im Treppenhaus hat die Konsistenz von Autoabgasen, auf der Brustseite meines T-Shirts breitet sich ein großes Schweißoval aus, und Frau Stagel erzählt mir währenddessen, dass sie kaum mehr wisse, wer das Haus bewohnt. Es sei ein ständiges Kommen und Gehen, manchmal würden seltsame Gestalten Tiere im Hof schächten, mitten in der Nacht laute Musik spielen, und Schüsse hätte sie auch schon gehört, aber die Polizei habe sie am Telefon nur ausgelacht. Ich nicke fast ununterbrochen, dann zieht sie die Tür hinter sich ins Schloss, ohne mir ein Glas Wasser anzubieten oder so, zwinkert mir nur kurz zu. Ich bin klatschnass und außer Atem, gehe aber trotzdem ein Stockwerk höher. Das Klingelschild meiner ehemaligen Wohnung ist unbeschriftet, und auf mein Klopfen reagiert niemand. Ich springe leichtfüßig die Treppenstufen hinunter, die Luft draußen ist zwar etwas frischer, schmeckt aber nach Wüste. Auf dem neonfarbenen Schild an der Haustür steht, dass »mehrere Wohnungen günstig zu *ver*mieten« wären. Einmal Vermieter werden, das wär's doch, denke ich grinsend und notiere mir die Nummer.

Weil gerade ein freies Taxi vorbeifährt, was in dieser Gegend einem Wunder gleichkommt, lasse ich mich zum Hotel zurückbringen. Auf dem Weg dorthin telefoniere ich mit der Hausverwaltung, was sich schwierig gestaltet, da erst kein Mensch mit meiner Muttersprache verfügbar ist und dann, als ich endlich jemanden am Apparat habe, der mich auch versteht, derjenige nicht weiß, von welchem Objekt ich rede. Mittlerweile bin ich längst in meinem Hotelzimmer zurück. Ein Mann namens Ibrahim Müller erklärt mir gerade, dass meine ehemalige Wohnung frei sei und ich quasi heute noch einziehen könnte, Miete sei erst mal kein Problem, ein halbes Jahr ohne müsste man ja heutzutage geben in dieser Gegend, und ein paar Kleinigkeiten wären auch zu machen an der Bude, wie er die Wohnung nennt. Ich sage ihm, wo ich zu erreichen bin; er will mich morgen im Hotel aufsuchen.

Später weckt mich Telefonklingeln. Frank wartet schon in der Lobby. Ich lasse ihn an der Bar etwas auf meine Rechnung trinken und springe erst mal unter die Dusche.

Frank hatte damals ein Cabrio, einen Triumph, jetzt fährt er einen mausgrauen Fiat Cinquecento. Der Lack ist verkratzt, hat flächige Roststellen, die Gummidichtungen an den Scheiben sind porös, die Antenne ist verbogen und in der Mitte mit einem Heftpflaster geflickt. Das vordere Nummernschild ist mit Klingeldraht befestigt, weil die Stoßstange fehlt. Im Fußraum vor dem Beifahrersitz und auf der zerschlissenen Rückbank stapelt sich Abfall: Papiere, Verpackungen von Mini-Salamis, Coladosen, leere Zigarettenschachteln. Hunderte davon.

»Ist mein Zweitwagen«, erklärt Frank, als er meinen Blick bemerkt.

»Besser als überhaupt kein Auto«, erwidere ich.

Frank grinst, dann fahren wir los, mit dem Auspuff stimmt auch etwas nicht, jedenfalls ist das Motorengeräusch enorm, als wäre die Karre nicht von Fiat, sondern mindestens von Ferrari, und es riecht auch im Innenraum nach Abgasen. Er zündet sich eine Zigarette an, dadurch stinkt es nicht mehr so sehr. Dafür ist es heiß wie in einer finnischen Sauna, und auch als Frank die Seitenscheiben herunterkurbelt, ändert sich nichts. Ich hätte auf das Duschen verzichten können.

»Wo fahren wir hin?«

»Prenzlauer Berg. Du wirst staunen.«

Das werde ich. Ich weiß nicht einmal, wo das *ist*.

Wir queren den Hermannplatz und fahren den Kottbusser Damm hoch, umrunden den Kreisverkehr am Kottbusser Tor zur Hälfte und biegen in die Adalbertstraße ein. Hier sieht es aus, als wäre seit Jahren renovierungstechnisch nichts mehr getan worden, alles ist dreckig, die Häuser sind mit Graffiti beschmiert. An den Läden befinden sich fast ausnahmslos türkische Schilder. Das Wohnhochhaus am Kotti wirkt wie eine Kaserne für Leute, die irgendwas Schlimmeres als ganz normale Verbrechen begangen haben. Hinter einem Satellitenschüsselwald starren verschmierte und gardinenlose Fenster auf einen der lautesten Plätze in ganz Berlin. Es ist deprimierend.

»Darf ich dich was fragen?«

»Klar«, sage ich. »Alles.«

»Bist du eigentlich wütend? Wenigstens zornig?«

»Was meinst du?«

»Auf deine Frau. Die Trulla in ... wie hieß noch mal der Ort?«

»Nieder-Sengricht.«

Wir sind inzwischen auf der Oranienstraße. Das Bild hat sich schlagartig geändert, es wirkt aufgeräumter und fröhlicher, obwohl die Ecke zur Adalbertstraße noch im Außenspiegel zu sehen ist. Einige Kneipen erkenne ich wieder, und ich freue mich, als wir am Café Alibi vorbeifahren.

»Nieder-Sengricht«, wiederholt Frank und lacht dabei.

»Ich weiß nicht«, sage ich. »Wut oder Zorn ist es eigentlich nicht. Im Moment fühle ich mich vor allem frei. Sehr frei. Und ich bin immer noch fassungslos darüber, dass all das *mir* passiert ist.«

Frank nickt nur.

»Erstaunlich, aber es ist ein bisschen, als würde mir jemand eine Geschichte erzählen«, fahre ich fort. »Obwohl ich sie in den letzten sechzehn Jahren beinahe täglich gesehen habe, fällt es mir schon nach zwei Tagen schwer, mich an das Gesicht von Gisela zu erinnern.« Es gelingt mir tatsächlich nicht.

»Gisela«, sagt Frank und biegt nach rechts ab. Wir sind am Heinrich-Heine-Platz, auch hier war früher die Zonengrenze.

»Ich bin natürlich sauer, und ich überlege, was ich tun kann, um mich ... zu revanchieren.« Das Wort »rächen« will ich nicht benutzen. »Aber tatsächlich bin ich in erster Linie froh. Erleichtert.«

»Ich würde der Alten den Hals umdrehen.«

»Daran habe ich im ersten Moment auch gedacht. Aber ich bin mir sicher, ihre jetzige Situation ist Strafe genug.«

Wir passieren eine Reihe renovierter, mit bunten Balkonen ausgestatteter *Platten*, dann folgen ein paar Bürohausneubauten, deren Fenster mit neonfarbenen »Zu vermieten«-Schildern übersät sind, der Fernsehturm am Alexanderplatz kommt in Sicht. Jannowitzbrücke. Hier war ich noch nie. Ich habe in den letzten dreißig Stunden mehr Neues gesehen als in den vergangenen sechzehn Jahren.

»Hast du etwas erreicht?«, fragt Frank.

Ich schüttle den Kopf. »Kuhle ist nicht zu finden, aber ich habe einen ehemaligen Klassenkameraden getroffen.« Meine Nackenhaare sträuben sich beim Gedanken an den Egel. »Ich weiß jetzt, wo die Frau wohnt, mit der es damals … mit der diese Sache passiert sein soll.« Es ist seltsam, Sabrina als Frau zu bezeichnen. Ich kenne sie als Mädchen. An *ihr* Gesicht kann ich mich erinnern.

»Hast du schon versucht, Pepe anzurufen?«

Ich bin verblüfft. Natürlich. Nach Pepe habe ich bisher nicht gefahndet. Verfluchter Pfeffer, wie lautete sein Nachname? Ich bin mir sicher, dass ich ihn kenne, komme aber nicht darauf. »Nee, aber das mache ich gleich morgen.«

Wir kreuzen den Alex schweigend, fahren am Roten Rathaus vorbei und ehemaligen Ost-Hotels, die jetzt Radisson oder ähnlich heißen. Einige hundert Meter weiter sehe ich meine erste Straßenbahn. Das Straßenbild wird uneinheitlicher, aber es sieht insgesamt aus wie in Charlottenburg oder Wilmersdorf. Viele Altbauten, Straßenbäume, begrünte Mittelinseln. Der Cinquecento röhrt, als würden wir den Mount Everest erklimmen.

»Bist du in Geldnot?«, frage ich.

Frank zuckt zusammen. Dann grinst er gequält. »Wie kommst du auf diese Idee?«

»Na ja. Es ist nicht zu übersehen, dass sich dein Lebensstandard geändert hat.«

»Man kann auch mit wenig glücklich sein.«

»*Das* habe ich auch nicht gefragt. Ich habe gefragt, ob du in Not bist.«

Frank dreht sich zu mir, sein Gesichtsausdruck pendelt zwischen traurig und genervt. Dann sieht er wieder nach vorne, es ist viel Verkehr.

»Ich könnte dir helfen«, sage ich. »Ich habe etwas Geld.«

Er sieht mich wieder an, seine Augen sind feucht.

»Laß uns da ein anderes Mal drüber reden, okay?«

Ich nicke, Frank parkt ein. Wir sind in der Eberswalder Straße angelangt.

Wir sitzen in einer riesigen, aber sehr gemütlichen Kneipe mit langem Namen – irgendwas mit »August« –, in der es mehrere Sofas und sogar ein Doppelbett gibt, auf dem Leute herumlümmeln, und ich trinke ein »Wernesgrüner«, ebenfalls eine Premiere.

»Was willst du eigentlich machen?«, fragt Frank, während er selbst etwas tut, das wir früher »abchecken« nannten.

»Kuhle finden«, sage ich. »Das weißt du doch.«

Er dreht sich zu mir, leicht verzögert; er hat eine sehr hübsche Brünette entdeckt. »Nein, ich meine beruflich. Du magst zwar ein bisschen Geld haben, aber irgendwann wirst du arbeiten müssen.«

Stimmt. Darüber habe ich mir überhaupt noch keine Gedanken gemacht.

»Ich habe IT-Erfahrung«, sage ich. »Aber eigentlich ...« Es ist mir fast peinlich, das auszusprechen, zumal mir die Idee gerade erst gekommen ist.

»Eigentlich?«, fragt er, den Blick auf die Brünette geheftet.

»Ich würde verdammt gerne wieder auflegen.«

Ich habe Franks Aufmerksamkeit.

»Echt?«, fragt er.

»Mmh«, brumme ich zustimmend.

»Die Szene hat sich geändert. Klassische Discos gibt es nicht mehr, solche Clubs wie die, in denen du früher gearbeitet hast.

Also gut, ein paar existieren schon noch. Das Adagio am Potsdamer Platz. Das Goya im Metropol. Nee, das ist ja schon wieder pleite.«

»Aha.«

»Du müsstest dir mal die Stadtmagazine anschauen. Viele thematische Sachen, wenn ich richtig informiert bin. Achtziger-Partys waren eine Zeitlang populär, aber ob das immer noch so ist, weiß ich nicht.«

Ich lächle. »Ich bin musikalisch durchaus auf dem neuesten Stand.«

»Du musst Pepe anrufen. Wenn er noch in Berlin lebt, weiß er auch, was abgeht.«

Ich nicke. »Das werde ich tun.«

Frank steht auf und sagt in der Bewegung: »Bin gleich wieder da.« Er grinst und geht auf die Brünette zu.

Das Publikum ist *nett* in diesem Laden. Es läuft etwas von Gotan Project. Dann entdecke ich einen Tisch, an dem drei Jungs sitzen. Sie spielen Skat.

Zwanzig Minuten später. Frank diskutiert mit der Brünetten, die ab und zu lächelt. Meine drei Skatpartner sind freundliche junge Menschen aus Heidelberg, Mannheim und noch so einem Nest, und sie spielen gut. Ich halte mich redlich, kann mich aber kaum konzentrieren. Als ich gerade einen wirklich lauen Karo ohne zwei siegreich beende, fällt mir plötzlich Pepes Nachname wieder ein. Ich verabschiede mich von den dreien und rufe die Mobilfunkauskunft an. Pepe hat tatsächlich einen Festnetzanschluss in Berlin.

Ich lasse es etwa zehn Mal klingeln und will gerade auflegen, als ich eine bekannte Stimme höre:

»Scheiße. Ja?«

»Hallo, Pepe. Hier ist Tim.«

»Wer?«

»Tim. DJ Frankenfurter.«

»Was? Tim? *Der* Tim? *Tim?*« Er macht zwei Silben daraus, Ti-him, wie Jani-nö das getan hat.

Ein komisches Geräusch ist zu hören, dann ein Poltern und von weiter entfernt »Scheiße«.

Kurze Zeit darauf ist er wieder da.

»Hallo, Tim.«

»Dir ist das Zigarillo runtergefallen«, sage ich.

»Woher weißt du das?«

»Ich weiß es einfach.« Ich muss lächeln, und ein unglaublich warmes Gefühl bemächtigt sich meiner.

»Wo steckst du? Bist du noch in diesem Pissnest? Wie hieß das noch? Irgendwas mit senkrecht.« Er kichert.

»Nein. Ich bin in Berlin.«

»Scheiße. Wo?« Hat er früher auch so oft Scheiße gesagt?

Ich lese ihm den Namen der Bar vor.

»Scheiße, das ist um die Ecke. Touristenkneipe, oder? Bin in zwei Minuten da.«

Es dauert fast eine halbe Stunde, ich stehe am Tresen, Frank ist wieder bei mir, die Brünette hat sich verabschiedet, aber mein Pflegebruder telefoniert pausenlos, wobei er den Mund mit der linken Hand abschirmt.

Dann kommt Pepe.

Schlagartig wird es richtig leise in dem Laden, weil alle zur Tür starren und im Gespräch innehalten. Pepe trägt Weiß – einen weißen Anzug, weiße Schuhe, ein weißes Hemd und einen weißen Hut, keinen Schlapphut, sondern einen strahlend hellen Stetson mit hellgrauem Band. Er wirkt noch größer, aber auch sehr viel schmaler als früher. Als er näher kommt, sehe ich, dass der Effekt nicht auf seine Kleidung zurückzuführen ist. Pepe ist tatsächlich noch dünner geworden. Die Haut um seine Augen herum ist gerötet, seine Lippen sind ausgetrocknet und aufgeplatzt, seine Ohrläppchen sehen aus, als hätte man sie mit einem Reibeisen bearbeitet. Er lächelt auf eine Art, wie Leute lächeln, die sich von ihren

Angehörigen verabschieden – auf dem Sterbebett. Von seiner rechten Hand, die Gevatter Tod zur Ehre gereichen würde, steigt eine Rauchfahne auf.

»Tim, es ist mir eine Freude«, sagt er förmlich und nimmt den Hut ab. Er hat keine Haare mehr. Hinter ihm sagt jemand »Achtung!«, weil ein Zigarillo auf ihn zugeflogen ist.

»Pepe.« Mehr kann ich nicht sagen. Wir stehen voreinander, er mustert mich mit diesem Lächeln, und ich habe einen Kloß im Hals. Die Floskel »Wie geht es dir?« bringe ich nicht über die Lippen. Die Antwort steht vor mir.

Er legt mir die rechte Knochenhand auf die Schulter.

»Schön, dass ich dich doch noch mal zu sehen bekomme«, sagt er. »Scheiße, das freut mich«, ergänzt er.

»Wow«, sage ich.

»Hepatitis C, Sjörgen-Syndrom und noch ein paar andere Sachen«, erklärt Pepe, ohne dass ich gefragt hätte. »Das Ergebnis einer kurzen, aber nachhaltigen Fixer-Phase. Scheiße. Du hast Glück, sozusagen. Ich habe nur noch ein paar Wochen. Ich bin austherapiert, wie man so schön sagt. Ende der Fahnenstange.«

Er zündet sich ein neues Zigarillo an.

Weil mir nichts Besseres einfällt, sage ich das Offensichtliche: »Du solltest nicht rauchen.«

»Scheiße, ich sollte nicht *sterben*«, antwortet er krächzend, wobei er Rauch ausatmet. Seine Zunge gleitet über die porösen Lippen. Nicht sehr schön anzusehen. Er dreht sich zum Tresen und bestellt ein Bier. Die junge Zapferin reagiert sofort, Pepe genießt die volle Aufmerksamkeit des gesamten Ladens.

Frank hält das Mobiltelefon am Ohr, spricht aber nicht mehr; er starrt Pepe an. Er sieht fassungslos und entsetzt aus. Wer weiß, was in meinem Gesicht vor sich geht.

»Frank, altes Scheißhaus«, sagt Pepe, inzwischen mit Bier ausgestattet. »Dich gibt's also auch noch. Cooles Telefon. Wie alt ist dieser Anzug?« Pepe grinst, ein grausiger Anblick. »Aber du siehst großartig aus«, sagt er dann zu mir. »So hübsch wie eh und je.«

»Kann ich etwas für dich tun?«, frage ich.

»Scheiße, ja. Kennst du einen billigen Bestatter?«

Anfang der Neunziger hatte er versucht, seine Agenturtätigkeit auf die neuen Bundesländer auszudehnen, aber er hatte das Publikum falsch eingeschätzt und viel Geld in den Sand gesetzt. Danach promotete er eine Gitarrenrockband und kam so an härtere Drogen. Die Band löste sich auf, die Drogen blieben, Amphetamine, Koks und Heroin. Dann der endgültige Absturz. Heute lebt Pepe von Hartz IV und ein paar »alten Kontakten«, wie er es nennt. Er erzählt lakonisch, emotionslos, fast im Reportagestil, abgesehen von den zwei oder drei »Scheiße« pro Satz.

Frank hat schweigend zugehört, dann schnarrt sein Mobiltelefon, er verabschiedet sich wortlos, kurz darauf röhrt der Cinquecento von dannen. Pepe sitzt neben mir, er hält sich den Unterleib, an seinem Bier hat er bestenfalls genippt. Alle paar Sekunden fährt er sich mit der Zunge über die Lippen oder reibt in seinen entzündeten Augen herum.

»Wie lange hast du noch?«, frage ich endlich.

»Weiß der Geier. Tage. Wochen. Die Scheißärzte wollen sich nicht festlegen. Aber langsam wäre es mir lieber, es wäre einfach vorbei.« Er lacht hustend und zündet sich das nächste Zigarillo an.

»Hast du sonst jemanden von damals mal wiedergesehen?«

Er schüttelt den Kopf, der wie ein seitlich zusammengepresster Geierschädel aussieht, der Hut wackelt. »Würde ich auch nicht wollen. Man kann die Zeit nicht zurückdrehen. Das Leben kommt immer von vorn.«

Dieser Satz rotiert noch in meinem Schädel, als ich sehr viel später auf dem Weg ins Hotel bin. *Das Leben kommt immer von vorn.* Keine Ahnung, ob das ein Zitat ist, aber er beunruhigt mich. Man kann die Zeit nicht zurückdrehen.

Kann man *nicht*?

Pepe wollte nicht über die »alten Zeiten« sprechen. Er hat erzählt, sich angehört, was mir passiert ist, und dazu genickt und gelacht. Er hat Frank weitgehend ignoriert. Dann ist er gegangen, die Verabschiedung klang sehr endgültig, aber er hat mir noch eine Telefonnummer gegeben. »Die suchen einen DJ für Freitag, eine Party in der Kalkscheune. Habe ich auch eher zufällig erfahren. Vielleicht ist das was für dich. Mehr kann ich nicht tun, ich bin nicht mehr am Scheißmarkt.«

12. Splatter

Die Hotelbar ist geschlossen, ich nehme mir ein Bier aus der Minibar, setze mich aufs Bett und schaue auf die Lichter Neuköllns. Es sieht alles so *ordentlich* aus von hier oben. Da ich noch nicht richtig müde bin, schalte ich den Fernseher an und zappe durch vierzig Kanäle, bis ich endlich einschlafe und von Pepe träume, der mich durch kopfsteingepflasterte Straßen jagt und mir etwas Schmales, Längliches anbieten will, das er in seiner Hand hält. Er kommt immer näher, und da erkenne ich die Injektionsspritze. Dann sehe ich plötzlich Roland, meinen Kuckuckssohn, vor mir, der mir in nie gekannter Eloquenz einen Vortrag hält, von dem ich kein Wort verstehe. Als ich schließlich erwache, kommen die Stimmen aus der Glotze, ich halte sogar noch die Fernbedienung in der Hand. Licht scheint durchs Fenster. Ich bin verschwitzt, aber erstaunlicherweise ganz gut erholt, springe unter die Dusche und tropfnass wieder ins Zimmer, als das Telefon klingelt. Ibrahim Müller von der Hausverwaltungsgesellschaft will mich in einer halben Stunde abholen. Ich frühstücke rasch, setze mich in die Lobby und erwarte, wie angekündigt, einen schwarzen Mann.

Ibrahim Müller ist wirklich sehr schwarz. Schlank, kräftig, gut gekleidet und kohlrabenschwarz. Fast erwarte ich, die klischeehaft blitzenden, superweißen Zähne zu sehen, als er mich begrüßt, aber sie sind gelbgrau, und seine dunkelbraunen Iris schwimmen auf rötlich-beigefarbenen, äderchendurchsetzten Augäpfeln.

»Gehen wir Bude schauen«, sagt er grinsend.

Wir steigen in einen vollgemüllten, aber ziemlich neuen E-Daimler. Er plappert vom Sudan und von seiner *gutes deutsches* Frau, die allerdings leider gestorben ist, »gleich nach Hochzeit«. Dann stehen wir in meiner ehemaligen Wohnung. Sie sieht aus, als wäre sie kürzlich Location für einen wirklich bluttriefenden Splatterfilm gewesen, die Wände sind mit Dreck in allen Farbschattierungen beschmiert, der Boden ist teilweise aufgerissen, es stinkt abartig, der Geruch ist kaum einzuordnen – irgendwo zwischen Schlachthausabfällen und Bahnsteigaschenbecher. Von der Decke hängen Dinge, die ich erst nicht erkennen kann, dann verstehe ich, dass es Spinn- und Staubweben sind, in denen sich Hunderte der Milliarden Fliegen verfangen haben, die kreuz und quer durch den Flur summen. Links ist die Küche, deren Boden nicht zu sehen ist, weil sich Abfälle bis auf Kniehöhe stapeln.

»Können wir über Miete reden. Müsste man was machen«, sagt Müller und lacht krächzend.

»Haben Sie 'ne Vollmeise?«, frage ich, mache auf dem Absatz kehrt, sprinte die Treppen hinunter, bis ich vor der Tür stehe und wieder tief durchatmen kann. Jesus.

»Kann machen guter Angebot«, ergänzt Müller, der inzwischen neben mir steht und sich das Gesicht mit einem Stofftaschentuch abwischt.

Ich sehe ihn an. Er grinst.

»Flammenwerfer. Kammerjäger. Ein Rollkommando. Diese Wohnung müsste man aus dem Haus herausoperieren und durch eine neue ersetzen. Wer hat da gehaust? Eine serbische Terrorgruppe, die den Ernstfall geprobt hat?«

»Arme Leute«, sagt der Vermieter schulterzuckend.

»Aber hallo. Fahren Sie mich zurück.«

»Wollen kein guter Angebot?«

Ich schüttle den Kopf.

»Dann auch nicht fahren zurück.« Er piept den Daimler mit der Fernbedienung auf, klettert auf den Fahrersitz und schießt mit quietschenden Reifen davon.

In einem hutzeligen Café in einer Nebenstraße der Hermannstraße trinke ich einen Latte Macchiato, der struppige und übernächtigt wirkende Kellner nennt es »Latte Matschato«; so was gab es in Nieder-Sengricht nicht, nur guten, urdeutschen Brühkaffee, von Ernst im Zum Elch oder Mama Trudchen. Und jetzt endlich wähle ich die Nummer von Egels Zettel. Es geschieht überhaupt nichts. Ich vergleiche das Display mit der Notiz und gebe die Ziffern mehrfach neu ein – immer mit demselben Ergebnis. Von der Telefonauskunft erfahre ich, dass es gar keine Festnetznummern gibt, die mit drei Fünfen beginnen. Ich starre auf den Zettel. Scheiß-Egel. Alles Verarsche.

Im Hotelzimmer suche ich abermals nach »Kuhlmann« im Berliner Telefonbuch. Es gibt einige Einträge ohne Vornamen oder mit Initialen, darunter ziemlich weit vorne einen, der »Kuhlmann, S. und M., Psychotherap. Praxis« lautet. »M.« könnte für Michael stehen. Einen Versuch ist es wert.

»Psychotherapeutische Praxis Kuhlmann«, sagt eine Frauenstimme. »Wir sind leider erst wieder am 24. Juli erreichbar. Nach dieser Ansage folgt leider keine Möglichkeit, eine Nachricht zu hinterlassen. In besonderen Fällen rufen Sie bitte unseren Kollegen …«

Mir fällt der Hörer herunter. Das ist *Sabrinas* Stimme. Wie geht das denn?

Sofort nachdem ich aufgelegt habe, klingelt das Telefon wieder. Es ist Frank. Er druckst rum, fragt, wie es mir geht, danach, wie ich »das mit Pepe« fand, wo ich an dem Abend noch gewesen bin und solche Sachen. Er will etwas.

»Frank, ich bin in Eile.« Ich habe keine Lust auf Smalltalk. »Was gibt es?«

»Ich wollte noch mal auf dein Angebot zurückkommen.«

»Angebot?«

»Na ja. Du weißt schon.«

Natürlich weiß ich es, aber ich bin plötzlich schrecklich genervt. In meinem Kopf rotiert es. Ich verstehe nicht, warum ich Sabrinas Stimme auf einem Anrufbeantworter gehört habe, der am Anschluss eines Kuhlmanns hängt.

»Bist du noch da?«, fragt Frank.

»Wie viel bräuchtest du?« Ich versuche, halbwegs höflich zu klingen, aber es fällt mir schwer.

Er nennt eine unverschämt hohe Summe.

»Und dieses Geld brauchst du wirklich? Und auch dringend?« Am liebsten würde ich einfach auflegen.

»Ich habe da was in Aussicht. Todsicheres Geschäft.«

Er setzt zu einer Erklärung an, aber ich unterbreche ihn.

»Frank, du hast mich falsch verstanden. Ich habe angeboten, dir zu helfen, wenn du in Not bist. Ich finanziere dir keine Drogenkäufe im großen Stil oder so was.«

»Drogen?« Er lacht bitter. »Wer macht denn heute noch Geld mit verdammten *Drogen*?«

»Ich will gar nicht wissen, was es ist. Wenn dich dein Vermieter rauswerfen will oder du nichts zu essen kaufen kannst, helfe ich dir gerne.«

»Das ist keine Hilfe.«

»Dann nicht.« Ich klicke die Verbindung weg und werfe das Telefon aufs Bett.

Etwas später wähle ich die Nummer, die mir Pepe gegeben hat. Eine Frau mit dunkler, aber wohlklingender Stimme erklärt mir, um was für eine Party es sich handelt, und das kommt mir irgendwie bekannt vor. Dann fragt sie mich, ob ich das könnte. Welche Musik ich mache.

»Was Sie wollen. Disco, Classics, Rock, Techno, House, Hip-Hop, Mainstream, alles. Was wird da sonst gespielt?«

Ich habe ein bisschen hochgestapelt. Von Techno und House habe ich keine Ahnung. Und Hip-Hop habe ich zwar auf dem Rechner, aber die Mucke finde ich richtig scheiße.

»Ich organisiere das nur, und wir arbeiten seit Jahren mit denselben Haus-Discjockeys, aber für Freitag sind mir alle ausgefallen«, antwortet sie. »Um ehrlich zu sein, weiß ich nicht, wie man die Musik nennt.« Sie zieht hörbar an einer Zigarette. »Wahrscheinlich wären Sie richtig.«

»Super.«

»Na, dann probieren wir's halt. Freitag, gegen acht? Ab neun ist Einlass.«

»Wie viele Leute kommen da?«

»So zweitausend.«

Ich schlucke. »Prima«, bringe ich heraus.

»Was brauchen Sie?«

»Nur ein Pult.«

»Das dürfte vorhanden sein. Also bis Freitag.«

Also bis Freitag.

13. Auflegen

Wenn man ehrlich ist, gibt es *zwei* Gründe dafür, wenn Leute keine Musikwünsche beim Plattenaufleger vortragen. Der zweite lautet: Die Mucke ist so unglaublich scheiße, dass keiner mehr von denen da ist, die sich Songs wünschen könnten.

Gut, es ist fast zwanzig Jahre her, aber ich hatte zwei Stunden zum Aufwärmen, und Gitta, die Organisationstante, schaut nur noch bedröppelt. Die Tanzfläche ist leer, die restlichen Leute drängen sich an der Bar, sitzen gelangweilt auf den Podesten am Rand oder stehen draußen auf der Freifläche in der puplauen Sommerabendluft. Ich war kurz unten, im Basement, auf dem Rückweg von der Toilette, und da tobt der Bär. Auf einer Tanzfläche, die eigentlich nur für dreißig reicht, drängen sich gute hundert. Dabei legt unten niemand auf; die Musik kommt von einem CD-Wechsler, der von den Barleuten bedient wird.

Anfangs hatte ich Probleme mit der Technik. Der Pegel meiner Soundkarte war viel zu niedrig, ein genervter Go-For musste die halbe Verkabelung ändern, wobei er mir ständig Blicke zuwarf, die aussagekräftiger waren als ein negatives Gutachten beim Idiotentest, und dann wusste ich einfach nicht, was ich tun sollte. Ich brauste durch mein elektronisches Schallarchiv und hatte bei jedem Titel Angst, ihn auszuwählen. Ich nudelte mich durch ein halbes Dutzend Achtziger-Songs, wozu zwei oder drei Frauen tanzten, dann verließen sie mich wieder.

»Bist du sicher, dass du das kannst?«, fragt Gitta.

Mir läuft der Schweiß die Gesäßritze runter, das Display meines Laptops verschwimmt vor meinen Augen, mehr als zwölftausend Titel, und kein einziger bringt irgendwen dazu, auch nur mit dem Kopf zu wippen.

»Ich habe lange pausiert«, sage ich schwach.

»Und wie lange? Neunzig Jahre?« Sie grinst abfällig, zündet sich eine Zigarette an, nimmt gleichzeitig ein Mobiltelefon aus der Handtasche und geht kopfschüttelnd davon.

Depeche Mode. Depeche Mode geht immer. Ich rattere durch die Listen, schiebe »Never Let Me Down Again« auf den virtuellen Player, fade aus dem aktuellen Titel heraus, irgendeinem Schrott, den ich nicht einmal kenne, ich bin nur in Panik geraten, weil der vorige Schrotttitel zu Ende war. Ich ziehe die Lautstärke etwas hoch, das Intro ertönt, dann »I'm Taking A Ride With My Best Friend«. Zehn Leute gehen auf die wenig einladende Freifläche, beginnen mit eher nachlässigen Tanzbewegungen. Es ist, als würden sie nicht wirklich wollen. Aber dann kommen noch einige. Bei Titelmitte sind es fünfzig. Ich ziehe mir das T-Shirt aus der Hose, wische mir den Schweiß aus dem Gesicht und habe nicht die leiseste Ahnung, was ich im Anschluss spielen soll. Was habe ich damals gemacht? Auf Depeche? Was kann ich den Leuten zumuten? Im Prinzip alles, denn schlimmer kann es nicht werden. Ich suche fieberhaft nach Hits des laufenden Jahres, ich hätte den Krempel doch irgendwie vorsortieren sollen, schubse irgendwas mit »Stiller« in die Playlist; ich dachte eigentlich, das wäre so eine Elektropop-Nummer, dabei ertönt dieser WM-Schunkelhit, erstaunlicherweise ist es auf der Tanzfläche plötzlich proppenvoll.

Aber nicht für lange. Bei solchem Zeug weiß ich noch weniger, wie ich weitermachen soll, die Titeltabelle wird immer länger und unübersichtlicher, es ist, als müsste ich mich im Berliner Osten orientieren, gleich nach dem Mauerfall. Ich blinzle den Schweiß weg, wieder ein Titel, den ich nur heruntergeladen und nie angehört habe, ganz gruselige Mucke, völlig tanzuntauglich, und jetzt gerate ich wirklich in Panik. Zwei Mädchen bleiben auf der Tanzfläche stehen, sie sind vielleicht halb so alt wie ich und sehen mich an, als wäre ich mit einer Kopfabtrennung in die Notaufnahme eingeliefert worden. Schulterzuckend ziehen sie von dannen, ich habe versucht, ihnen ein Lächeln zu schenken, aber keine Kontrolle über mein Gesicht. Die Ärzte. Klar, ich könnte Die Ärzte auflegen. Aber ist das unter D, unter A oder unter Ä zu finden? Plötzlich ist es still, ich habe den Anschluss verpasst, klicke wieder irgendeinen Titel an, auf den der Cursor gerade zeigt, und dann ertönt doch tatsächlich »Sieben Fässer Wein« von Roland Kaiser. Im Augenwinkel sehe ich, wie einer der Barleute hochspringt und mir über die Köpfe der sich nach Getränken drängenden Gäste einen Vogel zeigt.

Zwanzig Minuten später ist der Spuk vorbei. Gitta kommt mit einem Typen an, den sie über sieben Ecken aus einem anderen Club abgeworben hat, schweineteuer, wie sie mir in knappen, die Wut kaum unterdrückenden Worten erklärt. Es sind die letzten Sätze, die sie mit mir spricht. Der Ersatzmann ist älter als ich; er würdigt mich keines Blickes, als er seinen Rechner aufstellt, meine Soundkarte kappt und in weniger als einer Minute online ist. Ich habe das Display meines Laptops noch nicht zugeklappt, da ertönen die ersten Takte eines Songs, den ich irgendwie kenne, aber nie in meinem Bestand gefunden hätte, und als ich kurz darauf das Podest verlasse, muss ich mich bereits durch eine dichte Menge von Tanzenden drängen. Ich renne raus, die Johannisstraße hoch, um die Ecke, und bis vor zur Friedrichstraße. Die Tasche mit meinem Laptop schlägt schmerzhaft gegen meine Schulter, aber ich muss weg hier, möglichst schnell, möglichst weit.

Als ich auf dem Bürgersteig der Friedrichstraße stehe, die nächtliche Sommerluft atme, eine Zigarette anzünde und nach einem Taxi Ausschau halte, muss ich plötzlich lachen. Was habe ich auch erwartet? Ich kann nicht einfach so tun, als wären die vergangenen sechzehn Jahre nie gewesen. Die Welt hat sich verändert. Und mit dem Muckemachen ist es wie mit vielem anderen.

Wenn man einmal raus ist, muss man wieder ganz von vorne anfangen.

14. Fickscheiße

Am Montag, nach einem langweiligen und ereignislosen Wochenende mit viel Schlaf, bin ich um halb sieben wach. Ab viertel acht sitze ich im Frühstücksraum, trinke Kaffee wie ein Wahnsinniger und wähle alle dreißig Sekunden die Nummer von »Kuhlmann, S. und M., Psychotherap. Praxis«.

Um sieben Uhr zweiundfünfzig geht endlich jemand ran.

»Praxis Kuhlmann«, sagt eine junge Frauenstimme, die genervt klingt. »Guten Morgen.« Es ist nicht Sabrina.

»Ja, äh. Guten Morgen.«

»Was kann ich für Sie tun?«

»Ja. Äh. Was bedeutet das M. im Namen der Praxis?«

»Bitte?«

»Wer ist M. Kuhlmann?«

»Mein Chef heißt Michael«, erklärt sie ein wenig widerwillig. »Mit wem spreche ich bitte?«

»Ja.« Fast hätte ich wieder »Äh« gesagt, während mir heiß und kalt wird, die Tasse klappert in meiner Hand. »Mein Name ist ... äh ... *Krause*. Können Sie mir sagen, wann Herr Kuhlmann erreichbar ist?« Ich huste vor Aufregung.

»Moment. Ich bin auch gerade erst gekommen.«

Das weiß ich. Ich höre ein Klackgeräusch, dann geschieht eine Weile nichts, schließlich ertönt die Windows-Begrüßungsmelodie.

»Moment noch, der Computer muss starten.«

Wir schweigen. Eine halbe Minute später klickert und klackert es, sie sagt: »Lahme Mistkiste«, aber nicht in den Hörer.

»Montag, der Vierundzwanzigste. Mmh. Herr Kuhlmann wird um zwölf in der Praxis sein. Aber einen Termin kann ich Ihnen

heute nicht geben. Er ist ausgebucht. Würde es Ihnen ... warten Sie. Am Freitag. Könnten Sie am Freitag? Gegen eins?«
»Ich will nicht behandelt werden. Ich möchte ihn nur sprechen.«
»Soll er Sie zurückrufen?«
»Das wäre klasse.«
»Krause sagten Sie?«
»Ja, Krause. Meine Nummer lautet ...«
Sie unterbricht mich: »Danke, die habe ich schon. Sie steht auf meinem Display.«
»Super.«
»Tschüs.«
»Moment!«
»Ja?«
»Können Sie mir sagen ... äh. Ob Ihr Chef. Michael Kuhlmann. Ist er ... ein bisschen ... äh ... *übergewichtig*?«
Sie macht ein Geräusch, vielleicht wollte sie »Bitte?« sagen, aber dann lacht sie leise.
»Das kann man wohl sagen«, erklärt sie.

Die nächsten vier Stunden renne ich wie ein Bräutigam am Morgen der Hochzeit durch die Gegend, hierhin und dorthin, ziellos, fahrig, unkonzentriert. Ich sitze in diversen Cafés, rauche eine nach der anderen. Ab halb zwölf kontrolliere ich im Sekundentakt Akkuleistung und Empfangsqualität meines Telefons. Ich werde mit Kuhle sprechen. Fünf, vier, drei, zwei, eins – *jetzt*.
Doch nichts passiert. Ich überprüfe die Lautstärkeeinstellung des Klingelzeichens. Währenddessen finde ich mich plötzlich in einem Shop für Bilderrahmung wieder, dessen einsam wirkender Verkäufer mich freudestrahlend mustert. Ich wedele entschuldigend mit der Hand, seine Gesichtszüge entgleisen, während mir das Telefon beinahe runterfällt, und dann klingelt es plötzlich. Reflexartig schaue ich auf die Uhr, es ist kurz vor eins. Ich nehme das Gespräch an, ohne die Nummer zu checken.

»Tim?« Es ist Wolfgang. Mein Schwiegervater.

»Wolfgang. Was willst du?«

Er schweigt einen Moment, ich höre Papier knistern.

»Können wir reden? Von Mann zu Mann?«

»Du willst von Mann zu Mann sprechen? Wie wäre es von Vater zu Vater? Aber dann müsstest du ja Norbert anrufen.«

Er stöhnt. »Sehr witzig. Ich wusste das nicht, das musst du mir glauben.« Es fällt ihm schwer, das zu sagen, seine Stimme klingt brüchig und angestrengt. »Wir haben ... wir wussten. Ach. Was soll ich sagen?«

»Wie wäre es mit *Entschuldigung*? Das wäre zumindest ein Anfang.«

»Es tut mir wirklich leid. Sehr leid. Ich wollte das nicht. Es war Giselas Idee. Ich habe das auch erst sehr viel später erfahren. Und das mit Norbert ...« Er seufzt, atmet ruckartig, wie jemand, der gleich zu weinen anfängt. »Verdammt. Sie ist meine einzige Tochter. Und jetzt das.«

»Mein Beileid«, sage ich.

Ich höre ein merkwürdiges Piepen. Es kommt aus meinem Telefon. Aber der Akku ist voll, ganz sicher.

»Wir müssen ... ich möchte ... Junge, wir sind hier aufgeschmissen ohne dich.«

Was hat dieses blöde Piepen zu bedeuten?

»Könnten wir nicht irgendwie. Etwas vereinbaren. Wirklich, Geld ist nicht das Problem.«

»Mmh«, brumme ich. Das Piepen hört nicht auf.

»Du musst mir helfen.«

Scheiße! Das ist die Anklopffunktion! In Nieder-Sengricht hat mich ohnehin nur Gisela angerufen, aber auch höchst selten. Und jetzt versucht Kuhle, mich zu erreichen, während ich mit meinem verdammten zukünftigen Exschwiegervater rede. Wie zum Teufel ... ich halte mir das Display vor das Gesicht. »Ankommender Ruf« steht da, und darunter: »Annehmen?« Aber welche Taste muss ich dafür drücken? Es ist immer dasselbe mit Computerleuten. Sie sind die Einzigen, die *niemals* Gebrauchsanleitungen lesen, weil sie es sowieso besser wissen.

»Wolfgang, ich rufe dich zurück«, sage ich, drücke die Taste zur Verbindungsunterbrechnung und rufe: »Hallo?«

Aber es ist niemand dran.

Ich wähle die Nummer, die mir in der Anruferliste angeboten wird. Meine Finger zittern, mein Kopf pocht.

»Kuhlmann.«

»Hallo, Kuhle«, flüstere ich. Meine Lider und meine Lippen flattern, meine Augen füllen sich mit Tränen. Ich setze mich auf den Fußboden, mitten in der Einkaufspassage.

»Hallo, Herr Krause«, sagt er. »Hallo, Tim.«

Es bricht heraus, ich heule laut und schubweise. Jemand fasst mich an die Schulter, aber ich schüttle abweisend den Kopf. Kuhle schweigt. Und nach einer Weile sagt er: »Ist ja gut.«

»Kuhle«, schniefe ich, und dann geht es von vorne los. Er hört mir schweigend zu, minutenlang, ich reiße mir das Shirt aus der Hose und wische mir übers Gesicht, wie am Freitag beim Auflegen.

»Hast du heute Abend Zeit?«, fragt er.

Ich nicke, ich kann nicht richtig reden. »Kuhle«, rufe ich wieder.

»Kannst du zu uns kommen?«

Zu uns kommen. Zu ihm und Sabrina. Ich kann. Ich will. Bitte.

»Ja«, bringe ich endlich heraus, fast schreiend.

»Ist ja gut«, wiederholt er. Und dann, fast fröhlich: »Alles ist gut. Aber ich muss jetzt zu einem Patienten. Silke gibt dir unsere Adresse. Bis heute Abend. Gegen halb acht?«

Ich nicke, dann ist er weg, und Silke muss mir die Adresse etwa zwanzig Mal ansagen, bis ich sie endlich richtig in den Minicomputer getippt habe.

Gegen drei bin ich wieder auf meinem Zimmer, jetzt ein wenig entspannter, fast schon fröhlich und erwartungsvoll. Kuhle und Sabrina sind verheiratet, heiliger Pfeffer. Kuhle und Sabrina. Wahnsinn. Wie geht das?

Sie wohnen in Steglitz, in einer Nebenstraße mit gutbürgerlichen, vier- oder fünfstöckigen Altbauten, hochwertigeren Mittelklassewagen am Bordstein, Flieder, Forsythien, Blumenbeeten und kleinen Buchsbäumen in den schmalen Vorgärten. An den niedrigen Staketenzäunen sind Fahrräder festgemacht, ein paar Kinder rennen an mir vorbei, eine Frau schiebt einen Kinderwagen und spricht dabei lächelnd in ihr Mobiltelefon. »Schöne Gegend, aber keine Parkplätze«, hat der Taxifahrer gesagt, ein sehr blasser junger Mann, der trotz der Affenhitze einen Mantel trug und den Kragen seines roten Rollkragenpullis über den seines Mantels geschlagen hatte. Wie eine merkwürdige Uniform aus einem Science-Fiction-Film. Ich habe nur genickt und in die Gegend gestarrt.

Ich stehe vor der sehr hohen Haustür, kneife die Augen zusammen und drücke dann die Klingeltaste. Sekunden später ertönt der Summer. Kuhles verzerrte Stimme sagt kurz darauf »Zweiter Stock«, ich drücke die Tür auf und gehe hinein. Die Wände sind mit Marmor verziert, an der Decke ist Stuck zu sehen, und auf dem Fußboden liegt rote Auslegware. Die mächtige, hölzerne, weißlackierte Tür in der zweiten Etage steht offen, und als ich gerade den Absatz betrete, ein wenig außer Atem, kommt Kuhle heraus.

Er trägt die hellblonden Stoppelhaare etwas länger als früher, und er ist immer noch dick, aber nicht mehr ganz so füllig wie damals, vielleicht zwanzig, dreißig Kilo weniger. Sein Gesicht und seine nackten, mächtigen Unterarme sind gebräunt, er hat eine runde Brille auf der Nase, hinter der mich seine Augen freundlich anblitzen, und trägt ein weißes Shirt und Jeans, jedoch ohne Zusatzstoff an der Seitennaht.

»Hallo, Tim«, wiederholt er, macht zwei Schritte auf mich zu, umarmt mich und sagt leise: »Du Dummkopf«, während wir eine

Weile so dastehen. *Dummkopf*. Ich habe diese Formulierung seit dreißig Jahren nicht mehr gehört.

Dann lösen wir uns voneinander, er geht in die Wohnung, ich folge ihm. Es ist hell und freundlich, wie bei den Schmölings damals. Im Flur hängt ein großes, gerahmtes Foto von Schloss Neuschwanstein, ein prächtiges Bild, aber irgendwas stimmt daran nicht. Der Hintergrund. Er ist leicht strukturiert, was trotz der Unschärfe gut zu erkennen ist. Raufasertapete.

Kuhle bemerkt meinen Blick.

»Das war ihre Abschlussarbeit, quasi«, sagt er. »Kurz danach ist sie verstorben.«

Ich kann Oma Kuhlmann vor mir sehen, wie sie fleißig Stein auf Stein schichtet und irgendwann »Fertig!« kräht.

»Na, Tim«, sagt jemand neben mir, aber ich höre es wie durch Ohropax. »Schön, dich zu sehen.«

»Sabrina.« Ihr sind die vierzig Jahre anzusehen, um die Augen herum und an der Oberlippe hat sie ausgeprägte Fältchen, und ihr Haar ist deutlich angegraut. Aber die »alte« Sabrina scheint hindurch; die Sommersprossen sind trotz der gebräunten Gesichtshaut noch zu erahnen, ihre Nase ist unverändert zierlich, ihr Gesicht markant, wenn auch fülliger als früher, und die Augenfarbe, dieses Wahnsinnsblau, zieht mich sofort wieder in den Bann. Sabrina sieht mich prüfend an.

»Du siehst großartig aus«, sagt sie.

»Du auch«, antworte ich schlapp. Sie ist alt. *Älter*. Aber sehr attraktiv, und je länger ich sie ansehe, desto mehr stimmt ihr altes Bild mit der neuen Sabrina überein.

»Komm rein«, bittet Kuhle.

Sie nehmen sich bei der Hand, Kuhles mächtige Pranke umfasst Sabrinas schmale, lange Finger, und ich folge den beiden ins Wohnzimmer. Der Raum ist riesig, an den weißen Wänden ragen Bücherregale bis an die fünf Meter hohe Decke, es gibt zwei große Rattansofas, eine weitere Sitzgruppe, eine mit Holzspielzeug vollgestopfte Ecke, zwei steinerne Schreibtische, auf denen schweineteure Laptops stehen, aber keinen Fernseher. Die wenigen Accessoires – eine hochbeinige Porzellankatze, eine eiserne Stehlampe, zwei großflächige Aquarelle – wirken schick, aber auch leicht unterkühlt. Es macht den Eindruck, als wäre alles für die Fotosession eines Lifestyle-Magazins arrangiert.

»Sieht ein bisschen chaotisch aus«, sagt Sabrina und kichert dabei. »Wir sind gestern erst aus der Toskana zurückgekommen.« Ich deute ein Kopfschütteln an, dabei fällt mein Blick auf etwas, das sich im Bücherregal befindet. Da sitzen zwei Marionetten, Holzfiguren, etwa vierzig Zentimeter hoch.

Spejbl und Hurvinek.

»Setz dich«, sagt Kuhle und zeigt auf eines der Sofas. »Willst du ein Glas Wein?«

»Bier wäre mir lieber.«

Kuhle nickt ein Ich-erinnere-mich-Nicken und verschwindet. Ich kann den Blick kaum von den Puppen im Regal abwenden.

»Das ist Lukas, unser Sohn«, erklärt Sabrina, während ich auf dem hart gepolsterten Rattansofa Platz nehme, und sie lächelt dabei. In der Tür steht ein etwa acht Jahre alter, im Gegensatz zu seinen Eltern ziemlich blasser, etwas pummeliger Junge mit hellen, blauen Augen. Ich springe wieder auf. Das Kind trägt eine Art Baumwolloverall.

»Hallo, Lukas.« Ich verstehe erst jetzt. *Sie haben ein Kind.* Der Junge sieht mich kurz an, lächelt etwas verschämt, lehnt sich an Sabrina, lässt sich auf die Stirn küssen und tapert dann in die Spielzeugecke. Kuhle kommt zurück und reicht mir ein ökologisches Landbier. Ich staune das Etikett an, nehme einen Schluck. Kuhle setzt sich neben Sabrina, sie legt eine Hand auf seinen Oberschenkel.

»Wie ist ... wie ist das *möglich*?«, frage ich endlich.

»Erstaunlich, oder?«, sagt Kuhle lächelnd.

Ich kann nur nicken.

»Er ist der beste Mensch, den ich kenne«, sagt Sabrina.

»Nein, der bist ja schon du«, erklärt Kuhle, und dann küssen sie sich. Vom Eintreffen von Aliens, der Durchführbarkeit von Zeitreisen, der Hochzeit von Alice Schwarzer mit Dieter Bohlen und dieser Situation hier hätte ich das, was ich gerade sehe, bis gestern als unwahrscheinlichste Möglichkeit eingeschätzt. Kuhle und Sabrina sitzen vor mir und küssen sich. Sie sind verheiratet. Sie haben ein Kind namens Lukas. Sie leben in einem Manufactum-Katalog, trinken Weißwein und schenken ökologisches Landbier aus. Sie sind *Psychotherapeuten*.

Und draußen ist der Himmel inzwischen wahrscheinlich rosa-violett-kariert.

»Dein Bruder hat gesagt ...«

»Mein Bruder!«, ruft Sabrina, ihr Gesichtsausdruck verändert sich. »Mein Bruder ist ein mieser, schmutziger ...«

Kuhle legt eine Hand auf ihren Oberschenkel und unterbricht sie. »Nicht vor dem Jungen.«

Sabrina nickt langsam. »Er ist ein wirklich schlechter Mensch«, flüstert sie angestrengt.

»Aber ...« Ich bringe meine Fragen nicht heraus. Ich weiß nicht einmal, in welcher Reihenfolge ich sie stellen soll.

Kuhle lächelt ein ungewohntes Lächeln, vielleicht benutzt er es bei seinen Sitzungen.

»Eins nach dem anderen.« Er prostet mir zu, sagt »Cin cin!« Dann nippt er an seinem fragilen Weißweinglas. Ein riesiger Eisbär trinkt aus einem Fingerhut.

»Dieser ... Angriff«, sagt Sabrina. »Das war nicht Michael. Er kam erst später dazu. Er hat versucht, mir zu helfen, den anderen noch einzuholen, doch ich habe das nicht verstanden und ihn in der Aufregung für den Angreifer gehalten – und das haben dann alle getan. Der eigentliche Täter war ein anderer. Aber ich habe das erst sehr viel später erfahren.«

»Und wer? Ich meine – wer war der verschissene Täter?«

»Christian«, sagt Kuhle und verzieht das Gesicht: »Könntest du vielleicht ... vor Lukas ... nicht so reden?«

»Oh. Tut mir leid.« Ich sehe zu dem Jungen, der mit merkwürdigen Holzgegenständen spielt und uns zu ignorieren scheint.

»Christian?«, flüstere ich, als wäre das ein nicht lukaskonformes Schimpfwort. »Dein Bruder?«

Sabrina nickt. »Er hat sich verplappert, fast vier Jahre später, bei meinen Eltern. Er kam betrunken von der Arbeit, und da hat er es ihnen erzählt. Ich habe dann Michael aufgesucht und mich bei ihm entschuldigt. Wir haben lange und viel geredet, uns erst angefreundet ... und dann ist es passiert.« Sie massiert wieder seinen gewaltigen Oberschenkel.

»Dein eigener Bruder hat versucht ...« – ich senke die Stimme – »... dich zu *vergewaltigen*?«

Sie sieht mich an. »Ich weiß nicht, ob es wirklich der Versuch war, das zu tun. Auf jeden Fall wollte er mir Gewalt zufügen.«

»Und Kuhle hat dich gerettet?«

Sie nickt strahlend.

»Warum hast du mir das nicht gesagt?«, frage ich ihn.

Hinter der runden Brille blitzen seine Augen wieder. »Du hast mir damals diese Chance nicht gegeben, sondern bist einfach abgehauen. Du hast geurteilt, meine Version spielte offenbar keine Rolle.« Er sieht mich fest an. »Aber ich habe dir verziehen.« Und dann blickt er zu den beiden tschechischen Marionetten.

Den Ton, in dem er *das* sagt, habe ich von ihm nicht in Erinnerung. Etwas in mir fühlt sich wie ein Patient in einer Therapiesitzung.

»Das ist nett«, sage ich, und ich meine es auch. Er reagiert nicht.

»Christian pflegt unsere Eltern, das ist das Gute, was man über ihn sagen kann«, doziert Sabrina, und wenn es ihr Mühe macht, so über ihn zu reden, ist es ihr nicht anzumerken, nur das Strahlen ihrer endlos blauen Augen scheint sich ein wenig zu verändern. »Ich würde nicht so weit gehen, ihm eine psychische Störung zu attestieren. Er hatte es nicht leicht. Seine Gefühlswelt ist von jeher negativ geprägt. Man könnte ihm wahrscheinlich helfen.«

»Verstehe«, murmle ich. Er pflegt die Eltern. Vermutlich weiß sie nicht, wie sich das darstellt.

»Du hast keinen Kontakt mehr«, mutmaße ich.

»Es ist besser für alle«, erklärt sie. »Das emotionale Gleichgewicht ist fragil.«

Was?

»Fickscheiße«, sagt Lukas vernehmlich, als in seiner Spielecke irgendwas hölzern klappernd zusammenbricht. Kuhle und Sabrina sehen sich betroffen an. Kuhle zuckt etwas hilflos die mächtigen Schultern und flüstert: »Wir diskutieren das morgen mit ihm, nach dem Kurs.«

Ich unterdrücke einen lauten Lacher, mir läuft deswegen ein bisschen Bier aus der Nase. Anschließend schweigen wir für ein paar Sekunden. Ich stelle mir vor, was die beiden wahrscheinlich denken, und muss grinsen, bis mir die Frage einfällt, die ich mir seit dem Morgen vorgebetet habe.

»Hast du mir eine E-Mail geschrieben? Sonntag vor einer Woche?«

Kuhle sieht fragend zu Sabrina, die einen Ich-weiß-davon-nichts-Gesichtsausdruck andeutet; ich folge einer mimischen Konversation, wie sie vermutlich oft stattfindet, wenn die beiden in Lukas' Gegenwart eine ihn betreffende Entscheidung fällen müssen.

»Was für eine Mail?«, fragt er. Dabei sieht er mich an wie ein Arzt, der eine Anamnese erstellt.

»Wie – was für eine? Willst du damit sagen, du hast mir *nicht* geschrieben?« Kann doch nicht sein!

Er schüttelt den Kopf, Sabrina tut es ihm gleich, fast synchron. Ich bin erst verblüfft und bestürzt, und dann erzähle ich den beiden, worum es in dieser Nachricht ging. Das fällt mir nicht gerade leicht, vorsichtig ausgedrückt, aber sie nicken verstehend, bevor ich in Details gehen muss.

»Wir wissen davon«, unterbricht mich Kuhle. Er pausiert kurz. »Melanie geht es nicht sehr gut. Sie ist Patientin bei uns.«

»Sie ist *was*?« Ich lasse mich gegen die Rückenlehne des Rattansofas fallen.

»In Behandlung. Mehr kann ich dir nicht sagen. Ich habe bereits mit dieser Nachricht meine Verschwiegenheitspflicht verletzt. Ich hoffe, du weißt das zu würdigen.«

»Sie ist bei euch in Behandlung? Mit irgendeinem Psychoknacks?«

»Mit einer Störung«, korrigiert Sabrina. »Sie hat viel Schlimmes erlebt.«

»Ach so.« Mehr fällt mir nicht ein. Ich kann mir das nicht vorstellen. Mel hat eine *Störung*? Wie stellt sich das dar? Hat sie Aussetzer? Sabbert sie beim Sprechen? Leidet sie unter Waschzwang? Stopft sie ihre Wohnung mit alten Zeitungen voll? Auf den Bildern wirkte sie abwesend, aber weitgehend normal, wenn man die Umstände berücksichtigt. Aber was weiß ich schon.

Ich weiß nicht einmal, wer diese verdammte Nachricht verfasst hat.

»Außer dir wusste niemand davon, dass Mel vor der Kamera stehen wollte«, sage ich zu Kuhle.

»Ich habe mit Sabrina darüber gesprochen.«

Sabrina schaut zu Lukas in die Ecke und dann zu mir. Ihr Blick hat etwas Scheues in diesem Moment und den Ausdruck eines Schuldgefühls.

»Christian weiß es«, sagt sie, mit deutlicher Zurückhaltung in der Stimme. »Es war bei einem Telefonat, vor längerer Zeit. Wir sprachen über unsere Eltern und den Aufwand für die Pflege. Plötzlich hat er mich gefragt, ob ich mich an Melanie erinnern könnte, deine damalige Freundin. Das war in einer Zeit, in der wir wenig miteinander gesprochen haben, wegen ... wegen dieser Angelegenheit. Dann sagt er etwas von Fotos. Damals wusste ich noch nicht, um welche Art von Fotos es ging. Ich habe mir nichts dabei gedacht und ihm gesagt, dass sie das schon immer wollte und deshalb Fotografin wurde. Er hat gekichert. Heute weiß ich natürlich, warum.«

Der Egel. Deshalb war er nicht so richtig überrascht, mich zu sehen. Diese Sau. Ich hätte seinen Computer eintreten, ihm die Fresse polieren sollen. Das beißende Gefühl, das seine Mitteilung »Ich weiß, was sie macht« bei mir ausgelöst hat, stellt sich wieder ein. Ich sehe ihn vor mir, in seinem Ikea-Zimmer, wie er ihre Bilder anschaut und an seiner Jogginghose herumreibt, und ich schüttle den Kopf, um die widerwärtige Phantasie wegzudrängen.

Kuhle legt mir eine Hand auf die Schulter. »Ich darf dir ihre Daten nicht geben, aber ich kann dir sagen, wie sie jetzt heißt. Das darf ich, als Freund.«

»Bitte.« Als Freund. Wie viele Menschen diese gewöhnungsbedürftige Reinkarnation von Kuhle wohl *so* anspricht? Ich schimpfe mich für den Gedanken. Es ist so viel Zeit vergangen. Alles ist anders und völlig unerwartet. Zudem war ich derjenige, der die Brücken abgebrochen hat, vorschnell und etwas feige, wie ich mir in diesem Augenblick eingestehen muss.

Er nennt mir einen osteuropäisch klingenden Nachnamen. Ich tippe ihn in mein Smartphone, als würde ich einen Taschenrechner bedienen. Ich fühle mich plötzlich müde und ausgelaugt und grauenhaft fehl am Platz. Ein Eindringling. Die Nachricht, dass Mel existiert, in Berlin lebt, für mich erreichbar ist, geht dabei ein wenig unter.

Wir reden noch eine Weile, ich erzähle ein paar Geschichten aus meinem Leben, bleibe dabei aber an der Oberfläche und lasse viel aus. Die beiden berichten aus ihrem unglaublichen Hera-Lind-Dasein. Zwischendrin, als sich Sabrina kurz für einen Klogang verabschiedet, bin ich versucht, mich zu Kuhle zu beugen und zu flüstern: »Was gibt sie dir? Macht sie was in dein Essen?« Aber ich lasse es. Vielleicht würde er nicht einmal lachen. Außerdem ist es ungerecht. Ich *weiß* überhaupt nichts.

All das fühlt sich an, als wäre ich nicht dabei. Ich starre Kuhle an, als hätte sich ein fremder Geist seines Körpers bemächtigt. Ein kräftiger Geist.

Dieses Szenario ist so merkwürdig, irgendwie unecht, und ich fühle mich sekündlich unwohler, habe das starke Gefühl, erst einmal verarbeiten zu müssen, was heute alles geschehen ist – mit ungewissem Ausgang. Als Michael erklärt, dass Lukas jetzt auf sein Zubettgehritual Anspruch hätte, bin ich fast erleichtert.

»Wir sollten das baldmöglichst wiederholen«, sagt er zum Abschied und umarmt mich wieder. Diese Floskel wird er häufiger benutzen, nehme ich an. *Idiot,* sage ich gleich darauf zu mir selbst.

»Auf jeden«, antworte ich, winke Sabrina zu und springe, jeweils drei Stufen auf einmal nehmend, die Treppe hinunter.

Kurz darauf wandere ich ziellos durch die Straßen dieser netten Gegend, brauche ein Bier, ein richtiges, eines aus unökologischem Anbau, aus einer Brauereifabrik, das in glänzenden, antiseptischen, stählernen Tanks gereift ist, von gesichtslosen Robotern abgefüllt wurde und von dem jede Flasche so schmeckt, als wäre sie ein Klon der Referenzflasche. Zwei Querstraßen weiter finde ich ein schwäbisches Restaurant, »Stuttgarter Hofbräu« habe ich zwar auch noch nie getrunken, aber ich nehme an, dass in der Brauerei wenigstens ab und zu jemand »Scheiße« sagt. Als ich auf mein Halbes warte, beobachte ich die übrigen Gäste. Lehrerpärchen und bärtige Männer, die in Reclam-Heftchen lesen. Niemand raucht. Aber das Bier schmeckt großartig. Ich zünde mir eine Zigarette an – in der Wohnung der Kuhlmanns wäre ich nicht einmal im Traum auf die Idee gekommen, überhaupt zu *fragen* –, das Spätzle essende Lehrerpärchen am anderthalb Meter entfernten Nebentisch quittiert es mit einem vorwurfsvollen Blick, aber vor mir steht ein Aschenbecher. Ich lächle und sage: »Guten Appetit.« Die beiden sehen sich an, exakt auf die Art, mit der sich Michael und Sabrina angesehen haben, als Lukas das böse Wort benutzt hat.

Fickscheiße. »Passivrauchen tötet«, sagt der Mann leise, aber erkennbar an mich gerichtet, und ich nehme die Zigarette vor mein Gesicht und sage ebenso leise: »Großer Gott, das ist ja *furchtbar.*« Während der folgenden Minuten halte ich die Fluppe zwischen den Zügen ostentativ weit von mir weg.

Meine Überraschung ist etwas anderem gewichen. Auf gewisse Weise fühlt es sich hohl an, weil jemand, mit dem ich immer noch irgendwie gerechnet habe, eine völlig unvorhersehbare Entwicklung genommen hat, eine, die nur noch wenig mit dem zu tun hat, was früher war. Aber das gilt, wenn ich ehrlich bin, für mich selbst auch, mit dem Unterschied, dass ich völlig alleine dastehe. Möglicherweise jedenfalls. In diesem Augenblick weiß ich nicht, was daraus werden wird, und ich würde auch keine Prognose wagen. Ich muss mir eingestehen, dass der neue Kuhle ein Rätsel für mich darstellt.

Das ist traurig, aber vorerst nicht zu ändern, denke ich. Natürlich finde ich schön, dass er sein Glück gefunden hat, aber mir fehlt das Einfühlungsvermögen für diese neue, unglaubliche Situation. Ich nehme den letzten Schluck von meinem Bier und sage leise: »Prost, Kuhle.« Ich drücke die Zigarette aus, legen einen Fünf-Euro-Schein auf den Tisch und sehe zu, dass ich aus dieser Gegend fortkomme.

15. Rückkehr

Wolfgang hält mich fast den gesamten nächsten Vormittag über am Telefon. Er tut mir leid, mehr, als wahrscheinlich angemessen wäre, aber ich weiß nicht so recht, was ich ihm anbieten soll. Keinesfalls werde ich nach Nieder-Sengricht fahren und ihm oder meinem potentiellen Nachfolger unter die Arme greifen. Wir einigen uns darauf, dass er sich nach jemandem umschaut und den dann nach Berlin zu schicken versucht. Wir wollen uns gerade verabschieden, als er mich fragt: »Was willst du tun? In Sachen ... Gisela?«

»Ich werde die Annullierung der Ehe betreiben«, sage ich; diese Formulierung hat mein Anwalt Rauh wie Unglatt auch benutzt. Vermutlich wird es bereits Schriftverkehr geben. »Und natürlich bestehe ich darauf, dass die Vaterschaft aberkannt wird. Ich bin nicht Rolands Vater.«

Ich war es nie.

Er räuspert sich. »Das habe ich mir gedacht. Aber was ich eigentlich wissen will ... wirst du sonst noch etwas unternehmen?«

»Was meinst du? Ich will die Hälfte dessen, was das Haus wert ist. Eigentlich hätte ich Anspruch ...«

»Nein, nein«, unterbricht er. »Du wirst bekommen, was du verlangst, sei dir sicher, dass ich dafür sorge.« Er atmet laut ein. »Nieder-Sengricht ist ein kleiner Ort«, sagt er dann leise, als wenn er Angst hat, belauscht zu werden. »Die Menschen sind konservativ. Mein Geschäft hängt von meinem Ruf ab. Wenn das herauskommt ...«

Ich bin ehrlich verblüfft. Mein Schwiegervater, der Pragmatiker. Vermutlich ist ihm völlig egal, was aus Gisela wird, er würde sie leichten Herzens opfern.

»Bist du noch da?«, fragt er zaghaft. Der kreidefressende Wolf. Den klackernden Blender habe ich während des gesamten Telefonats kein einziges Mal gehört. Oder sein meckerndes Gelächter.

»Ja.«

»Ich würde mir das auch etwas kosten lassen.«

»Bitte?«

»Wenn das nicht die Runde macht. Mit Janine habe ich schon gesprochen. Außer dir und mir, Janine und Gisela weiß es bisher niemand.« Er hustet. »Und Norbert natürlich.«

»Was ist mit Roland?«

»Wir ... wir werden es ihm noch sagen. Aber nach Möglichkeit nicht so bald. Bisher glaubt er, ihr seid im Streit auseinandergegangen. Frauengeschichten.«

»*Meine* Frauengeschichten?«

»Du hattest immerhin ein Verhältnis mit Janine. Mit Giselas bester Freundin.«

Ich bin für einen Moment fassungslos, dann werde ich zornig. Richtig zornig.

»Wolfgang, ich beende das Gespräch jetzt«, blaffe ich.

»Aber ...«, ruft er noch, doch ich breche die Verbindung ab. Sekunden später klingelt das Telefon wieder, zwanzig, dreißig Mal. Ich nehme nicht ab.

Für einige Minuten sitze ich an dem kleinen Schreibtisch in meinem Hotelzimmer und betrachte mich im Spiegel. Ich hätte jetzt gerne ein Foto von mir, eines aus meiner Kindheit, meiner frühen Jugend, aber Jens hat immer nur falsch parkende Autos fotografiert, gelegentlich mal Ute, Frank und Mark, niemals mich. Es gibt Bilder aus der Zeit mit Gisela, aber die liegen im Wohnzimmerschrank in Nieder-Sengricht. Ich sehe auf die Uhr, es ist fast eins. Roland müsste bald aus der Schule kommen. Nein, er dürfte zu Hause sein. In Niedersachsen sind seit Ende der vergangenen Woche Ferien; am kommenden Wochenende wollten wir nach Mallorca fliegen. In den Super-Club. Giselas Lieblingsreiseziel.

Ich wähle die Nummer von Tim und Gisela Kaiser.

Das Freizeichen ertönt gute zwei Dutzend Male, wenn Roland gerade am Ego-Shooter hängt, wird es dauern, bis er reagiert. Natürlich werde ich auflegen, sollte Gisela rangehen. Aber sie hat erst ab Freitag Urlaub.

»Roland Kaiser«, höre ich plötzlich. Es klingt widerwillig, aber auch abwesend; ich habe ihn gestört.

»Hallo, Roland. Hier ist Tim.«

Er schweigt.

»Ich bin in Berlin«, sage ich.

»Toll.«

»Ich muss dir etwas sagen.«

»Das weiß ich schon«, brummelt er.

»Was weißt du schon?«

»Das mit dir und Tante Janine.«

Ich muss lachen. Tante Janine.

»Das ist Pillepalle. Ich muß dir etwas wirklich Wichtiges sagen.«

Er schweigt.

»Ich bin nicht dein Vater«, sage ich. Mein Herz klopft heftig.

Er schweigt weiter, dann sagt er: »Aha.«

»Aha? Ist das alles, was dir dazu einfällt?«

Wieder bleibt es eine Weile still.

»Kommst du mit nach Mallorca? Der Flug geht am Sonnabend um sieben.«

»*Hallo*? Hast du mir zugehört? Ich bin nicht dein leiblicher Vater!« Ich schreie fast.

»Ja«, sagt er nur, abermals nach einer langen Pause. Und dann: »Schade. Du kommst also nicht mit? Nur mit Mama ist langweilig.« Er redet wie ein Zwölfjähriger.

Ich ringe um Fassung. Etwas in mir will ihn anbrüllen und schütteln, irgendwie aufwecken. Ich atme tief durch, betrachte mich wieder im Spiegel. Mein Gesicht ist gerötet. Es kann mir doch egal sein. Er ist nicht mein Kind.

»Nein, Roland, ich werde nicht mitkommen. Wir werden uns wahrscheinlich niemals wiedersehen.«

Er brummt etwas, vielleicht summt er sogar eine Melodie. »Ist es wegen Tante Janine?«, fragt er endlich.

»Wegen ...« Es verschlägt mir kurz die Sprache. »Nein, Roland. Das hat mit Janine nichts zu tun. Geh wieder spielen!«

Keine Antwort, vielleicht nickt er, in seiner leicht autistischen Art. Dann macht es klick, und die Verbindung ist weg. Immerhin. Das war das längste Gespräch, das ich je mit ihm geführt habe. Und vermutlich das letzte.

Melanie Sekowijak wohnt im Wedding, wie wir alle damals, aber nicht mehr unter der Adresse ihrer Eltern. Ich habe die Schnauze voll von seltsamen Telefonaten, und ich muss das jetzt hinter mich bringen, den letzten und wichtigsten Punkt auf meiner Liste.

Im Bus ist es so heiß, als würde jemand einen monströsen Riesenfön auf das Dach halten. Aus allen Richtungen höre ich das Gequietsche von MP3-Player-Kopfhörern und -Lautsprechern. Kids in viel zu großen Klamotten sitzen nebeneinander, teilen sich die Stöpsel der Ohrstecker und tippen schweigend und mit fliegenden Daumen Nachrichten in ihre Mobiltelefone. Vermutlich senden sich nebeneinander sitzende Kids gegenseitig Kurzmitteilungen. Das ergibt ja auch Sinn, schließlich hören sie Musik.

Erstaunlicherweise bin ich ziemlich ruhig. Das Treffen mit Kuhle hat mich etwas desillusioniert, meine Erwartung hält sich in Grenzen. Bisher verliefen alle Begegnungen mit der Vergangenheit ganz anders, als ich das erwartet hatte, und bei dieser wird es ähnlich sein. Pepe hat es auf den Punkt gebracht: *Das Leben kommt immer von vorn.* Ich sollte mir keine Hoffnungen machen, dass da noch etwas ist.

Vielleicht sollte ich es sogar einfach lassen. All die Zettel und Telefonnummern wegschmeißen, irgendwo hinfahren und auf die Vergangenheit scheißen. Raus an der nächsten Haltestelle, zurück zum Hotel, kurz packen, und dann: Ein Flieger nach New York. Ein Zug nach Rom. Ein Bus nach Südfrankreich. Ich habe die Freiheit, das zu tun. Drei, vier Jahre kann ich durchhalten, und wenn ich tatsächlich den Wert der Hälfte des Hauses ausgezahlt bekomme, sogar noch eine Weile länger. Ich muss mir keine peinlichen DJ-Auftritte mehr geben, ich muss nicht Adressen von Leuten abklappern, die ich seit Jahrzehnten nicht gesehen habe und deren Leben keine Schnittmenge mehr mit meinem hat.

Aber was bleibt dann? – Einer, der keine Freunde hat, niemanden kennt, fast vierzig ist und ziellos durch die Weltgeschichte tingelt. Auch keine besonders attraktive Perspektive.

Der Bus hält, ich merke spät, dass ich hier raus muss, drücke mich durch die sich bereits schließenden Flügeltüren, begleitet vom Schimpfen des Fahrers, und bin wieder daheim. Turmstraße, Alt-Moabit, Stromstraße. Ich könnte zu meiner alten Schule wandern, oder am Amtsgericht und an der JVA vorbei, in der Jens gearbeitet und Frank fast zwei Jahre gesessen hat, ich könnte mir den Tabakwarenladen ansehen, in dem wir früher Juicy-Fruit-Kaugummis, Brausepulver und Mars gekauft haben. Ich könnte zur Bernauer Straße gehen, zu der Stelle, an der mir Kuhle vor über zwanzig Jahren die Mauer gezeigt hat und die Versöhnungskirche, die längst abgerissen ist. Aber ich muss nicht.

Sie wohnt in der Bandelstraße, die kurz vor dem Amtsgericht von der Turmstraße abzweigt; ich kann das bedrückende, graubraune Justizgebäude sehen, bevor ich mich nach links wende. Der Wedding und Neukölln nehmen sich nicht viel. Wobei – Wedding. Inzwischen heißt die Gegend »Berlin-Mitte«, und genau genommen war das hier auch früher nicht der Wedding, sondern der Norden des Bezirks Tiergarten. Aber Wedding ist eher ein Gefühl, nicht so sehr ein Ort.

Ein komisches Gefühl. Ich meine, mich an die Düfte und die Farben der Fassaden zu erinnern, an die Anordnung von Fenstern. Aber das ist trügerisch. Vermutlich hat sich alles verändert. Ich zähle die Hausnummern, passiere Schmutz, Leerstand und Verfall, dann stehe ich vor einem Gebäude, das etwas wild aussieht, vorsichtig gesagt. Aber auf positive Art. Die Front ist kunterbunt angemalt, die Fensterrahmen glänzen rot, gelb, grün und blau, die schmalen Balkone sind mit Blumenkästen übersät, und wilder Wein rankt die Fassade empor. Aus einem höheren Stockwerk ist zwischen den Geräuschen der hinter mir vorbeidonnernden Gebraucht-BMWs eine Akustikgitarre zu vernehmen. Und eine brummende Stimme, die verhalten dazu singt.

Die Haustür ist abgebeizt und steht offen. Im Flur ist es angenehm kühl, die Bodenkacheln sind bemalt, an den Wänden hängen Bilder, und der stumme Concierge, offenbar aus Keramik angefertigt, bietet nur Vornamen an. Es riecht fruchtig und irgendwie frisch, vermischt mit einem kaum wahrnehmbaren Grasaroma, vermutlich ist das hier das einzige Haus in dieser Gegend, in dessen Flur man nicht in Erbsensuppe- oder Knoblauchgestank steht. Melanie wohnt ganz oben, im fünften Stock.

Die Türschilder sind getöpfert, auch hier gibt es ausschließlich Vornamen zu lesen: Marcel, Sabine, Christoph und Heinz-Walter. Der Gitarrenspieler heißt Marius. Weiß der Geier, wie sich der Postbote hier zurechtfindet. Auf den Absätzen stehen Pflanzen, ab dem zweiten Stock auch Stühle, und im vierten befindet sich ein knallrotes Sofa, auf dem ein Pärchen in meinem Alter sitzt, mir freundlich zunickt und sich dann weiter unterhält. Sie haben Teetassen in den Händen. Schwer vorstellbar, dass hier jemand wohnt, der Pornofotos macht.

Auch ihre Tür steht offen, durch den Spalt ist Musik zu hören, irgendwas Akustisches, das mir bekannt vorkommt. Ich hebe die Hand, um zu klopfen, lasse sie aber gleich wieder herabsinken. Jetzt ist mir doch noch das Herz in die Hose gerutscht. Mein Hals ist ausgetrocknet, ich muss husten.

»Mensch, das hat aber gedauert«, ruft Melanie. »Kommen Sie rein, das Bad ist gleich links. Ich brauche noch einen Moment.«

Mir wird schwarz vor Augen, keine Ahnung, was mein Hormonhaushalt in diesem Moment anstellt, aber meine Beine knicken weg. Als ich etwas später vor der Tür kniend aufblicke und sich mein Blick wieder scharfstellt, steht sie da.

»Warum …«, beginnt sie, dann reißt sie die rechte Hand hoch und hält sie sich vor den Mund. Ihre linke greift zum Türrahmen.

Plötzlich ist alles wieder da, als wäre es nie fortgewesen, sondern immer nur verborgen, hinter etwas anderem. Langsam kniet sie sich vor mich hin, nimmt meine Hand und sagt: »Du bist es. Großer Gott, du bist es.«

»Störe ich?«, fragt jemand hinter mir.

Melanie lacht, ein befreites, glockenhelles Lachen. Es ist kaum zu begreifen, wie schön es ist, das zu hören.

»Sie sind der Klempner«, sagt sie, immer noch lachend. Ihre Hand hält nach wie vor meine fest, und wir knien weiterhin voreinander.

»Ich kann auch später wiederkommen«, sagt der Mann.

»Nein, nein, das Bad ist gleich links.« Sie steht auf, zieht mich mit sich in die Wohnung hinein. Es duftet nach frischem Kaffee und Schnittblumen, die geräumige, helle Diele zieren Porträtfotos, einige davon erkenne ich sofort. Sie hingen damals in ihrem Zimmer, in einem anderen Leben.

»Hier«, sagt sie strahlend, ohne den Blick von mir abzuwenden, ihre Wangen sind feucht, und sie zeigt auf eine Tür. »Ich ertrinke. Tun Sie was, bitte.«

Der Klempner stößt die Tür auf, der Boden steht unter Wasser. »Wird schon«, sagt er lächelnd und knallt seinen Werkzeugkoffer auf die Kacheln. »Kümmern Sie sich nicht um mich.«

»Kaffee?«, fragt Melanie.

»Ja«, sagen der Klempner und ich gleichzeitig.

Sie zieht mich in die Küche, einen freundlichen, hellen Raum mit Holzmöbeln und einem gewaltigen Blumenstrauß auf dem Tisch. Auf der Fensterbank liegt eine dreifarbige, struppige Katze.

»Das ist Brad, mein Kater«, erklärt sie. »Weißt du? Brad und Janet. Aus Rocky Horror.« Jetzt treten ihr Tränen in die Augen.

Ich kann nur nicken und trocken schlucken. Noch immer hält sie meine Hand.

»Lauf nicht weg«, sagt sie eindringlich, schenkt zwei Töpfe Kaffee ein und bringt einen davon ins Bad. Ich nehme mir die andere Tasse, setze mich neben Brad an den Küchentisch und habe das Gefühl, mich in einem Traum zu befinden. Dann kommt sie zurück, steht eine Weile in der Tür und sieht mich an.

»Du hast dich kaum verändert«, erklärt sie.

»Du dich auch nicht.« Das Feenhafte umstrahlt sie wie damals, als ich mit Götterspeisebeinen vor dem Zoo-Palast stand und von ihr geküsst wurde.

»Darf ich …« Sie hält inne.

»Alles.«

»Ich würde dich gerne küssen.«

Sie muss meine Gedanken erraten haben.

»Ich dich auch.«

Der Klempner hat die Tür leise hinter sich zugezogen, das Bad ist wieder trocken, als wir Stunden später zusammen duschen. Wir küssen uns pausenlos, auch beim Abtrocknen, dann gehen wir ins Wohnzimmer, setzen uns nackt einander gegenüber auf die Couch. Brad kommt hereingestromert und drückt sich zwischen uns, obwohl da fast kein Platz ist.

»Ich muss dir etwas zeigen«, sagt sie und steht wieder auf. Sie geht zu einem Regal, zieht einen würfelförmigen Korb hervor, setzt sich im Schneidersitz auf den Fußboden und kramt darin herum.

Ich möchte diesen Anblick nie wieder vergessen.

Dann kommt sie zurück und hält mir ein Foto hin. Ein Mann, Mitte dreißig, im Halbprofil. Er sieht aus wie ich, nur seine Nase ist ein wenig kräftiger, seine Augen sind etwas dunkler. Sogar die

Frisuren gleichen sich fast. Melanie lächelt, aber es ist etwas Bitteres in ihrem Blick.

»Mein Exmann«, sagt sie. »Wir waren zwei Jahre verheiratet. Die zweitschlimmste Zeit meines Lebens.«

Ich sage nichts.

»Meine Eltern waren nach Spanien ausgewandert, ich habe gekellnert, um eine Ausbildung zu finanzieren, da kam er in die Kneipe. Ich habe erst gedacht, dass du das bist, so groß war die Ähnlichkeit. Boris aus Bulgarien.«

»Du hast ...« Ich will die Frage nicht stellen.

Sie lächelt. »Es ging mir nicht sehr gut in dieser Zeit. Nichts hat funktioniert. Und dann kam da dieser Mann, der dir so ähnlich sah.«

»Verrückt.«

Sie nickt. »Er war sehr brutal. Er hat mich zu allen möglichen Sachen gezwungen.« Sie wird leiser. »Böse Sachen.«

Ich schweige. Ich will nicht, dass sie jetzt erfährt, dass ich diese Fotos kenne.

»Manchmal wache ich schreiend auf, ich weiß dann nicht, wer ich bin oder wo ich bin. Oft geht es mir tagelang so. Ich kann die Schläge fühlen. Und all das andere, das er mir angetan hat.« Sie weint, ich nehme ihre Hand, sie umspielt meinen Ballen mit den Fingern, wie sie das früher getan hat.

»Inzwischen ist es etwas besser geworden. Ich bin in Therapie. Du errätst nie, bei wem.« Sie lächelt schwach. »Und deshalb wohne ich auch hier. Das ist ein Wohnprojekt für Menschen mit psychischen Störungen.«

»Ich war gestern bei den Kuhlmanns«, sage ich. »Michael hat das angedeutet.«

Sie nickt. »Ist es nicht unglaublich, dass die beiden zusammen sind?«

Ich ziehe sie an mich. »Ab heute werde ich nichts mehr unglaublich finden.«

»Meinst du, wir haben eine zweite Chance?«

Ich nicke, kann den Tränendrang jetzt nicht mehr zurückhalten.

»Das hört sich vielleicht bescheuert an«, sagt sie, »aber dieser Gedanke hat mich in all den Jahren über Wasser gehalten.«

»Es tut mir leid.«

»Das muss es nicht, schließlich war es meine Schuld.« Sie streicht mit den Fingerspitzen über meine Wangen. »Wie hätten wir das auch wissen sollen, damals?«

Ich zwinkere ihr zu. »Wir wussten es doch, oder?«

Sie nickt langsam, aber es liegt nicht nur Zustimmung in der Kopfbewegung.

»Wir waren so jung, und ich weiß heute nicht mehr, warum ich das getan habe. Damals kam es mir richtig vor ... Nein, das stimmt nicht. Es kam mir falsch vor, es *nicht* auszuprobieren. Ich hatte keine Ahnung, was die Folgen sein würden, es war mir egal, obwohl du mir nicht egal warst, wirklich nicht, ganz im Gegenteil. Wir waren sechzehn. Meine Güte, sechzehn.« Sie dehnt das Zahlenwort und sieht dabei zur Decke. »Vielleicht hat es auch etwas Gutes. Man muss schlechte Erfahrungen machen, um die guten würdigen zu können. Wer weiß, ob wir heute noch ...« Sie sucht nach den richtigen Worten. »Du weißt schon. Wenn das nicht passiert wäre.«

»You can't have a light without a dark to stick it in«, sage ich. Das ist von Arlo Guthrie, wenn ich mich recht erinnere. Melanie lächelt.

»Aber ich habe mich verändert«, sagt sie kurz darauf. »Ein wenig.«

Ich sage nichts.

»Es wird ein bisschen dauern, bis wir uns wieder aneinander gewöhnt haben. Meinst du, dass du die Geduld dafür hast?«

»Ich habe gerade nichts Besseres vor,« antworte ich und notiere mir in Gedanken, diese Antwort für die Untertreibung des Jahrhunderts anzumelden.

16. Retro

Dieser Geruch.

Vieles hat sich verändert, der Bodenbelag ist neu, die Geräte an der Stirnwand sind es ebenfalls, und die Decke scheint mir etwas niedriger, wie auch die gesamte Halle kleiner auf mich wirkt, als ich sie in Erinnerung habe, allerdings war ich damals ja selbst kleiner, physisch wie mental. Aber der Geruch löst eine Flut von Erinnerungen aus, dieser Duftmix aus Schülerschweiß, Linoleum und einer leicht holzigen Komponente. Ich sehe meine Mitschüler vor mir, wie sie für Sprünge über den Kasten anstehen, oder auf dem Boden sitzen, um für eine Ballspielmannschaft ausgewählt zu werden, Kuhle immer zuletzt, jedenfalls zu der Zeit, als er schließlich zur Teilnahme gezwungen war.

Er steht neben mir und sieht zur Leiter, auf die Martina Bichler, ehemalige Vasenta, gestiegen ist und von der aus sie gerade versucht, Krepppapierbahnen an der Decke zu befestigen. Kuhle trägt Jeans, Turnschuhe, ein weißes XXXL-T-Shirt und darüber ein anthrazitfarbenes BOSS-Sakko in Sondergröße. Ich bin ganz ähnlich gekleidet, aber ausschließlich von der Stange. Vor ihm steht ein Koffer mit CDs auf dem Fußboden, ich habe nur meine Laptoptasche dabei. Martina entdeckt uns, winkt hektisch, hört aber sofort damit auf, weil die Leiter gefährlich zu schwanken beginnt. Wir grüßen fröhlich zurück und gehen dann zur Bühne.

Das Equipment ist moderner und deutlich umfangreicher als damals. Es gibt diverse Lichteffekte, das Mischpult ist gut dreimal so groß, es gibt vier gewaltige Boxen, die rund um die Hälfte der Turnhalle aufgestellt sind, die als Tanzfläche dienen soll, und auf dem Boden hinter den Tischen steht eine große Monitorbox, über die wir den Hallenton mithören können. Für CDs gibt es einen Doppelplayer, dessen Steuerpult mit dem Mixer in ein Rack eingebaut ist.

»Dann wollen wir mal«, sagt Kuhle und wuchtet seinen Koffer auf die mit schwarzem Tuch abgedeckte Tischreihe, hinter der wir stehen werden. Auf seiner Stirn glitzern Schweißperlen, sicher nicht allein von der Anstrengung.

»Der Herr Psychotherapeut ist ein bisschen aufgeregt«, witzele ich, was für mich auch gilt, weniger der Mucke wegen als wegen der Tatsache, dass ich mit *ihm* hier stehe.

»Ein bisschen sehr«, antwortet er lächelnd. »Aber das ist in Ordnung.«

Es dauert nur wenige Minuten, meinen Computer zu verkabeln, die Soundkarte anzuschließen und die Anlage zu checken. Ich bin verblüfft, als Kuhle flink die richtigen Regler hochzieht, den CD-Player startet und den Equalizer justiert. Noch bevor ich etwas sagen kann, probiert er die Lichteffekte nacheinander aus. Von der Leiter ist ein Kieksen zu hören, als sich neben Deutsche-Welle-Polen die Discokugel zu drehen beginnt. Kuhle lächelt, und ich lege ihm meine Hand auf die Schulter.

»Wie in alten Zeiten«, sage ich.

Er sieht mich erst ernst an, schmunzelt dann aber wieder. »Nein, besser. Und, vor allem: Anders.«

Kuhle hat recht; ich nicke und betrachte ihn von der Seite. Er ist ein anderer und ich bin es auch, aber das heißt ja nicht, dass man nicht etwas Neues beginnen kann. Ich starre auf meine Turnschuhe, als ich bemerke, dass er mich ebenfalls mustert, und blinzele eine einzelne Rührungsträne weg.

Sie sind pünktlich, weil so eine Fete etwas anderes ist als eine Party, zu der man um acht eingeladen ist und gegen zehn gemächlich eintrudelt. Um kurz vor halb neun ist die Halle gefüllt, und weil wir nur leise Hintergrundmusik laufen lassen, sind das Gelächter und Geschnatter unserer ehemaligen Mitschüler gut zu hören. Wir sitzen etwas versteckt im Halbdunkel am Rand der Bühne und trinken Bier. Im Wechsel zeigen wir auf neu eintreffende Gäste und suchen nach den passenden Namen. Es gelingt nicht immer. Ein kleiner alter Mann kommt auf uns zu, langsam und mit fragendem Ausdruck in seinem faltigen, aber fröhlich wirkenden Gesicht. Schließlich, als er nur noch zwei Meter von uns entfernt ist, nickt er. »Kuhlmann und Köhrey!«

»Tag, Herr Pirowski«, sage ich, trotz des mächtigen Froschs in meinem Hals. Wir schütteln Hände. Er hat keine Haare mehr.

»Ich habe das damals nicht geglaubt«, sagt er zu Kuhle. »Und ich habe richtiggelegen. Das ist beruhigend.« Er lächelt, verneigt sich und trippelt zur Bar, die aus einigen Lehrerpulten gebaut worden ist.

Kurz darauf hält Deutsche-Welle-Polen eine Ansprache, es gibt viel Applaus, vor allem, als sie aufzählt, wer von uns – es sind vier Jahrgänge vertreten – Abgeordneter, Professor, Bankfilialendirektor oder Facharzt für irgendwas geworden ist. Einen Moment lang fürchte ich, dass sie etwas über mich sagt, zum Beispiel: *Und unser Tim, der hat ein paar Jahrzehnte seines Lebens verpennt.* Aber das geschieht natürlich nicht. Als sie endet, treten wir aus dem Halbdunkel und klettern auf die Bühne. Es gibt Gemurmel, weil einige nicht wissen, was damals wirklich geschehen ist, vermute ich jedenfalls.

»Soll ich etwas sagen, zu dieser ... Sache?«, frage ich Kuhle flüsternd. Er schüttelt den Kopf.

»Blödsinn«, sagt er leise. Dann verneigen wir uns. Einige Leute beginnen zu klatschen, und nach ein paar Sekunden applaudiert die gesamte Turnhalle. Jemand dimmt die Beleuchtung, fast gleichzeitig flammen die Scheinwerfer auf, die an einer Traverse rund um die Tanzfläche befestigt sind. Kuhle grinst.

»Dann wollen wir mal«, erkläre ich und klicke durch die vorbereiteten Playlists auf meinem Computer.

Aber bevor ich etwas auswählen und starten kann, erklingt Musik. Kuhle grinst wieder, nickend. Die ersten Takte von »Send Me An Angel« sind zu hören. Sehr viel lauter und in sehr viel besserem Sound als damals. Trotz der Lautstärke vernehme ich, wie vereinzelte Ehemalige jubeln oder uns etwas zurufen. Die Tanzfläche füllt sich.

Ich lasse ihn fast eine Stunde lang alleine machen, und er macht das gut, obwohl er nur altes Zeug auflegt. Währenddessen laufe ich durch die Halle, sehe beim Tanzen zu, schüttle Hände oder lasse mir auf die Schulter klopfen. Ich kann nicht mit jedem Gesicht etwas anfangen, manchmal glaube ich kaum, wirklich den und den vor mir zu haben, weil er völlig anders aussieht als früher. Die Stimmung ist entspannt, fast ausgelassen. Ich trinke noch ein Bier, klettre auf die Bühne zurück und löse Kuhle ab. Sein Gesicht ist gerötet, er zwinkert mir zu und geht in Richtung Klo davon. Ich starte einen etwas aktuelleren Titel von Nelly Furtado, die Tanzfläche bleibt gefüllt, füllt sich sogar noch etwas mehr. Kuhle kann später wieder Retromucke machen.

Es fühlt sich gut an. Ich bemerke kaum, wie eine Dreiviertelstunde vergeht, bis er mir auf die Schulter tippt und »Ich übernehme« sagt. Weil er sicher wieder ältere Sachen auflegen will, cue ich »It's No Good« von Depeche Mode, was zwar neuer ist, aber einen schönen Übergang zurück in die Achtziger bietet. Er nickt.

Und dann kommt Melanie in die Halle. Mein Herz macht einen Hüpfer, als ich sie so sehe – exakt wie damals, nur hat sie etwas kürzere Haare. Und ich bin beinahe genauso aufgeregt wie vor … *zweiundzwanzig Jahren*. Sie sieht zu uns, lächelt, strahlt, und einige Köpfe drehen sich zu ihr und dann zu mir. Meine Hände beginnen zu zittern, aber bevor ich von der Bühne klettre, um sie zu küssen, drehe ich mich zu Kuhle und sage: »Ich habe da noch einen Musikwunsch.«

»Weiß schon«, sagt er grinsend.

Ich springe vom Podest hinunter und gehe auf sie zu, betont langsam; Melanie hat die Hände hinter dem Rücken verschränkt, wobei sie mich gekünstelt-schüchtern anlächelt.

»Darf ich bitten?«, frage ich sie. Mel schenkt mir einen fragenden Blick, tut so, als würde sie überlegen, es wohlwollend in Erwägung ziehen, und schließlich nickt sie.

In diesem Augenblick startet Kuhle den Song.

Es ist der einzige Nummer-eins-Hit, den Paul Young je hatte: »Come Back And Stay«.

Dreieinhalb

Epilog

Ich treffe Neuner, als ich mit meinem Baustoffhandlungs-IT-Fachkraft-Nachfolger Billard spielen gehe. Wir wollen gerade die Treppe zu einer brandneuen, angeblich hervorragend ausgestatteten Billardhalle in der Bergmannstraße hinaufsteigen, als uns jemand entgegengepoltert kommt – ein abgeranzter, von weitem nach Alkohol stinkender Typ, der sich kaum auf den Beinen halten kann und mich fast umreißt. Von oben ruft jemand: »Und lass dich hier nie wieder blicken, du Drecksau!« Der besoffene Geselle macht irgendein grausiges Geräusch, wedelt mit der Hand in der Luft herum, greift nach dem Geländer, verfehlt es und schlägt auf dem Treppenabsatz der Länge nach hin. Die zwei Teile eines Schraubqueues rollen die Stufen herunter. Ich gehe zu ihm, fasse ihn unter die Schultern, hebe ihn hoch, seine Klamotten haben diesen Muffgeruch, als hätte man sie nach dem Waschen zwei Wochen in der Maschine vergessen. Er dreht sein Gesicht zu mir, seine Augen sind wässrig, seine Wangen sind eingefallen, und er hat keine Zähne mehr.

Es ist eindeutig Neuner.

»Jesus, Neuner«, sage ich fassungslos.

»Äwähhä«, grunzt er, schlägt meine Hand weg und torkelt davon. Beim Versuch, das Queue aufzuheben, fällt er fast wieder hin, fängt sich aber, schleudert seine Schulter gegen die Tür und drückt sie auf.

»Mensch, Neuner!«, rufe ich, will noch »Ich bin's, Tim!« anfügen, lasse es aber.

»Was war das?«, fragt Kevin, der kurzhaarige Endzwanziger, den Wolfgang in Hannover aufgetrieben hat und den ich seit einer Woche unterweise.

»Ein Geist aus der Vergangenheit«, antworte ich. Und leise, zu mir selbst: »Hoffentlich der letzte.«

Ich könnte ihm nachgehen, versuchen, ihm zu helfen. Aber ich bin nicht verantwortlich für ihn. Jeder muss selbst rausfinden, wie und ob das Leben funktioniert.

Wir spielen Pool, Achter-Ball, ich habe das lange nicht mehr getan, aber Mel hat Sitzung; es soll eine ihrer letzten sein. Seit wir zusammenwohnen, inzwischen fast drei Wochen, schläft sie wieder wie ein Baby. Ich halte sie fest, das ist zwar unbequem beim Einschlafen, aber es fällt mir noch schwerer, sie nicht anzusehen, bis mir die Augen zufallen, oder sie loszulassen.

Kevin ist nett, aber er mag keine Kneipen. Alle Leute, die etwas mit Computern zu tun haben, spielen jedoch Billard, also haben wir uns dafür entschieden. Ich schlage ihn zu Null, was mich erstaunt, denn er spielt nicht schlecht, eigentlich. »Du denkst immer nur an den Stoß, den du gerade machst, und niemals an den nächsten«, das hat Neuner damals zu mir gesagt. Inzwischen ist es anders. Obwohl es mir nicht mehr viel bedeutet, dieses Spiel, plane ich meine Ablagen und mache Sicherheitsstöße, wenn ich merke, dass ich auf dem direkten Weg nichts erreichen kann. Kevin gelingt es nicht, mich zu überraschen, und bei vielen Stößen versenkt er keine einzige Kugel, weil ich ihm wirklich gemeine Ablagen hinterlasse.

Sein Händedruck ist schlaff, und er grinst bemüht, als er mir zum Sieg gratuliert. Wir trinken etwas an der Bar, ich ein Bier und Kevin Cola. Er lenkt das Gespräch auf Wolfgangs Computeranlage, das ist zwar langweilig, aber zweckorientiert, und Kevin scheint es zu begeistern. Eine halbe Stunde später verabschieden wir uns, morgen werden wir uns zum letzten Mal sehen, dann fährt er nach Nieder-Sengricht, richtet sich mein ehemaliges Büro ein und sorgt dafür, dass alles glatt läuft in der Baustoffhandlung, am Abzweig nach Nieder-Sengricht, am Beginn der Parkinson-Straße.

Wir haben uns geeinigt, Wolfgang und ich. Er hat das Haus gekauft und mich ausgezahlt, das dauerte kaum zwei Tage, und er hat sogar noch ein bisschen was draufgelegt. »Schmerzensgeld«, hat er erklärt, am Telefon meckernd gelacht und seinen Blender auf den Schreibtisch gedröhnt. Wieder obenauf, der alte Baustofflude. Gisela wird einwilligen, in alles, was ich von ihr verlange, aber das ist wenig. In der Hauptsache will ich möglichst nie wieder etwas von ihr hören.

Jani-nö hat mich angerufen, aus Hamburg. Sie hat auch ein bisschen Geld bekommen, Schweigegeld, und will vielleicht eine »Butik« eröffnen. Sie klang fröhlich. Boutiquen in Hamburg gibt es sicher viel zu wenige.

Goerch ist gestorben, nicht lange nach meinem Besuch. Es hat eine Weile gedauert, bis die Nachricht bei mir ankam, Wolfgang hat es dann irgendwann erwähnt, bei einem unserer letzten Telefonate.

Melanie hat sich wirklich verändert, auf sehr eigene Weise. Sie benutzt Abkürzungen nicht wie andere Menschen, sondern sagt Büha und Waklo statt BH und WC, weil sie ihrem Exmann auf diese Art Deutsch beigebracht hat. Es schmerzt, so etwas zu hören, aber sie besteht darauf, mir das zu erzählen, und ich blende die Bilder aus, die ich dabei habe.

Melanie mag keine Digitalkameras, weil sie verhindern, dass man eine Beziehung mit dem Motiv eingeht, und sie hasst Mobiltelefone, weil sie den privaten Schutzraum zerstören. »Überhaupt«, sagt sie. »All diese Apparate. Immer schneller und kleiner. Genau *das* machen sie nämlich mit unserem Leben.« Das Internet findet sie furchtbar. »Es suggeriert nur Kommunikation. Dabei ist das eine gewaltige Täuschungsmaschine.«

Sie ist ein ganz klein wenig wunderlich geworden, aber auf rührende und sehr leise Weise, und ganz unrecht hat sie auch nicht. Sie kann etwas minutenlang anstarren, eine Blüte, ein Gesicht oder eine Wolke, aber wenn wir in ein Taxi steigen und das Radio eingeschaltet ist, wird sie richtig garstig, tippt dem Fahrer auf die Schulter und nötigt ihn auszuschalten. »Früher hat man sich gefreut, wenn man einen bestimmten Titel mal im Radio gehört hat. Heute ist es genau umgekehrt.« Ich muss mich daran gewöhnen, aber das fällt mir nicht schwer, und eigentlich liebe ich es an ihr.

Melanie ist eine sehr gute Fotografin; sie hat mehrere phantastische Strecken mit Porträtfotos gemacht, die sie in Griechenland aufgenommen hat, kurz bevor dieser Mann in ihr Leben trat. Ich könnte uns ein Häuschen kaufen, irgendwo da unten am Strand. Die Idee muss ich mal sacken lassen. Auch das eilt nicht. Wer es sich leisten kann, mehr als zwanzig Jahre zu verschenken, hat danach alle Zeit der Welt. Nur eines ist nicht erlaubt: Umkehren. Das Leben kommt von vorn.

Am Montag nach meinem achtunddreißigsten Geburtstag, der gleichzeitig der fünfunfvierzigste Jahrestag des Mauerbaus war, gehen wir ins KaDeWe. Ich soll mir ein Geschenk aussuchen. Das ist nach wie vor das schönste Kaufhaus Berlins, und wir schlendern Hand in Hand durch die Abteilungen, schlürfen Champagner in der Fressetage, probieren Kleidung an, lassen feinseidene Dessous durch unsere Hände gleiten, schnüffeln an Parfums und bestaunen fremdartige Speisen. In der Spielzeugabteilung ist eine riesige Carrera-Bahn aufgebaut, zwei Kinder fahren Rennen, ihre Gesichter sind gerötet, ihre Hände, mit denen sie die Regler halten, sind verkrampft. Wir schauen eine Weile zu, und dann haut es einen der Wagen aus der Bahn, direkt vor mir, aus einem Reflex heraus fange ich ihn auf; im Moment gelingt mir einfach alles. So ist es eben, wenn man glücklich ist.

Da ist so eine Art Leitwerk unten am Auto, man muss es in eine Aussparung setzen, die in der Mitte der Schiene verläuft. Es dauert einen Moment, bis ich das System begriffen habe.

»Mach schon«, tönt der Junge, dessen Wagen herausgeflogen

ist, und er stampft genervt mit dem Fuß auf. Sein Partner geht grinsend in Führung.

Ich setze das Auto in die Kurve, der Junge gibt Gas, sein Spielkamerad ruft »Vorsicht!«, aber da ist es auch schon passiert – ich habe das Auto nicht nur verkehrt herum aufgesetzt, sondern sogar auf die falsche Fahrbahn. In einer Kurve krachen die beiden Fahrzeuge mit voller Wucht aufeinander.

Die Autos überstehen die Kollision unbeschadet, die Kids sammeln die Wagen ein, werfen mir mitleidige Blicke zu und spielen weiter.

Melanie lacht, wir haken uns unter, kaufen für mich als Geburtstagsgeschenk eine Carrera-Bahn, verlassen das Kaufhaus und treten hinaus in den Sonnenschein.

Der Nummer-eins-Hit in Deutschland an diesem Tag ist »Danke« von Xavier Naidoo.

Anmerkungen

Falls Sie mich auf einer Lesung besuchen oder mir, was ich sehr begrüßen würde, schreiben – ersparen Sie sich und mir bitte die immer wieder als Erstes gestellte Frage: »Ist das autobiographisch?« Nein, ist es nicht. Nur insoweit, wie alles, was sich Schriftsteller erdenken, irgendwie latent autobiographisch ist. Anders geht's ja auch nicht.

Die Dachluke hat es zwar wirklich gegeben, aber dort hat meines Wissens nie ein DJ namens »Mo« gearbeitet. Dass Gunther »Hey, Boss, ich brauch mehr Geld« Gabriel gelegentlich Schallplattenalleinunterhalter in der Dachluke war, stimmt jedoch, aber das zweifelhafte Glück, ihn persönlich zu erleben, hatte ich nie. In den Räumen am Mehringdamm logiert seit 1990 das Mutterhaus des BKA (»Berliner Kabarett Anstalt«), in dem populäre Künstler wie Michael Mittermaier, Thomas Nicolai und Rosenstolz ihre ersten Auftritte hatten. Im BKA fanden auch Partys statt, bei einigen davon habe ich aufgelegt. Im Parterre des Hauses befindet sich eine der bekanntesten Currywurstbuden Berlins, das Curry 36. Warum ich das an dieser Stelle erwähne, weiß ich auch nicht.

Das BKA eröffnete später am Kulturforum neben der Neuen Nationalgalerie das BKA-Zelt, das nach ein paar Jahren erst auf den Schlossplatz neben dem ehemaligen Palast der Republik umzog, später dann in die Nähe des Ostbahnhofs, bis es unrentabel wurde. Im Zelt habe ich bei der »Anstaltsparty« (zuvor auch im Mutterhaus), bei »The 80s Club«, einer der ersten Berliner Achtziger-Revival-Partys, und bei einer der größten deutschen Singlepartys unter dem Motto »Fisch sucht Fahrrad« aufgelegt. Das tue ich übrigens heute noch spaßeshalber – wie damals mit Busenfreund und DJ-Kollegen Colin Clayford –, aber die Party findet nicht mehr im BKA statt, sondern in der Kalkscheune hinter dem Friedrichstadtpalast. Diese Location residiert in den restaurierten Räumen einer denkmalgeschützten ehemaligen Fabrik; das Gebäude existiert mindestens seit 1831 und wurde nach dem Mauerfall zu einem Veranstaltungsort für Konzerte, Events aller Art und Themenpartys, u. a. »Die schöne Party«, veranstaltet vom populären Berliner Sender *radio eins*. Neben einem großen Saal gibt es dort einen wunderschönen Innenhof und drei weitere Bars mit Tanzflächen.

Auch das Big Apple an der Bundesallee gab es, aber ein kiffender Techniker namens »Ringo« hat dort ziemlich sicher nie gearbeitet. In den Räumen befindet sich jetzt ein Fitnesscenter.

Das Ciro in der Rankestraße am Ku'damm war eine klassische Disco, wie es viele seit den Siebzigern und bis in die Neunziger gab. Ich habe dort Ende der Achtziger regelmäßig aufgelegt. Die wirklich behaglich mit Schiffsinterieur und –planken ausgestatteten Räume wurden anschließend als Puff und später als Restaurant genutzt. Zur Zeit der Diskothek Ciro war Hasso Herschel Inhaber des Ladens, der Jahre zuvor als einer der Männer, die durch einen selbstgegrabenen Tunnel aus der DDR geflüchtet waren, bekanntgeworden war; seine Geschichte wurde im Auftrag von SAT.1 unter dem Titel »Der Tunnel« verfilmt.

Das Metropol am Nollendorfplatz ist ein Haus mit langer Geschichte. In den Achtzigern war es eine große Diskothek mit zeitweise ziemlich zweifelhaftem Ruf, später diente es als Veranstaltungsort vornehmlich für Rockkonzerte, wurde aufwendig renoviert und wieder als Diskothek genutzt, immer unter dem Namen Metropol, bis 2004 ein findiger Unternehmer auf die Idee kam, daraus einen Club mit originellem Beteiligungsmodell zu machen. Unter dem Namen Goya entstand, wieder mit großem Aufwand, eine (Fast-)Nobeldisco, die lauter Menschen (weit) jenseits der Dreißig gehörte, von denen jeder ein paar tausend Euro auf den Tisch gelegt hatte, um lebenslang freien Eintritt zu haben.

Das Modell blieb eines, der Laden ging nach wenigen Monaten mangels Normalbürgerzuspruchs pleite. Im Moment (Winter 2007) ist das denkmalgeschützte Haus ohne Betreiber, aber wenigstens grundsaniert.

Das Adagio ist ein Systemgastronomie-Erlebnisclub für feinere und/oder besserverdienende Menschen bzw. solche, die sich dafür halten, in der Nähe des Potsdamer Platzes. Eine obskure Liste bezeichnet es u.a. neben dem legendären P-1 in München als eine der zehn »angesagtesten Locations« der Republik. Oder ähnlich.

Der Laden mit dem Logo LSD in der Potsdamer Straße ist ein Sexshop mit dem Namen »Love Sex Dreams«.

Der Zoo-Palast steht noch, ist aber, meiner total persönlichen Meinung nach, kein schönes Kino mehr. Im Gegensatz zum Neuen Off in Neukölln.

In der JVA Moabit hat Egon Krenz eingesessen. Unter anderem. Unter anderen.

Alle anderen Örtlichkeiten sind frei erfunden, nur das erwähnte Hotel in Neukölln und die Kneipe mit August im Namen gibt es tatsächlich.

Was wurde aus …

… den Musikern, die die Nummer-eins-Hits hatten, die am Schluss der Kapitel in Teil eins und zwei genannt wurden?
Nun, das hier:

George McCrae, geboren 1944, hatte mit »Rock Your Baby« 1974 seinen einzigen Nummer-eins-Hit; auf seiner Website, über die man den noch immer aktiven Künstler auch buchen kann, nennt er sich konsequenterweise »Mr. Rock Your Baby Himself«. Die Single wurde weltweit mehr als 50 Millionen Mal verkauft.

Lipps Inc., bestehend aus Steven Greenberg und Cynthia Johnson, waren ein echtes One Hit Wonder. Nach dem Erfolg von »Funkytown« erschien eine weitere Single, die aber so gut wie unbeachtet blieb. Steven Greenberg betreibt heute eine Internetfirma in Minneapolis.

Billy Vaughn hatte bis in die Sechziger viele Hits, u. a. zusammen mit Pat Boone. Als der Orchestersound vom Beat abgelöst wurde, zog sich Vaughn aus dem Musikgeschäft zurück. Er starb 1991 an Krebs.

Heintje war mit Schlagern wie »Mama« und »Du sollst nicht weinen« einer der erfolgreichsten Kindergesangsstars überhaupt im deutschsprachigen Raum. Nach dem Stimmbruch Ende der Sechziger missglückten mehrere Comebackversuche. Inzwischen hat sich Heintje der volkstümlichen Musik zugewandt, und man kann ihn samstagabends beim Zappen hier und da auf öffentlich-rechtlichen Sendern erleben.

Olivia Newton-John, 1948 in England geboren, gründete an der Schule ihre erste »Girlgroup« mit dem Namen »Sol Four«. Die Enkelin eines Nobelpreisträgers (Physik) hatte ihren ersten Hit 1971 mit einer Bob-Dylan-Komposition. Danach startete ihre Karriere richtig durch, wenn man vom vierten Platz beim »Eurovision Song Contest« absieht (1974). Der Erfolg in Europa begann 1978 mit ihrer Hauptrolle in der Verfilmung des Musicals »Grease«, zusammen mit John Travolta. 1980 folgte der Musikfilm »Xanadu«, der zwar floppte, dessen Soundtrack sich jedoch exzellent verkaufte. 1981 beherrschte Newton-Johns umstrittene Single »Physical« die US Charts. Nach einigen Höhen und – vor allem familiären – Tiefen wandte sich die Musikerin in den Neunzigern wieder der Country Music zu, mit der sie angefangen hatte. Ihre Alben verkaufen sich in Australien, wo sie lebt, noch immer recht ansehnlich. Im Verlauf ihrer fast vierzigjährigen Karriere hat Newton-John Dutzende Grammys und ähnliche Auszeichnungen erhalten.

Das **Electric Light Orchestra** (ELO) wurde 1971 von Mastermind Jeff Lynne sowie Roy Wood und Bev Bevan gegründet, die zuvor die Band »The Move« betrieben hatten. Die Gruppe gilt als Pionier des Disco Sounds, wobei ELO vor allem in den späteren Jahren Arrangements benutzte, die sehr orchestral waren, wodurch ein hoher Wiedererkennungswert gegeben war. Der erste wirklich große Hit gelang 1979 mit »Don't Let Me Down«. Es folgte mit dem Soundtrack zum Filmflop »Xanadu« ein weiterer Erfolg. 1981 stürmte ELO mit der Single »Hold On Tight« weltweit die Charts. 1986 löste Lynne die Band auf. Er machte als (gut hörbarer) Produzent der »Travelling Wilburys« von sich reden, 2001 folgte ein ELO-Comback, das eher eine Solonummer Lynnes war. Die Verkaufszahlen des neuen Albums blieben flau. Seither ist der ELO-Bandchef vor allem als Produzent tätig, u.a. für seinen Freund Tom Petty.

Frank Duval, geboren 1940, trat auch unter dem Namen Franco Duval auf. Er hatte in den Achtzigern zwei Nummer-eins-Hits in Deutschland, seine Hauptbeschäftigung bestand jedoch schon immer in der Komposition und Produktion von Filmmusiken (»Derrick«, »Der Alte«, aber auch für die BBC-Kultserie »Per Anhalter durch die Galaxis«). Duval lebt auf den Kanaren und komponiert nach wie vor.

Frank Zander, Jahrgang 1942, hatte unter seinem Realnamen und mehreren vermeintlich lustigen Pseudonymen einige Hits in Deutschland, war u. a. mit Helga Feddersen Moderator der TV-Sendung »Plattenküche«. Seit den Neunzigern verkauft Zander individuell besungene Geburtstags-CDs, die man im Internet bestellen kann.

Peter Schilling, 1956 in Stuttgart geboren, war 1983 mit »Major Tom (völlig losgelöst)« der erfolgreichste Musiker Deutschlands, er beherrschte die sich damals auf ihrem Scheitelpunkt befindende Neue Deutsche Welle wie kaum ein anderer. Es folgten mehrere Singles wie »Terra Titanica« und »Die Wüste lebt«, aber an »Völlig losgelöst«, einen Titel, der nach wie vor Tanzflächen füllt, reichte keiner mehr heran. Schilling ist immer noch als Musiker aktiv, hat fast ein Dutzend Alben veröffentlicht und zwei Bücher geschrieben, davon eines zum Thema »Wellness«. »Major Tom« ist mehrfach wiederveröffentlicht worden – zuletzt 2003 – und wurde in der englischen Version auch in den USA ein Hit.

Paul Young, 1956 geboren als Paul Anthony Young, erreichte 1983 mit seinem Debütalbum »No Parlez« auch gleich den Gipfel seines Erfolgs (Nr. 1 in Großbritannien und Deutschland). Wegen stimmlicher Probleme zog er sich Mitte der Achtziger aus dem Musikgeschäft zurück, alle Comeback-Versuche versandeten. Mit dem 2006 erschienenen Album »Rock Swings« versuchte er, auf einen von Robbie Williams angestoßenen Trendzug aufzuspringen; das Album floppte, nicht zuletzt, weil die Probleme mit der Stimme nicht beseitigt zu sein schienen. Dies belegte auch ein eher peinlicher Auftritt bei einer ARD-Weihnachtssendung Ende 2006.

Laura Branigan, 1957 geboren, hatte vor allem mit Cover-Versionen Erfolg – »Self Control« stammte im Original vom Italiener Raff und die zweiterfolgreichste Single »Gloria« von Umberto Tozzi. In den Neunzigern versuchte sie ein Comeback u. a. im Duett mit David Hasselhoff, später trat sie bei Musicals auf. Sie starb 2004 an einer Hirnblutung.

Frankie Goes To Hollywood existierte von 1983–1987; die Gruppe hatte einige große Hits (»Relax«, »Two Tribes«, »The Power of Love«) in den Achtzigern, aber nach ihrer Auflösung sind mehr Alben – insbesondere Best-Of- und Remix-Platten – erschienen als während ihres Bestehens; FGTH machte dadurch Schlagzeilen, dass Produzent Trevor Horn bis auf Frontmann Holly Johnson kein anderes Bandmitglied bei den Plattenaufnahmen mitwirken ließ. Johnson hatte als Solo-Künstler später Achtungserfolge (»Americanos«). Die anderen Bandmitglieder kündigten 2005 eine Reunion-Tour (ohne Johnson) an, die bisher allerdings nicht stattgefunden hat.

Evelyn Thomas, geboren 1953, versuchte sich vor und nach ihrem Welterfolg »High Energy« in verschiedenen Genres wie Jazz und Gospel, konnte aber nie wieder daran anknüpfen. Ein 2004 erschienener Remix des Hits wurde vorübergehend zur Hymne der Gay Community. Thomas hat sich inzwischen aus dem Musikbusiness zurückgezogen; das unvermeidliche Best-Of-Album erschien im Jahr 2000 bei Hallmark.

Giorgio Moroder, geboren 1940 in Südtirol, hat Dutzende Nummer-eins-Hits für Elton John, Limahl, Barbra Streisand, Freddie Mercury, Donna Summer und viele andere geschrieben und produziert, darüber hinaus weltbekannte Filmmusiken wie »Take My Breath Away« (»Top Gun« OST). Im Jahr 2004 wurde er in die »Dance Music Hall of Fame« aufgenommen. Seit Ende der Neunziger ist es ruhig um den Musiker geworden, der weit mehr als 150 Goldene Schallplatten sein eigen nennt.

Stevie Wonder, bürgerlich Steveland Hardaway Judkins, kam im Jahr 1950 als Frühgeburt zur Welt, seine Blindheit wird auf eine anschließend erfolgte Sauerstoff-Überdosierung zurückgeführt. Wonder nahm seine ersten Platten mit zwölf Jahren für das legendäre Motown-Label auf, mit achtzehn hatte er seinen ersten Hit. Der Musiker engagierte sich für die Bürgerrechte und setzte durch, dass der Geburtstag von Martin Luther King in Amerika Nationalfeiertag wurde. Für die Filmmusik zu »Lady in Red« erhielt er 1984 den Oscar. An diesen Erfolg konnte er später nicht mehr anknüpfen, das letzte, 2005 erschienene Album »A Time 2 Love« wurde zwar von der Kritik gelobt, vom Publikum jedoch kaum beachtet.

Marc Almond, geboren 1957, gründete 1980 zusammen mit David Ball die Band »Soft Cell«, die 1981 mit »Tainted Love« ihren einzigen Hit hatte – Nr. 1 in 17 Ländern. Die Gruppe löste sich 1983 auf, feierte aber im Jahr 2003 eine Wiedervereinigung mit Tour und neuem Album, beides allerdings nur mäßig erfolgreich. Almond versuchte sich in der Zwischenzeit an Solo-Projekten, sang Duette u.a. mit Nina Hagen, Jimmy Somerville und Rosenstolz, aber es gelang nur ein weiterer Charterfolg, im Duett mit Gene Pitney.

Gene Pitney, geboren 1941 in den USA, hatte in den Sechzigern einige Hits, die meisten davon in Europa. Er wurde 2002 in die »Rock and Roll Hall of Fame« aufgenommen und starb im April 2006 am Tag nach einem Konzert in einem Hotelzimmer.

Bobby McFerrin, Jahrgang 1951, wurde quasi vom Komiker Bill Cosby entdeckt, der ihn drängte, bei einem Jazz-Festival aufzutreten. Zwei Jahre später, 1982, erschien das erste Album des Vokalkünstlers, aber erst auf dem fünften, »Simple Pleasures«, ist der Welthit »Don't Worry, Be Happy« zu finden. McFerrin ist ein Multitalent und bewegt sich in verschiedenen Genres, erhielt 1990 einen Grammy, seither arbeitet er auch als Dirigent und ist schon mit so gut wie jedem großen Orchester der Welt aufgetreten. Obwohl ihn der Gassenhauer von 1982 berühmt gemacht hat, versuchte er nie wieder, einen Hit zu landen.

Robin Beck, Jahrgang 1954, hatte 1989 ihren größten Charterfolg mit »First Time«, einem Song, der eigentlich für eine Coca-Cola-Werbung aufgenommen worden war. Ähnliches geschah 1990 mit einem Titel, der McDonald's-Werbung untermalte, nämlich »Close To You«. Zwischenzeitlich veröffentlichte die Sängerin mehrere Titel und Alben, die aber nie an die vorherigen Erfolge anknüpfen konnten. Nachdem sie sich Mitte der Neunziger aus dem Musikgeschäft zurückgezogen hatte, veröffentlichte sie zwischen 2004 und 2007 drei neue Alben, die aber insgesamt wenig Beachtung fanden.

David Hasselhoff, geboren 1952, startete seine Karriere 1975 in der TV-Seifenoper »The Young and the Restless«. Der Erfolg setzte 1982 mit der Serie »Knight Rider« ein, die zudem das Fahrzeugmodell Pontiac Trans Am populär machte. 1989 produzierte Jack White mit ihm das Album »Looking For Freedom«, das sich vor allem in Deutschland und Österreich gut verkaufte und von dem Hasselhoff später behauptet haben soll, es hätte letztlich die deutsche Wiedervereinigung ausgelöst. Im gleichen Jahr begannen die Produktionen zur Bikini-Serie »Baywatch«, die zunächst floppte, aber zum Welt- und größten US-Serienerfolg des zwanzigsten Jahrhunderts wurde, als Hasselhoff die Produzentenrolle übernahm. Nach dem Ende der Serie versucht sich Hasselhoff wieder als Musiker. Sein Name gilt als der meist-gegoogelte überhaupt.

Mysterious Art war in der Zeit von 1989 bis 1994 der Name des Produzenten-Projekts »Magic Affair«. Die Combo hatte mit der Debüt-Single »Das Omen« ihren einzigen Hit unter dem Namen »Mysterious Art«; 1995 wiederholten sie unter dem neuen Namen den Erfolg mit »Das Omen III«. Das letzte Studioalbum erschien 1996. Musikalisch unterscheiden sich die Titel allesamt nur wenig.

Jive Bunny & The Mastermixers war das Projekt eines britischen Vater-Sohn-Musikstudios. Die beiden stellten eigentlich Mixe für DJs her, aber ihr Glenn-Miller-Medley »Swing The Mood« erfreute sich alsbald so großer Beliebtheit, dass sie es unter dem Namen »Jive Bunny & The Mastermixers« als Single veröffentlichten. Die Platte erreichte in kurzer Frist Platz eins vieler europäischer Charts, es folgten innerhalb von zwei Jahren einige ähnliche Produktionen, von denen insgesamt mehr als 20 Millionen Exemplare verkauft wurden; mehrere Singles schafften es rund um den Globus in die Hitparaden. Als sich die Idee totgelaufen hatte, zogen sich John und Andrew Pickles wieder auf ihr Kerngeschäft zurück, das sie heute noch betreiben. Sporadisch treten sie als »Jive Bunny« auf, 1999 gab es eine wenig erfolgreiche CD mit dem Titel »Summer Holiday«, aber die Idee, Medleys mit einem durchgängigen Tanzrhythmus zu unterlegen, wurde und wird von vielen Projekten nachgeahmt.

Xavier Naidoo, geboren 1971, Sohn von Südafrikanern, begann seine Deutschlandkarriere 1994 mit einem Job als Backgroundsänger des »Rödelheim Hartreim Projekts« von Moses Pelham und Thomas Hofmann. Gemeinsam mit Sabrina Setlur nahm er im selben Jahr seine erste Single auf, die recht erfolgreich war. Nummer eins in Deutschland wurde im Jahr 2003 der Song »Ich kenne nichts« aus seinem ersten Album, es folgten viele weitere, Naidoo füllt inzwischen große Hallen. Der angeblich sehr religiöse Musiker hat ein Faible für Luxuswagen; im Jahr 2000 wurde er wegen des Besitzes von 48 Gramm Haschisch zu 20 Monaten Haft auf Bewährung verurteilt. Die Single »Danke«, Chartleader im Spätsommer 2006, war eine Hommage an die deutsche Fußballnationalmannschaft, die bei der WM 2006 den dritten Platz erreichte.

Credits

Dank an ...

... meine *guten* Freunde Markus H. Kringel und Hagen von Spandow für die technisch-moralisch-dramaturgische Unterstützung, die Titelfindung und vieles andere mehr, das aufzuzählen ein gesondertes Buch erfordern würde. *Wird?*

... die 42erAutoren Silke Porath, Gisa M. Zigan, Horst-Dieter Radke und Bernd »Doc« Diehl für das Testlesen sowie Michael Höfler für eine Anmerkung, die letztlich zur Idee für dieses Buch führte.

... Stefan, Frank, Nadine und Toni für den exzellenten Service – und die Lampe.

... Alfons Warzecha für die Erwähnung von »Das Leben kommt von vorn«[*] im genau richtigen Augenblick.

... jemanden, der zwar nicht namentlich erwähnt werden möchte, aber erheblichen Anteil an der Entstehung dieses Buches hatte. Ich freue mich schon auf das nächste gemeinsame Projekt, lieber Andreas.

---

[*] »Das Leben kommt von vorn« ist eine Textzeile aus dem Song »Bleibt alles anders« von Herbert Grönemeyer. Das Stück fand sich auf der 1998 erschienenen Platte gleichen Namens.

»Man muß sich die Kunden des Aufbau-Verlages als glückliche Menschen vorstellen.«

SÜDDEUTSCHE ZEITUNG

Das Kundenmagazin der Aufbau Verlagsgruppe erhalten Sie kostenlos in Ihrer Buchhandlung und als Download unter www.aufbauverlagsgruppe.de. Abonnieren Sie auch online unseren kostenlosen Newsletter.

TOM LIEHR:
»Ein Autor, den man in einem Atemzug mit Nick Hornby nennen kann« Radio M 94,5

Radio Nights
Donald Kunze hat ein loses Mundwerk, eine Stimme, die unter die Haut geht, und einen Traum: Radiomoderator sein. Er riskiert alles, geht on Air, wird *der* Star eines Berliner Senders – bis er an die falschen Leute gerät und sogar Liddy, seine große Liebe verliert. Erst in letzter Minute kapiert er: Ganz unten sein und dann den Traum von vorn beginnen, das ist Rock'n'Roll!
»Eine rasante Liebeserklärung an die Stimme on Air.« Playboy
Roman. 272 Seiten. AtV 2437

Idiotentest
Sie leben in einer chaotischen Männer-WG und tummeln sich abends bei alten Hits und Fassbier in einer skurrilen Kneipe im Erdgeschoß ihres Neuköllner Hauses: Henry, Walter und Gonzo. Eines Morgens traut Henry seinen Augen kaum: Andrea, die allseits angehimmelte Tresenfrau, liegt neben ihm – an mehr kann er sich nicht erinnern. Doch es bringt alles durcheinander …
»Eine unverschämt freche Geschichte.« Subway
Roman. 243 Seiten. AtV 2183

Geisterfahrer
Als der frühere DJ Tim Köhrey endlich zu sich kommt, ist es fast zu spät – Berlin ist weit weg, die große Liebe längst vorüber, und seine Zukunftsaussichten sind trübe: Provinzleben, Reihenhaus, zerrüttete Ehe. Doch dann kehrt er zurück in die neue Hauptstadt und sucht nach dem Glück seiner Jugend.
Eine rasante Geschichte über verpasste Chancen, Liebe, Freundschaft, Musik und die goldenen Achtziger – frei nach dem Motto: Das Leben ist zu kurz, um einfach davor wegzulaufen.
Roman. 330 Seiten. AtV 2382

Stellungswechsel
Fünf Männer haben ihre liebe Not mit dem Leben, dem Geld und ganz besonders mit dem anderen Geschlecht. Zur Lösung all ihrer Probleme gründen sie einen Escort-Service für Frauen – und bekommen es nicht nur mit anspruchsvollen Kundinnen und Problemzonen jeglicher Art zu tun, sondern auch mit der komplexen Frage: Wie macht man Frauen glücklich?
Roman nach dem Drehbuch von Meggie Peren und Christian Bayer. 228 Seiten. Mit 18 Filmfotos. AtV 2387

*Mehr unter
www.aufbau-verlagsgruppe.de
oder bei Ihrem Buchhändler*

Junge Literatur:
Mit Herz und Kopf

TANJA DÜCKERS
Spielzone
Sie sind rastlos, verspielt, frech, leben nach ihrer Moral und fürchten nichts mehr als Langeweile: junge Leute in Berlin, Szenegänger zwischen Eventhunting, Hipness, Überdruss und insgeheim der Hoffnung auf etwas so Altmodisches wie Liebe. »Ein Roman voller merkwürdiger Geschichten und durchgeknallter Gestalten.«
DER TAGESSPIEGEL
Roman. 207 Seiten. AtV 1694-8

ANNETT GRÖSCHNER
Moskauer Eis
Voller Erzählfreude hat Annett Gröschner ihre biographischen Erfahrungen als Mitglied einer Familie von manischen Gefrierforschern und Kühlanlagenkonstrukteuren zu Metaphern für das Leben in deutschen Landen vor und nach 1989 verdichtet.
»Ein wunderbares Debüt.« FOCUS
»Ein unbedingt lesenswertes, witziges Schelmenstück par excellence, leicht wie ein Softeis.« ZEITPUNKT
»Ein von Witz sprühender Roman«
NEUE ZÜRCHER ZEITUNG
Roman. 288 Seiten. AtV 1828-2

SELIM ÖZDOGAN
Mehr
Er ist jung, entspannt und verliebt, aber leider pleite. Als ein Freund ihn als Dialogschreiber für Serien unterbringen will, lehnt er ab: keine Kompromisse. Irgendwann jedoch ertappt auch er sich dabei, Zugeständnisse zu machen. Was ist mit ihm passiert, dass er seine Ansprüche an sich selbst aufgegeben hat? »Eine Studie über das Scheitern und die grenzenlose Lust (ehrlich und aufrichtig) zu leben.«
JUNGE WELT
Roman. 244 Seiten. AtV 1721-9

TANJA DÜCKERS
Café Brazil
Die Geschichten um ganz normale Nervtöter, leichtsinnige Kinder oder verwirrte Großmütter steuern stets auf verblüffende Wendungen zu. »Feinsinnig, bösartig, kühl und lustvoll, bisweilen erotisch, spiegeln Dückers' Erzählungen ... den Erfahrungshorizont einer Generation, die hinter einer vordergründigen Erlebniswelt ihre Geschichte entdeckt.« HANNOVERSCHE ALLGEMEINE
Erzählungen. 203 Seiten. AtV 1359-0

Mehr unter
www.aufbauverlagsgruppe.de
oder bei Ihrem Buchhändler

aufbau taschenbuch
AUFBAU VERLAGSGRUPPE

Stephen Fry:
»Britischer Humor in seiner feinsten Form« NÜRNBERGER NACHRICHTEN

Der Sterne Tennisbälle
Ein rundum vom Schicksal Begünstigter wie Ned Maddstone ruft über kurz oder lang die Neider auf den Plan. Ein Trio falscher Freunde will ihm einen üblen Streich spielen, der Ned eine Lehre sein soll. Als Ned spurlos von der Bildfläche verschwindet, müssen alle Beteiligten am eigenen Leib erfahren, daß sie lediglich »der Sterne Tennisbälle« sind.
»Ein Feuerwerk aus Slapstick und urkomischen Dialogen.«
HAMBURGER ABENDBLATT
Roman. Aus dem Englischen von Ulrich Blumenbach. 391 Seiten.
AtV 1922

Das Nilpferd
Stephen Frys Erfolgsroman um einen alternden Journalisten und einen angeblichen Wunderknaben ist britischer Humor in Reinform: Ted Wallace – Trinker, Frauenheld, Lästermaul – soll die Umstände einer wundersamen Heilung ergründen. Im Landhaus seiner Verwandtschaft stößt er auf eine hochexplosive Mischung aus Aberglaube, Perversionen und Spleens, wie sie nur im Land der Queen gedeihen können.
Roman. Aus dem Englischen von Ulrich Blumenbach. 400 Seiten.
AtV 2021

Der Lügner
Durch seine Vorliebe für sexuelle Abenteuer und geistreiche Lügen wird der fünfzehnjährige Adrian Healey in eine undurchsichtige Mordaffäre verstrickt, in der ein pornographischer Roman von Charles Dickens, ein internationaler Spionagering und eine mysteriöse Wahrheitsmaschine zu hochkomischen und atemberaubenden Verwicklungen führen.
Roman. Aus dem Englischen von Ulrich Blumenbach. 399 Seiten.
AtV 1950

Paperweight
Literarische Snacks
Stephen Frys Radio- und Zeitungsbeiträge sind berühmt-berüchtigt. Er und sein Alter ego Donald Trefusis – allen Lesern des Lügners wohlbekannt – plaudern darin über Margaret Thatcher, Blasphemie, Erziehung, Wimbledon, Fernsehen, Langeweile, das Altern, Gott und den Rest der Welt. Sie servieren uns literarische Snacks, die raffiniert, extravagant und immer köstlich sind.
Roman. Aus dem Englischen von Ulrich Blumenbach. Mit 2 Abb. 551 Seiten. AtV 2066

Mehr unter
www.aufbau-verlagsgruppe.de
oder bei Ihrem Buchhändler

aufbau taschenbuch
AUFBAU VERLAGSGRUPPE